AF279895

*Für Maren,
die Erstellerin des (für mich) schönsten
Buchcovers der Welt*

Times like
Midnight Blue

Alina Bachmann

Verlag: BoD • Books on Demand GmbH, In de Tarpen 42, 22848 Norderstedt
Druck: Libri Plureos GmbH, Friedensallee 273, 22763 Hamburg

ISBN: 978-3-7597-8670-8

Cover: Alina Bachmann, Maren Nachtsheim

Kapitel 1

Es dämmerte bereits, als ich aufwachte. Normalerweise schlief ich um diese Uhrzeit noch tief und fest, aber irgendetwas – und ich meinte nicht den ruhig vor sich hin schnarchenden Körper neben mir – hielt mich vom Schlafen ab.

Ich konnte mir selber nicht erklären, was los war, aber eine mir unbekannte Unruhe verhinderte, dass ich wieder einschlafen konnte.

Ich war nicht nervös.

Wirklich nicht.

Zwar war heute der erste Schultag nach den Sommerferien und somit der Beginn des neuen Schuljahres, aber es war ja nicht mein erster Schultag überhaupt. Und schon gar nicht der erste Schultag an einer neuen Schule. Ich hatte mich hier bestens eingelebt und einen gefestigten Freundeskreis gefunden, kannte die Lehrer und wusste, was mich erwarten würde. Dennoch fühlte ich mich unwohl und das bereits Stunden, bevor die Schule überhaupt erst anfangen würde. Was war nur los mit mir?

Ich blickte neben mich. Ramon schlief immer noch tief und fest. Wir hatten noch etwas Zeit, bis unser Wecker klingeln würde und wir tatsächlich aufstehen müssten, er hatte also keinen Grund, schon wach zu sein.

Vielleicht war ich es auch einfach nicht gewohnt, neben einer anderen Person einzuschlafen. Der ganze Körperkontakt war mir einfach fremd. Noch nie zuvor war ich in so einer merkwürdigen Situation gewesen wie jetzt. Noch nie zuvor war ich einem anderen Menschen so nah gekommen wie jetzt. Vielleicht brauchte mein Körper einfach nur etwas Zeit, um sich daran zu gewöhnen, dass ich nicht mehr so viel Platz im Bett hatte wie vorher.

Unruhig drehte ich mich. Schloss meine Augen. Öffnete sie wieder. Seufzte. Ich konnte einfach keine Ruhe mehr finden. Es war bereits zu früh morgens, mein Körper war schon auf den kommenden Tag vorbereitet.

Ich bemerkte, wie auch Ramon langsam wacher wurde. Er hatte seine Augen noch geschlossen, aber das Grinsen auf seinem Gesicht sprach Bände. Automatisch musste ich auch lächeln. War es merkwürdig, ihn zu beobachten? Vielleicht ein wenig, aber irgendwie auch nicht.

Ich merkte, wie er sich mehr und mehr regte, bis er schließlich die Augen öffnete und sein Grinsen noch breiter wurde.

„Na, auch schon wach?", fragte er schläfrig.

Ich nickte und streckte mich.

„Ist bestimmt die Aufregung", antwortete ich ironisch und warf einen Blick aus dem Fenster.

Der Morgen wirkte trist und grau. Kein toller Start ins Schuljahr. Sollte es nicht eigentlich Sommer sein?

Seit unseres Umzugs kam es mir so vor, als wäre die Sonne verschwunden und von dichten Regenwolken, die mal mehr, mal weniger vor sich hin nieselten, ersetzt worden. Alles war grau und schwül.

„Dachte ich mir bei dir schon", nuschelte Ramon und ich konnte nicht sagen, ob er die Ironie dahinter verstanden hatte oder ob er dazu noch zu tief im Halbschlaf war.

Mittlerweile lohnte es sich aufzustehen, also tat ich das. Ich ging in die Küche und deckte den Tisch ein, damit wir wenigstens die Zeit für ein gemeinsames Frühstück nutzen konnten, bevor der Ernst des Lebens wieder anfangen würde. Genug Zeit hatten wir ja dank meiner Unruhe.

Ramon schaffte es auch aufzustehen und half mir beim Tischdecken.

„Was machst du am Wochenende?", fragte er beiläufig, als er sich sein Brot schmierte.

„Meine Mama schleppt mich mit auf einen weiteren Happy-Family-Camping-Trip", murrte ich.

Ich hatte keine Lust auf noch einen Camping-Trip mit meiner Mama, ihrem neuen Freund und, was noch viel schlimmer war, seinem Sohn. Auch wenn der letzte Camping-Trip schon einige Monate zurücklag – genaugenommen war er sogar noch vor der Zeit in der Villa gewesen – hatte ich keine Lust, das zu wiederholen. Es gab einfach Sachen, die brauchte ich nicht im Leben und Camping gehörte einfach dazu.

Allerdings hatte ich die Hoffnung aufgegeben, dass meine Mama endlich bemerken würde, dass ich Camping hasste. Das Einzige, was noch schlimmer als die ganzen Insekten und Spinnen war, war, dass sie von mir verlangte, so zu tun, als wären wir alle eine glückliche Familie. Und ich hatte es satt, sie und vor allem mich selbst andauernd zu belügen. Ich war nun einmal unzufrieden mit allem.

„So, so", lachte er. „Und wo geht es hin?"

„Wenn ich das so genau wüsste… Ich glaube, irgendwo in die Berge, aber nicht so was Cooles wie die Alpen, das wäre ja zu weit weg für meine Mama. Wird wohl hier in der Nähe sein. Aber immerhin mal was anderes", antwortete ich ihm und bemerkte, wie sich sein Blick für eine Sekunde veränderte. Dies passierte allerdings so schnell, dass ich nicht genau sagen konnte, ob er nur verwundert, enttäuscht oder doch schockiert war.

Es war ein wenig merkwürdig. Allerdings war alles, was mit Ramon zu tun hatte, ein wenig merkwürdig und somit hatte ich mich daran gewöhnt, dass es Situationen gab, die ich einfach nicht verstehen würde.

„In die Berge?", fragte er noch einmal, als hätte er mich nicht verstanden.

„Ja, genau, du weißt schon. Hohe, spitze Dinger, die so in der Landschaft rumstehen", versuchte ich es für Leute zu erklären, die besonders schwer von Begriff waren.

„Ah, das meinst du, sag das doch gleich", sagte er gespielt überrascht und trank einen Schluck seines Orangensaftes.

Lachend schüttelte ich nur den Kopf und biss von meinem Brötchen ab.

Eine Weile lang sagte niemand etwas, weil jeder zu beschäftigt mit Essen war, bis Ramon die Stille durchbrach: „Ich finde, du solltest nicht mitgehen."

Ich hob verwirrt meinen Kopf und sah ihn durchdringend an.

„Warum das denn nicht? Ich denke nicht, dass ich eine andere Wahl habe, mal davon abgesehen."

„Naja, man hat immer eine Wahl, du könntest dich krank stellen oder so", gegen Ende wurde er immer leiser, als wüsste er selber, wie dämlich seine Aussage war.

„Glaub mir, meine Mama lässt mir keine Wahl. Selbst mit Fieber würde sie mich höchstpersönlich den Berg hochtragen", lachte ich.
Ich kannte sie nun mal und gerade bei Familienaktivitäten würde sie nicht lockerlassen.

„So oft hast du dich schon über den einen Camping-Trip beschwert, willst du das echt nochmal durchmachen?", fragte er.
Ich wusste nicht, was er vorhatte, aber es nervte mich. Es nervte mich, dass er meinte, über mich urteilen zu müssen, ohne die genaue Situation zu kennen. Er wusste nicht, wie stur meine Mama sein konnte; sie war schlimmer als ich.

Ja, er hatte recht, der letzte Camping-Trip war der Horror gewesen und ich würde alles dafür geben, nie wieder mit irgendwem campen gehen zu müssen, aber am Ende ging es nicht um mich und das, was ich wollte, sondern vielmehr um den Frieden in der Familie.

„Ja, es begeistert mich auch nicht, aber da kann ich halt nichts machen", antwortete ich genervt.

Er hatte gut reden. Er wohnte alleine und war unabhängig von seiner Familie. Ich hingegen musste tagtäglich mit meiner auskommen. Egal, ob ich hierbleiben wollte oder nicht: ich hätte es sowieso nicht gedurft.

„Du könntest deiner Mutter endlich mal deine Meinung sagen, du bist schließlich 17 und wirst nächstes Jahr 18, spätestens dann kann sie dir gar nichts mehr verbieten", versuchte er es weiter.

„Aber bis dahin muss ich halt auf sie hören", ich konnte nicht verhindern, dass meine Stimme etwas härter klang, als ich wollte.

„Ich will doch nur das Beste für dich, und das wäre halt, wenn du hierbleiben würdest", gab er kleinlaut zurück.

„Und warum wäre das das Beste?", fragte ich verblüfft.

Ramons Verhalten musste einen Grund haben, aber ich konnte nicht im Geringsten erahnen, was für einen.

„Du bist sonst wieder genervt und unglücklich."

„Jetzt gerade bin ich auch genervt", rutschte es mir heraus.

„Sorry, so war das nicht gemeint, aber ernsthaft, Ramon, ich glaube dir nicht, dass das der einzige Grund ist. Was ist der wahre Grund?", entschuldigte ich mich direkt.

Ich hatte keine Lust auf Streit.

„Es gibt keinen anderen Grund", sagte er nur wenig überzeugend. Es klang fast schon so, als würde er sich selbst nicht ganz glauben.

„Ich will halt einfach nur, dass es dir gut geht."

Ich rollte mit den Augen.

Was war das denn für eine schwammige Begründung?

„Dann solltest du akzeptieren, dass ich mit meiner Familie campen gehen werde", je mehr er versuchte mich davon abzubringen, umso mehr Lust hatte ich plötzlich auf den Camping-Trip. Ich konnte nicht einmal sagen, warum.

„Bitte", sagte er fast schon flehend.

Ich schüttelte den Kopf und stand auf.

Langsam müsste ich mich fertigmachen, wenn ich pünktlich in der Schule sein wollte und das wollte ich dank dieser merkwürdigen Diskussion auf einmal.

„Vertraust du mir?", fragte er, nachdem ich mich fertig gemacht hatte.

„Ja, ich vertraue dir, aber was das angeht, würde ich gerne einen Grund wissen", versuchte ich, sachlich zu bleiben.

„Ich hab dir doch schon gesagt, dass es keinen besonderen Grund gibt. Vertrau mir einfach, es wäre besser für dich, wenn du hierbleiben würdest."

„Hattest du eine Vision? Ist alles okay bei dir?", fragte ich plötzlich, denn anders konnte ich mir sein Verhalten nicht erklären.

Er hatte doch schon seit unserer zweiten Begegnung keine unkontrollierten Visionen mehr gehabt. Eigentlich konnte es gar nicht sein.

Wobei…

Auch wenn er es versuchte zu unterdrücken, er hatte sich noch nicht von den Ereignissen in der Villa erholt. Er war fertig, erschöpft und immer noch ein wenig geschwächt. Zwar sagte er immer, dass dies nur davon kam, dass er seine Kräfte so oft wie noch nie zuvor genutzt hatte, doch auch das konnte ich ihm nicht so richtig glauben.

Es fühlte sich an, als wäre da mehr dran. Und gerade deshalb war es auch nicht komplett abwegig, dass seine Kräfte vielleicht ein wenig außer Kontrolle waren, so wenig Kontrolle wie er über seinen Körper zu haben schien.

„Nein, natürlich nicht, das habe ich alles bestens im Griff", antwortete er schnell.

„Was ist es dann?", fragte ich und zog mir meine Schuhe an. Ich konnte es kaum erwarten, in die Schule zu gehen.

Er wirkte so, als würde er überlegen, öffnete seinen Mund und schloss ihn direkt wieder.

„Ich wusste es…“, seufzte ich. „Aber wenn du mir nicht sagen kannst, was los ist, dann musst du wohl damit leben, dass ich campen gehen werde“, und mit diesen Worten verabschiedete ich mich und machte mich auf den Weg in die Schule.

✳✳✳

Es tat mir gut, den altbekannten Schulweg laufen zu können, noch hatte ich mich nicht daran gewöhnt am anderen Ende der Stadt zu wohnen. Immerhin wohnte ich jetzt näher bei Jane und Finn, dafür aber weiter weg von Ramon. Alles hatte seine Vor- und Nachteile. Heute jedenfalls war es schön, trotz des merkwürdigen Morgens, ein wenig Normalität zu spüren. Auch wenn es nur auf dem Weg zur Schule war.

Überpünktlich schaffte ich es in die Eingangshalle, wo ich direkt auf meine Freunde traf. Wie immer saßen sie an einem der Tische in der hintersten Ecke der runden Eingangshalle.

„Seit wann bist du pünktlich?“, begrüßte mich Finn lachend.

„Dir auch einen guten Morgen“, sagte ich grinsend und umarmte ihn zur Begrüßung.

„Q2 Baby“, schrie Julius durch die halbe Eingangshalle und gesellte sich zu uns.

„Und hallo Julius, hab dich fast nicht gehört“, begrüßte Finn ihn.

Ich ging währenddessen weiter zu Jane und ihren Freundinnen. Wir unterhielten uns noch kurz, dann ging es auch schon in die Aula und wir bekamen unseren Stundenplan für das neue Schuljahr ausgehändigt.

„Und was habt ihr jetzt?", fragte Jane in die Runde. Ich warf einen Blick auf meinen Stundenplan und musste feststellen, dass ich jetzt Biologie haben würde. Zwar machte mir dieses Fach relativ viel Spaß, allerdings hatte ich niemanden von meinen Freunden in meinem Kurs.

Finn und Julius hatten Physik, die Glücklichen. Zwar würde ich echt ungerne Physik haben, aber ich hätte gerne einen Kurs mit meinen Freunden zusammen gehabt, so als Start ins neue Schuljahr.

„Ich hab jetzt Bio", seufzte ich.

Finn klopfte mir mitleidig auf die Schulter.

Noch mitleidiger wurde er allerdings, als Jane verkündete, dass sie jetzt Sport haben würde.

Sport am ersten Schultag war so ziemlich das Nervigste, was es gab. Niemand, wirklich niemand, hatte die notwendigen Sportklamotten dabei, weil niemand wissen konnte, dass man zu den Unglücklichen gehören würde, die sich direkt an ihrem ersten Schultag bewegen durften.

Trotzdem ließ sich kein Sportlehrer die wertvolle Unterrichtszeit nehmen, was so viel hieß wie Sportunterricht in normalen Klamotten, was nicht nur unglaublich unbequem war, sondern auch bedeutete, dass man den Rest des Tages in seinen verschwitzten Klamotten rumlaufen musste.

Jane hatte es also eindeutig am schlimmsten getroffen und eigentlich durfte ich mich auch gar nicht über meinen Biokurs beschweren, nur weil ich niemanden besonders gut kannte. Es gab immerhin noch genug andere Menschen, mit denen ich reden könnte, wenn ich es wollte.

Überpünktlich machte ich mich also auf den Weg zu meinem Bio-Raum, schließlich wollte ich einen guten Platz für den Rest meiner Schulzeit haben. Und wer früher dran war, der hatte eine größere Auswahl.

Zu meinem Glück hatte ich freie Platzwahl, da sich die meisten meiner Mitschüler extra viel Zeit gelassen hatten, um von der Eingangshalle in den Bio-Raum zu schlendern. Wahrscheinlich war es den meisten Leuten total egal, wo sie saßen. Ich war da ein bisschen komplizierter.

So richtig wohl fühlte ich mich nur an der Seite eines Raumes, dort, wo ich nicht im Zentrum der Aufmerksamkeit war und wo es nicht auffallen würde, ob ich mitschrieb oder doch heimlich in meinem Block herumkritzelte.

Der Unterricht begann zu meiner Verwunderung mit der Ankündigung eines neuen Schülers. Wie konnte das sein? Ich dachte, man müsste bei einem Schulwechsel die Q1 wiederholen. Schließlich war das mit einer der Gründe, weshalb ich darauf bestanden hatte, auch nach dem Umzug auf dieser Schule bleiben zu dürfen; ich wollte keine Klasse wiederholen, wenn es nicht unbedingt notwendig war. Der andere Grund war natürlich mein Freundeskreis. Schule machte deutlich mehr Spaß, seitdem ich meine Freunde hatte und ich wollte auch nirgendwo mehr die Neue sein.

Sofort drehte sich jeder um, nur um festzustellen, dass sich noch kein neuer Schüler im Raum befand. Die meisten schienen froh darüber zu sein, dass der Unterricht noch nicht direkt beginnen würde.

Plötzlich öffnete sich die Tür und der Neue trat ein. Ich musterte ihn. Er war komplett in Schwarz gekleidet, und während ich so an ihm hochblickte, merkte ich, dass ich diese Person, die dort in der Tür stand, kannte.

Ich konnte spüren, wie mein Herz schneller schlug, anfing zu rasen. Ich versuchte meine Atmung zu verlangsamen. Ich würde jetzt keine Panikattacke bekommen. Nicht hier. Nicht jetzt. Nicht vor ihm.

Am liebsten wäre ich direkt aus dem Raum gerannt und hätte mich für den Rest des Tages auf der Toilette eingesperrt, aber meine Vernunft konnte sich durchsetzen – oder war ich wieder einmal paralysiert vor Angst?

„Schön, dass Sie da sind. Möchten Sie sich kurz vorstellen?“, begrüßte unser Biolehrer den Neuen freundlich.

„Ich bin Matt und ich bin jetzt hier in eurem Kurs“, antwortete Matt freundlich.

Was zur Hölle machte er hier?

Ich dachte, nach der Begegnung in der Villa wäre er abgehauen und ich müsste ihn nie wiedersehen. Weit weg und endgültig.

So viele Gedanken schossen mir durch den Kopf.

War das ein Zufall?

War das alles geplant?

War dies ein weiterer Versuch von den Magiern, uns unter Druck zu setzen, oder macht er das einfach so, weil er Spaß daran hatte, Leute zu terrorisieren?

Was auch immer es war, ich wollte es nicht herausfinden. Ich wollte nichts mit ihm zu tun haben.

Matt setzte sich auf einen freien Platz, glücklicherweise nicht neben mich, und packte entspannt seinen Block aus. Währenddessen beachtete er mich überhaupt nicht. Vielleicht hatte er mich auch nicht gesehen. Vielleicht war das alles einfach nur ein verdammt komischer Zufall und er wusste gar nicht, dass ich hier war. Aber warum sollte eine übernatürliche Gestalt wie er plötzlich Interesse daran haben, Abi zu machen?

Der Unterricht zog sich. Unendlich lang. Und wirklich aufpassen konnte ich auch nicht. Ich war einfach zu abgelenkt von Matt. Seine Anwesenheit machte mich unruhig und mein Puls raste immer noch. Obwohl es nicht ganz für eine Panikattacke reichte, so fühlte es sich an, als wäre mein Körper bereit, jede Sekunde wegzurennen. Ich war in Alarmbereitschaft.

Gut, dass die ersten Stunden nicht besonders anspruchsvoll oder wichtig waren, so würde ich immerhin nichts Wichtiges an Lernstoff durch meine Unkonzentriertheit verpassen.

Als die Stunde endlich endete, beschloss ich, meinem Instinkt zu folgen. Ich hatte es satt, mich seit der Nacht in der Villa so schwach zu fühlen. Nicht umsonst hatte ich mich kurz nach meiner Geburtstagsparty in einem Boxverein angemeldet. Ich war zwar nicht sonderlich gut, aber das regelmäßige Training gab mir ein wenig das Gefühl von Kraft, und was viel wichtiger war, es gab mir das Gefühl von Kontrolle.

Also beschloss ich, dieses neu gewonnene Selbstbewusstsein nun an den Tag zu legen. Ich ließ Matt nicht aus den Augen. Nicht, als er seine Sachen gemütlich zusammenpackte und auch nicht, als er den Raum verlies. Bis mir auffiel, dass ich meine eigenen Sachen noch nicht zusammengepackt hatte. Schnell warf ich meinen Block und mein Buch in meine Tasche und rauschte aus dem Raum, um Matt irgendwie einholen zu können.

Ich blickte mich auf dem Gang um und konnte gerade noch sehen, wie er auf der Treppe ins Obergeschoss verschwand. Schnell kämpfte ich mich durch den Ansturm an Schülern, die alle in Richtung Eingangshalle strömten – es war schließlich Pause – und erreichte die Treppe.

Warum wollte er überhaupt nach oben gehen? In den Pausen war es normal, sich in der Eingangshalle oder auf dem Schulhof aufzuhalten.

Mir gingen viele Gedanken durch den Kopf, als ich die Treppen hinaufging, doch kein Einziger konnte mir beantworten, warum ich ihm hinterherlief. Vermutlich war es eine ziemlich idiotische Idee von mir gewesen, ihm ganz allein zu folgen, ohne dass irgendjemand wusste, was für ein Verhältnis ich zu ihm hatte.

Ich wusste bereits, dass er stark war. Schließlich war er einer der Gründe, weshalb Ramon momentan so geschwächt war. Und ich konnte mir vermutlich nicht einmal im Geringsten ausmalen, wozu er alles fähig war. Dennoch war das hier eine Schule und wenn er mich wirklich umbringen wollte, so hätte er das in der Villa schon getan, nicht wahr?

Außer Atem erreichte ich den obersten Stock, Matt lehnte schon erwartungsvoll an den Schließfächern an der Wand. Spätestens jetzt wurde mir bewusst, dass es tatsächlich kein Zufall war, dass er sich ausgerechnet diese Schule ausgesucht hatte. Er wusste genau, was er tat, und er wusste auch, dass ich ihm folgen würde. Er hatte mich gelesen wie ein Buch.

„Du solltest nicht hier sein", presste ich hervor, als ich langsam auf ihn zuging.

Der Gang war komplett leer, sollte er mir etwas antun wollen, so könnte er dies hier ohne Zeugen tun.

„Du aber auch nicht", antwortete er schulterzuckend.

Er hatte recht, eigentlich sollte ich jetzt in der Eingangshalle bei meinen Freunden sitzen und mit ihnen die Pause verbringen, stattdessen war ich einem Fremden gefolgt, der mich jederzeit umbringen könnte, wenn er es nur wollen würde. Also war eigentlich alles genau wie damals, als ich Ramon kennengelernt hatte.

„Was willst du?", fragte ich ihn bestimmt.

„Ich brauche Ramons Hilfe", antwortete er normal. Ich war ein wenig überrascht, ich hätte mit allem gerechnet, aber nicht damit, dass er normal antworten würde.

So kannte ich ihn nicht.

Seine Stimme klang sonst immer höhnisch, abwertend, sarkastisch – eigentlich alles, außer normal.

Ich war so perplex, dass ich gar nicht wusste, was ich ihm überhaupt antworten sollte.

„Ähm", stammelte ich. „Wie wär's mit kannst du vergessen?", fügte ich nach einigen Sekunden hinzu.

„Ich hatte schon damit gerechnet, dass du so reagieren würdest, aber lass ihn das doch selber entscheiden. Du musst mich nur zu ihm bringen", versuchte er es weiter.

„Ich werde dich ganz sicher nicht zu ihm bringen. Wenn ich mich recht erinnere, hast du ihn bei eurer letzten Begegnung angegriffen und verletzt, woher soll ich wissen, dass das kein fieser Trick von dir ist?"

„Auch das habe ich mir schon gedacht. Also, dass du ihn beschützen würdest", murmelte er mehr zu sich selbst als zu mir.

„Damit musst du dich wohl abfinden, du kannst dir die Mühe sparen. Ich werde dich nicht zu ihm bringen", und mit diesen Worten drehte ich ihm den Rücken zu und machte mich auf den Weg in die Eingangshalle.

Ich war ein bisschen stolz auf mich, dass ich ihn so sprachlos habe stehen lassen. Ein grandioser und würdevoller Abgang.

Schnell vergingen auch die nächsten zwei Stunden Kunst, die ich zum Glück mit Julius und nicht mit Matt verbringen durfte. Ich hatte schon ein wenig Angst, dass ich noch weitere Kurse mit ihm haben würde, was sich zumindest für den heutigen Tag glücklicherweise nicht bestätigte.

Julius und ich saßen gerade mit Finn zusammen in der Eingangshalle und warteten auf Jane. Wir wollten nach der Schule zusammen etwas essen gehen und somit den Start in unser letztes Schuljahr gebührend feiern.

„Wie lange braucht sie denn noch", stöhnte Finn neben mir.

„Hungrig?", fragte ich nur lachend.

Finn war einer der geduldigsten Menschen, die ich kannte, aber sobald es um Essen ging, konnte er extrem ungeduldig werden.

Er nickte nur betrübt.

Zu seinem Glück dauerte es nicht mehr lang, bis Jane auftauchte. Aber sie war nicht alleine.

„Darf ich euch jemanden vorstellen?", fragte sie aufgeregt.

Ich sah sie nur entsetzt an.

„Das hier ist Matt, er ist neu hier, ist das nicht unglaublich?", redete sie weiter drauflos.

Matt neben ihr winkte nur einmal kurz lässig in die Runde.

Wie konnte er es wagen, sich meinen Freunden zu nähern? Sie hatten nichts mit Ramon und der ganzen Situation zu tun.

Wie konnte er es wagen, sich Finn zu nähern, nach allem, was er ihm angetan hatte?

Trotzdem durfte ich mir nicht anmerken lassen, dass mich seine Anwesenheit störte. Sonst würden sie nachfragen. Und darauf würde ich keine Antworten haben.

Auch wenn ich Finn versprochen hatte, ihm eines Tages alles zu erzählen, so fühlte ich mich einfach noch nicht bereit dazu, was er zum Glück verstehen konnte. Seit der Nacht in der Villa hatte sich vieles in mir verändert und ich wusste selbst nicht, wie ich mit allem klarkommen sollte.

Es war ja nicht nur so, dass Ramon nun geschwächt war und wir nicht wussten, inwiefern die Magier damit zu tun hatten, sondern auch die Tatsache, dass ich selbst nicht genau wusste, wer ich war oder was ich im Leben überhaupt wollte. Schließlich war ich in jener Nacht davon überzeugt gewesen, dass mein Leben vorbei sein würde.

Nun, da Matt in meinem Leben aufgetaucht war, würde sich noch mehr verändern. Vielleicht müsste ich meine Prinzipien überdenken und reinen Tisch machen. Was wäre, wenn er es meinen Freunden zuerst erzählen würde? Was wäre, wenn er ihnen etwas antun würde? Ich müsste sie warnen. Ich musste ihn loswerden.

„Hey, cool dich kennenzulernen", begrüßte Finn Matt.

Wenn er wüsste... So cool war es gar nicht, dass sie sich kennenlernten. Und so zufällig war das alles auch nicht.

„Ich dachte, er könnte vielleicht mit uns essen gehen. Er hat noch keinen Anschluss und vielleicht können wir ihm dabei ein bisschen helfen", stammelte Jane.

Wehe, er würde ihr etwas antun. Ich würde es ihm doppelt zurückzahlen, wie auch immer ich das hinbekommen sollte, aber ich würde schon irgendwie kreativ werden.

Finn und Julius schienen begeistert von der Idee zu sein, also konnte ich nichts dagegen sagen. Alles andere wäre zu auffällig gewesen.

„Super Idee", antwortete ich und musste mich beherrschen, glaubwürdig zu klingen.

Wir machten uns also auf den Weg in die Stadt. Nach Langem hin und her entschieden wir uns letztendlich für ein kleines asiatisches Restaurant mitten in der Innenstadt. Matt wurde viel zu gut von den anderen in die Gruppe aufgenommen. Wieso mussten meine Freunde nur so unglaublich nett und offen sein?

„Wie kommt es eigentlich, dass du neu in unsere Stufe gekommen bist?", fragte ich Matt, nachdem wir unser Essen bestellt hatten.

Wenn es niemandem komisch vorkam, dann konnte ich wenigstens das Gespräch darauf lenken, sodass die anderen vielleicht auch merken würden, dass irgendwas mit ihm nicht stimmte.

„Ich bin plötzlich umgezogen und eure Schule war die Einzige in der Umgebung, die einen guten Ruf hatte", antwortete er sachlich.

Man könnte echt denken, wir wären uns noch nie begegnet.

„Aber wieso ausgerechnet in unsere Stufe?", hakte ich nach. „Ich dacht immer, dass, wenn man die Schule in der Qualifikationsphase wechselt, man die Q1 wiederholen muss."

Sein gelassener Blick veränderte sich. Man könnte meinen, dass er sich ein wenig eingeengt fühlte.

„In Einzelfällen ist es möglich, nicht wiederholen zu müssen, und ich habe zum Glück die richtigen Noten und die richtigen Kontakte", sein Blick wurde wieder entspannter.

Er hatte sich gut retten können.

Verdammt.

„Und warum musstest du so unbedingt umziehen?“, ich ließ nicht locker. Dass ich dabei einen verwirrten Blick von Finn erntete, war mir egal.

„Luna, lass ihn doch erstmal in unserer Gruppe ankommen“, mahnte mich Jane freundlich.

„Ist schon gut, ich habe nichts zu verheimlichen“, lachte Matt und fixierte mich mit seinem Blick.

„Wenn du es genau wissen willst, es gab gewisse Komplikationen innerhalb meiner Familie.“

„Eine tragische Hintergrundgeschichte?“, rutschte es Jane heraus.

Matt schüttelte lächelnd den Kopf.

Er könnte echt sympathisch wirken und wenn ich ihn nicht kennen würde, wäre ich vermutlich auch auf ihn hereingefallen. Aber hinter seiner netten Art verbarg sich ein eiskalter Mörder.

„Nichts wirklich Schlimmes, nur ein paar Meinungsverschiedenheiten, die sich letztendlich durch den Umzug klären konnten“, versicherte er Jane, die schon ziemlich mitleidig guckte.

Meinungsverschiedenheiten? Konnte er damit die Zauberer meinen oder meinte er Ramon damit?

Ich beschloss, erstmal nicht weiter nachzuhaken. Alles, was ich tat, schien ihn sowieso nur in ein besseres Licht zu rücken.

Der Rest des Nachmittags verlief okay. Ich versuchte, mich zusammenzureißen und niemand merkte etwas. Also war es ein erfolgreicher Nachmittag für mich.

Aber auch für Matt war es ein erfolgreicher Nachmittag, denn am Ende des Tages wurde er in unsere WhatsApp-Gruppe hinzugefügt. Er hatte mich also genau dort, wo er mich haben wollte.

Kapitel 2

Ich war absolut nicht zufrieden mit dem Verlauf des Gesprächs von heute Morgen, aber was hätte ich anderes machen sollen? Ich konnte es einfach nicht übers Herz bringen, ihr von meiner Vision zu erzählen.

Ich konnte ihr doch nicht erzählen, dass ihr Leben auf dem Spiel stand, und das alles nur wegen mir, einer Person, der sie vertraute. Wie sollte ich ihr erklären, dass es mir seit dem Abend in der Villa nicht gut ging und ich das Gefühl hatte, dass das gerade erst der Anfang war?

Zwar hatte sie selber bereits bemerkt, dass ich nicht so ganz der Alte war, aber gleichzeitig wusste sie nicht, wie extrem beschissen es wirklich um mich stand. Ich fühlte mich immer noch schwach. Ich fühlte mich merkwürdig. Ich fühlte mich so, als wäre ich wieder kurz davor, die Kontrolle zu verlieren, und ich wusste nicht genau, warum.

Eigentlich hatte ich doch gelernt, mit meinen Voraussagen umzugehen. Ich konnte doch nicht wieder von vorne anfangen, dafür fühlte ich mich zu schwach.

Es war eine aussichtslose Situation und ich konnte oder wollte mit niemandem darüber reden. Es war alles so wie damals, bevor ich wusste, was genau mit mir los war. Nur schlimmer. Unberechenbarer.

Und besonders nach all den Fortschritten, die ich bereits gemacht hatte, fühlte sich dieser Rückschlag nur noch härter an. Ich hatte einfach nicht genug Kraft, um wieder von vorne anzufangen. Ich konnte einfach nicht mehr.

Doch je näher das Wochenende kam, an dem Luna mit ihrer Familie campen fahren wollte, umso schlafloser wurden meine Nächte und umso sicherer wurde ich mir, dass ich etwas tun musste. Ich konnte sie nicht einfach so fahren lassen, und wenn ich sie nicht davon abbringen konnte, mitzufahren, so würde ich wenigstens alles dafür tun, ihren Tod zu verhindern. So gerne ich auch die Gemeinsamkeiten zwischen ihr und Luana suchte, so wusste ich, dass ihr Tod ein Ereignis wäre, das viel schwerwiegender wäre, als es Luanas Tod jemals sein könnte.

Ich beschloss also, Tim in meine Vision einzuweihen. Ich würde ihm nicht alles verraten, nur das Nötigste. Er musste nicht wissen, wie schlecht es mir wirklich ging. Aber ich brauchte einfach seinen kühlen Kopf, der immer einen Plan hatte. Fest entschlossen machte ich mich also auf den Weg zu Tim nach Hause. Dadurch würde er keinen Verdacht schöpfen. Er würde nicht darauf kommen, was wirklich in mir vorging. Denn wenn es mir wirklich schlecht gehen würde, würde ich ihn niemals besuchen gehen, oder doch?

„Also, worüber wolltest du reden?", begrüßte er mich freundlich, als er die Tür öffnete.

Ich seufzte kurz.

Er konnte sich nicht vorstellen, wie ernst dieses Gespräch werden würde. Schnell bemerkte er, dass mir nicht nach Lachen oder Ähnlichem zumute war.

„Verstehe", murmelte er nur, während ich an ihm vorbeiging und mich hinsetzte.

„Was ist passiert?", jetzt konnte man eindeutig die Sorgen in seiner Stimme heraushören. Genau das, was ich eigentlich vermeiden wollte.

Ich atmete tief ein.

„Ich hatte eine Vision", begann ich und beobachtete genau, wie sich seine Augen und sein Mund in leichtem Schock öffneten.

„Scheiße", flüsterte er.

Ich nickte und musste schlucken, bevor ich weiterreden konnte.

„Ich hatte eine Vision, in der Luna stirbt", ich konnte nicht verhindern, dass mir Tränen in die Augen schossen, während ich redete.

„Hast du es ihr schon gesagt? Vielleicht kann man etwas verhindern. Vielleicht können wir irgendwie die Zukunft beeinflussen oder denkst du, dass du es schaffen könntest, eine Art positive Vision zu bekommen? Eine Vision, in der sie nicht stirbt, sondern überlebt?", plapperte er nur so drauf los.

Man konnte genau erkennen, wie sehr ihn das mitnahm. Er hatte das alles bereits einmal mit mir durchgemacht, und wenn ich schon keine Kraft mehr dafür hatte, woher konnte ich wissen, dass es ihm nicht genau so ging?

Wir waren bereits an diesem Punkt gewesen. Es konnte sich doch nicht ewig im Kreis drehen. Es durfte sich nicht wieder im Kreis drehen.

„Ich habe ihr nichts von all dem gesagt", begann ich.

Noch bevor er fragen konnte, warum ich das nicht getan hatte, antwortete ich: „Ich möchte nicht, dass sie etwas Falsches von mir denkt. Ich möchte nicht, dass sie denkt, ich würde sie tot sehen wollen und ich möchte nicht, dass sie merkt, dass ich langsam wieder die Kontrolle verliere. Ich möchte nicht, dass sie sich von mir abwendet und ich möchte sie nicht unnötig verunsichern."

„Also sagst du, dass du sie lieber tot sehen würdest, als dass sie sich von dir abwendet?", versuchte Tim die Situation treffend zusammenzufassen.

So hatte ich noch nicht darüber nachgedacht, aber wenn er es so formulierte, hatte er leider recht. Das ganze Thema war allerdings viel zu komplex, als dass man es so einfach hätte zusammenfassen können.

„Natürlich möchte ich sie nicht tot sehen, aber… Ich hatte gehofft, ich könnte sie, ohne ihr zu viel zu verraten, davon abhalten, mit ihrer Familie campen zu gehen", erklärte ich ihm meinen ursprünglichen Plan.

„Also wird sie beim Campen sterben?", hakte Tim nach.

Ich nickte.

„Und hat es funktioniert? Konntest du sie abhalten?"

Ich schüttelte nur den Kopf.

Ich wusste nicht, was ich sonst noch dazu sagen sollte.

„Sonst wäre ich nicht hier", seufzte ich. „Ich hatte gehofft, du könntest mir helfen."

Tim überlegte und nickte kurz.

„Natürlich helfe ich dir. Erstmal sollten wir es ihr sagen. Ich denke nicht, dass sie sich zurückziehen würde, wenn du ihr die Situation erklärst. Ich kenne dich und ich kenne deine Kräfte und das, was gerade mit dir passiert, scheint nicht normal zu sein. Das bist nicht du. Sie hat sich damals entschieden, dir zu helfen, obwohl du sie jederzeit hättest umbringen können. Sie wird sich noch einmal dafür entscheiden. Warum sollte sie es nicht mehr tun? Nicht nach all dem, was wir in der Villa durchgemacht haben", er sprang motiviert auf und sah mich fragend an: „Also, worauf warten wir?"

Es blieb einen kurzen Moment lang still. Ich wusste nicht genau, was ich darauf sagen sollte.

„Ich dachte eigentlich, dass du aus ihr herausbekommen könntest, wohin sie Campen fährt. Dann könnten wir ihr heimlich nachreisen", erklärte ich ihm meinen Plan.

Er sah mich verwirrt an.

„Wieso machst du das nicht selber?", fragte er verwundert.

Und dann erklärte ich ihm noch einmal detaillierter, wie ich bereits versucht hatte, sie von dem Trip abzuhalten und wie entrüstet sie reagiert hatte.

Ich musste mir eingestehen, dass ich durch meine ganze Zeit als Einzelgänger ein wenig sozial inkompetent geworden war, aber sogar ich wusste, dass es das Beste für unsere Beziehung war, wenn ich das Thema nicht mehr ansprechen würde.

„Hm", machte Tim nur. „Findest du deine Idee nicht ein wenig, wie soll ich das sagen, ach ja, creepy?"

„Es ist vielleicht nicht mein bester Plan, aber bitte lass es uns auf meine Weise machen", flehte ich ihn an.

Tim überlegte kurz, dann willigte er ein, mir zu helfen, aber nur unter der Bedingung, dass ich es ihr, sobald wir sie gerettet haben würden, selbst erzählen würde.

Gespannt saß ich neben Tim, während er in einem beiläufigen WhatsApp-Gespräch versuchte herauszufinden, wohin Lunas Reise gehen würde.

Es war bereits Freitagnachmittag und unsere Zeit wurde knapper und knapper. Ich wusste nicht, wann sie losfahren würden. Ich wusste noch nicht, wohin sie fahren würden. Und ich wusste nicht genau, wann meine Vision eintreffen würde. Es könnte theoretisch jetzt schon zu spät sein.

Zum Glück schien Luna keinen Verdacht zu schöpfen, als Tim sie fragte, wo sie überhaupt hinfahren würde.

Ich sah Tim an.

Er sah mich an.

„Los geht's", sagte ich und sprang auf.

„Wir haben eine Mission", rief Tim und folgte mir, so schnell es ging.

Wir sprangen in mein Auto und fuhren los. Auf der Fahrt erklärte ich Tim, wie genau meine Vision abgelaufen war, damit auch er vorbereitet sein konnte. Wir mussten beide die Augen offen halten für mögliche Gefahren.

Wir mussten sie einfach finden, bevor meine Vision zuschlagen konnte. Ich war doch schon ein psychisches Wrack. Wie viel musste ich noch ertragen, bis ich endlich zerbrechen würde?

Glücklicherweise mussten wir nicht lange fahren, bis wir die Berge sehen konnten. Luna hatte wohl recht behalten, ihre Mutter schien wirklich nicht weit wegfahren zu wollen. Wir mussten nur noch Luna oder ihre Familie finden – also genau der Part, der vermutlich am schwierigsten war.

„Wie wollen wir uns eigentlich auf dem Berg verstecken und wo schlafen wir eigentlich?", rutschte es Tim raus.

Verdammt.

Darüber hatte ich mir auch noch absolut keine Gedanken gemacht. In meinem Kopf klang alles so viel einfacher. Aber Tim hatte recht: es war wichtig, dass man solche Sachen vorher plante.

Wir konnten schließlich nicht einfach normal rumlaufen. Wenn Luna uns sehen würde, dann wäre alles vorbei. Und ans Schlafengehen hatte ich erst recht nicht gedacht. Ich war gar nicht davon ausgegangen, dass diese Mission länger als einen Nachmittag andauern könnte. Vermutlich machte Tim genau aus diesem Grund sonst immer die Pläne.

„Wir können in meinem Auto schlafen", schlug ich vor.

„Cool, ich wollte schon immer in einem Auto übernachten", freute sich Tim wie ein kleines Kind. Mit so einer Antwort hatte ich nicht gerechnet.

Wir fuhren den Berg hoch, hielten aber bereits auf einem Parkplatz an, noch bevor wir überhaupt die Spitze erreicht hatten. Es war bereits dunkel und die Chancen waren zu hoch, dass wir sonst bemerkt werden würden. Die Scheinwerfer meines Autos würden in der Dunkelheit auffallen wie Leute mit weißen T-Shirts auf einem Metall-Konzert.

Heute, da war ich mir sicher, würde ihr nichts mehr passieren. Durch Tim, der weiterhin fleißig mit ihr schrieb, wussten wir, dass sie noch am Leben war und meine Vision hatte mir verraten, dass *es* tagsüber passieren würde.

Mehr oder weniger erleichtert, streckte ich mich und stellte den Fahrersitz so weit weg vom Lenkrad ein, wie es nur möglich war, um meinen Beinen extra viel Freiraum zu geben.

„Wir haben nicht einmal etwas zu Essen einge-packt", beschwerte sich Tim irgendwann.
Vermutlich hätte man auch nicht unvorbereiteter han-deln können, als wir es an diesem Tag getan hatten, aber es ging nun mal um Leben und Tod. Wir hatten einfach keine Zeit, um uns Gedanken über so etwas Banales wie Essen zu machen, dafür hatte ich Tim zu spät in meine Vision eingeweiht.
Daraufhin beschlossen wir, den Berg abzusuchen; erstens nach einem Ort, wo wir etwas essen könnten, und zweitens nach dem Wanderweg, den ich in mei-ner Vision gesehen hatte.
Ersteres ließ sich leicht finden und nachdem wir etwas gegessen hatten, war Tim auch williger, mit mir alle möglichen Wanderwege abzusuchen.
Es dauerte Stunden, bis wir den richtigen Pfad finden konnten. Ich vermutete, dass es am Adrenalin lag, aber meine eigene Schwäche rutschte in den Hinter-grund. Ich konnte selbst kaum glauben, wie aktiv ich werden konnte, wenn es um das Leben eines Men-schen ging, der mir so viel bedeutete, wie Luna es tat.
Obwohl wir den richtigen Wanderweg gefunden hat-ten, verliefen wir uns (trotz Google Maps) noch ein paar Mal im Wald, bevor wir endlich wieder an mei-nem Auto ankamen. Erschöpft legten wir uns letztend-lich schlafen.

„Ramon, es ist 12 Uhr", hörte ich Tims Stimme.
Sie war dumpf und klang weit von mir entfernt.

Ich konnte meine Augen nicht öffnen.

Mir ging es gar nicht gut und ich fühlte mich nicht in der Lage, etwas ändern zu können. Ich fühlte mich nicht einmal in der Lage, meine Augen zu öffnen.

Ich zitterte. Aber mir war nicht kalt. Es war nicht kalt. Heute war einer der wenigen Tage, an denen die Sonne scheinen sollte. Einer der wenigen warmen Tage in den letzten paar Wochen.

Erst als Tim mich schüttelte, wurde ich wacher. Mein Geist war nun komplett munter, nur mein Körper war noch nicht in der Lage, aufzustehen. Ich musste mich zusammenreißen. Nur dieses eine Mal. Für Luna. Danach konnte ich Tage lang nur schlafen, aber heute musste ich funktionieren.

Und mit diesem Gedanken schaffte ich es endlich, meine Augen zu öffnen.

„Verdammt, war wohl eine zu lange Nacht für mich", nuschelte ich verschlafen und versuchte die Situation herunterzuspielen.

Ich konnte nicht genau sagen, ob Tim Verdacht schöpfte, aber wenn er es tat, dann sagte er nichts dazu.

Wir beschlossen, mit dem Auto noch ein wenig näher an den Wanderweg zu fahren. Auf der einen Seite, weil ich es nicht mehr geschafft hätte, weit zu laufen, auf der anderen Seite, damit wir schneller eingreifen könnten, sollte etwas passieren.

Da es jetzt mittags war, würde unser Auto auch nicht mehr so stark auffallen wie letzte Nacht, da am Wochenende viele Wägen diesen Berg hier hinauffuhren.

„Denkst du, es ist heute soweit?", fragte Tim vorsichtig.

Ich nickte.

Es fühlte sich so an.

„Okay, dann lass uns keine Zeit verlieren", sagte Tim und war schon ausgestiegen.

Ich atmete noch einmal tief durch und versuchte, meine übriggebliebene Kraft zu sammeln. Ich wusste nicht genau, wie ich sie retten sollte, aber eins stand fest, ich würde sie retten.

Auch, wenn sie mich danach für einen Stalker halten oder sich von mir abwenden würde. Sie war es wert. Ihr Leben war es mir wert. Ich würde alles für sie tun, auch wenn ich dafür mit meinem Leben bezahlen müsste. Und durch diese Gedanken schaffte ich es, das Auto endgültig zu verlassen.

Vorsichtig bewegten wir uns auf den Wanderweg zu. In meiner Vision war ihr Zeltlager sehr nah am Wanderweg gelegen, wir mussten also aufpassen, dass wir nicht frühzeitig erkannt werden würden.

Auch wenn ich nicht genau wusste, ob es sich bei dem Zeltlager aus meiner Vision tatsächlich um das von Luna und ihrer Familie handelte, so war es dennoch sehr wahrscheinlich. Selbst wenn es nicht das Ihrige wäre, so mussten wir immer damit rechnen, ihr oder ihrer Familie zu begegnen. Wir mussten aufmerksam und gleichzeitig unauffällig sein. Zwei Sachen, die weder Tim noch ich besonders gut beherrschten.

Es dauerte nicht lange, da fanden wir das Zeltlager aus meiner Vision, doch von Luna fehlte jede Spur.

Waren wir zu spät?

Mein Herz begann zu rasen, aber mein Kopf war noch zu rational, um Panik zu schieben. Solange es noch Hoffnung gab, dass es nicht zu spät war, würde ich hier warten. Egal, wie lange es dauern würde. Ich hatte Zeit. Solange ich es nicht besser wusste, war sie am Leben und es bestand die Chance, dass wir sie noch retten konnten.

Zum Glück sagte Tim nichts, das mich hätte verunsichern können. Für seine Verhältnisse blieb er ziemlich bedacht und ruhig. Zwar war er von Natur aus eine ruhige und gelassene Person, doch er liebte es, in verbale Fettnäpfchen zu treten. Doch heute schien selbst ihm die Ernsthaftigkeit dieser Situation bewusst gewesen zu sein, sonst hätte er schon längst versucht, mit witzigen Bemerkungen die Stimmung aufzulockern.

Wir setzten uns in den Schatten eines Baumes, um unbemerkt zu bleiben und warteten. So viele Gedanken gingen mir durch den Kopf. Waren wir wirklich an der richtigen Stelle? Es musste einfach hier sein. Ich war mir sicher. Sehr sicher.

Ich hatte genau diesen Weg in meiner Vision gesehen. Die anderen Wege sahen anders aus. Wir mussten hier einfach richtig sein.

Also warteten wir weiter.

Stille.

Die einzigen Laute um uns herum, waren die Geräusche der Vögel in den Bäumen, die fröhlich vor sich hin zwitscherten.

„Und du bist dir wirklich sicher, dass wir hier richtig...–", fragte Tim skeptisch.

„Pscht", machte ich nur und legte meinen Finger auf die Lippen.

Wir durften nicht riskieren gesehen zu werden, falls meine Vision nicht eintreffen würde. Wir mussten unauffällig bleiben und dazu gehörte leider auch, dass wir nicht viel miteinander reden durften, für den unwahrscheinlichen Fall, dass Luna uns an unseren Stimmen erkennen würde.

„Aber ja", flüsterte ich. „Ich bin mir sehr sicher."

Auch Tim sah angespannt aus.

Er musste verrückt sein, dass er mir bei diesem Plan half. Aber andererseits, er musste auch verrückt sein, dass er es mein Leben lang mit mir ausgehalten hatte. Und gerade deshalb war es vielleicht auch gar nicht mehr so verrückt, dass wir hier zusammen lauerten und darauf warteten, dass etwas passierte. Vielleicht hätten wir das schon viel früher machen sollen, bei anderen Voraussagen, um zu gucken, ob sie tatsächlich immer tödlich endeten.

Vorsichtig streckte ich meinen Kopf an dem Baumstamm, an dem ich bis eben noch gelehnt hatte, vorbei.

„Siehst du etwas?", fragte Tim leise, doch ich konnte nicht antworten, so fixiert war ich auf das, was ich beobachtete.

Ich sah Luna und hinter ihr eine fremde Person, wobei, so fremd war sie mir nicht mehr, ich hatte sie schon einmal gesehen; in meiner Vision.

Ich schluckte.

Es war soweit.

Ich konnte es spüren.

Ich musste etwas machen. Ich musste aufspringen und sie von dem Hang wegzerren, es würde sonst zu spät für sie sein. Das, was ich vor mir sah, war genau das, was ich am Anfang meiner letzten Voraussage gesehen hatte. Meine Vision würde eintreffen und sie würde, wie immer, tödlich enden.

Alles schien sich in Zeitlupe zu bewegen, dennoch konnte ich mich nicht bewegen. Ich war wie gelähmt. War es Schwäche oder war es Angst?

Luna lief am Wanderweg vorbei. Zu nah am Rand des Abgrunds, meiner Meinung nach. Hinter ihr der bekannte Fremde aus meiner Vision. Er war nah an ihr. Zu nah. Er stolperte. Über seine eigenen Füße. Und hielt sich an Luna fest, die daraufhin ins Schwanken geriet. Sie verlor ihr Gleichgewicht und stürzte.

Ich sprang auf und vergrub beide Hände in meinen Haaren. Wie konnte ich nur so unfähig sein? Ich konnte sie nicht sterben lassen. Ich konnte sie nicht verlieren. Nicht so. Nicht durch eine Vision. Nicht durch etwas, was ich hätte jederzeit verhindern können, hätte ich ihr nur von Anfang an die Wahrheit gesagt.

Doch bevor ich aus meinem Versteck zum Abhang stürmen konnte, sah ich eine dunkle Gestalt hinterherstürzen. Das Ganze ging so schnell, dass ich mir nicht sicher war, ob ich es nicht vielleicht doch nur geträumt hatte.

Der Fremde rannte weg in Richtung des Restaurants, in dem Tim und ich gestern Abend noch gesessen hatten. Sollte er wirklich dorthin rennen, hatte ich genug Zeit, selbst nach Luna zu sehen, ohne der Gefahr zu unterlaufen, entdeckt zu werden.

Ich sprintete los, dicht gefolgt von Tim. Mein Herz raste, noch schlimmer als die Stunden zuvor und ich konnte die Panik in mir drinnen nicht mehr leugnen. Dennoch musste ich sie einfach sehen. Ich musste einfach gucken, ob es ihr gut ging.

Vielleicht konnte ich noch irgendetwas für sie tun. Sie irgendwie doch retten. Es konnte doch nicht sein, dass ich so unfähig war. Ich war doch nur hier, um sie zu retten und letztendlich hatte ich nichts für sie tun können.

Ich blickte den steilen Hang runter und sah sie. Sie lag zusammengekrümmt auf dem Boden, genauso wie ich es in meiner Vision gesehen hatte. Es war zu spät. Sie war… Sie war… Tränen strömten mir in die Augen. Ich konnte das alles nicht fassen. Ich konnte nicht mehr hingucken. Wollte nicht mehr hingucken.

Was konnte ich eigentlich?

Ich wandte meinen Blick ab und sackte auf dem Boden zusammen.

Tim, der immer noch ohne sich zu regen den Abhang runterstarrte, legte eine Hand auf meine Schulter.

Ich stieß sie von mir weg.

Ich wollte nicht mehr angefasst werden. Von niemandem mehr. Denn das passierte nun mal, wenn man mir zu nah kam: man starb.

Ich versuchte nicht mal mehr, die Tränen zurückzuhalten, die sich in meinen Augen gebildet hatten. Es war mir egal, was die anderen Wanderer denken würden oder Lunas Familie, sollten sie nach ihr schauen wollen.

Es war mir egal, was mein Vater von mir denken würde, sollte er davon erfahren. Es war okay zu weinen und es war okay zu zerbrechen, wenn man so viel durchlebt hatte wie ich. Aber das Schlimmste am Weinen waren nicht die Tränen, es war das Gefühl, nichts zu fühlen. Nicht einmal Leere. Gar nichts.

Wie war es möglich, dass man Gefühle zeigen konnte, von denen man sich sicher war, dass man sie hatte, ohne auch nur das Geringste dabei zu fühlen?

Aber in dem Moment hatte mein Kopf einfach emotional dicht gemacht; mein Körper konnte den Schmerz eines weiteren Verlusts einfach nicht mehr ertragen.

„Ramon", sagte Tim sanft.

Ich ignorierte ihn.

Alles, was er jetzt sagen könnte, würde diesen Verlust nicht einmal annähernd wiedergut machen können.

„Ramon", versuchte es Tim weiter.

Wieso konnte er mich nicht in Ruhe lassen?

Wieso hatte er mich vor Jahren nicht einfach in Ruhe gelassen, denn dann wäre ich von Anfang an allein gewesen?

Ich hätte niemals davon geträumt, ein neues, normales Leben anzufangen.

Ich wäre niemals auf die Idee gekommen, Luna von der Schule abzufangen.

Ich wäre nur auf mich allein gestellt gewesen.

Es wäre kein schönes Leben gewesen, aber dafür wäre Luna jetzt noch am Leben und das wäre es wert gewesen.

„Ramon, das solltest du dir ansehen", Tim ließ nicht locker.

„Was?", schrie ich ihn an. „Was soll ich mir angucken? Wie sie dort liegt? Das habe ich schon in meiner Vision gesehen."

„Ich denke nicht, dass du das in deiner Vision gesehen hast", er blieb ruhig.

Unter Tränen ließ ich zu, wie Tim meinen Kopf zur Seite drehte, sodass ich den steilen Hang runtergucken und sehen konnte, was er sah.

Luna, sie bewegte sich.

Es war unmöglich. Ein Sturz aus dieser Höhe musste tödlich gewesen sein. Aber sie lebte.

Kapitel 3

Es war mein erster Schultag seit über einer Woche. Meine Mama hatte mich extra krankschreiben lassen – obwohl die Ärzte bestätigt hatten, dass mir auf unerklärliche Weise nichts fehlte und ich nicht einmal eine leichte Gehirnerschütterung erlitten hatte – damit ich mich wieder erholen konnte. Es nervte mich, dass ich nichts machen konnte, obwohl es mir eigentlich super gut ging. Wieder einmal fühlte ich mich so schwach und ohne jegliche Kontrolle.

Jede Stunde kam meine Mama in mein Zimmer, um zu gucken, ob ich noch lebte oder doch schon an unerkannten inneren Blutungen gestorben war – sie guckte in ihrer Freizeit eindeutig zu viel *Grey's Anatomy*. Und obwohl ich die ganze Zeit über beteuert hatte, dass es mir gut ging, ließ sie nicht locker. Sie konnte genauso stur sein wie ich, wenn nicht sogar schlimmer, aber das war schließlich nichts Neues. Deshalb war ich umso erleichterter, meine Freunde endlich wiedersehen zu können.

Natürlich hatten sie bereits von dem ,Wunder in den Bergen' gehört – die Medien berichteten hier pausenlos darüber. Aber wer konnte es ihnen übelnehmen? Die Wochenzeitung berichtete hauptsächlich über entlaufene Hunde und Schacholympiaden; es passierte halt nie etwas Besonders in dieser Kleinstadt.

Mein überlebter Sturz aus einer solchen Höhe war eine Sensation, die so schnell nicht wieder passieren würde. Niemand konnte sich den Vorfall genau erklären, aber gerade deshalb war er wohl auch so spannend für die Medien. Es war endlich mal eine Story mit Happy End.

Ich konnte selbst noch gar nicht einordnen, wie es mir überhaupt damit ging. Vermutlich hatte ich so viel über den Vorfall gelesen, dass ich mich emotional davon distanziert hatte.

Es fühlte sich nicht mehr an, als wäre es mir passiert und bis auf kleine Schürfwunden und eine aufgerissene Hose hatte ich mir keine Verletzungen zugetragen, also gab es auch nichts, was mich daran erinnerte, dass es tatsächlich ich war, die den Berg heruntergestürzt war. Es war wohl tatsächlich ein Wunder.

Mein erster Schultag nach dem Unfall war der reinste Horror. Alle behandelten mich, als wäre ich total fragil und hätte gerade eine Nahtoderfahrung gemacht, obwohl es mir die ganze Zeit über blendend ging.

Ich wollte doch nur einen entspannten Tag mit meinen Freunden verbringen und mich ein wenig von all dem Trubel ablenken lassen, aber das hatte überhaupt nicht funktioniert. Die ganze Aufmerksamkeit missfiel mir sehr.

Das einzig Gute an dem Tag war, dass ich Matt nicht begegnet war. Er schien wohl krank gewesen zu sein, wobei ich mir nicht sicher war, ob er überhaupt krank werden konnte.

Ich hatte ihn in seiner vollen Kraft erlebt und so schnell wie seine Wunden verheilt waren – laut Ramon – deutete es für mich darauf hin, dass er eigentlich unverwundbar war.

Aber mir war es sehr recht ihn nicht zu sehen. Und wer wusste es schon, vielleicht gab es ja auch spezielle Krankheiten, die nur übernatürliche Wesen bekommen könnten. Sollte das der Fall sein, so wäre ich nicht traurig um ihn.

Auch, wenn meine Mutter nicht glücklich darüber war, machte ich mich nach der Schule auf den Weg zu Ramon. Es wäre ihr lieber gewesen, ich wäre direkt nach Hause gekommen, damit sie mich hätte weiter pflegen können. Außerdem hatte sich immer noch nichts an ihrer Einstellung gegenüber Ramon geändert.

Allerdings konnte ich nicht anders, als zu ihm zu gehen. Ich hatte Fragen. Viele Fragen. Und er war der Einzige, der mir diese beantworten konnte.

Ramon nahm mich zur Begrüßung in den Arm und sagte nichts.

Auch ich schwieg.

Aber die Tatsache, dass er mich so festdrückte, als wäre ich gestorben, bestätigte nur meine Vermutung, dass er vermutlich mehr mit dem Unfall zu tun hatte, als er zugeben wollte.

Alles passte zusammen.

Sein merkwürdiges Verhalten, als ich ihm von meinem Campingtrip erzählt hatte. Seine schlechter werdende Laune, die er versucht hatte, zu unterdrücken. Seine feste Umarmung, als würde er mich nie wieder loslassen wollen. Einfach alles.

„Du wusstest es, oder?", fragte ich, als sich die Umarmung löste.

Er nickte nur stumm.

„Wieso hast du nichts gesagt?", hakte ich weiter nach, nachdem wir uns auf seiner Couch niedergelassen hatten.

„Ich wusste nicht, wie ich es dir sagen sollte. Ich hatte Angst, dass du mir nicht mehr vertrauen würdest. Dich von mir abwenden würdest. Ich hatte alles unter Kontrolle und ich war mir so sicher, dass ich endlich ein normales Leben führen könnte und dann…", gegen Ende wurde er leiser und guckte auf den Boden.

„Aber genau diese Unsicherheit hatte ich am Anfang doch auch und ich bin geblieben", warf ich ein.

„So weit habe ich nicht gedacht", gestand er.

„Bist du sauer?", fragt er vorsichtig.

„Ich hatte jetzt genug Zeit, drüber nachzudenken, und mir ist nichts passiert, also hab ich ja eigentlich keinen Grund, sauer zu sein, aber solltest du mich nochmal umbringen wollen, dann sag mir doch bitte

Bescheid, damit ich mich selbst darauf vorbereiten kann", antwortete ich ehrlich und lächelte ihm aufmunternd zu.

Er erwiderte mein Lächeln.

„Ich frage mich nur, warum ich noch am Leben bin. Ich meine, deine Visionen sind immer tödlich, oder?", endlich konnte ich die Frage stellen, die mir seit Tagen durch den Kopf schwirrte.

„In jener Nacht", ich schluckte.
Noch immer fiel es mir schwer, darüber zu sprechen.

„Als Matt mich entführt hat… Selbst er war absolut überzeugt davon, dass deine Visionen tödlich enden."

„Soweit ich weiß, ist das auch so. Ich kann mir wirklich nicht erklären, was passiert ist."
Und dann erzählte er mir davon, wie er mir nachgereist war, um mich im Notfall retten zu können. Wie Tim und er gesehen hatten, wie ich in die Tiefe stürzte und wie irgendeine dunkle Gestalt mir hinterher gestürzt war.
All das hatte ich während meines Falles gar nicht bemerkt; es ging einfach viel zu schnell.
Es musste die mysteriöse Gestalt gewesen sein, die mir das Leben gerettet hat, oder war es doch nur eine weitere Einbildung von Ramon gewesen?
Ich fühlte mich ein wenig wie bei *X-Faktor das Unfassbare* nur, dass ich bei der Serie schon immer schlecht darin war, Wahrheit und Fiktion voneinander zu unterscheiden. Im Endeffekt war es egal, wer oder

was mich gerettet hatte oder ob ich überhaupt gerettet wurde; wichtig war, dass ich überlebt hatte.

Ich sah, wie Ramon mit zittrigen Händen versuchte, Wasser aus seinem Glas zu trinken und warf ihm einen skeptischen Blick zu.

Ihm ging es nicht gut und das war offensichtlich.

„Ich mache mir Sorgen um dich und das schon seit der Nacht in der Villa", versuchte ich noch einmal das Thema anzuschneiden, von dem er mich immer abzubringen versuchte.

„Musst du nicht, bei mir ist alles okay", erwiderte er direkt.

„Nein, wag es dich nicht noch einmal zu behaupten, dass alles gut wäre, wenn ich doch sehen kann, dass es dir nicht gut geht! Deine Visionen sind zurück und du siehst aus, als hättest du tagelang nicht geschlafen. Du sagst immer, dass alles okay ist. Immer. Alles ist okay, aber nie geht es dir wirklich gut, also hör damit auf, uns allen etwas vorzuspielen", explodierte ich.

„Dann weißt du doch genau so viel wie ich, also was willst du noch hören?", fragte er gleichgültig.

Ich öffnete meinen Mund, bereit etwas zu sagen, doch ich wusste nicht, was, also schwieg ich.

Schließlich war es Ramon, der etwas sagte: „Ich weiß auch nicht genau, was mit mir los ist. Anfangs dachte ich, es wäre diese normale Schwäche, die ich eigentlich immer habe, wenn ich irgendwas Telepathisches versuche, aber dafür ist es zu langanhaltend."

„Hast du irgendwelche Theorien, woran es liegen könnte?", hakte ich nach.

Er schüttelte bloß den Kopf.

Verdammt.

Vielleicht brauchten wir Tims unkompliziertes Denken, um die Lösung herauszufinden.

„Weiß Tim davon?"

„Ich hab's ihm noch nicht so direkt gesagt."

„Vielleicht sollten wir ihm davon erzählen, er könnte uns bestimmt helfen", schlug ich vor.

„Ich möchte nicht, dass sich noch jemand Sorgen um mich macht. Wenn er es herausfindet oder ich noch eine Vision bekomme, werde ich mit ihm ausführlich darüber reden, aber vorher möchte ich ihn da raushalten", erklärte er mir.

Damit gab ich mich fürs Erste zufrieden, weil ich wusste, dass Ramon stur sein konnte. Aber in den nächsten Tagen würde ich weiter nachhaken.

„Wir werden auch zu zweit herausfinden, was los ist", sagte er nach einer Weile wieder und nahm meine Hand.

Ich nickte nur und ließ mich näher an ihn heranziehen, sodass ich meinen Kopf auf seiner Schulter platzieren konnte.

Ich machte mir einfach so verdammt viele Sorgen um ihn. Seit der Nacht in der Villa. Seit der Begegnung mit den Zauberern. Seitdem sie diesen unerklärlichen Trank auf ihn geworfen hatten.

Ich fuhr hoch.

Vielleicht war das, was alles ausgelöst hatte.

„Das ist es“, murmelte ich und blickte in Ramons verwirrtes Gesicht.

„Der Zaubertrank der Magier. Alles andere macht keinen Sinn. Es muss der Zaubertrank sein. Ich hab es dir direkt gesagt, aber du wolltest nichts davon hören“, sprudelte es plötzlich nur so aus mir hervor.

„Verdammt, du könntest recht haben“, presste er nur hervor.

„Aber das würde ja bedeuten, dass es nicht mehr von allein weggeht“, schlussfolgerte ich.

Er nickte nur mit leerem Blick.

Zu gerne würde ich wissen, was gerade durch seinen Kopf ging. Ich wusste nicht einmal, wie ich mit der Situation umgehen sollte, wie sollte er dann wissen, damit umzugehen?

Eigentlich war seit der Nacht in der Villa klar, dass wir um eine weitere Begegnung mit den Magiern nicht herumkommen würden, jetzt allerdings wurde dieser Gedanke immer realer und dann gab es noch die Sache mit Matt, von der Ramon zum Glück immer noch nichts wusste.

War Matt noch mit den Magiern vernetzt oder was sonst war der Grund für seine Rückkehr?

Wahrscheinlich sah ich ein wenig zu gedankenverloren aus, denn jetzt war es Ramon, der mich besorgt ansah: „Woran denkst du gerade?“

„Wir werden die Magier noch einmal treffen müssen", versuchte ich, von meinen eigentlichen Gedanken abzulenken.
Ich würde Ramon weiterhin nichts von Matt erzählen, das würde ihn nur unnötig aufregen. Ramon hatte jetzt wichtigere Probleme und Matt war keins davon. Matt war ein Problem, mit dem ich fertig werden musste. Allein.

Kapitel 4

Ich konnte mir absolut nicht erklären, wie Luna überlebt hatte. Niemand konnte sich das erklären. Es war das erste Mal, dass ich miterlebt hatte, dass meine Vision nicht tödlich verlaufen war, und dennoch beruhigte es mich nur ein wenig. Anscheinend gab es bestimmte Faktoren – und ich wusste nicht, ob es sich dabei nur um übernatürliche Faktoren handelte – die meine Visionen ungültig machen konnten.

Das war eine interessante These, die ich unbedingt genauer erforschen musste, allerdings schienen alle Wege, dies zu tun, moralisch verwerflich.

Ich würde definitiv nicht absichtlich Visionen auf meine Freunde projizieren. Das wäre fatal und meine Psyche hatte mir bereits deutlich signalisiert, dass ich einen weiteren Verlust nicht ertragen würde. Wie viel konnte ein Mensch ertragen, bevor er endgültig zerbrechen würde? Vermutlich war dies individuell, aber ich persönlich wusste, dass ich definitiv an meiner Grenze angelangt war.

Außerdem wäre das Erforschen meiner Visionen vielleicht gar nicht so hilfreich, wie es auf den ersten Blick schien, schließlich war es selbst für Luna ein Wunder, dass sie überlebt hatte. Vielleicht war alles nur ein riesiger Zufall oder ein Fehler in mir drinnen gewesen.

Schon wieder gab es so viele ungeklärte Fragen und schon wieder fehlten mir die Antworten.

Vielleicht wäre alles einfacher, wenn wir nicht ständig gegeneinander arbeiten würden. Hätte ich Luna früher gesagt, wie schlecht es mir wirklich ging, wären wir vielleicht früher auf die Idee gekommen, dass alles mit den Magiern zusammenhängen würde. Dann hätte ich ihr von meiner Vision erzählt und sie wäre vielleicht nicht mit ihrer Familie auf den Campingtrip gefahren.

Vielleicht aber wusste ich schon die ganze Zeit unterbewusst, dass mein Verhalten nicht normal war und wollte einfach nicht wahrhaben, dass es etwas mit den Magiern zu tun hatte. Vielleicht wollte ich mich auch einfach selbst belügen. So viele Vielleichts. Aber keine genauen Antworten.

Ich wollte alles allein lösen und sie aus allem heraushalten. Beschützen. Doch wenn ich jetzt wieder versuchen würde, alles allein hinzubekommen, wäre ich wieder da, wo ich am Anfang war.

Oder war ich sogar wieder am Anfang angekommen? Meine Visionen waren schließlich wieder unkontrollierbarer geworden und ich bemerkte selbst, wie ich unnötige Gänge in die Öffentlichkeit zu vermeiden versuchte.

Vielleicht hatte Luna recht und ich sollte auch Tim davon erzählen. Es wäre leichter für mich, wenn ich nicht immer so tun müsste, als wäre alles okay, wenn es nicht so war. Es wäre einfacher, wenn wir aufhören würden, Geheimnisse zu haben, um den Anderen zu schützen. Wir mussten zusammenarbeiten, um uns gegenseitig zu schützen, so wie wir es in jener Nacht getan hatten.

Es war Morgen. Die Vögel zwitscherten und der Himmel färbte sich von Mitternachtsblau zu Rosa. Die Luft war noch angenehm frisch, sodass ich erstmal alle Fenster zum Lüften aufriss.
Es war zwar noch früh, aber ich wollte heute mal zeitiger anfangen zu arbeiten als sonst. Ich hatte es schon lange vorgehabt, wieder etwas früher aufzustehen, um meinen Schlafrhythmus zu verbessern, aber es hatte bis jetzt nie geklappt.
Immer hatte ich meinen Wecker ausgemacht und weitergeschlafen. Immer fühlte ich mich morgens noch nicht stark genug, um aufzustehen. Doch heute hatte ich es geschafft, was mich ein wenig stolz machte. Gerade weil alles so gut und idyllisch lief, hätte ich das, was als Nächstes passierte, niemals kommen sehen können.

Er war gerade dabei, sich einen Kaffee aufzuschütten, damit er gemütlich in den Morgen starten konnte – eigentlich mochte er gar keinen Kaffee, aber ohne Koffein würde er es nicht durch den Tag schaffen – als er ein bekanntes Kribbeln verspürte. Sofort setzte er die Tasse, die er gerade befüllen wollte, auf die Küchentheke ab.

Das Kribbeln wurde stärker und er konnte bemerken, wie sich sein Sichtfeld veränderte und immer unschärfer wurde. Er wollte das doch alles nicht. Er wollte es wirklich nicht, aber er konnte es nicht aufhalten, so sehr er es auch versuchte. Die Vision überkam ihn.

Sein Blickfeld wurde komplett unscharf und als es wieder scharf wurde, sah er eine Straße. Eine Straße, die zu einer solch späten Uhrzeit nicht mehr stark befahren war. Und er sah Tim.

Tim, wie er die leere Straße überqueren wollte. Dann sah er das, was Tim nicht mehr sehen konnte. Ein Auto, das die Geschwindigkeitsbeschränkung nicht einhielt und viel zu schnell auf ihn zuraste. Eine Bremse quietschte. Illegales Straßenrennen. Trotz Bremsen war das Auto zu schnell. Es konnte nicht anhalten. Tim war tot.

Ein Klirren riss ihn zurück in die Realität. Obwohl er die Tasse abgestellt hatte, hatte er es geschafft, sie von der Theke zu stoßen. Er ärgerte sich, aber nicht wegen der Tasse. Die war ihm egal. Er ärgerte sich darüber, was die Magier aus ihm gemacht hatten.

Sie hatten es geschafft, ihn gegen seine eigenen Freunde einzusetzen und das machte ihm zu schaffen. Ihm blieb nichts anderes übrig; er musste es Tim sagen. Die Magier hatten es geschafft, ihn zu dem Monster zu machen, was er all die Jahre versucht hatte zu unterdrücken. Aber jetzt war er außer Kontrolle und tödlicher denn je.

„Alles Paletti? Du siehst ein wenig blass aus“, bemerkte Tim, als ich bei ihm vor der Tür stand.

Ich war sofort losgefahren, um ihn vorzuwarnen. Jede Sekunde war kostbar und wir konnten uns nicht noch einmal auf ein Wunder verlassen. Luna hatte unglaubliches Glück gehabt. Wie hoch waren die Chancen, dass das noch einmal passieren würde? Vermutlich Null. Wäre ich Mathematiker, so würde ich wahrscheinlich entgegnen, dass die Chance gegen Null verlief, aber niemals Null war. Aber ich war kein Mathematiker. Ich war Programmierer.

Plötzlich rauschten mir so viele Gedanken durch den Kopf. Was, wenn heute wirklich sein letzter Tag sein würde? Was wäre, wenn wir uns ab Morgen nie wiedersehen würden? Wo wäre ich ohne ihn? Würde er alles machen können, was er sich in seinem Leben vorgenommen hatte? Was würde ich eigentlich machen, wenn ich nur noch einen Tag zu leben hätte?

Eigentlich verdrängte ich solche Gedanken immer, da rein prozentual gesehen die Chancen, dass ich sterben würde, sehr gering waren, da ich mit meinen mittlerweile 20 Jahren noch ziemlich jung war. Gut, man konnte ein paar Prozente draufrechnen, weil die Magier nun mal hinter mir her waren, aber ob sie mich wirklich umbringen würden, konnten wir auch nicht genau sagen.

Vermutlich brauchten sie mich zu sehr, als dass sie mich töten würden. Und selbst wenn sie es versuchen würden, so könnte ich sie immer noch… Nein. Lieber würde ich mich opfern, als dass ich noch einmal irgendeine Person umbringen würde. Nicht die Magier und erst recht nicht Tim.

„Ne, gar nichts ist Paletti. Wir haben ein Problem", ich schrie schon fast, als ich das sagte.

Seufzend schmiss ich mich auf Tims Esstischstuhl, während er gegenüber von mir Platz nahm und sich weiter seinem Essen widmete.

„Hattest du wieder eine Vision?", fragte er ernst.

Vermutlich hatte er bemerkt, dass die Lage kompliziert werden könnte, als es den Anschein hatte.

„Ja, und dir wird nicht gefallen, was ich gesehen habe", presste ich hervor.

Mein Herz klopfte so unfassbar schnell.

Ich hoffte, dass Tim einfach eine Lösung finden würde. Er hatte immer eine Lösung, die – für mich fatale – Probleme in Sekundenschnelle aus der Welt schaffen würde. Wenn mir jemand helfen konnte, dann war es er. Und dieses Mal musste er einfach eine gute Idee haben, denn ich hatte keine mehr.

Wäre Luna nicht durch ein Wunder gerettet worden, wäre sie tot. Denn obwohl wir da waren, waren wir zu spät. Und ich durfte nicht noch einmal zu spät sein.

„Ging es um mich?", fragte er zögernd und schob sich einen Löffel Cornflakes hinterher.

„Ja", flüsterte ich, kaum hörbar.

Tim hustete ein wenig, vielleicht hatte er sich vor Überraschung an seinen Cornflakes verschluckt.

Schnell trank er sein Glas Wasser leer und das Husten wurde besser.

„Ich muss gestehen, ich habe mit allem gerechnet, aber nicht damit", sein Blick war leer und alle Farben schienen aus seinem Gesicht gewichen zu sein.

So kannte ich ihn nicht. So hatte ich ihn in all den Jahren noch nie erlebt und es zerriss mich innerlich, ihn so sehen zu müssen. Es ist das eingetroffen, was vor Jahren hätte passieren können und von dem er wusste, dass er sich dem Risiko ausgesetzt hatte und trotzdem schien es für uns beide eine unerwartete Überraschung zu sein. Vor allem, nachdem ich so gute Fortschritte erzielt hatte, die ich ohne Tim so niemals hätte machen können.

Ich war nichts ohne ihn. Er war meine Barbie und ich war sein Ken; abhängig von ihm. All die Jahre, in denen ich allein war, war er der Hauptcharakter meines Lebens gewesen, während ich vielleicht nur ein Nebencharakter in seinem Leben war. Und trotzdem kam er immer wieder zurück zu mir, obwohl er genau wusste, was das bedeutete… Obwohl er wusste, dass jeder Tag sein Letzter hätte sein können.

Lebe dein Leben, als wäre jeder Tag dein letzter, für'n Arsch. Wie oft dachte man darüber nach, dass man aus jedem Tag das Meiste mitnehmen sollte und am Ende machte man doch die immer gleichen Sachen. So auch Tim. Hätte er mal früher angefangen, jeden Tag zu leben, als wäre es sein letzter und mich allein meinem Elend überlassen, dann hätte er vermutlich mehr Tage zu leben als jetzt.

Auf seine Nachfrage erzählte ich ihm alle wichtigen Details der Vision wie die Art des Todes, aber auch die Tageszeit; nachts.

Er überlegte kurz, dann fiel ihm ein: „Tatsächlich habe ich diese Woche abends noch ein Date im Kino. Also natürlich freut es mich zu wissen, dass es anscheinend gut läuft, wenn ich so spät abends noch unterwegs bin... Und du bist sicher, dass ich allein war? Hast du noch eine andere Person gesehen?"

„Ich bin kein Liebesorakel", versuchte ich ihm in Erinnerung zu rufen, aber innerlich freute ich mich ziemlich, dass er nicht mehr so ernst aussah. Mittlerweile war auch die Farbe wieder zurück in sein Gesicht gekehrt.

„Wie konnte ich das nur vergessen." Tim trank noch einen Schluck, dann sagte er: „Aber vielleicht hast du recht und ich sollte es lieber verschieben."

„Das wäre auf jeden Fall ein guter Anfang", mir fiel ein Stein vom Herzen.

Tim wusste nun Bescheid und er würde sich nachts nicht mehr auf irgendwelchen Straßen aufhalten. Mehr konnten wir nicht tun, außer die Augen offenhalten und hoffen, dass alles gut werden würde.

Obwohl Tim sein Date abgesagt hatte und auch sonst, sobald es dunkel wurde, das Haus nicht mehr verließ, war ich immer noch am Verzweifeln. Zwar beruhigte mich seine vorsichtige Art ein wenig, dennoch hatte ich wahnsinnig viel Angst um ihn. Er war mein bester Freund, seitdem ich denken konnte, und er war der Einzige, der immer zu mir gehalten hatte, egal, was kam.

Ich fühlte mich so schuldig. Wie konnte ich meine Freunde nur in solche Situationen bringen? Innerhalb kürzester Zeit hatte ich es geschafft, die wichtigsten Menschen in meinem Leben zum Tode zu verurteilen, ohne es im Geringsten zu wollen.

Es war der dritte Abend in Folge, an dem ich nicht einschlafen konnte, ohne vorher mit Tim telefoniert zu haben. Es beruhigte mich, seine Stimme zu hören und zu wissen, dass er noch am Leben war.

„Dieses ständige Aufpassen macht mich verrückt,“ fing Tim an und fügte lachend hinzu: „Ich wurde heute fast dreimal von einem Fahrrad angefahren, als ich aufgepasst habe, nicht von irgendwelchen Autos angefahren zu werden.“

Meiner Meinung nach untertrieb er die Situation, er würde nicht nur angefahren werden, er würde umgefahren werden. Er würde nicht nur verletzt werden, er würde sterben und alles war meine Schuld.

„Dann musst du besser aufpassen“, sagte ich, ohne wirklich darüber nachzudenken, ob das möglich war oder nicht.

„Ich gebe ja mein Bestes, aber es ist echt schwierig“, beschwerte sich Tim.

„Ich weiß", seufzte ich. „Aber es ist eine hoffentlich einmalige Situation, die du überstehen musst."

„Aber wie überstehe ich es am besten? Soll ich mich zu Hause einsperren oder versuchen, mein Leben normal zu leben?", sprudelte es nur so aus ihm heraus. Normalerweise war ich der mit den unzähligen ungeklärten Fragen. Es war ungewohnt, Tim in meiner Position zu sehen.

„Ich hab keine Ahnung", gestand ich. „Pass einfach auf dich auf, okay?"

„Kannst du nicht irgendwie deine Vision zurücknehmen?"

„Ich wünschte, ich wüsste, wie. Es tut mir so unfassbar leid", gegen Ende wurde ich leiser.

Wüsste ich, was ich tun müsste, um die Voraussage ungeschehen zu machen, ich würde es tun. Diese Situation machte mich fertig. Wie konnte alles so eskalieren? Diese verdammten Magier. Wenn ich sie finden würde… Ja, was würde ich mit ihnen machen? Selbstjustiz war keine Lösung und das war mir mehr als nur bewusst. Ich würde also vermutlich gar nichts mit ihnen machen, außer zu debattieren und zu hoffen, dass sich Matt nicht wieder mit ihnen versöhnt hatte. Den Magiern war ich wenigstens nicht physisch unterlegen; Matt schon.

Auch das Telefonat mit Tim führte zu keiner Lösung des Problems. Keiner von uns konnte genau sagen, wie wir am besten vorgehen sollten. Vielleicht hatten meine Visionen ein Ablaufdatum und er musste einfach nur abwarten, dass dieses vorbeigehen würde und er sein Leben wieder normal fortführen könnte. Vielleicht musste er aber auch in diese bedrohliche Situation kommen, um gerettet zu werden. Vielleicht könnte ich ihn dieses Mal doch retten.

Und egal, wie sehr ich hoffte, es umgehen zu können, eigentlich war mir klar, was das bedeuten würde. Er musste einfach in die Situation kommen, sonst würden wir nie wissen, ab wann er wieder sicher sein würde. Aber konnten wir es wirklich riskieren? Nicht wirklich, aber wir mussten es tun, sonst würden wir für immer mit der Ungewissheit leben. Sonst müsste sich Tim für immer einschränken, sonst müsste er das Leben führen, das ich eigentlich von Anfang an hätte führen sollen. Isoliert von allem.

Tim war nicht begeistert von meiner Idee, als ich ihm bei unserem nächsten Telefonat davon berichtete, aber er wusste, dass ich recht hatte. Wenn jemand die Vision aufhalten konnte, dann wohl ich.

Dieses Mal fiel es ihm deutlich schwerer, mir zu vertrauen, ich vertraute meinem Können besonders in der jetzigen Zeit, in der meine Kräfte verrücktspielten auch nur bedingt, aber es musste so kommen. Wir mussten es hinter uns bringen, damit wir beide wieder ruhige Nächte haben könnten.

So viele Gedanken gingen mir durch den Kopf, als wir uns zu Fuß auf den Weg zu der Straße aus meiner

Vision machten. Es war ziemlich einfach, die richtige Straße zu finden, es handelte sich um eine der wenigen großen Straßen unserer kleinen Stadt. Deswegen würde niemand dort ein illegales Straßenrennen erwarten. Nicht hier. Nicht in dieser verschlafenen Kleinstadt.

Obwohl es schon dunkel war, war die Luft immer noch lauwarm. Eigentlich war es ein schöner Abend. Eigentlich.

„Hast du Angst?", fragte ich ihn, als wir an dem Straßenabschnitt aus meiner Vision angekommen waren.

„Ich weiß, eigentlich sollte ich Angst haben, aber irgendwie habe ich keine Angst. Ich vertraue dir. Du kannst mich nicht sterben lassen, ohne mich wärst du verloren", scherzte er.

Als Antwort boxte ich ihn leicht gegen den Arm. Aber er hatte recht. Ohne ihn wäre ich verloren.

Wir starrten uns noch einige Momente lang an.

„Falls das hier meine letzten Worte an dich sein sollten, danke für die schöne Zeit. Sollte ich sterben, dann war es das alles hier definitiv wert."

Ich umarmte ihn.

„Wir bekommen das hin", brachte ich heraus und schluckte den Kloß runter, der sich in meinem Hals gebildet hatte.

„Und wenn nicht, dann wirst du mir eines Tages folgen und wir sehen uns auf der anderen Seite wieder. Also, falls du für mich das Ufer wechseln willst."

„War das etwa ein Outing?“, fragte ich perplex und sah ihm nach, wie er schulterzuckend die Straße überquerte. So viel zu letzten Worten. Dennoch durfte ich jetzt nicht zu viel über seine Worte nachdenken, ich musste mich konzentrieren.

Da wir keine genaue Uhrzeit hatten, wann meine Vision zuschlagen würde, hatten wir abgemacht, dass Tim die Straße so lange überqueren sollte, bis etwas passieren würde. Auch wenn es die ganze Nacht dauern würde. Ich stand währenddessen am Straßenrand, allzeit bereit, das Schlimmste zu verhindern. Aber nichts passierte.

Es war bestimmt schon eine Stunde vergangen, in der nicht ein einziges Auto vorbeigefahren war.

„Sicher, dass wir uns nicht im Tag geirrt haben?“, fragte Tim nach einer Weile.

„Ich hab keine Ahnung, aber ich denke nicht. Können wir uns überhaupt im Tag irren, wenn wir sowieso keine Ahnung haben, wann es passiert?“

Da wir beide keine Ahnung hatten, ob das möglich war, beschlossen wir, so weiterzumachen wie zuvor.

Die Stunden vergingen und wir wurden müder und müder. Ich merkte auch, wie meine Konzentration langsam nachließ und mein Körper wieder anfing zu zittern. Ich durfte jetzt nicht schwach werden. Es könnte jede Sekunde so weit sein. Ich musste breit sein. Notfalls musste ich das Auto telepathisch anhalten. Angst erfüllte meinen Körper.

Es war schon eine Weile her, dass ich überhaupt etwas telepathisch bewegt hatte – um genau zu sein, war es das letzte Mal in jener Nacht passiert. Aber ich konnte meinen besten Freund nicht im Stich lassen. Ich durfte meinen besten Freund nicht im Stich lassen. Doch das Zittern, das meinen Körper überkommen hatte, hörte nicht auf, bis ich letztendlich zu Boden sank, weil meine Beine mein Gewicht nicht mehr tragen wollten. Tim, auf der anderen Straßenseite, bemerkte das.

„Ramon!", rief er erschrocken und lief über die Straße.

Er wollte zu mir laufen. Ohne zu gucken. Über die Straße. Und dann war es so weit; das Auto kam.

Reflexartig schloss ich meine Augen. Ich wusste, dass es jetzt so weit war. Ich konnte es fühlen.

Ich wollte ihm helfen. Das Auto stoppen. Irgendwas tun. Tim Retten. Ich wollte… Ich konnte das nicht mit ansehen. Man hörte ein Reifenquietschen.

„Fuuuuuuuuckkk", fluchte ich laut.

Ich öffnete meine Augen wieder. Ich musste wissen, wie es ihm ging. Ich hatte noch Hoffnung, dass irgendein Wunder passiert war. Vielleicht konnte ich ihn noch retten, wenn ich rechtzeitig einen Krankenwagen rufen würde. Vielleicht war noch nicht alles verloren. Vielleicht gab es eine kleine Chance, dass meine Visionen doch nicht immer tödlich enden würden. Vielleicht…

Tim lag zusammengekauert auf dem Boden. Um ihn herum hatte sich eine Blutpfütze gebildet. Er regte sich nicht, aber er lag nah genug an mir dran, dass ich sehen konnte, dass er noch atmete.

Das Auto war bereits außer Sichtweite. Fahrerflucht.

Was ein Arschloch! Ich wünschte dem Fahrer von Herzen alles Schlechte auf dieser Welt und dass er niemals wieder einen guten Tag in seinem Leben haben würde.

Ich riss mich zusammen und versuchte aufzustehen. Es funktionierte nicht besonders gut, aber es funktionierte. So schnell wie es mir möglich war, stolperte ich die wenigen Meter zu ihm hin und ließ mich neben ihn fallen. Langsam schien er wieder zu sich zu kommen. Er drehte sich ein wenig und verzog sein Gesicht vor Schmerzen.

„Tim? Ist alles gut? Ich rufe dir einen Krankenwagen", fragte ich sofort, obwohl ich wusste, dass er nicht antworten würde.

Direkt am nächsten Tag holte ich Luna von der Schule ab, um mit ihr zusammen Tim im Krankenhaus besuchen zu gehen. Natürlich hatten wir sie im Vorhinein von unserem Plan informiert und wenn unsere flehenden Versuche, sie davon abzubringen uns zu begleiten, nichts gebracht hatten, so war es ihre Mutter, die ihr nicht erlaubt hatte, vor dem Wochenende eine weitere Nacht bei mir zu verbringen. Ob sie es wollte oder nicht, sie hatte Tim und mir einen Gefallen getan und Luna aus allem herausgehalten.

Sie war schon genug traumatisiert durch die Nacht in der Villa, zwar waren wir das alle, aber sobald ich sie vor noch mehr Trauma schützen könnte, so würde ich es ohne zu zögern tun. Und nach alldem, was Tim und ich erlebt hatten, so war es ein wirklich traumatischer Anblick gewesen, den ich selbst gerne umgangen wäre. Trotzdem konnte niemand, nicht mal ihre Mutter, sie davon abhalten, Tim mit mir im Krankenhaus besuchen zu gehen.

Tim war bereits wach, als wir sein Zimmer betraten.

„Ich lebe noch", begrüßte er uns fröhlich.

Sein Zustand war bereits viel besser geworden.

„Wie geht es dir?", fragte ich, als ich mich auf den Stuhl neben sein Bett setzte.

„Alles super. Nur ein paar Wunden, die viel geblutet haben, aber jetzt ist alles versorgt und mir geht's wieder super. Klar, ich hab jetzt diesen hässlichen Verband am Kopf, aber ich hab's überlebt."

Er kratzte sich am Kopf.

„Aber wie?", fragte Luna erstaunt nach.

„Ich wünschte, ich wüsste es. Aber ich weiß es nicht. Ich weiß nur noch, dass mich irgendetwas im richtigen Moment weggeschubst hat. Die Ärzte konnten bestätigen, dass mich das Auto nicht berührt hat. Sonst wäre ich gestorben", erklärte er uns geduldig.

„Also bedeutet das, dass meine Vision schon wieder durch irgendetwas ungültig gemacht wurde?", schlussfolgerte ich.

„Irgendetwas oder Irgendjemand", warf Luna ein.

Tim und ich sahen sie verwirrt an.

„Naja, vielleicht ist es ja ein Jemand, der uns rettet. Jemand mit übernatürlichen Kräften", erläuterte sie ihren Gedankengang.

Kapitel 5

Die letzten Tage waren sehr ereignisreich und es war schwer, klare Gedanken fassen zu können. Der Vorfall mit Tim konnte nur beweisen, dass es kein Zufall mehr war, dass auch ich überlebt hatte. Eins hatte mich meine *Teen Wolf*-Sucht gelernt, passierte etwas zweimal, so war es ein Zufall. Doch passierte etwas dreimal, so steckte ein Muster dahinter. Auch wenn es bis jetzt nur zweimal passiert war, so war ich mir sicher, dass mehr dahinterstecken musste. Dafür war die Wahrscheinlichkeit einfach zu niedrig, dass Ramons Visionen zweimal gebrochen wurden. Irgendjemand musste uns bewusst gerettet haben, aber wer? Warum zeigte sich diese Person nicht?

In der Schule war ich viel zu unaufmerksam. Finn sah mich in den Pausen nur besorgt an. Zum Glück hinterfragte er nicht, was los war, denn es wäre mir schwergefallen, ihn dieses Mal anzulügen. Besonders, weil ich es ihm doch so gerne erzählen würde. Es schien aber so, als hätte er sich damit abgefunden, dass ich ihm bestimmte Sachen verheimlichen musste, was ich ziemlich erwachsen von ihm fand. Ich hatte keine Ahnung, ob ich in seiner Situation so gechillt sein könnte oder ob ich direkt an der Freundschaft zweifeln würde. Aber so war er nun mal. Er war halt einfach Finn.

Bedauerlicherweise war Matt weiterhin ein Teil unseres Freundeskreises und verbrachte jede Pause mit uns. Jegliche Versuche, ihn unauffällig aus meinem Freundeskreis auszuschließen, schlugen fehl und ich musste mich wohl oder übel mit seiner Anwesenheit anfreunden. Wie ironisch.

Einige Tage nachdem Tim aus dem Krankenhaus entlassen wurde, besserte sich auch meine Laune wieder. Es gab eine Sorge weniger, was ziemlich erfrischend war. Mit Ramon, dessen Gesundheitszustand immer noch nicht wieder besser wurde, und meinen eigenen Problemen zu Hause, aber auch in der Schule, war es schön, dass es wenigstens eine Person gab, um die ich mich nicht mehr sorgen musste.

Ich hatte endlich wieder die Motivation gefunden, mich mit Jane zu treffen und einen entspannten Mädels-Nachmittag mit ihr zu verbringen, der mich hoffentlich auf andere Gedanken bringen würde. Zu lange war es her, dass wir was zu zweit gemacht hatten, da war es längst überfällig, sich wieder zu treffen. Eigentlich.

Nach Schulschluss setzte ich mich in die Eingangshalle und wartete auf Jane. Es dauerte nicht lange, bis sie, mit Matt im Schlepptau, vor mir stand. Die beiden verstanden sich meiner Meinung nach zu gut und ich machte mir Sorgen um sie. Nicht dass er ihr was antuen würde.

Soweit ich es mitbekommen hatte, verbrachten sie auch außerhalb der Schule den ein oder anderen

Nachmittag zusammen. Sie hatte ihm sogar ihre Liebe zu verschiedenen Nagellacken näherbringen können, sodass er anfing, sich nun auch seine Nägel zu lackieren – oder lackieren zu lassen, ich war mir sicher, sie würde das bestimmt für ihn tun – natürlich in Schwarz. Was anderes würde zu ihm und seiner mysteriösen Bad Boy-Ausstrahlung auch nicht passen. Ach, wenn die anderen doch nur wüssten, was für ein Bad Boy er sein konnte. Plötzlich würden sie ihn nicht mehr so toll finden.

„Macht es dir was aus, wenn sich Matt uns heute anschließt?", fragte sie direkt nach der Begrüßung.

Ich schluckte.

Nein, es war nicht okay, aber das konnte sie ja nicht wissen. Sie konnte ja nicht wissen, dass Matt ein übernatürlicher Irrer war, der uns alle mit Leichtigkeit umbringen konnte und sich nur in unseren Freundeskreis eingeschlichen hatte, um mich unter Druck zu setzen. Sie konnte nicht wissen, dass er uns alle fallen lassen würde, sobald er das bekam, was er wollte. Zumindest war das meine Einschätzung von ihm als Person, nachdem er die Magier so überstürzt verlassen hatte.

Ich blickte in Matts triumphierendes Gesicht.

„Ist total okay. Je mehr Leute, desto mehr Spaß oder so", brachte ich nur halbwegs glaubwürdig heraus, aber Jane schien das nicht bemerkt zu haben.

Begleitet von Matt machten wir uns also auf den Weg in die Innenstadt. Ich versuchte, die Gespräche so oberflächlich, wie es nur möglich war, zu halten und vor allem das Thema Ramon zu meiden. Zum Glück schien Jane auch das nicht zu bemerken. Sie war zwar sonst immer unglaublich interessiert an meinem Beziehungsleben, aber heute schien sie ein wenig auf andere Dinge fokussiert gewesen zu sein.

Matt hielt sich relativ zurück, so als würde er unser Gespräch bloß belauschen und nicht wirklich mit uns abhängen wollen. Ich konnte immer noch nicht einschätzen, welche Hilfe er sich von Ramon erwartete, aber solange die beiden nicht aufeinander trafen, war alles gut. Solange sie sich nicht sehen würden, konnte es mir auch egal sein.

Da das Wetter noch warm genug war, beschlossen wir, uns ein Eis zu holen und uns auf eine Bank zu setzen. Auch dort hielt ich die Gespräche oberflächlich. Was für ein seltsames Treffen.

Als wir aufgegessen hatten, verabschiedete sich Jane von uns beiden, mit der Aufforderung, das dringend wiederholen zu müssen. Anscheinend hatte sie einen schönen Tag. Und wenn sie eine schöne Zeit hatte, dann hatte sich dieses Gequäle meinerseits ja irgendwie doch gelohnt.

Als Jane weg war, herrschte eine unangenehme Stille und ich überlegte fieberhaft, mit welcher Ausrede ich mich verabschieden könnte, bis ich zu dem Entschluss kam, dass Matt keine Ausrede verdient hatte und ich auch einfach gehen konnte. Er war hier immer noch

der Böse. Er hatte mich entführt, nicht ich ihn. Er hatte mich verletzt. Er hatte mich ausgelacht.
Ich war ihm gar nichts schuldig und ich musste aufhören, so verdammt nett zu allem und jedem zu sein. Er hatte meine Höflichkeit nicht verdient.

„Wehe, du tust ihr irgendwas", fuhr ich ihn an, dann drehte ich ihm den Rücken zu und ging in Richtung Bushaltestelle.

„Warte", rief er und rannte mir hinterher. Selbst ohne seine übernatürlichen Fähigkeiten einzusetzen, hatte er mich schnell eingeholt.

„Du denkst doch nicht ernsthaft, dass ich jemandem was tun würde?", fragte er mich, als wäre es total absurd, das zu denken.

„Das letzte Mal, als ich das dachte, hast du meinem Freund so einiges angetan", presste ich hervor und musste mich beherrschen, ihn nicht anzuschreien. Wie konnte er es wagen, so zu tun, als wäre er harmlos?

„Und wenn ich weiter drüber nachdenke. Was genau wurde aus Ramons Oma?", fragte ich weiter. „Das war übrigens eine rhetorische Frage, die musst du nicht beantworten", zitierte ich ihn und fügte noch ein gespieltes Lächeln dazu. Dann drehte ich mich wieder um, um weiter Richtung Bushaltestelle zu laufen. Ich hatte keinen Nerv, mit ihm zu diskutieren.

„Aber ich hab dir nichts getan", versuchte er es weiter und hielt mich an meinem Arm fest. Überraschenderweise war sein Griff so locker, dass ich mich jederzeit hätte daraus lösen können. Das tat ich auch, bevor ich mich noch einmal zu ihm umdrehte.

„Du hast mir fast den Arm gebrochen."

„Ja, aber ich hab dich nicht ernsthaft verletzt", rechtfertigte er sich.

„Ich weiß nicht, ob du es weißt, aber Menschen sind fragile Wesen und selbst ein Armbruch ist nicht angenehm", sagte ich verbittert.

„Du bist echt stur und nachtragend, weißt du das?"
Ich beschleunigte meinen Gang.
Ich wollte nicht mit ihm hier sein. Nicht mit ihm reden. Am liebsten würde ich jetzt zu Ramon fahren, aber die Chance, dass Matt mir folgen würde, war einfach zu hoch. Also konnte ich das schon mal nicht riskieren.

„Ich möchte hier niemandem etwas antun, versprochen. Ich bin nur zurückgekehrt, weil ich Ramons Hilfe brauche", er stellte sich vor mich, sodass ich stehen bleiben musste.

„Im Leben werde ich dich nicht zu ihm bringen. Nicht solange ich dir nicht vertrauen kann", erklärte ich nüchtern. „Und ich werde dir nie vertrauen können. Nicht nach all dem, was du schon getan hast", fügte ich noch hinzu.

„Du hast mir ja auch nie eine Chance gegeben, kein Wunder, dass du mir nicht vertrauen kannst", seine Stimme wurde lauter, aber man konnte die Verzweiflung gut heraushören.

„Ich bin hier nicht der Böse."

„Momentan bist du der Böse für mich und das reicht als Grund, dir nicht vertrauen zu können."

„Was kann ich denn tun, damit du mir vertraust? Dieses Gespräch dreht sich im Kreis", stellte er richtig fest.

„Und genau deshalb sollten wir es beenden und jeder geht nach Hause", schlug ich vor und drängelte mich an ihm vorbei. Ich hatte einen guten Abgang geliefert. Schon wieder.

Die Bushaltestelle war abseits der Fußgängerzone und meistens war ich die einzige wartende Person dort. Es machte mir nie etwas aus, aber heute hatte ich ein mulmiges Gefühl dabei.
Ein Blick auf den Fahrplan verriet mir, dass ich noch fröhliche 15 Minuten Wartezeit vor mir hatte. Ich seufzte. Eigentlich wollte ich nur noch nach Hause und ein bisschen weinen, weil mein Leben ein totales Chaos war. Aber eigentlich wollte ich auch nicht nach Hause, weil ich dann vermutlich mit meiner Mama und ihrem neuen Freund über meinen Tag reden müsste – die beiden waren stets bemüht, ihr Bestes zu geben und so zu tun, als hätte sich nichts in meinem Leben verändert – und darauf hatte ich auch keine Lust.
Plötzlich merkte ich, wie mich zwei kräftige Hände an den Schultern packten und in Rekordschnelle wegzogen. Das alles passierte in so einem Tempo, ich konnte nicht einmal schreien. Reflexartig schloss ich meine

Augen. Ich konnte keinen klaren Gedanken fassen und bemerkte nur, wie mir aus den Augenwinkeln eine Träne die Wange herunterlief.

Als ich keine Bewegung mehr um mich herum wahrnahm, wagte ich es, meine Augen wieder zu öffnen. Die warmen Sonnenstrahlen blendeten mich ein wenig. Ich hörte Vogelzwitschern und es roch angenehm blumig und frisch, es mag daran gelegen haben, dass ich inmitten auf einer Wiese stand. Wo zur Hölle war ich?

Zu meiner Rechten rauschte ein kleiner Bach einen Berg hinunter, ein paar Meter hinter mir war ein steiler Abhang und zu meiner Linken stand kein anderer als Matt.

„Bist du eigentlich komplett irre?", schrie ich ihn an und hämmerte mit meinen Fäusten gegen seine Brust. Normalerweise war ich kein Fan von Gewalt, aber diese besonderen Umstände ließen mich meine Prinzipien schnell verwerfen. Genau aus solchen Gründen war ich froh, dass ich meinem Boxverein beigetreten war. Ich hoffte, das würde ihm eine Lehre für die Zukunft sein, seine Finger von mir zu lassen. Nach einigen Schlägen hörte ich allerdings wieder auf, weil ich zu dem Entschluss gekommen war, dass es mir deutlich mehr weh tat als ihm.

„Ich musste mal mit dir unter vier Augen reden", gestand er und kratzte sich lässig am Hinterkopf. Sonnenstrahlen fielen auf seine dunklen Haare.

„Und da dachtest du dir, du entführst mich einfach?", fuhr ich ihn an. „Wie kann man nur so empathielos sein?"

„Was ist Empathie?", fragte er nach.

Erst dachte ich, er meinte das ironisch und würde jede Sekunde in schallendes Gelächter ausbrechen. Deshalb verwirrte es mich umso mehr, dass er genau das nicht tat. Ich schnaufte abfällig. Erwartete er, dass ich jetzt lachen würde? Matt sah mich immer noch fragend an und erst dann begriff ich, dass es tatsächlich eine ernstgemeinte Frage war. Also erklärte ich ihm knapp, was man unter dem Begriff verstehen konnte. Es half und ich regte mich dadurch ein wenig ab.

„Es tut mir leid, dass ich dir Angst gemacht habe. Ich war verzweifelt."

„Sozial inkompetent", verbesserte ich kalt.

Er lachte.

„Vielleicht bin ich auch das", gestand er.

Ich atmete noch ein paar Mal tief ein und aus, um meine Emotionen wieder kontrollieren zu können. Dabei bemerkte ich, wie herrlich frisch die Luft hier oben war. Generell war das hier eigentlich ein sehr schöner Ort. Betonung auf eigentlich. Wenn man nicht gegen seinen Willen hierhin entführt wurde.

„Wo sind wir?", fragte ich neugierig.

Ich war mittlerweile wieder rational genug, um zu verstehen, dass ich mich jetzt nicht unbedingt mit ihm anlegen sollte. Hier oben war niemand außer uns beiden und in einem Eins gegen Eins hatte ich trotz Kampfsporterfahrung keine Chance.

„Auf einem Berg", antwortete er trocken.

„Ja, aber wo und wieso sind wir hier?", hakte ich weiter nach.

„Mit dem Auto ungefähr 30 Minuten von der Stadt entfernt. Mit übernatürlichen Kräften fünf bis zehn Minuten, kommt darauf an, ob man allein reist oder in Begleitung", er zwinkerte mir zu.

Ich rollte mit den Augen.

„Wie oft reist du hier mit Begleitung hin", wollte ich wissen.

Jetzt interessierte es mich tatsächlich, ob er das öfter machte, Leute entführen und so.

„Heute", er drehte sich um und ging in die andere Richtung. Weg von dem Abhang. Erst jetzt bemerkte ich das kleine Holzhaus, das am Anfang des dichten Waldes stand.

„Heute", wiederholte er und drehte sich wieder zu mir. „Ist das erste Mal, dass ich jemanden mit nach Hause nehme."

Ich blickte ihn verwirrt an.

Nach Hause?

„Soll das heißen, du wohnst hier?", fragte ich leicht dümmlich nach.

Ich hatte mir nie Gedanken darüber gemacht, wo Matt wohnen würde. Also irgendwie hatte ich vermutet, er würde in einer Wohnung wohnen, wie jeder normale Mensch auch. Oder an einem dunklen, verwunschenen

Ort wie der Kanalisation oder dem Friedhof oder sonst was. Aber das hier hatte ich nicht erwartet.

„Ja, diese Junggesellenbude ist ganz meins", erklärte er stolz.

Komischer Typ. Kennt das Wort ‚Junggeselle', aber nicht das Wort ‚Empathie'.

„Hier wohne ich und hier studiere ich alles, was mit Menschen zu tun hat. Ihr seid echt faszinierende Wesen", sprach er einfach weiter, während ich ihm in Richtung seines Hauses folgte. Ich musste verrückt sein.

Kurz bevor wir eintraten, sagte ich: „Wenn du jetzt noch Klavier spielen kannst, dann glaube ich immer noch, dass du ein Vampir bist."

Er guckte mich schmunzelnd an.

„Du guckst zu viele Filme, aber ich muss gestehen, ich verstehe deine Anspielung", er schüttelte ungläubig den Kopf.

„Du hast dir Vampirfilme angeguckt?", ich war verblüfft.

„Ich wollte nachvollziehen können, warum du mich gefragt hast, ob ich in der Sonne glitzere", gestand er kleinlaut. „Aber fürs Protokoll, ich spiele kein Klavier. Ich spiele Gitarre", klärte er mich noch auf.

Dann traten wir ein.

Ich musste wirklich verrückt sein. Wie konnte ich ihm jetzt einfach so hinterherlaufen, da könnte ich mich auch genauso gut den Abhang herunterstürzen? Wobei, nein, bei dem Abhang war ich sicher tot, wenn ich

Matt folgte, gab es wenigstens eine geringe Chance, dass er mich wieder sicher nach Hause bringen würde. Von innen war die kleine Holzhütte so eingerichtet, wie man es von einer typischen Holzhütte in den Alpen erwarten würde. Die Ausstattung war ziemlich minimalistisch und holzlastig. Es gab ein Bett, ein Sofa, eine Kommode und einen Schrank. Auf dem Couchtisch sah ich einen Haufen Magazine liegen, als ich ein paar Schritte näher trat, bemerkte ich, dass es sich dabei um Teenie-Magazine handelte. Vor dem Kamin lag ein Wildschweinfell samt Kopf.

Angewidert starrte ich es an. Selbst wenn ich noch Fleisch essen würde, fände ich es abartig, ein ehemals lebendiges Tier, so zur Schau zu stellen. Aber was erwartete ich von einem Matt, der nicht einmal das Wort ‚Empathie' kannte? Erwartete ich tatsächlich, dass er ein Moralbewusstsein hatte, was viele Menschen nicht einmal hatten?

„Keine Angst, das ist nicht echt", warf Matt ein, der meine Blicke wohl gut deuten konnte.

„Aber woher kommt es dann?", hinterfragte ich skeptisch.

„Ich hab es aus dem Internet. Ich wollte, dass es gemütlich aussieht und das passt einfach zum Style des Hauses", argumentierte er.

Irgendwie hatte er ja recht, merkwürdig war es trotzdem.

Mein Blick wanderte weiterhin auf die nicht vorhandene Küche.

„Isst du nicht?", rutschte es mir heraus.

„Korrekt", bestätigte er meine Vermutung.

„Und wie ist dein Verhältnis zu Knoblauch?", ich sah ihm tief in die Augen.

Er fing an zu lachen.

„Was muss ich tun, damit du mir glaubst, dass ich kein Vampir bin?"

„Ich weiß es nicht. Vermutlich werde ich auf der Theorie beharren müssen", antwortete ich ironisch. Natürlich hatte ich verstanden, dass er kein Vampir war, aber es machte Spaß, ihn damit aufzuziehen. Und wenn das die einzige Macht war, die ich über ihn haben konnte, so würde ich dies bis zu meinem letzten Atemzug ausnutzen.

„Aber was bist du denn?", hakte ich nach, nachdem ich mich vorsichtig neben Matt auf die Couch gesetzt hatte.

„Definitiv nicht Team Edward. Wobei ich ehrlich sagen muss, dass ich niemanden in dieser Dreiecksbeziehung verstehe", antwortete er sarkastisch.

„Das war nicht meine Frage und das weißt du auch."

„Ich weiß es nicht", beantwortete er meine Frage schulterzuckend.

Damit hätte ich nicht gerechnet. Er wirkte immer so selbstsicher und taff, dass ich mir sicher war, er wusste genau, was er war und wohin er gehörte. Fehlanzeige.

„Und wieso hast du genau mich hierhin gebracht? Falls du denkst, ich würde dir jetzt mehr vertrauen, hast du dich getäuscht. Vertrauen verdient man sich über Zeit. Nicht durch Entführungen", machte ich ihm klar und verschränkte meine Arme vor der Brust.

„Ich hab dich mitgenommen, weil ich denke, wir haben uns in einer falschen Situation kennengelernt und wir hier, unter uns und ohne deine Freunde, über alles reden können", erklärte er sein Vorhaben.

„Du hättest auch fragen können, dann…–"

„Dann wärst du trotzdem nicht mitgekommen, dafür bist du zu stur", unterbrach er mich.

Er hatte ja recht und das wusste ich, dennoch war Entführen auch keine gute Entscheidung gewesen. Ein wenig war ich auch überrascht über seine guten Menschenkenntnisse und das, obwohl er selbst keiner war. Vielleicht war ich aber auch einfach nur leicht zu durchschauen.

„Und über was genau möchtest du reden?", brachte ich die Konversation wieder auf den richtigen Weg.

„Über das, was in der Villa passiert ist. Du musst verstehen, dass ich nicht mehr für die Magier arbeite."

„Woher soll ich wissen, ob das nicht gelogen ist, um uns auszuspionieren?", unterbrach ich ihn schnell.

„Lass mich ausreden", forderte er gelassen und lehnte sich gelassen zurück.

„Ich kenne die Drei schon einige Zeit, um genauer zu sein, mein ganzes Leben lang. Sie haben mich großgezogen, als ich von meinen leiblichen Eltern verstoßen wurde. Durch sie habe ich eine Chance bekommen, meine Kräfte zu entwickeln und als Gegenleistung gehorchte ich ihren Befehlen – wirkte fair auf mich. Mir ging es nie um Macht oder darum, Leuten wehzutun. Ich habe lediglich ihre Befehle ausgeführt, weil sie mir eine Chance im Leben gegeben haben und somit meine einzigen Bezugspersonen waren. Egal, wie idiotisch sich seine Familie gegenüber einem verhält, es wird irgendwie immer die eigene Familie bleiben und so ähnlich ging es mir auch mit den Dreien.

Klar, sie haben mich ausgenutzt, aber sie sind dennoch die einzige Familie, die ich kenne, ich könnte ihnen nichts Böses tun. Trotzdem war mir klar, dass ich so nicht weiterleben will. Der einzige Grund, weshalb ich nicht schon viel früher abgehauen bin, ist, dass sie mir ein Versprechen gegeben haben. Ich helfe ihnen, Ramon zu beschatten, und im Gegenzug würden sie mir die Informationen geben, die ich brauche, um meine wahre Abstammung und somit auch meine wahren Kräfte entdecken zu können, denn nur dadurch kann ich komplett unabhängig von ihnen werden.

Sie haben irgendwelche Zaubersprüche oder so auf mich gejagt, als ich noch klein und nicht so kraftvoll war, und mich somit zusätzlich an sie gebunden. Naja, was soll ich sagen, sie hätten mich trotzdem nicht gehen lassen, und insgeheim wusste ich das auch, also bin ich abgehauen und jetzt bin ich auf der Suche nach meiner wahren Herkunft, denn nur so kann ich den

Bund zwischen mir und den Magiern für immer lösen", beendete er seine ausführliche Erklärung.

Es klang alles plausibel, aber ich konnte ihm nicht vertrauen. Es hätte auch ein weiterer Plan der Magier sein können, um uns in die Irre zu führen. Ich konnte niemandem mehr vertrauen. Wie sollte ich auch nach allem, was passiert war?

Falls es sich bei dem Gesagten tatsächlich um die Wahrheit handelte, tat es mir leid, ihm nicht helfen zu können, aber unter diesen Umständen wollte ich ihm einfach nicht vertrauen.

„Ich würde dir gerne helfen, aber ich kann es nicht verantworten. Es tut mir leid, aber Ramon ist meine oberste Priorität. Ich werde dich nicht zu ihm führen", erklärte ich ihm ruhig, wobei ich gestehen musste, dass es mir dieses Mal deutlich schwerer fiel, ihn im Stich zu lassen. Warum war ich nur so ein ekelhafter People-Pleaser?

Er sah enttäuscht aus. Ich versuchte ihm ein aufmunterndes Lächeln zu schenken, was allerdings nicht viel brachte.

„Danke trotzdem", flüsterte er und versuchte, deutlich geknickt, mein Lächeln zu erwidern.

„Wofür?", fragte ich verwirrt.

„Dafür, dass du mir zugehört hast und nicht komplett ausgetickt bist, als ich dich hierhingebracht habe."

Ich schmunzelte.

Vielleicht hatte ich ihm doch auf eine Art und Weise helfen können.

Kurz darauf brachte Matt mich sicher zurück nach Hause. Die Sonne war bereits untergegangen und die Luft war angenehm kühl. Ich lief die letzten Meter bis zu meiner Haustür erstaunlich langsam. Eigentlich wollte ich noch gar nicht nach Hause. Heute war einer dieser Tage, an denen ich aktiv war und am liebsten die ganze Nacht zum Tag machen würde. Da am nächsten Tag Schule war, war es allerdings vernünftiger, sich diesem Verlangen zu widersetzen und rechtzeitig schlafen zu gehen.

Bevor ich die Haustür aufschloss, drehte ich mich noch einmal zu Matt um, doch dieser war schon verschwunden.

„Danke, fürs Sichere nach Hause bringen", flüsterte ich noch.

Ich wusste nicht, ob er es noch hören konnte, aber es war mir wichtig, es ausgesprochen zu haben. Er hätte mich auch umbringen können, niemand hätte jemals herausgefunden, dass er es gewesen wäre, aber er hatte sich dafür entschieden, mich gehen zu lassen und das rechnete ich ihm tatsächlich hoch an.

Kapitel 6

Tim war wieder ganz der Alte und trotz seiner Nahtoderfahrung immer noch an meiner Seite. Auch war er mittlerweile der festen Überzeugung, dass Luna recht hatte und es sich nicht um ein Etwas, sondern um einen Jemand handeln musste. Irgendjemand rettete meine Freunde vor dem Tod und tauchte immer genau dann auf, wenn ich jämmerlich versagte. Das konnte nur bedeuten, dass es sich um ein weiteres übernatürliches Wesen handeln musste. Es musste jemand sein, der übermenschlich stark und schnell war. Jemand, der immer zur richtigen Zeit am richtigen Ort war. Doch so oft ich das Buch meiner Oma auch durchsuchte, ich kam auf kein eindeutiges Ergebnis, um wen oder was es sich handeln könnte. Es gab einfach zu viele Möglichkeiten. Uns blieb also nur abwarten und hoffen, dass sich die Person zu erkennen geben würde.

Ich war gerade in einer Buchhandlung, um nach neuen Reiseführern zu gucken. So wie sich meine Visionen entwickelten, schienen Reisen wieder in den Bereich des Unmöglichen gewandert zu sein, doch davon wollte ich mich nicht aufhalten lassen. Wir würden herausfinden, wie ich sie wieder kontrollieren könnte, und dann, das schwor ich mir, würde ich erstmal Monate lang verreisen. Das Geld dazu hatte ich schon seit einiger Zeit angespart, es fehlten nur noch die Zeit und das Ziel.

Ich suchte also indirekt auch nach Inspirationen für die Zukunft. Inspirationen, die mich davon abhalten würden, verrückt zu werden. Inspirationen, die mich davon abhalten würden, eine neue Therapeutin aufzusuchen, denn eigentlich brauchte ich das nicht und besonders nach meinen schlechten Erfahrungen mit Frau Müller – die sich mittlerweile wohl den Flat E-arthern angeschlossen haben sollte – wollte ich das auch nicht mehr. Aber trotzdem konnte ich es nicht verhindern, dass der Gedanke manchmal durch meinen Kopf huschte, bis ich es wieder unterbinden konnte.

Tatsächlich fand ich einige schöne Reiseziele, die weit im Osten lagen. Zufrieden bezahlte ich die Reiseführer und beschloss, noch ein wenig weiter durch die Fußgängerzone zu schlendern. Die Zeit dazu hatte ich und sollte ich eine Vision bekommen, so würde ich mich nicht so schlecht fühlen, da ich wusste, dass es jemanden gab, der diese verhindern konnte. Irgendwie war das sehr beruhigend.

Ich spielte mit dem Gedanken, Luna von der Schule abzuholen, es war schließlich schon Nachmittag und sie würde bald frei haben, das wusste ich. Außerdem war heute ein guter Tag. Das Zittern und auch die Antriebsschwäche waren nicht so schlimm wie an anderen Tagen, das musste ich einfach ausnutzen.

Alles, was ich tun könnte, um sie im Glauben zu lassen, dass es mir besser gehen würde, würde ich tun.

Wie bei einer unserer ersten Begegnungen wartete ich vor der Schule und schrieb ihr parallel dazu noch eine Nachricht, damit ich sie nicht verpassen würde.

Die ersten Kinder stürmten bereits aus dem Gebäude und rannten auf die Bushaltestellen zu, als würde ihr Leben davon abhängen, den allerersten Schulbus zu bekommen. Es war ja nicht so, als würde danach noch ein weiterer Schulbus kommen. Und noch einer.

Luna brauchte noch eine Weile, aber ich würde lügen, wenn ich behaupten würde, dass ich das nicht schon von ihr gewohnt war. Also nutzte ich die Zeit und schrieb Tim eine Nachricht, um mich zu erkundigen, wie es ihm ginge. Schließlich machte ich mir immer noch Sorgen um ihn.

Ich konnte nie in ihn reingucken und besonders deshalb hatte ich Angst, er würde nur vorspielen, dass alles gut war, während er innerlich litt. Also genau das, was ich ihm gegenüber machte. Wie paradox. Das zum Thema: Wir müssten zusammenarbeiten und nicht gegeneinander.

„Ramon?", riss mich eine Stimme aus meinen Gedanken und ich blickte auf.

Meine Atmung setzte kurz aus, als ich bemerkte, wer da gerade auf mich zugeschlendert kam.

„Matt?", fragte ich mit deutlicher Abneigung in der Stimme.

„Du bist ja genau so froh mich zu sehen, wie deine kleine Freundin.“

„Wehe, du fasst sie an!“, plötzlich wurde ich panisch.

Was war, wenn er hier war, um den Befehl der Magier auszuführen und Luna etwas anzutun. Zwar waren wir alle im Glauben gewesen, dass er die Magier verlassen hatte, aber vielleicht war das auch nur Teil ihres Plans gewesen. Es konnte doch kein Zufall sein, dass ich ihm genau hier vor Lunas Schule begegnete.

„Keine Angst. Ich tue niemandem etwas. Ich gehe hier ganz normal zur Schule“, antwortete er lässig, als könnte er meine Gedanken lesen.

„Hör mal“, seine Stimme wurde deutlich leiser. „Ich bin hier, weil ich deine Hilfe brauche. Aber ich hab gerade nicht die Zeit, dir alles im Detail zu erklären. Können wir uns um 19 Uhr wieder hier treffen und ich erkläre dir alles?“, flehte er fast schon.

Ich musterte ihn.

Es schien ihm ernst zu sein.

Ich nickte stumm.

„Sag Luna nichts davon, sie wird versuchen, dich davon abzuhalten“, sagte er noch flüchtig und schon war er um die nächste Ecke verschwunden.

Vielleicht war es naiv von mir ihm zu glauben, nach all dem, was er uns angetan hatte, aber es musste einen Grund geben, weshalb er Luna in jener Nacht nicht getötet hatte, und vielleicht konnte er mir dabei helfen, das Geheimnis um die Verbindung zwischen Luna und Luana herauszufinden.

Egal wie sehr alles in meinem Kopf an ihm und seinen Intuitionen zweifelte, er war meine einzige Chance. Und da auch ich verzweifelt war, war es mir möglich, für einen Abend so zu tun, als hätte ich vergessen, dass er der Grund für den Tod meiner Oma war.

Es dauerte nicht mehr lange, bis Luna endlich vor mir stand. Ich begrüßte sie mit einem flüchtigen Kuss.

„Ich freue mich, dich zu sehen, aber wie kommt's, dass du hier bist?", fragte sie strahlend.

„Ich war zufällig in der Nähe und dachte, wir könnten noch etwas abhängen", ich zuckte mit den Schultern.

„Du darfst gerne öfter in der Nähe sein und denken darfst du auch gerne öfter."

Schmunzelnd schüttelte ich den Kopf.
Sie hatte schon einen echt speziellen Humor.
Wir machten uns noch einen schönen Nachmittag an der frischen Luft. Es sollten die letzten warmen Sommertage werden und das mussten wir ausnutzen. So viele sonnige Tage hatte es diesen Sommer sowieso nicht gegeben.
Als es später wurde, vertröstete ich sie mit einer schlechten Ausrede und brachte sie noch zu ihrer Bushaltestelle. Auch wenn es das Beste war, fühlte ich mich ein wenig schlecht sie anzulügen, aber Matt hatte recht, sie würde niemals zulassen, dass ich mich

mit ihm traf. Was das anging, war sie einfach viel zu stur oder ich einfach zu naiv. Das würde ich erst nach dem Treffen mit Matt wissen.

Sicherheitshalber sagte ich Tim Bescheid, wo ich mich aufhalten würde. Schließlich hatte Matt mir nur verboten, Luna von dem Treffen zu verraten und nicht Tim. Aber warum auch immer, ich glaubte ihm, dass er nur zurückgekommen war, weil er meine Hilfe brauchte. Ich konnte nicht sagen, warum. Vielleicht, weil er vor den Magiern abgehauen war. Vielleicht, weil er sowohl Luna als auch Tim nichts angetan hatte, auch wenn er dafür definitiv die notwendige Kraft gehabt hätte. Oder einfach, weil ich naiv war.

Zwar war Matt ein Mysterium, aber dass er 100% böse war, wollte ich einfach nicht glauben. War überhaupt irgendjemand 100% böse? Vielleicht lag es daran, dass ich mir selbst noch nicht ganz sicher war, wo ich mich auf einer Skala von 1 bis böse einordnen würde oder ob ich einfach einen, mir bisher unbekannten, Todeswunsch hatte, aber ich konnte mir einfach nicht vorstellen, dass das alles Teil eines perfiden Plans war. Und wenn es doch so war, dann war ich dabei darauf reinzufallen.

Punkt 19 Uhr. Ich stand genau dort, wo ich heute Nachmittag auf Luna gewartet hatte. Von Matt war keine Spur. Ich seufzte. Ewig warten würde ich nicht, nahm ich mir fest vor. Das würde ich nur bei Luna. Ich würde ihm höchstens 10 Minuten geben, vielleicht aber auch 15, allerhöchstens 20, aber auf gar keinen Fall mehr als 30. Doch so weit musste es nicht kommen, keine fünf Minuten später stand Matt vor mir.

„Du bist zu spät", stellte ich fest.

„Sorry, ich hab nicht gedacht, dass du wirklich kommen würdest", gestand er und wirkte für ein paar Sekunden nicht so selbstsicher wie bei unserer Begegnung in der Villa. Er wirkte fast schon ein wenig eingeschüchtert.

„Also was gibt's?", fragte ich und versuchte so belanglos wie nur möglich zu klingen.

Wenn ich ehrlich zu mir selbst war, machte mir die Situation ein wenig Angst. Unwissenheit machte mir Angst. Und vielleicht machte mir Matt auch ein wenig Angst. Schließlich durfte ich am eigenen Leib erfahren, wozu er fähig war. Und vermutlich war er da sogar noch verhältnismäßig harmlos.

„Ich habe ein Problem und du bist der Einzige, der mir dabei helfen kann", fing er an.

Ich konnte mir kein Problem vorstellen, bei dem ich seine einzige Rettung sein könnte, aber das machte die ganze Situation nur umso spannender für mich. Wie sich der Spieß plötzlich umgedreht hatte. Es wäre fast witzig, wenn die ganze Situation nicht so traurig wäre. Und dann begann er zu erzählen. Von seiner einsamen Kindheit. Von den Magiern, die ihn aufnahmen, aber gleichzeitig auch mit einem Zauberspruch belasteten, der bis zum heutigen Tag nicht gebrochen wurde. Von seinem Auftrag, meine Oma zu beschatten und an das

Zauberbuch zu gelangen. Von dem Rückschlag, als er herausfand, dass meine Oma das Zauberbuch so gut versteckt hatte, dass nur ich es finden konnte, was ich nicht vorhatte. Von dem Tod meiner Oma – es war nicht einfach, das zu hören – für den er verantwortlich war, weil die Magier es ihm aufgetragen hatten und ihm im Gegenzug versprochen hatten, ihn freizulassen, sofern ich mich ihnen anschließe.

„Und wie hätten sie dich freigelassen, ich dachte, sie haben dich verzaubert?", hakte ich nach und musste mir ein Schmunzeln unterdrücken. Meine Wortwahl war wohl nicht die Beste.

„Indem sie mir meine wahre Abstammung verraten hätten, aber das haben sie nicht. Sie haben mich belogen. Nachdem Tim die Magier mit seinem Baseballschläger bewusstlos geschlagen hat – übrigens echt interessante Waffenwahl – wurde mir klar, dass das meine einzige Chance ist. Es war offensichtlich, dass du dich ihnen nicht anschließen wirst, also dachte ich mir, ich nehme mir das, was mir zusteht: meine Freiheit. Nach dem Tod deiner Oma haben die Magier das Märchenbuch gefunden und Seiten herausgerissen. Mir haben sie erzählt, dass die Seiten die Informationen zu meiner wahren Abstammung erhalten, aber das stimmt nicht", beantwortete er meine Frage ausführlich.

„Und was für Seiten haben sie rausgerissen? Hast du die Seiten noch? Und was hat es für Auswirkungen, dass der Bund noch intakt ist?", ich hatte Fragen. Viele Fragen.

„Worum genau es geht, weiß ich gerade nicht auswendig, aber ich schlage dir einen Deal vor: Ich gebe dir die fehlenden Seiten und du hilfst mir herauszufinden, was ich bin", beantwortete er nur einen Teil meiner Fragen.

Ich überlegte kurz.

War es wirklich eine gute Idee, mich auf ihn einzulassen? Schließlich wusste ich nicht im Entferntesten, worum es sich bei den ausgerissenen Seiten aus dem Buch handelte. Was, wenn sie absolut nutzlos für mich wären, und davon musste ich ausgehen, wenn Matt bereit war, mir diese so einfach zu überlassen.

Auf der anderen Seite aber, warum sollten die Magier sich solche Mühe machen, um zu kaschieren, dass sie Seiten aus dem Buch herausgerissen haben, wenn sie nicht verhindern wollten, dass ich sie lesen würde? Alles in mir drin schrie, dass ich mich auf keinen Fall auf einen Deal mit Matt einlassen sollte. Nach allem, was wir über ihn wussten, könnte dies hier mein persönlicher Untergang werden, aber was hatte ich zu verlieren? Ich war doch schon an meinem Faust Tiefpunkt angekommen; ein Pakt mit Mephisto würde mich auch nicht mehr brechen können.

„Deal", sagte ich und schüttelte seine bereits in meine Richtung ausgestreckte Hand zur Bestätigung unseres Abkommens.

„Danke", sein Dank klang ehrlich, was mich in meiner Entscheidung bestätigte.

Er meinte es definitiv ernst.

„Du hast meine eine Frage noch nicht beantwortet", machte ich ihn aufmerksam.

„Ja, tut mir leid. Waren wohl ein paar viele Fragen. Ich weiß selbst nicht, was genau dieser Bund mit den Magiern für Auswirkungen hat. Ich denke mal, dass dadurch meine vollen Kräfte unterdrückt werden und sie mich jederzeit aufspüren könnten. Es könnte also sein, dass sie dadurch auch dich aufspüren, nur damit du weißt, auf was du dich einlässt", warnte er mich.

„Ich denke, das ist okay. Aber wenn sie deine Kräfte unterdrücken, dann will ich keine Bekanntschaft mit deinen wahren Kräften machen", scherzte ich in Gedanken an unseren Kampf in der Villa.

„Ja dann hättest du von Anfang an keine Chance gehabt", brüstete er sich.

„Pfff", machte ich nur, „ich hab meine wahren Kräfte auch nicht genutzt, um dich zu schonen."

Wir lachten beide, weil wir wussten, dass ich ihn hätte umbringen können, wenn ich gewollt hätte. Aber genauso gut hätte er auch mich umbringen können, wenn die Magier es ihm aufgetragen hätten.

Obwohl wir so verschieden in unseren Kräften waren, so gab es dennoch Gemeinsamkeiten. Und es fühlte sich gut an, sich endlich mit einem anderen übernatürlichen Wesen austauschen zu können. Bis auf Matt und die Magier kannte ich nun einmal keine anderen

96

magischen Kreaturen und den Magiern konnte ich sowieso nicht trauen. Matt hatte zwar meine Oma umgebracht, aber am Ende war auch er nur ein Bauer auf dem Schachfeld der Magier. Vermutlich würde ich ihm das niemals vergessen, aber zeigte es nicht von Stärke, wenn ich anfangen könnte, ihm zu verzeihen.

„Luna wird nicht begeistert sein", fiel es mir plötzlich ein.

„Vielleicht ja doch. Ich hab da ein paar gute Argumente, die auch sie überzeugen werden", sein darauffolgendes Grinsen konnte ich nicht deuten.

Wir verabredeten ein weiteres Treffen, bei dem wir auch Luna und Tim in unser Bündnis einweihen würden – Matt wollte es so.

Bevor wir uns verabschiedeten, hielt er mich noch kurz zurück.

„Was hat dich dazu bewegt, mir zu vertrauen? Ich habe nicht erwartet, dass du mir so schnell überhaupt vergeben würdest", gestand er.

„Ich weiß es nicht", ich zuckte mit den Schultern. Diese Antwort schien ihm nicht genug zu sein.

„Ich denke, weil du Tim nichts angetan hast. Du hast Luna und mir wehgetan, weil es dir befohlen wurde, aber Tim hast du einfach sein Ding machen lassen. Ich denke, nach der Nacht in der Villa war für mich unterbewusst klar, dass du dich mit dieser Entscheidung von den Magiern abgewandt hast. Niemand ist komplett böse oder komplett gut. Menschen ändern sich und ich denke, das Gleiche gilt auch für Leute wie uns", versuchte ich mich zu erklären.

Damit gab er sich schließlich zufrieden.

Kapitel 7

Obwohl ich mich über Ramons spontanen Besuch an meiner Schule freute, bereitete mir der Gedanke, dass Matt und er sich unter Umständen begegnen könnten, Bauchschmerzen. Diese verschwanden erst, als ich ihn allein auf mich warten sah. Und auch im darauffolgenden Gespräch – ich versuchte auffällig unauffällige Andeutungen zu machen – ließ nichts darauf schließen, dass sich die beiden tatsächlich begegnet waren. Es schien also alles gut gegangen zu sein. Dachte ich.

Bis ich am nächsten Morgen auf mein Handy schaute und eine Nachricht von Ramon vorfand:

Vermutlich wirst du nicht begeistert davon sein, aber ich habe mich gestern mit Matt getroffen und wir arbeiten ab jetzt zusammen. Ich würde das aber gerne mit euch allen persönlich besprechen.
Wann hast du Zeit?

Das konnte nicht sein Ernst sein.

Wie konnte er nur?

Nach allem, was wir gemeinsam durchgemacht haben, wegen Matt. Die Albträume, die mich seit der Nacht in der Villa verfolgten. Die leichte Panik, die meinen Körper durchzuckte, jedes Mal, wenn ich Matt in der Schule begegnete. Das Gefühl der Verfolgung, welches ich jedes Mal hatte, wenn ich irgendwo langlief. Jeder Schatten, jede Silhouette, einfach alles wirkte bedrohlich, sobald die Dämmerung einsetzte.

Wir alle hatten unser Päckchen zu tragen, seit der Nacht in der Villa. Wir alle wurden dadurch verändert. Wir alle hatten unsere Narben davongetragen, Ramon an der Stirn und ich seelisch. Und das alles nur wegen Matt.

Aber dann fiel mir wiederum ein, dass Matt sich mir gegenüber als nicht verkehrt herausgestellt hatte. Er hatte mich in der besagten Nacht nicht umgebracht, obwohl er die Chance dazu gehabt hätte. Und auch als er mich zu sich nach Hause entführt hatte, hatte er mir nichts getan. Ganz im Gegenteil, er hatte mich wieder sicher nach Hause gebracht. Und obwohl ich ihm nicht verzeihen konnte für alles, was er uns angetan hatte, so war ich der festen Überzeugung, dass er mich wirklich nur entführt hatte, weil er nicht wusste, was er anderes tun sollte. Er war verzweifelt. Zwar vertraute ich ihm immer noch nicht, aber ich vertraute Ramon und seinen Entscheidungen und wenn er es als intelligent empfand, Matt zu helfen, konnte ich es so scheiße finden, wie ich wollte; ändern würde sich daran nichts.

Also blieb mir nichts anderes übrig, als mich der Allianz anzuschließen.

Da sowohl Matt als auch Ramon und Tim erstaunlich flexibel waren, hing es von mir ab, wann wir unser Treffen abhalten würden. Immer noch nicht 100-

prozentig begeistert, stimmte ich einem Treffen direkt nach der Schule zu. Somit hatte ich es wenigstens schnellstens hinter mir.

„Wer hätte gedacht, dass wir beide nach der Schule zusammen irgendwo hingehen", bemerkte Matt, als wir uns gemeinsam auf den Weg zu Ramon machten.

Ich schwieg nur.

Auf so eine Aussage wollte ich gar nicht erst eingehen. Ich war immer noch nicht begeistert von dem ganzen Pakt. Es war, als würden wir gerade einen Pakt mit dem Teufel machen. Klar, Matt war nicht unbedingt der Teufel, aber selbst dieser könnte vermutlich unglaublich charismatisch und manipulativ sein, so wie Matt.

„Das war nicht böse gemeint", fügte er hinzu, um das Schweigen zu brechen.

„Okay", brachte ich nur hervor.

Ich war zu sehr in Gedanken versunken. Es war so schrecklich naiv von Ramon, seine Adresse preiszugeben, falls Matt doch noch mit den Magiern zusammenarbeitete. Wie konnte er ihm nur vertrauen? Vermutlich, weil er in seinem Leben noch nie die Schmerzen eines Verrats erfahren durfte. Wie hätte er auch? Er war es ja, der seine Freunde weggestoßen hatte. Er war es, der seine Freunde irgendwie verraten hatte. Es war ja niemand mehr geblieben, der ihn hätte verraten können und jetzt war er blind.

Ich hoffte für ihn, dass Matt ehrlich war.

„Was fühlst du gerade?", fragte Matt plötzlich.

Diese merkwürdige Frage kam so plötzlich, dass ich mir ein kurzes Lachen nicht verkneifen konnte.

„Wie kommst du auf diese Frage? Smalltalk für Anfänger?", brachte ich unter Lachen hervor.

Er sah mich nur verwirrt an.

Vermutlich war das wieder eine ernstgemeinte Frage gewesen, die absolut niemand meiner Freunde aus dem Nichts stellen würde. Manchmal war es echt offensichtlich, dass er nicht viele Erfahrungen mit sozialen Kontakten oder explizit Menschen hatte. Dann wiederum wunderte es mich, dass er so gut darin war, vor meinen Freunden so zu tun, als wäre er ein ganz normaler Mensch wie jeder andere.

„Ich hab nur gehört, dass Menschen ständig fühlen und sich gerne darüber austauschen, was sie fühlen", erklärte er sich.

Nach dieser Aussage konnte ich mich nicht mehr beherrschen.

„Falls du das aus dem Fernsehen hast, dann solltest du das nicht so ernst nehmen", klärte ich ihn auf und ging über die mittlerweile grün gewordene Ampel.

„Aber...", fing er an, führte den Satz jedoch nicht mehr fort.

Wahrscheinlich musste er sich eingestehen, dass der Fernseher eine genauso unseriöse Quelle für menschliches Verhalten war wie Bücher für fantastische Wesen.

„Und worüber unterhält man sich sonst, um das Schweigen zu brechen?", seine Unsicherheit war deutlich spürbar.

„Gute Frage", ich überlegte, aber mir fiel nichts typisch menschliches ein. Außer Smalltalk, aber niemand, wirklich niemand, mochte Smalltalk.

Außerdem fiel ihm ja früh ein, das zu hinterfragen. Jetzt war es doch sowieso schon zu spät menschlich wirken zu wollen, er war schließlich schon seit einiger Zeit unter Normalsterblichen. Wobei er vermutlich deshalb so gut mit Jane klarkam, weil sie ein ziemlich einfacher Mensch war. Nicht einfach im Sinne von anspruchslos, sondern im Sinne von einfach zum Reden. Sie konnte reden wie ein Wasserfall, ohne zu bemerken, dass die andere Person nicht viel dazu sagte, gleichzeitig konnte sie aber auch andere zu Wort kommen lassen, wenn es um die wirklich wichtigen Dinge ging. Ich würde behaupten, sie hatte dieses Talent, erkennen zu können, was wann angebracht war, sodass eigentlich nie ein peinliches Schweigen entstand, wenn man sich mit ihr unterhielt, sofern sie einen mochte.

„Ich hab keine Ahnung", gestand ich ihm, nachdem mir auch weiterhin nichts eingefallen war.

„Ich hab ja noch genug Zeit, zu lernen."

Ich drückte auf die Klingel. Es dauerte nicht lange, bis die Tür unter einem Summen aufsprang.

„Wartet auf mich", hörten wir Tim, der gerade angekommen war, rufen.

Schnell hastete er von seinem Auto zu uns.

Er musterte Matt kurz.

In was für einer merkwürdigen Situation wir hier gelandet waren.

Oben angekommen setzten wir uns an Ramons Esstisch, weil das Sofa nicht groß genug für vier Leute war.

„Ich habe verstanden, dass es euch schwerfällt, mir zu vertrauen, aber ich möchte wirklich nur Ramons und gerne auch eure Hilfe, es ist wirklich dringend und wenn ihr mir nicht helfen könnt, bin ich schneller weg, als ihr gucken könnt, aber bitte hört mir erst einmal zu", begann Matt die Diskussion.

„Woher sollen wir wissen, dass das keine Falle ist?", rutschte es aus mir heraus.

Auch wenn ich mir fest vorgenommen hatte, mich zurückzuhalten und die anderen reden zu lassen, konnte ich meine Worte nicht aufhalten.

„Weil ich nicht ohne Grund zu euch gekommen bin. Es gab ein paar *Vorfälle*", das Wort ‚Vorfälle‘ sagte er gedehnt und fast schon mit einer Abneigung in der Stimme, die ich schon lange nicht mehr aus seinem Mund gehört hatte.

„Vorfälle?", hakte Tim nach und sah ihn aufmerksam an.

Klar, für ihn war die Situation am neuesten. Ramon hatte ihm nur die wichtigsten Details übers Telefon durchgegeben, während Ramon und ich die ausführliche Geschichte von Matt persönlich zu hören bekommen hatten.

„Ramon", Matt wandte sich jetzt explizit ihm zu.

„Ich weiß, dass es dir schlechter geht und ich kann dir helfen, dass es wieder besser wird."

Damit würde er Ramon um den Finger wickeln können. Wieso war ich schon wieder so skeptisch? Ich tadelte mich selbst, aber gleichzeitig wusste ich auch, dass es seine Zeit brauchte, bis ich Matt blind vertrauen könnte. Er war nicht so übel, wie ich anfangs dachte, das musste ich nach dem unfreiwilligen Besuch bei ihm zu Hause feststellen. Dennoch fiel es mir schwer, ihm zu vertrauen. Schrecklich.

„Woher weißt du, dass es mir schlechter geht?", fragte Ramon verblüfft.

„Deine Visionen sind unkontrollierbarer", antwortete Matt schulterzuckend.

Jetzt waren alle Augen auf ihn gerichtet. Woher wusste er das? Er konnte das unmöglich irgendwo gehört haben. Wusste er, was mit Ramon los war? Hatten die Magier ihm von ihrem Plan erzählt oder wieso wusste er so viel über Ramon? Er konnte ihn unmöglich schon vorher gesehen haben und dadurch erahnt haben, dass es ihm schlechter ging, oder?

„Woher weißt du das?", Ramon sah angespannt aus.

Matt seufzte.

„Ich bin es satt, ständig deine Freunde zu retten."

Immer noch guckten wir ihn verwirrt an.

Keiner sagte etwas.

Jeder überlegte krampfhaft, was das zu bedeuten hatte. Hatten wir ihn gerade richtig verstanden? Hieß das, dass er es war, der mir das Leben gerettet hatte? Hieß das, dass er es war, der Tim rechtzeitig weggeschubst hatte? Hieß das, dass die Person, die ich die ganze Zeit unbewusst verdächtigt hatte, mich umbringen zu wollen, unschuldig, sogar mein Retter war?

„Aber wie?", stammelte Ramon vor sich hin.
Es ergab einfach keinen Sinn, dass Matt uns gerettet hat. Wieso sollte er? Wieso war er überhaupt in der Nähe? Wie konnte er überhaupt wissen, wo wir waren und wann er gebraucht wurde?

„Das ist das, wofür ich deine Hilfe brauche", wieder sprach er nur Ramon direkt an.

„Ich verstehe", murmelte dieser als Antwort.
Tim und ich waren zu sprachlosen Beobachtern mutiert. Wahrscheinlich brauchte er, genau wie ich, ein paar Minuten, um das zu verarbeiten, was wir gerade gehört hatten. Wäre Matt nicht, dann wäre ich… Ich schluckte. So weit wollte ich gar nicht erst denken.

„Danke", Tim war der erste von uns beiden, der seine Sprache wiedergefunden hatte.

Ich hingegen starrte Matt immer noch an.

„Kein Ding", antwortete Matt und schenkte ihm ein wirklich nur sehr kurzes Lächeln.

Stille.

Keiner traute sich, etwas zu sagen.

Keiner wusste, was man sagen konnte.

„Du hast mich gerettet?", kam es irgendwann aus mir heraus.

Ich konnte es nicht unterdrücken, obwohl ich eigentlich lieber still gewesen wäre.

Matt nickte nur.

„Wobei es bei dir gar nicht notwendig gewesen wäre."

„Was soll das denn heißen?", fragte ich empört und richtete mich gerade auf meinem Stuhl auf.

„Du hättest auch ohne meine Hilfe überlebt; Tim nicht", erklärte er ruhig und ich bemerkte, wie er sich ein Grinsen verkneifen musste.

„Was weißt du, was wir nicht wissen?", nahm Ramon wieder am Gespräch teil.

Matt und Ramon sahen sich beide tief in die Augen. Wie konnte Ramon nur so unglaublich cool bleiben? Ich war viel zu emotional, um in dieser Situation auch nur ansatzweise rational denken zu können.

„Ich habe die fehlenden Seiten aus dem Buch gelesen und wie versprochen werde ich sie dir geben, wenn du mir hilfst. Da stehen einige interessante Informationen drauf bezüglich deiner Oma und ihr", er deutete mit dem Kopf in meine Richtung.

„Aber was ist, wenn ich gar nicht wissen will, was mit mir falsch ist?"

Ich musste ziemlich verzweifelt gewirkt haben, denn Ramon griff unterm Tisch nach meiner Hand und hielt sie fest.

„Dann wirst du die Seiten nicht zu Gesicht bekommen und ich werde sie direkt vernichten", redete er auf mich ein, während er meine Hand immer noch nicht losließ.

Ich wusste nicht, was ich dazu noch sagen sollte. Anscheinend stimmte etwas nicht mit mir und anscheinend wussten wir – ausgenommen Tim – es alle schon, aber ich wollte, nein, ich konnte es nicht wahrhaben. Seit dem Tag, an dem mir bewusst geworden war, dass die alte Dame aus dem Erdgeschoss tot war und ich sie nie hätte sehen dürfen, hatte ich dieses dumpfe Gefühl, dass mit mir auch irgendetwas nicht stimmen musste – ich hatte es nur bis jetzt erfolgreich verdrängt, da es immer wichtigeres zu tun gab, als dieses Gefühl genauer zu erkunden.

Dieses unterbewusste Gefühl des Andersseins war damals der Grund gewesen, weshalb ich mich überhaupt dazu entschlossen hatte, Ramon zu helfen; jetzt wäre ich am liebsten davongerannt und hätte mich von allem Übernatürlichen distanziert. Aber das ging nicht mehr, ich steckte schon viel zu tief drinnen.

„Es ist auch nichts Schlimmes. Du bist kein Vampir oder so", Matt zwinkerte mir zu.

Das beruhigte mich nur wenig.

„Aber wenn du es wirklich nicht wissen möchtest, werden Ramon und ich die Seiten entsorgen", bot er an.

„Darf ich sie dann trotzdem lesen?", fragte Tim neugierig und war plötzlich wieder ganz der Alte. Wie machte er das nur?

„Von mir aus", schmunzelte ich.

Tim freute sich noch ein wenig, dann herrschte wieder Stille.

Angespannte Stille.

Dieses Mal war ich es, die von allen angestarrt wurde.

„Wenn es wirklich nichts Schlimmes ist, dann bin ich bereit zu erfahren, was los ist", war das meine Stimme, die gerade gesprochen hatte? Irgendwie klang sie so fremd. So gar nicht wie ich. Und eigentlich wollte ich doch gar nicht wissen, was los war.

Ich seufzte.

Anscheinend hat meine Neugierde gesiegt und solange es nichts komplett Abgefahrenes war, würde ich auch damit umgehen können. Oder lernen, damit umgehen zu müssen.

Natürlich war mir bewusst, dass es etwas mit Luana zu tun haben würde. Mit der Person, von der ich viel zu viel wusste, ohne dass ich sie jemals hätte kennenlernen können.

Und plötzlich wurde mir bewusst, dass diese unbegründete Abneigung gegenüber Luana und das ständige Abstreiten der Ähnlichkeiten daherkam, dass ich innerlich genau wusste, dass Ramon recht hatte. Irgendeine Verbindung gab es, sonst hätte Ramons Oma ihre Todesanzeige nicht aufbewahrt. Sonst würde meine Mutter sich nicht so merkwürdig verhalten, seitdem sie Ramon begegnet war. Sonst hätte Ramons Oma kein Bild meiner Mutter in ihren Unterlagen aufbewahrt. Es deutete nun mal alles darauf hin, dass es eine Verbindung gab und es war an der Zeit, dass es endlich jemand aussprach.

„Wir werden dich nicht überrumpeln und langsam an das Thema ranführen", versprach Ramon, immer noch meine Hand haltend, und ich sah eine Begeisterung in seinen Augen, die ich seit der Rückfahrt aus der Villa und seinem schlechten Gesundheitszustand nicht mehr gesehen hatte.

„Der Deal steht", bestätigte ich meine vorherige Aussage.

„Ich gebe euch meine Informationen bezüglich Luna und sorge dafür, dass es Ramon besser geht und ihr helft mir dabei, den Bund mit den Magiern endgültig zu brechen und wenn all das vorbei ist, seid ihr mich los, keine Sorge", fasste Matt unser Gespräch zusammen.

Wir anderen nickten und somit waren die wichtigsten Faktoren geklärt.

„Müssen wir jetzt noch irgendwas cooles Ritualiges machen, um unseren Pakt zu festigen? Zum Beispiel eine Blutsbrüderschaft oder so", fragte Tim motiviert.

„Nein", sagte Matt trocken und sah ihn aus schmalen Augen an.

„Okay, okay, dann nicht", schmollte Tim vor sich hin.

Durch die ständigen Pausen des Schweigens war es bereits dunkel, als wir zu unserem Ergebnis kamen. Schnell verabschiedete ich mich von den anderen, ich musste langsam nach Hause. Ramon bestand darauf, mich noch nach Hause zu bringen, aber ich lehnte das Angebot dankend ab. Er ließ erst locker, als Tim versprach, mich in seinem Auto nach Hause zu fahren. Mit der Entscheidung konnte ich leben, da Tim sowieso in dieselbe Richtung fahren musste wie ich. Er würde also keinen unnötigen Umweg fahren müssen, nicht so wie Ramon.

„Brauchst du auch eine Mitfahrgelegenheit?", fragte Tim Matt, als wir unten vor der Haustür standen.

„Nein, danke", lehnte Matt freundlich ab. „Ich reise nicht mit Autos", fügte er noch schnell hinzu, und bevor Tim nachfragen konnte – und man konnte ihm deutlich ansehen, dass ihm diese Frage auf der Zunge lag – war Matt schon verschwunden.

„Wow, wie cool", hörte ich Tim leise schwärmen. Wieso war es für Matt so einfach, jeden um seinen Finger zu wickeln und wieso war ich die Einzige, bei der das nicht so einfach funktionierte?

Erst auf der Autofahrt warf ich wieder einen Blick auf mein Handy und bemerkte, dass ich komplett vergessen hatte, dass meine Mama, ihr Freund und dessen Sohn heute Abend auf irgendeinem Konzert waren. Ich hätte mich also noch gar nicht auf den Heimweg machen müssen. Dennoch war es vielleicht ein guter

Zeitpunkt gewesen, das Gespräch zu beenden. Es war alles gesagt worden, mehr Informationen hätte ich heute auch nicht ertragen können.

Zu Hause angekommen wollte ich mir erstmal ein Bad einlassen, um die ganzen Ereignisse zu verarbeiten und meine Gedanken ein wenig sortieren zu können. Wieder einmal gab es einiges zu verarbeiten und wieder einmal wusste ich nicht genau, wie ich das überhaupt tun sollte, geschweige denn, womit ich überhaupt anfangen sollte.

Es kam mir vor wie ein Déjà-vu. All das hatte ich doch schon einmal erlebt, als Ramon mir von seinen Fähigkeiten erzählt hatte. Und wie damals konnte ich heute ein warmes Bad gut gebrauchen. Immerhin hatte ich jetzt alle Zeit der Welt und niemand würde durchgängig an der Badezimmertür klopfen, wenn ich wieder zu lange brauchte.

Als ich gerade das Wasser einließ, klingelte es.

Verwirrt stand ich auf und öffnete die Tür.

Ich wusste nicht genau, wieso ich das tat. Normalerweise würde ich um diese Uhrzeit niemals an die Tür gehen, wenn ich niemanden erwartete, aber ich war einfach immer noch zu verwirrt von allem, was passiert war, um klar denken zu können.

Und ganz theoretisch hätte es ja sein können, dass meine Mama und ihre Anhängsel den Schlüssel vergessen hatten oder sowas.

Vor mir stand allerdings weder meine Mama noch mein Stiefvater. Vor mir stand eine alte Bekannte, ich hätte sie fast gar nicht erkannt, da sie sich ihre Haare blondiert hatte und es schon eine Weile her war, dass wir uns das letzte Mal gesehen hatten.

„Sina", hauchte ich schockiert.

Kapitel 8

Keinen Tag später hatte ich die fehlenden Seiten des Buches im Briefkasten liegen. Sie waren etwas zerknüllt, doch das war mein kleinstes Problem. Sie waren lesbar und das war alles, was ich wollte. Doch bevor ich mich ans Lesen der Seiten setzen konnte, wollte ich sie zurück in das Märchenbuch einkleben, was mit zitternden Händen deutlich schwerer war, als ich erwartet hatte.

Es dauerte eine Weile, bis ich zufrieden mit dem Ergebnis war, aber sobald ich fertig war, konnte ich meine Neugierde nicht mehr unterdrücken.

Die erste Seite, die sich mit den Magiern als mystische Wesen beschäftigte, überflog ich nur schnell. Ich würde sie sowieso gemeinsam mit Matt und den anderen genauer analysieren müssen. Außerdem wussten wir ja bereits, dass sie Magier waren und das war so ziemlich alles, was wir über sie wissen mussten. Gerade interessierte mich nur die Verbindung zwischen Luana und Luna.

Es war einmal eine alte Frau, deine Oma.
Auch sie hatte magische Kräfte, die weit über Deine Vorstellung hinausgehen.

Das hatte ich mir bereits gedacht. Also nichts Neues. Deshalb las ich schnell weiter.

Ihre Fähigkeiten sind schwer in Worte zu fassen, aber sie wird versuchen, dies zu tun.
*Sie ist bekannt als die **Hüterin des Übernatürlichen**. Sie bietet übernatürlichen Wesen in ihrer Villa einen Zufluchtsort, an dem sie sich frei entfalten und ganz sie selbst sein können. Ein Ort, an dem sie sich nicht verstecken müssen.*

Auch das hatten wir schon herausgefunden. Aber was hatte meine Oma genau mit Luna zu tun? Es musste irgendeine Verbindung zwischen den beiden geben. Ich nahm einen Schluck Wasser, bevor ich weiterlas.

Doch das ist nicht alles, was sie leistet. Sie kümmert sich um die Heilung von verschiedensten Wesen und darum, dass kein Mensch vom Übernatürlichen erfährt. Niemand weiß so viel über das Übernatürliche wie sie.

Wusste sie deshalb von meinen Fähigkeiten? Vermutlich wusste sie automatisch alles über jeden mit besonderen Fähigkeiten. Und somit auch alles über mich. Auch wenn es nur eine Vermutung war, so war ich mir innerlich sicher, dass meine Mutter mein Geheimnis mit ins Grab genommen hatte und Oma auf übernatürlichem Weg von meinen Fähigkeiten erfahren hatte. Vielleicht wusste meine Mutter selbst nicht, was Oma alles leistete.

Zu ihren Fähigkeiten gehört die Unsterblichkeit.

Guter Witz, dachte ich zynisch.

Sie kann nur sterben, wenn sie sich dafür entscheidet, ihre Fähigkeiten aufzugeben und jemand anderem zu vermachen.

Der Rest der Seite beschäftigte sich detaillierter mit der Villa und ihrer Funktion als Unterkunft für übernatürliche Wesen, aber das wussten wir ja bereits.
Ich musste erstmal meine Gedanken sortieren. Irgendwie hatte ich die Wörter gelesen, aber ihren Inhalt noch nicht ganz verstanden.
Sie konnte nur sterben – ich meine natürlich, umgebracht werden – weil sie vorher ihre Kräfte aufgegeben hatte. Aber wem hat sie ihre Kräfte gegeben und wie funktionierte so etwas überhaupt?
Ratlos kratzte ich mich am Kopf.
Ich entschloss mich dazu, Matt eine Nachricht zu schreiben, da er so wirkte, als wüsste er mehr über die gesamte Situation, schließlich hatte er meine Oma…
Es war so paradox, dass ich ihm glaubte und ihm vertraute, und das, obwohl er ein Mörder war. Aber da ich selbst auch einer war und sogar meine eigene Mutter auf dem Gewissen hatte, konnte ich ihm nur bedingt böse sein. Er hatte lediglich gemacht, was ihm aufgetragen wurde.

„Ich wusste, dass du dich melden würdest", begrüßte Matt mich, als ich ihm die Tür öffnete.

„Bist du jetzt unter die Hellseher gegangen?", fragte ich ironisch und ließ ihn eintreten.

„Du bist ein offenes Buch, Ramon."
Vielleicht hatte er damit recht. Man brauchte keine Menschenkenntnisse, um zu wissen, dass ich immer noch maßlos überfordert mit allem Übernatürlichen war. Und Matt war einfach erfahrener mit allem, er hatte schließlich sein Leben lang unter magischen Kreaturen gelebt.

Beim Vorbeigehen legte er eine Hand auf meine Schulter und sagte: „Aber keine Sorge, dafür bin ich ja da."
Und damit hatte er schon wieder recht.
Selbstbewusst setzte sich Matt an den Tisch, wo wir gestern noch zu viert gesessen hatten. Ich beobachtete ihn skeptisch. Ich wünschte, ich hätte nur einen Bruchteil dieses Selbstbewusstseins.

„Du weißt mehr, als auf der Seite steht, oder?", fragte ich, als ich mich ihm gegenübersetzte.

„Klar."

„Warum hast du mir dann überhaupt die Seiten in den Briefkasten gelegt und sie mir nicht direkt persönlich gegeben?"

„Weil ich gewartet habe, bis du bemerkst, dass du mich brauchst."

Das Ganze sagte er so neutral, dass es mir schwer fiel, ihn einzuschätzen. Plötzlich überkam mich ein kurzer Anflug an Zweifel. Wenn ich ihn nicht einmal einschätzen konnte, wieso konnte ich ihm dann vertrauen?

Ganz einfach, weil er es geschafft hat, meine Freunde zu retten, als ich kläglich versagte. Egal, wie sehr er sich dagegen wehrte, er war hier nicht der Böse.

„Okay", sagte ich nur.

Ich wusste nicht, was ich sonst noch sagen könnte.

„Ich denke mal, du hast die Seiten durchgelesen?", stellte er fest.

Ich nickte.

„Dann wirst du ja jetzt wissen, dass wir deine Oma nur töten konnten, weil sie zuvor ihr Leben aufgegeben hat, um jemand anderen zu retten", fasste er die Seite kurz zusammen.

„Ja, aber wen?"

„Du weißt es bereits. Ich weiß es. Selbst sie weiß es vermutlich mittlerweile", er sah mich herausfordernd an. „Sprich es ruhig aus."

„Luna?", ich klang mehr fragend, als ich wollte.

„Bingo", rief er unerwartet laut, sodass ich mich kurz erschreckte.

Vielleicht war ich auch einfach nur empfindlicher geworden, seitdem es mir so schlecht ging.

Er hatte recht. Diese Information schockierte mich nicht mehr. Es war etwas, das ich mir schon gedacht hatte. Ich wollte es nur nicht wahrhaben oder gar aussprechen, aus Angst, Luna mit dem Thema auf die Nerven zu gehen. Sie sollte nicht denken, dass der einzige Grund, weshalb ich an ihr interessiert war, die Verbindung zu Luana war.

„Wobei, irgendwie auch nicht", begann er.

Ich sah ihn verwirrt an.

„Kann ich vielleicht etwas zu trinken haben? Mein Mund ist so trocken", fragte er höflich und genoss den Moment der Überlegenheit mir gegenüber.

„Klar", murmelte ich.

Immer noch verwirrt stand ich auf und holte ihm ein Glas Wasser. Musste er überhaupt etwas trinken oder essen?

„Also", fuhr er fort. „Mit Luna liegst du nah an der Wahrheit, aber wenn wir ganz genau sein wollen, dann hat sie ihre Gabe nicht an Luna weitergegeben, sondern an…"

„Luana", unterbrach ich ihn lauter, als ich es von mir selbst erwartet hatte.

Er sah mich kurz prüfend an.

„Bravo, du lernst schnell", gab er anerkennend zu.

Ich fasste mir an die Schläfen.

Mein Kopf fing an wehzutun. Heute war kein guter Tag, aber da musste ich jetzt durch. Ich wollte die Informationen. Vom Nichtstun würde es mir auch nicht besser gehen.

„Aber was hat das jetzt alles mit Luna zu tun?", fragte Matt rhetorisch. „Richtig, es gibt eine Verbindung zwischen den beiden. Ich meine, allein die Namen klingen schon gleich. Wie kann man da nicht draufkommen, dass es eine Verbindung gibt?", bestätigte er meine Vermutung.

„Du kanntest Luana?"

„Nein, soweit würde ich nicht gehen. Aber ich kenne Leute, die sie im Entferntesten kannten."

Er trank einen Schluck.

Ich beobachtete ihn kritisch.

War das nur Show oder war er tatsächlich durstig?

„Bevor du fragst, auch ich finde manchmal Wasser sehr angenehm. Müsste ich trinken? Vermutlich nicht. Aber es ist angenehm, wenn einem etwas Kaltes den Rachen runterläuft", deutete er meine fragenden Blicke und klärte mich auf.

„Interessant", murmelte ich.

„Meinst du die Magier?", hakte ich nach.

„Womit?"

„Mit den Leuten, die sie kannten."

„Natürlich. So viele Leute kenne ich nun mal auch nicht. Sie kannten Luana nicht persönlich, aber sie kannten den Todesfall genau. Ich weiß nicht, ob es dir bereits aufgefallen ist, aber übernatürliche Wesen spüren die Präsenz anderer übernatürlicher Wesen. Und die Magier waren damals zur richtigen Zeit am richtigen Ort. Sie haben dich gespürt, Ramon."

Das klang ein wenig gruselig und auch ein wenig eklig. Wollte ich, dass die Magier mich spürten?

„Zu dem Zeitpunkt waren sie deiner Oma bereits auf der Spur, weil sie davon gehört haben, dass sie eine mächtige Waffe versteckt hält. Sie hatten es von Anfang an ‚nur‘ auf das Zauberbuch abgesehen, erst später haben sie verstanden, dass du das bist, was sie wirklich begehren. Hätten sie das damals schon gewusst, hätten sie dich bestimmt direkt mitgenommen. Jedenfalls waren sie in der Nähe und naja, dann haben sie dich gespürt. Du bist und warst schon immer ein offenes Buch. Sie haben schnell gemerkt, dass irgendetwas in dir vorging, als du das Mädchen berührt hast.“

Mir stiegen Tränen in die Augen und ich merkte, wie sich meine Hand unterm Tisch zu einer Faust ballte. Ich war wütend. Aber warum genau war ich wütend?

„Als sie dann später die Todesanzeige vorfanden, bestätigte es nur ihre Vermutung, dass du etwas damit zu tun hattest. Bis vor einiger Zeit dachten sie noch, du hättest sie vor das Auto geschubst. Sie konnten es sich nicht anders erklären und wollten mir anfangs nicht glauben, als ich ihre Theorie widerlegt habe“, Matt lachte kurz über die Beschränktheit der Magier.

„Du bist schnell wieder aus ihrem Blickfeld verschwunden, deine Oma nicht. Und so beobachteten die Drei deine Oma und als ich alt genug war, führte ich diese Aufgabe fort. Dabei haben sie bemerkt, dass deine Oma ein großes Geheimnis hat. Eines Abends fuhr sie mitten in der Nacht zu einem in der Nähe liegenden Friedhof und grub einen Sarg aus, du kannst dir bestimmt denken, um wen es sich dabei handelt. Sie hat Luana wiederbelebt, indem sie ihre Kraft an sie weitergegeben hat. Und das ist alles, was es zu wissen gibt."

Auch, wenn es bis jetzt Sinn ergab, so hatte ich noch ein paar Gegenargumente. Genaugenommen hatte Luna diese Gegenargumente gehabt, als wir über die Verbindung zwischen ihr und Luana diskutiert hatten.

„Und was ist mit dem Altersunterschied? Luana war nur ein Jahr jünger als ich. Luna ist drei Jahre jünger", fing ich an zu argumentieren.

„Hm", er kratze sich am Hinterkopf. „Ich kann lediglich Vermutungen aufstellen, die volle Wahrheit kennt nur deine Oma."

„Dann sag mir deine Vermutungen", forderte ich fast flehend.

„Es gibt bestimmte Zauber, die man nur einmal im Jahrzehnt ausführen kann. Wiederbeleben ist nichts Natürliches, deshalb muss ich dir jetzt nicht ausführlich erklären, dass es sich dabei um einen Zauber handelt. Es könnte also sein, dass dies ein Zauber ist, der eine ganz bestimmte Mond-Planeten-Konstellation fordert. Es könnte auch sein, dass sie sich anfangs nicht sicher war, ob sie das wirklich tun möchte und erst mit der Zeit gesehen hat, wie sehr du unter den Ereignissen leidest. Oder sie hat extra so lange gewartet, sodass sich keiner mehr an Luana erinnern kann."

„Wie schrecklich, was ist, wenn sich wirklich keiner mehr an Luana erinnern kann?", rutschte es mir heraus.

Erinnerungen und erinnert werden waren das Einzige, was blieb, wenn man starb. Wenn sich niemand mehr an einen erinnerte, hatte man dann überhaupt existiert?

„Egal für welche der Varianten sie sich entschieden hat, sie wird auf jeden Fall dafür gesorgt haben, dass Luana vergessen wurde. Schließlich hat sie Luna zu ihrer Mutter zurückgebracht, das ist nur möglich, wenn sie diese vorher manipuliert hat."
Das war viel zu viel für meinen Kopf. Irgendwie konnte ich mir das alles nicht vorstellen. Irgendwie wollte ich mir das nicht vorstellen. Und irgendwie spürte ich, dass Matt recht hatte mit allem, was er mir zu erklären versuchte.
Aber wenn jeder Luana vergessen hatte, wieso konnte ich mich noch an sie erinnern?
Aber plötzlich ergab einiges Sinn für mich. Deswegen guckte Lunas Mutter mich immer an, als hätte sie Angst vor mir. Vermutlich mochte sie mich nicht, weil der Zauber meiner Oma nachließ oder nie stark genug war und sich Lunas Mutter aus irgendwelchen Gründen an mich erinnern konnte und da es eine Erinnerung aus einer Zeit vor Lunas Existenz war, machte ihr das alles Angst. Sie dürfte diese Erinnerung nicht haben. Sie dürfte mich nicht kennen und doch tat sie es.

„Wie bringen wir das Luna am besten bei?", redete ich mehr zu mir selbst, als zu Matt.

„Am besten, so schnell wie möglich", antwortete er schulterzuckend.

124

Kapitel 9

Obwohl ich mit unserer Freundschaft abgeschlossen hatte, fühlte ich ein Stechen in meiner Brust, als ich sie nach all der Zeit wiedersah. Oder war es gerade deshalb, weil ich mit ihr abgeschlossen hatte? Wieso musste sie jetzt hier auftauchen und alte Wunden wieder aufreißen? Ich dachte jedenfalls, ich wäre über die Vergangenheit hinweg, aber das war offensichtlich nur eine Lüge, die ich mir selbst erzählt hatte, bis ich anfing, sie zu glauben.

So viele Emotionen rasten durch meinen Körper. Am liebsten hätte ich sie umarmt und geweint und ihr verziehen. Aber das konnte ich nicht. Gleichzeitig wollte ich ihr am liebsten die Tür vor der Nase zuknallen. Ich hatte schließlich genug eigene Probleme, die wichtiger als sie und unsere kaputte Freundschaft waren. Aber auch das konnte ich nicht. Also stand ich bloß da und starrte sie an.

Keiner von uns sagte ein Wort. Vermutlich wurde ihr jetzt erst bewusst, was für eine bescheuerte Situation das für uns beide war.

Sie war es, die mich durch jemand Besseres ersetzt hatte. Sie war es, die mir nicht mehr geantwortet hatte. Sie war es, die mich fallen gelassen hatte. Nach alldem, was wir zusammen durchlebt hatten. Sie war es, die nicht mehr mit mir befreundet sein wollte. Aber auch sie war es, die jetzt vor meiner Tür stand.

Wut und Sehnsucht durchströmten meinen Körper.

Nein, ich würde jetzt nicht weinen. Dafür war ich zu stark. Dafür hatte ich mich zu sehr weiterentwickelt. Sie war keine meiner Tränen wert.

Sie war meine einzige Freundin gewesen und ich hatte sie geliebt wie die Schwester, die ich nie hatte. Vielleicht auch mehr als nur freundschaftlich, doch bevor ich mir dessen bewusst werden konnte, hatte sie mir ihren Rücken zugekehrt.

Sie hatte schließlich nach meinem Auszug so getan, als wäre nie irgendeine Form von Freundschaft zwischen uns gewesen. Als hätten wir uns nie gekannt. Als hätte sich nichts in ihrem Leben verändert, während ich ihr noch monatelang hinterhertrauerte. Sie ignorierte meine Nachrichten und Anrufe und das nur für Derek.

So ein widerliches Verhalten konnte ich doch nicht einfach verzeihen. Ich war mehr wert als das – das hatte ich durch meine neuen, wahren Freunde gelernt. Und dennoch stand ich hier und überlegte, ob ich ihr nicht doch weinend um den Hals fallen sollte.

Sie hatte mich unter meiner Würde behandelt und beim kleinsten Lebenszeichen von ihr war wieder alles okay? Was erwartete sie von mir?

Was erwartete ich von mir?

Diese Freundschaft war tot. Verbrannt und begraben. Selbst wenn ich ihr verzeihen würde, es würde nicht mehr so werden wie früher und es war gut, dass mir das indirekt auch bewusst wurde. Dennoch gab es diese Hoffnung, dass es doch wieder genau so werden würde.

So oft hatte ich darüber nachgedacht, ihr zu schreiben, dass ich sie vermisste, doch ich hatte es immer geschafft, stark zu bleiben. Vermutlich, weil ich mich nicht noch lächerlicher machen wollte, als ich es sowieso schon getan hatte. Und wenn ich genau drüber nachdachte, wusste ich auch gar nicht, warum ich sie überhaupt vermisste oder was ich überhaupt vermisste.

„Du hast deine Haare gefärbt", stellte ich fest und starrte sie immer noch an.

„Blondiert", verbesserte sie mich nur.

Stille.

Wieder sagte keiner etwas.

„Hör zu, es tut mir leid", brach Sina das Schweigen und obwohl ich mir vorgenommen hatte, stark zu bleiben, so warf ich mich ihr weinend um den Hals. Das war das Problem mit Emotionen, man konnte sie nicht kontrollieren. Und das war mein Problem, ich war einfach zu emotional.

Auch sie brach in Tränen aus.

Was für ein merkwürdiger Tag. Was für eine absonderliche Nacht.

So standen wir eine Weile. Weinend. Schweigend.

Irgendwann schafften wir es, uns aus unserer Starre zu lösen und nach drinnen aufs Wohnzimmersofa zu setzen.

„Warum bist du hier?", fragte ich und griff nach einem Taschentuch.

Mein Eyeliner, falls er überhaupt noch da war, musste schrecklich verlaufen sein.

„Mein Leben ist die Hölle", schniefte sie und fing wieder zu weinen an.

Wenn es jegliche Arten von übernatürlichen Wesen gab, wollte ich nicht bezweifeln, dass es tatsächlich eine Hölle gab, in der sie offensichtlich nicht war. Aber ich hielt mich zurück. Das würde nichts zur Konversation beitragen und alles nur unnötig kompliziert machen. Komplizierter als es sowieso schon war.

„Derek und ich haben uns getrennt", sprach sie weiter.

Diese Aussage implizierte, dass sie davon ausging, dass ich wusste, dass die beiden überhaupt zusammen waren. Ein kurzer Strom von Wut durchzog meinen Körper. Meine Mama, die im ständigen Kontakt zu ihrer Mutter stand, hatte mal so etwas angedeutet, aber dennoch fand ich es unverschämt, davon auszugehen, ich würde das wissen. Als würde sie und vor allem ihr Beziehungsstatus eine Rolle in meinem Leben spielen, obwohl sie mit mir abgeschlossen hatte.

„Einfach alles läuft schief. Derek und ich haben uns getrennt. All seine Freunde sind plötzlich gegen mich. Keine Ahnung, was ich denen getan habe. Ich dachte, sie wären auch meine Freunde. Plötzlich bin ich alleine, aber nicht wie damals mit dir, weil du bist ja auch weg. Ich bin wirklich alleine. Allein allein. Und es fühlt sich fürchterlich an", ihr Weinen wurde stärker. Vorsichtig rutschte ich näher an sie heran und bot ihr die Taschentuchbox an, die auf dem Wohnzimmertisch stand.

Sie lehnte dankend ab und stützte ihren Kopf mit ihren Händen.

Ich musste mich zusammenreißen, ihr nicht vorzuwerfen, dass ich mich wegen ihr auch so allein gefühlt habe, aber das hier war kein Duell darum, wem es schlechter ging. Eigentlich hatte sie all das verdient, was ihr passiert war und ich war ihr nichts schuldig. Wieso war sie überhaupt so überrascht, dass sich die Ereignisse gegen sie entwickelt hatten?

Am liebsten hätte ich ihr so einiges an Sachen an den Kopf geknallt, vor allem dass ihr Leben nicht das Wichtigste auf dieser Erde war und sich nicht alles um sie drehte oder dass ihre Probleme im Vergleich zu meinen oder gar Ramons so unglaublich irrelevant waren. Aber darum ging es gerade nicht. Es ging darum, dass ich jetzt einfach für sie da war. Obwohl sie damals nicht für mich da war. Wieso war ich so nachtragend?

Es ging darum, nicht dieselben Fehler wie sie zu machen. Ich hatte jetzt die Chance, es besser zu machen. Besser als sie.

Also legte ich ihr behutsam meine Hand auf den Rücken.

„Das Gute ist, es geht vorbei. Wir haben weniger als ein halbes Jahr Schule und zum Studieren kannst du so weit abhauen, wie du möchtest", es schien sie nur ein wenig zu beruhigen, aber sie schniefte verhältnismäßig weniger.

„Kann ich nicht bei dir einziehen?", fragte sie.

„Nein, du musst deinen eigenen Weg gehen. Hier wirst du auch nicht glücklicher", ich musste mich beherrschen, damit man mir den Schock in meiner Stimme nicht anhörte.

So schön es auch war, sie wiederzusehen, ich wollte sie definitiv nicht hier wohnen haben. Ich hatte mein eigenes Leben und sie war einfach kein Teil mehr davon.

„Du hast ja recht. Aber dir scheint es so gut zu gehen hier."

Oh, wenn sie wüsste. Klar, mir ging es deutlich besser als vorher, aber es wurde auch deutlich komplizierter als vorher.

„Menschen sind verschieden, und nur weil es mir hier gut geht, heißt es nicht, dass es dir hier auch automatisch gut gehen würde. Du musst deinen eigenen Weg finden, nicht meinem folgen."

Hatte ich eine Packung Glückskekse verschluckt oder woher kamen plötzlich diese philosophischen Ergüsse? So sehr ich auch innerlich über meine pseudotiefgründigen Aussagen lachen musste, sie schienen Sina zu helfen.

„Aber was ist, wenn es keinen Weg für mich gibt?“, fragte sie kleinlaut und ich konnte ihr anhören, dass sie wieder kurz vorm Weinen stand.

„Dann kreierst du dir deinen eigenen Weg“, antwortete ich schulterzuckend.

Sie blickte auf und guckte mir direkt in die Augen.

„Diese Stadt tut dir so gut. Ich wünschte, ich würde auch meinen Platz finden.“

„Den wirst du finden. Glaub mir. Aber erstmal musst du mir etwas erklären. Blonde Haare? Ernsthaft?“, hinterfragte ich lachend.

„Wir alle haben unsere wilden Phasen“, gab sie zurück und stimmte in mein Lachen ein.

„Aber bevor du denkst, ich hätte es wegen Derek gemacht. Nein. Ich hab mir die Haare nach der Trennung blondiert, einfach um mir selbst ein Zeichen zu setzen. Ein Zeichen dafür, dass ich neu anfange. Ein Zeichen dafür, dass ich immer noch die Kontrolle über mein Leben habe. Das hat mir ein wenig geholfen. Ich kann es dir also nur empfehlen“, erklärte sie sich und griff letztendlich doch nach der Taschentuchbox.

„Ich denke nicht, dass Blond meine Farbe ist.“

Und was soll ich sagen. Am Ende des späten Abends waren wir nicht mehr zwei ex-beste Freundinnen, die sich merkwürdig verhielten und irgendwo zwischen

Hass und Liebe herumpendelten. Am Ende des späten Abends waren wir zwei Menschen, die wieder zueinander gefunden hatten.

Ich hatte ihr verziehen, weil die Vergangenheit irrelevant geworden war; das Jetzt zählte. Wir hatten es geschafft, über unsere Probleme von damals zu reden. Sina hatte sich für ihr Verhalten mehrfach entschuldigt und ich habe ihre Beweggründe verstehen gelernt. Am Ende des Abends waren wir zwei Menschen, die verdammt froh darüber waren, dass sie den anderen wieder in ihrem Leben hatten. Und vielleicht war das meine erste Entscheidung als Erwachsene; ich hatte mich entschieden, zu verzeihen.

Meine Mama war nicht besonders begeistert von Sinas Anwesenheit. Besonders, weil – wie sich später herausstellte – ihre Mutter nichts von ihrem Ausflug wusste und sich schreckliche Sorgen um sie machte.

Unter dem Versprechen, dass sie mich in den Herbstferien gerne länger besuchen kommen könnte, schafften wir es, sie zu überreden, den nächstmöglichen Zug in ihre Heimat zu nehmen. Natürlich erst am nächsten Tag. Mittlerweile war es ziemlich spät geworden.

„Luna?", fragte Sina, als wir im Dunkeln in meinem Zimmer lagen.

Ich auf meinem Bett und sie auf der Gästematratze auf dem Boden, die wir seit unserem Einzug in dieser mir noch so fremden Doppelhaushälfte noch nicht gebraucht hatten.

„Ja?"

„Ich bin froh, dich wiederzuhaben. Ich habe dich vermisst."

„Ich dich auch", antwortete ich ohne zu zögern. Meine Wut war verschwunden. Hass machte schwach. Und ich hatte es so satt, schwach zu sein.

Der nächste Tag war unspektakulär. Sina reiste wieder ab und ich war todmüde in der Schule. Finn bemerkte es, also kam ich nicht drum herum ihm zu erzählen, weshalb ich so übermüdet war. Wir machten ein paar Witze übers Haareblondieren, nicht weil es lächerlich an Sina aussah, sondern weil es definitiv lächerlich an mir aussehen würde.

Abends bekam ich dann eine Nachricht von Ramon, in der er mir mitteilte, dass er sich noch einmal mit Matt getroffen hatte und nun im Besitz der fehlenden Buchseiten war.

Er wusste jetzt, wer oder was ich war und was das alles mit Luana zu tun hatte. Ich unterdrückte die Nervosität. Heute würde ich es sowieso nicht mehr herausfinden können – dafür war es bereits zu spät und ich war viel zu müde. Aber am nächsten Tag würde ich mich mit Ramon treffen und er würde mir alles erklären. Wollte ich es überhaupt wissen?

Um ehrlich zu sein, fand ich das aufklärende Gespräch mit Ramon fürchterlich. Es war klar, dass es mich verwirren, vielleicht auch verstören würde, aber ich hatte nicht damit gerechnet, dass es mich emotional so aufwühlen würde. Bis zu diesem Tag war ich der festen Überzeugung gewesen, dass mich nichts mehr schockieren konnte; doch da lag ich falsch.

Ramon erklärte mir, was er und ich – unterbewusst – schon lange wussten: Dass Luana und ich dieselbe Person waren.

Wie sollte es mir mit dieser Information gehen? Da gab es nur die Möglichkeit, dass es mir miserabel gehen würde für den Rest meines Lebens, weil ich der Grund dafür war, weshalb Luana, also ich, nicht mehr in ihrem, also meinem, Grab lag. Ich durfte leben, aber zu welchem Preis.

Ein leeres Grab. Eine längst vergessene Person.

Und auch wenn es sich bei der Person um mich selbst handelte, so fühlte ich mich gegenüber mir selber schuldig. Außerdem hatte ich Probleme damit, die Information zu verarbeiten, dass ich drei Jahre meines Lebens tot in einem Grab lag.

Wie konnte mein Körper das überstehen? Machte mich das eigentlich zu einer Art Zombie? Wurde ich von irgendwelchen Insekten angeknabbert oder wie genau ging es mir in dieser Zeit?

Auch wenn ich mit allem gerechnet hatte; damit hatte ich nicht gerechnet. Würde ich jetzt eine Identitätskrise bekommen? Vielleicht. Nicht nur vielleicht. Vermutlich hatte ich diese bereits. Wer genau war ich jetzt? Luna? Luana? Und wieso war es meine Bestimmung, genau an den Orten aufzutauchen, an denen Ramon auch war?

Es konnte doch kein Zufall mehr gewesen sein, dass meine Mama genau in diese Stadt gezogen war, genau eine Wohnung unter Ramon. Irgendeine höhere Macht – und ich weigerte mich, diese Macht Gott zu nennen, da ich nicht religiös war und auch nie sein würde, aber mit dem Begriff Schicksal konnte ich mich ein wenig anfreunden – hatte ihre Finger im Spiel. Vielleicht war das hier alles Schicksal.

Immerhin konnte ich mir jetzt erklären, warum Matt gemeint hatte, dass es unnötig war, mich zu retten, als ich den Abgrund runtergestürzt war. Ich wäre sowieso nicht gestorben und das alles dank Ramons Oma. Ich war unsterblich.

Es war bestimmt nicht böse von ihr gemeint, aber ich fühlte mich so, als wäre ich lieber tot als lebendig. Denn so beruhte mein ganzes Leben auf einer einzigen Lüge.

Wieso hatte sie ausgerechnet mir ihre Kräfte vermacht? Wieso nicht Ramons Mutter, dann wären sie wenigstens in der Familie geblieben?

All diese Gedanken konnte ich nicht mit Ramon teilen. Er würde sie nicht verstehen. Oder würde er sie sogar bestens verstehen?

Auch wenn es Ramon lieber gewesen wäre, wenn ich bei ihm geschlafen hätte – es war schließlich Wochenende – verabschiedete ich mich von ihm. Ich wollte jetzt lieber allein sein und erst einmal auf mein Leben oder meinen verfrühten Tod klarkommen.

Unsterblichkeit. Etwas, das von den meisten Menschen erstrebt wurde, nicht umsonst konnte sich der moderne, menschliche Vampir in der Literatur behaupten. Die Menschen projizierten ihre Wünsche auf übernatürliche Kreaturen. Sie wären gerne so wie sie. Aber sie würden niemals so sein.

Besonders die Idee von unsterblicher Liebe wurde durch die Darstellung des modernen Vampirs romantisiert. Auch wenn ich kein Vampir war, so war ich unsterblich und doch gab es für mich nichts Abstoßenderes als den Gedanken einer unsterblichen Beziehung. Oder generell dem Unsterblichsein. Wie schlimm musste es sein, wenn man alle Menschen sterben sah und man selbst nichts dagegen tun konnte? Wie schlimm musste es sein, für immer zu wissen, dass man diese Menschen niemals wiedersehen würde. Ich konnte genauestens verstehen, wieso Ramons Oma ihre Kräfte abgegeben hat. Ich konnte nur nicht nachvollziehen, wieso an mich.

Viel lieber wäre ich einer dieser Menschen, die Unsterblichkeit anstrebten, anstatt in der Kategorie der plötzlich Unsterblichen zu sein.

Vor allem aber fühlte ich mich der Kräfte nicht würdig. Ich kannte Ramons Oma nicht und all diese guten Leistungen, die sie für die übernatürlichen Wesen vollbracht hatte, könnte ich niemals so vollbringen.

Ich würde es nie mit der gleichen Leidenschaft machen, wie sie es getan hatte. Es würde immer ein gewisser Druck mitschwingen. Ein Druck, so zu werden, wie sie es war.

Es war klar, die übernatürliche Welt brauchte eine Person wie Ramons Oma. Eine weise Person, die für sie da war, ihnen Schutz und Verständnis bot. Aber das war ich nicht. Das könnte ich nie werden. Ich war doch immer noch hoffnungslos überfordert mit allem und sollte ich einem anderen magischen Wesen begegnen als denen, die ich bereits kannte, würde ich vermutlich wegrennen oder Panik bekommen oder beides gleichzeitig.

Ich war nicht bereit dazu, anzunehmen, wer oder was ich war.

Zum Glück war Wochenende, dadurch wurde es leichter, meine bereits getroffene Entscheidung durchzuziehen. Kaum war ich aus Ramons Wohnung gestürmt, griff ich schon nach meinem Handy, um Finn anzurufen. Die ältere Dame aus dem Erdgeschoss guckte mir nur mitleidig hinterher und wagte es schon gar nicht, etwas zu sagen. Vermutlich hatte sie gemerkt, wie aufgewühlt ich war und wusste, dass sie es nur noch schlimmer machen würde. Schließlich dürfte ich sie ja eigentlich gar nicht sehen können.

Ich rief also Finn an und erklärte ihm, dass wir uns sofort in der Stadt treffen müssten und er sich beeilen sollte, da die Geschäfte bald schließen würden. Und er beeilte sich.

„Du bist echt komisch", bemerkte er, als wir auf den Bus, der zu mir nach Hause fahren würde, warteten.

„Ich weiß, aber deshalb sind wir befreundet", erinnerte ich ihn.

Es tat gut, mit jemandem zu reden, der menschlich war und keinen Schimmer vom Übernatürlichen hatte. Jemand, der mich als die Person sah, von der ich gestern noch geglaubt hatte, sie zu sein. Jemand, der Luna sah und nicht Luana.

Er grinste daraufhin nur.

„Und du willst es wirklich durchziehen?", hinterfragte Finn mein Handeln noch ein weiteres Mal.

Ich nickte bloß.

„Egal, wie lange es dauern wird und auch wenn wir die ganze Nacht dafür brauchen werden", bestätigte ich ihn, während ich das blaue Pulver mit der weißen Flüssigkeit vermischte.

Ein beißender Geruch stieg in die Luft. Zum Glück agierte Finn schnell und öffnete das Fenster.

„Und es ist dir auch egal, dass ich das noch nie vorher gemacht habe und es scheiße aussehen könnte?"

„Ja. Ich brauche jetzt eine Veränderung und wenn es scheiße aussieht, musst du mir halt einreden, dass es gut aussieht."

Das mochte ich an Finn. Er hinterfragte es nicht. Er tat es einfach. Und schon setzte er den Färbepinsel an meine Haare an und massierte die Blondierung langsam ein. Jetzt gab es kein Zurück mehr.

Trotz des offenen Fensters blieb der beißende Geruch noch eine Weile im Raum. Wie konnten Friseure so etwas nur aushalten?

Mit der Zeit fing meine Kopfhaut an zu jucken und zu brennen. War das normal? Ich hatte keine Ahnung und Sorgen machte ich mir auch keine. Es war in irgendeiner Form ein befriedigender Schmerz, denn es war der Schmerz eines Neuanfangs.

Nach einer Dreiviertelstunde Einwirkzeit wuschen wir die Blondierung aus und meine Haare waren, oh Wunder, blond.

„Ich hatte mir geschworen, nie auf Blond zu gehen", lachte ich, als ich mein Spiegelbild ansah.

Auch Finn konnte sich nicht mehr halten.

„Gestern Morgen haben wir noch Witze darüber gemacht, jetzt bist du blond", fasste er die Ereignisse passend zusammen.

Ich warf einen Blick auf die Uhr. Es war schon spät, aber ich hatte mir selber versprochen, nicht aufzuhören, ehe wir fertig waren. Also machten wir weiter. Denn ich blieb meinem Wort treu; ich würde nicht blond bleiben.

Finn wusch den Pinsel aus, während ich die Tönung mit ein bisschen Spülung streckte – so hatte ich es in den unzähligen Videos auf YouTube gesehen.

Und so blieben Finn und ich wach und tönten mir die Haare *Midnight Blue*.

Kapitel 10

Allein. Ich fühlte mich so allein, wie mein ganzes Leben zuvor noch nie und das, obwohl ich doch mittlerweile von viel mehr Menschen umgeben war. Wieder einmal hatte ich mich im letzten Monat komplett isoliert, bis auf den spontanen Besuch an Lunas Schule, den ich in meinem jetzigen Zustand definitiv nicht mehr machen würde.

Es war unbedacht und hätte schiefgehen können.

Nur weil Matt aus irgendwelchen noch unklaren Gründen das Bedürfnis hatte, Menschen zu retten, durfte ich das nicht als Rechtfertigung für meine Visionen nehmen. Ich konnte sie nicht mehr kontrollieren und das war ein Fakt, den ich leider akzeptieren musste.

Es dauerte eine Weile, bis ich es nicht mehr leugnen konnte; mir ging es von Tag zu Tag schlechter und ich musste dringend etwas ändern. So war ich einfach zu gefährlich. Jetzt, wo die ganze Verbindungssache zwischen Luana und Luna mehr oder weniger aufgeklärt war, wurde es Zeit, meine Prioritäten anders zu setzen. Es wurde Zeit, dass ich herausfinden würde, was mit mir los war und was ich verändern könnte, um meinem Leben wieder mehr Qualität geben zu können.

Jeder Tag zog sich bis ins Unendliche.

Manchmal schaffte ich es nicht aus dem Bett – gut, dass ich von zu Hause aus arbeitete.

Ich war ein Wrack.

Mein Spiegelbild war auch nicht mehr besonders ansehnlich. Dunkle Schatten hatten sich unter meinen Augen gebildet. Anfangs hatte ich versucht, sie mit Concealer zu verdecken, mittlerweile hatte ich eingesehen, dass es zu viel Aufwand für ein zu geringes Ergebnis war. Ich war einfach zu ungeübt mit Make-up und ich wollte Luna nicht nach Hilfe fragen, da sie vermutlich schon genug anderes zu tun hatte.

Aber gerade weil es mir so schlecht ging, blieben mir nicht viele Möglichkeiten, meinen unkontrollierbaren Visionen aus dem Weg zu gehen.

Also isolierte ich mich wieder.

Tim ging für mich einkaufen, so wie er es vor dem Tod meiner Oma auch oftmals getan hatte. Zum Glück verstand er meine Not und war bereit zu helfen, so wie er es früher auch getan hatte.

Ich merkte, wie mir die Quarantäne nicht gut tat und ich langsam anfing verrückt zu werden. Jetzt wusste ich ja, was mir draußen in der echten Welt entging. Jetzt wusste ich ja, dass mein Leben anders sein konnte.

Das machte es noch schwieriger, stark zu bleiben.

Die meisten Tage allerdings hätte ich sowieso keine Wahl gehabt, weil es mir so schlecht ging. Von Kopfschmerzen, Zitteranfällen und Übelkeit war alles dabei, was mich irgendwie ans Bett fesselte.

Ich hatte mich schon so an die Symptome gewöhnt, dass ich angefangen hatte, diese zu akzeptieren. Solange wir keine Lösung fanden, würden sie wohl zu mir gehören.

Insgeheim hatte ich immer noch die Hoffnung, dass Matt eine Idee bekommen würde, welche die Magier nicht involvierte, aber bis jetzt hatte ich noch nicht die Chance, mit ihm darüber zu reden. Schließlich hatte ich bis jetzt immer andere Prioritäten gehabt als mich selbst.

Matt und Tim saßen bereits an meinem Küchentisch, als Luna klingelte. Das Klingeln sorgte für einen stechenden Schmerz in meinem Kopf. Heute war kein guter Tag, wie eigentlich jeder Tag.

„Sieht nett aus", begrüßte ich Luna, als sie oben ankam und musterte ihre blauen Haare.
Ich hatte nicht damit gerechnet, aber es stand ihr.

„Ich brauchte eine Veränderung", nuschelte sie leise und wurde kurz rot. „Ich hatte Angst, es würde dir nicht gefallen", gestand sie.
Lächelnd schüttelte ich den Kopf. Sie würde mir immer gefallen.

„Selbst mit Glatze würdest du mir noch gefallen. Nur bei Gesichtstattoos hört der Spaß auf", witzelte ich.

„Du bringst mich auf gute Ideen", als sie meinen geschockten Blick sah, der sich gerade Luna mit Gesichtstattoos vorstellte, gab sie mir schnell einen Kuss auf die Wange und huschte an mir vorbei in die Wohnung.

Ich gesellte mich zu den anderen an den Tisch und legte das Märchenbuch demonstrativ laut vor ihnen hin.

Alle Blicke wanderten automatisch zu mir.

„Dann diagnostizieren wir den armen Patienten jetzt", sagte ich und versuchte dabei, Frau Müllers Stimme nachzumachen.

Vermutlich würde niemand außer mir den Witz daran verstehen, da niemand von ihnen Frau Müller kannte. Eigentlich war auch nichts daran besonders witzig. Es war also fast so, als hätte ich einen Insider mit mir selbst.

Luna und Tim lachten über meine verstellte Stimme.

Matt sah mich nur verwirrt an.

„Du musst schon sagen, was mit dir los ist, sonst können wir dir nicht sagen, was du bist", erklärte ich ihm und gähnte.

Ich war erschöpft, aber ich wollte das Treffen unter gar keinen Umständen absagen – dafür war ich viel zu neugierig.

„Ich rette Menschen, reicht das nicht?", fragte er belanglos.

Würde er so weitermachen, würden wir nicht weiterkommen.

„Ich rette Menschen, ohne es zu wollen", verbesserte er seinen Satz.

Ich blätterte im Buch herum und überflog die einzelnen Abschnitte schnell.

„Schutzengel", murmelte ich.

„Ich bin definitiv kein Schutzengel", widersprach Matt empört. „Dafür bin ich viel zu cool."

Er musste selbst über seine bescheuerte Aussage schmunzeln.

Ich ignorierte ihn und las den Text genauer.

„Vermutlich hast du recht, hier steht, sie sind fast ausschließlich weiblich", stimmte ich ihm zu.

„Was macht dich noch aus?", versuchte Tim uns weiterzubringen.

„Gutes Gehör, Kraft, Geschwindigkeit – nein Luna, ich weiß schon, was du sagen willst."

Ich warf Luna einen kurzen Blick zu, wahrscheinlich war sie ein wenig enttäuscht, dass sie ihren Vampirwitz nicht mehr machen konnte. Dennoch wollten wir nichts unversucht lassen, also schlug ich die Vampirseite auf.

„Hast du manchmal das Verlangen nach Blut?", fragte ich.

Matt sah mich genervt an.

„Ich fühle mich nicht ernst genommen", sagte er und verschränkte seine Hände hinter seinem Kopf.

„Wir gehen nur jeder Idee nach, nicht, dass wir sonst etwas übersehen", erklärte ich ihm ruhig.

„Aber nein, ich trinke kein Blut und hab auch nicht das Bedürfnis nach Blut", beantwortete er meine Frage letztendlich.

Damit war das Thema endgültig geklärt.

„Was ist mit Dämonen?", fragte Luna vorsichtig. Schnell blätterte ich weiter, bis ich die dazugehörige Seite fand.

„Ja, aber auch nein", antwortete ich, nachdem ich sie kurz durchgelesen hatte.

„Hier steht, dass Dämonen von einem Meister erschaffen werden, allerdings hatte Matt Eltern", klärte ich die anderen auf.

„Was ist, wenn die Magier ihm nur eingeredet haben, dass er eine Familie hatte? Es wäre nicht das erste Mal, dass sie lügen würden", warf Luna ein.

Es könnte sein, aber es könnte auch nicht sein.

Und so vage blieb es auch den Rest des Tages.

Viele Seiten des Buches trafen auf Matt zu, aber keine passte eindeutig. Falls wir auf eine magische Verwandlung seitens Matt warteten, die den Bruch der Verbindung zwischen ihm und den Magiern verdeutlichte, so blieb diese aus.

Zwar sagte Matt es nicht, aber ich war mir ziemlich sicher, dass er es einfach spüren würde, wenn wir auf dem richtigen Weg gewesen wären. So war es damals zumindest bei mir. Als ich die passende Seite des Buches las, wusste ich, wer ich war. Dazu musste man aber auch sagen, dass es bei mir offensichtlich war, schließlich hatte meine Oma mich indirekt erwähnt.

Es hatte also nie einen Grund zum Zweifeln gegeben.

Wir versuchten es bis spät in die Nacht, aber nichts ergab so richtig Sinn. Entweder waren die Wesen mehr gut als böse oder mehr böse als gut. Es gab kein Wesen, das so war, wie Matt sich verhielt. Vermutlich war uns schon vorher ein wenig bewusst gewesen, dass Matt einzigartig war; spätestens nach heute wussten wir es allerdings sicher.

Vielleicht gab es doch noch eine Buchseite, die sich mit ihm beschäftigte und die Magier waren noch im Besitz dieser Seite. Vielleicht wusste selbst meine Oma nicht, wer Matt war. Dann würden wir es auch nie erfahren, wir würden immerhin nur so schlau sein wie meine Oma, schließlich war sie es, die das Buch geschrieben hatte – ich konnte es mittlerweile nicht mehr vor mir selbst leugnen.

Es war eine verzwickte Situation und es tat mir tatsächlich leid, dass wir nicht weiterkamen. Ich vertraute ihm. Ich hatte ihm verziehen und ich musste mir eingestehen, dass es schön war, jemanden zu kennen, der auch übernatürlich war. Von Geburt an.

„Das hat doch keinen Sinn", rief Matt genervt und schlug mit der Faust auf den Tisch. Dieser gab sofort unter seiner Hand nach.

Verdutzt blickten wir alle auf den kaputten Tisch.

Ich konnte Tim bereits ansehen, dass er sich ein „Wie cool" verkneifen musste.

„Tut mir leid", antwortete er verlegen. „Meine Emotionen sind wohl mit mir durchgegangen. Ich kaufe dir einen neuen Tisch, versprochen."

Man konnte sehen, wie unangenehm ihm die Situation war. Es war fast schon ein wenig lustig.

„Ist schon okay, ich kann verstehen, dass du frustriert bist", ich nickte ihm verständnisvoll zu.

„Das hier war meine einzige Hoffnung", sagte er mehr zu sich selbst als zu uns. „Verdammt, was soll ich jetzt machen?"

Niemand sagte etwas.

Niemand wusste, was er sagen sollte.

Es war eine ausweglose Situation. Ich hatte nicht damit gerechnet, dass wir gar nichts finden würden. Vor allem nicht, nachdem wir so schnell alles über Luna und die Verbindung zu Luana herausgefunden hatten. Aber das war vermutlich unser Problem, wir waren auf das Buch meiner Oma angewiesen, weil wir keinerlei Begegnungen mit magischen Wesen – abgesehen von Matt – aufzuweisen hatten.

Er hingegen war schon immer umgeben von welchen. Wir kamen aus verschiedenen Welten. Unser Wissen war aus verschiedenen Welten. Vielleicht war es schon von Anfang an offensichtlich, dass wenn Matt selbst nicht wusste, wer er war, wir es erst recht nicht herausfinden würden.

Wir waren nur ein Haufen Amateure, konfrontiert mit einer Welt, von der wir absolut nichts verstanden. Matt hingegen war ein Teil dieser Welt.

So gerne ich auch aufhören wollte, mich selbst schlecht zu machen; es gelang mir nicht.

Die Situation machte mich fertig. Mein Gesundheitszustand machte mich fertig. Alles machte mich fertig.

Und während es immer später wurde und keiner von uns die Person sein wollte, die das Unvermeidliche aussprach (nämlich, dass wir auf einem Irrweg waren und nichts finden würden), versuchten wir weiterhin, alle Seiten durchzugehen.

Mittlerweile hatte ich Tim das Buch übergeben, der Matt motiviert ausfragte und dabei ganz nachdenklich wirkte.

Und während wir so dasaßen, merkte ich gar nicht, wie ich langsam auf meinem Stuhl sitzend einschlief.

Kapitel 11

Spätestens als Ramon einschlief, war deutlich, dass wir nicht mehr lange an der Illusion festhalten konnten, dass wir heute etwas Brauchbares finden würden. Dafür war das ganze Thema einfach zu komplex. Ich weiß nicht, ob es nur mir so ging, aber ich hatte schon erwartet, dass es einfacher werden würde, herauszufinden, wer Matt wirklich war.

Ramon war bereits in den letzten Stunden ziemlich nachdenklich geworden, vermutlich hatte auch er erkannt, dass wir einfach nichts finden würden. Zumindest nicht heute.

„Ich denke, es ist Zeit aufzugeben", warf ich mit einem Blick auf den mittlerweile schlafenden Ramon ein.

Matt und Tim, die ganz in ihrer eigenen Welt waren, sahen mich verblüfft an, verstanden aber schnell, dass es keinen Sinn mehr hatte, weiterzusuchen. Wir hatten das Buch bestimmt schon drei Mal komplett durchgelesen und nichts hatte sich geändert.

„Du hast recht. Wir sollten das aber dringend wiederholen, ich bin mir sicher, dass wir kurz davor sind, etwas zu finden", Tim klang hellwach, als er das sagte.

Wie konnte er jetzt noch so motiviert sein?

Matt ging nicht darauf ein. Stattdessen sagte er nur: „Danke, ich weiß es echt zu schätzen."

Diese Aussage klang ehrlich und aufrichtig. Ich konnte nicht glauben, dass ich das einmal über Matt denken würde. Innerlich kicherte ich ein wenig. Wie absurd alles war.

Nachdem sich Matt und Tim verabschiedet hatten und ich mir die Zähne geputzt hatte, beschloss ich, Ramon vorsichtig zu wecken. Seit der Nacht in der Villa, in der ich kurz auf einem Stuhl eingenickt war, wusste ich, dass dies keine besonders bequeme Schlafposition war. Die darauffolgenden Nackenschmerzen wollte ich Ramon, sofern es noch möglich war, ersparen.

Verschlafen grinste er mich an.

„Bleibst du hier?", nuschelte er schlaftrunken.

„Nur, wenn du dich jetzt bettfertig machst."

„Dann bleibt mir wohl nichts anderes übrig", er gähnte und streckte sich.

Ich gab ihm einen Kuss.

„Als Vorgeschmack", sagte ich und zwinkerte ihm zu, dann ging ich in sein Schlafzimmer und zog mir das Erstbeste seiner T-Shirts an.

Auch wenn ich gerne noch länger bei ihm geblieben wäre, musste ich mich bereits am nächsten Tag auf den Weg nach Hause machen. Die Herbstferien hatten angefangen und Sina würde morgen früh am Bahnhof ankommen. Bis dahin musste ich allerdings noch mein

Zimmer aufräumen, denn das sah wieder ziemlich schlimm aus. Ordnung war nie meine Stärke gewesen. Und so verging mein erster Ferientag mit Aufräumen, was ungefähr genauso spektakulär war, wie es sich anhörte; nämlich gar nicht. Abends bestand meine Mama noch darauf, einen Familienspieleabend zu machen. Danach ging ich schlafen.

Es war ein merkwürdiges Gefühl zu wissen, dass Sina für fast zwei Wochen bei mir sein würde, aber es war kein schlechtes Gefühl. Es war einfach anders. Es war schließlich das erste Mal, dass wir wieder eine so lange Zeit miteinander verbringen würden nach über einem Jahr.

Auch wenn ein Jahr nicht besonders lang war, so hatte sich doch sehr viel in meinem Leben verändert. Ich hatte mich verändert. Mein Wissen hatte sich verändert. Mein Freundeskreis hatte sich verändert, ja, sogar meine Haarfarbe hatte sich mittlerweile verändert. Und mit dem Wissen, das ich jetzt hatte, war es mir ein Rätsel, wie ich überhaupt noch in den Spiegel blicken und mein eigenes Gesicht erkennen konnte. Denn eigentlich war ich nicht mehr ich.

Und eigentlich war ich nie so wirklich ich gewesen. War ich mehr Luana oder war ich mehr Luna? Wäre Luana genauso geworden, wie ich es jetzt war, oder hatte sich durch Ramons Oma etwas an ihr, an mir, verändert? Egal was es war, ich würde es vermutlich nie herausfinden. Schließlich war Ramon die einzige

Person, die sich überhaupt noch an Luana, an mich, erinnerte.

All diese Gedanken und Zweifel müsste ich für die nächsten zwei Wochen überspielen, denn wenn ich Finn schon nichts von meinen Problemen erzählen konnte, so würde ich Sina umso weniger davon erzählen wollen.

Dementsprechend nervös machte ich mich um 8 Uhr morgens auf den Weg zum Bahnhof. Der Bahnhof bestand nur aus zwei Gleisen und wirklich viele Züge fuhren hier auch nicht lang. Wenn ich ehrlich war, war das vermutlich das erste Mal, dass ich überhaupt längere Zeit am Bahnhof verbracht hatte. Normalerweise versuchte ich immer, ihn zu meiden.

Bis in die nächstgrößere Stadt brauchte man mindestens eine Stunde, da hier nur die langsame S-Bahn hielt und keine Regionalbahn. Wenn man in meiner Stadt wohnte, zog es einen nicht in die Großstadt. Nicht, wenn man so lange dafür brauchte.

Falls man shoppen oder essen gehen wollte, reichte unsere Fußgängerzone, die ziemlich nah an meiner Schule lag, total aus. Da ich sowieso kein besonders großer Fan vom Shoppen war, ging es mir hauptsächlich ums Essen und da reichte die Auswahl an Restaurants hier auf jeden Fall. Ich wusste aber auch, dass Jane ein wenig enttäuscht von unseren Klamottenläden war und des Öfteren mit ein paar anderen Freunden in die Großstadt fuhr. Sie hatte mich schon ein paar Mal gefragt, ob ich nicht mitkommen wollte, aber ich hatte immer dankend abgelehnt.

Wieso eigentlich? Einmal hätte ich doch wenigstens mitfahren können, einfach um es mir mal anzugucken, aber irgendwie begeisterte mich der Gedanke von langen Bahnfahrten nur bedingt, da die wenigen Bahnen, die hier fuhren, immer total überfüllt und auch nicht klimatisiert waren – zumindest erzählte Jane das immer. Bei meiner Platzangst wäre es also keine gute Idee gewesen, mitzufahren.

Der Bahnhof zählte zu den hässlichsten Bahnhöfen, die ich je gesehen hatte. Zwar waren das nicht viele, aber ich konnte mir auch gut vorstellen, dass es einer der hässlichsten Bahnhöfe Deutschlands war. Um zu den Zügen zu kommen, musste man erst einmal eine Treppe runtersteigen, die sowohl zu den Gleisen führte, als auch als Unterführung diente. Die Wände waren dreckig und monoton grau. Hier und da hatten Leute ihre Initialen an die Wände geschmiert, um zu zeigen, dass sie hier waren – was für eine merkwürdige Art anzugeben. Der Fahrplan hing hinter einer bereits kaputten und komplett beschmierten Glasscheibe an einer der Wände. Daneben stand der Ticketautomat. Immerhin schien er zu funktionieren, wie ich mit einem Blick auf den Bildschirm feststellen musste. Es überraschte mich fast schon, dass er nicht kaputt war, so wie sonst alles hier an diesem Bahnhof.

Der beißende Geruch von Urin stieg mir in die Nase. Ich wusste schon, weshalb ich mich hier fernhielt. Es war kein Ort, an dem man lange warten wollte. Kein schöner Kleinstadtbahnhof irgendwo im Nirgendwo mit einer schönen Bahnhofshalle und von Feldern umgeben.

Eine Bahnhofshalle mit Sitzplätzen gab es hier sowieso nicht, nur ein leerstehendes Gebäude direkt am Bahnhof, keine Ahnung, was dort vorher drin war, aber es trug nichts zur Ästhetisierung des Bahnhofs bei.

Das alles erinnerte mich an die Zeit, in der wir im Deutschunterricht über die verschiedenen Epochen und die Ästhetisierung des Hässlichen geredet hatten. Dennoch war ich mir sicher, dass selbst dieser Bahnhof nicht mehr schöngeredet werden konnte, egal von welcher Epoche aus er betrachtet worden wäre.

Ich blickte auf die kaputte Anzeigetafel auf dem Gleis. Niemand kümmerte sich darum, diese zu reparieren. Niemand kümmerte sich um den Bahnhof. Die Stadt hatte andere Projekte. Der Bahnhof war keins davon.

Die Bahn von Sina hatte Verspätung. Was sollte man auch anderes erwarten? Wir waren schließlich in Deutschland. Es war 9.15 Uhr, als sie endlich ankam. Was für eine merkwürdige Uhrzeit. Dennoch war es verständlich, dass sie so früh ankommen musste, schließlich hatte sie nicht besonders viel Geld zur Verfügung und ein Zugticket für einen ICE, der zu Zeiten abfährt, zu denen die meisten Menschen noch schliefen, war deutlich erschwinglicher, als einer, der tagsüber fuhr.

„Ich habe doch gesagt, dass die Haarfarbe zu ändern eine gute Sache sein kann", begrüßte sie mich begeistert und musterte meine, für sie, neue Haarfarbe.
Erst war ich ein wenig verwirrt, da ich mich mittlerweile schon so an meine blauen Haare gewöhnt hatte, dass sie mir gar nicht mehr besonders vorkamen.

„Ich hoffe, du musstest nicht zu lange auf mich warten", fügte sie noch hinzu, bevor ich wusste, was ich auf ihren Kommentar zu meiner Haarfarbe erwidern sollte.

„Schon okay, du kannst ja nichts dafür", gähnte ich. Es war definitiv noch zu früh, um eine richtige Konversation führen zu können.

„Wie war die Fahrt?", versuchte ich es mit Smalltalk, da mein Gehirn noch nicht funktionsfähig war.

„Zu lang", seufzte Sina und mit diesen Worten ließen wir den hässlichen Bahnhof hinter uns.
Es wunderte mich nicht, dass ihr die Fahrt zu lange vorkam. Schließlich konnte sie mit dem ICE nur in der nächsten Großstadt halten und musste dann extra noch einmal umsteigen.
Zum Glück mussten wir nicht lange auf den Bus zu mir nach Hause warten, es hatte mittlerweile angefangen zu regnen. Blöder Herbst. Ich mochte den Sommer lieber.

„Was ist der Plan für heute?", fragte Sina mich motiviert, nachdem wir ein verspätetes Frühstück nachgeholt hatten.

„Gute Frage", murmelte ich.
Ich hatte mir gar keine genauen Gedanken darüber gemacht, was wir überhaupt unternehmen könnten. Eigentlich hatte ich nicht damit gerechnet, dass sie nach der langen Anreise so motiviert sein würde, etwas zu machen. Und besonders viel gab es in dieser Stadt jetzt auch nicht zu sehen.

„Wir können heute einen entspannten Tag machen und morgen zeige ich dir die Stadt?", schlug ich vor.

„Finde ich gut, ich hatte schon Angst, du würdest mich heute durch die Stadt schleppen, ich bin viel zu müde", gestand sie mir.
Damit war sie nicht allein.

„Keine Sorge, hatte ich nicht vor. Dafür müssen wir aber morgen noch ein Geburtstagsgeschenk besorgen. Ich hoffe, du hast kein Problem damit. Ein guter Kumpel von mir hat Geburtstag und ich habe noch kein Geschenk."

„Ahhhh, ein guter Kumpel also", sie sprach betont langsam und sah mich erwartend an.

Ich schüttelte nur lachend den Kopf.

„Man kann auch mit Jungs befreundet sein, ohne direkt etwas von ihnen zu wollen", erklärte ich ihr.
Aus gutem Grund hatte ich ihr nicht von Ramon erzählt. Sie würde ihn kennenlernen wollen und ich hatte keine wirklich gute Ausrede parat, um das ver-

hindern zu können. Auch wenn wir unsere Differenzen in der Vergangenheit hatten, zu keinem Zeitpunkt wollte ich ihr Leben riskieren. Außerdem war Ramon nun wirklich nicht in der Verfassung, überhaupt irgendwen sehen zu können.

„Ich weiß doch. Aber die Luna, die ich kannte, hatte absolut nichts mit Jungs zu tun", sie klang ein wenig traurig, als sie das sagte.

Ich konnte mir gut vorstellen, dass es ihr gerade wieder besonders leidtat, wie alles zwischen uns gelaufen war im vergangenen Jahr.

„Ja, aber die Luna, die was mit Jungs zu tun hat, ist auch ziemlich cool", versicherte ich ihr aufmunternd.

„Das will ich auch hoffen. Schließlich bin ich mehrere Stunden lang nur für sie hier hingefahren."

***

Sina war begeistert von der Innenstadt und der unmittelbaren Nähe der Fußgängerzone zur Schule.

„Wenn ich hier zur Schule gehen würde, wäre ich immer arm vom ganzen Essen gehen", hatte sie gesagt.

Recht hatte sie schon. Ich würde definitiv nicht so viel Geld für Essen ausgeben, wenn die Schule abgelegener wäre. Generell würde ich nicht so viel Geld ausgeben, wenn ich nicht so viele Freunde hätte, die alle so verdammt unternehmungslustig waren. Aber das war es wert.

Wir stöberten ein wenig in der kleinen Buchhandlung, auf der Suche nach einem Geschenk für Finn. Wenn ich ehrlich war, überforderten mich Geburtstagsgeschenke immer ziemlich, egal wie gut ich einen Menschen kannte. Besonders wenn ich einen Menschen gut kannte. Denn dann machte ich mir selbst zu viel Druck, ein überdurchschnittlich gutes Geschenk für die Person zu besorgen. Schwer zu beschreiben, aber diesen Druck machte ich mir logischerweise auch bei dem Geschenk für Finn. Schließlich war er hier einer meiner engsten Bezugspersonen.

Letztendlich entschied ich mich dafür, ihm eins meiner Lieblingsbücher zu kaufen. Das war meine Art von persönlichem Geschenk. Außerdem wusste ich, dass Finn auch gerne las, aber nie genau wusste was, dem versuchte ich dadurch entgegenzuwirken. Vielleicht würde ihn das wieder motivieren. Auf dem Weg nach Hause stoppten Sina und ich noch beim nächsten Supermarkt, in dem ich Finns Lieblingsschokolade besorgte. Nichts war besser als Schokolade.

Finns Geburtstag war am nächsten Tag, ich hatte gegenüber Sina erwähnt, dass es eine Party geben würde, Finn aber betont hatte, dass es nicht schlimm wäre, wenn ich absagen würde, schließlich hatte ich Besuch und solange ich ihm versprach, mit ihm nachzufeiern, war alles okay für ihn. Da ich allerdings ungerne absagen wollte, hatte ich Sina die Entscheidung überlassen, ob wir zu der Party gehen sollten oder nicht.

Ich hatte volles Verständnis, wenn sie die Idee, auf eine Party zu gehen, auf der sie nur mich kannte, nicht besonders gut gefunden hätte, aber zu meinem Glück war sie ziemlich motiviert.

„Das ist das erste Mal, dass wir zusammen feiern gehen, das lasse ich mir doch nicht entgehen", sagte sie und strahlte.

Und damit hatte sie recht. Damals hätte ich vermutlich alles lieber getan, als feiern zu gehen. Vielleicht lag es am Alter, vielleicht lag es aber auch einfach an den Umständen. Schließlich wäre ich auch hier, in der neuen Stadt, niemals auf die Idee gekommen, feiern zu gehen, wenn es Finn nicht gegeben hätte.

Er hatte nun mal diese Eigenschaft, mich aus der Reserve zu locken, und diese Aufgabe hatte er in den ersten Monaten unserer Freundschaft gemeistert. War es wirklich so einfach, einen Menschen ins Positive zu verändern? Denn ich war mir sicher, dass ich ohne Finn niemals so extrovertiert geworden wäre.

„Dann lass uns hoffen, dass es nicht das letzte Mal sein wird", antwortete ich.

„Niemals, das hier ist doch gerade erst der Anfang", gab Sina abrupt zurück und umarmte mich.

Am Tag der Party machten wir uns zusammen fertig, was viel länger dauerte, als ich sonst brauchte. Ein Blick in den Spiegel verriet mir, dass wir nicht mehr aussahen wie Schwestern. Wir sahen nicht mehr aus wie früher und eine bessere Metapher dafür, dass wir uns auch innerlich verändert hatten, hätte mir nicht einfallen können. Wir hatten uns weiterentwickelt.

Bevor wir uns auf den Weg machten, mussten wir uns noch die übliche Moralpredigt meiner Mutter anhören, von wegen, dass sie nicht möchte, dass ihr jemand auf den Boden kotzt. Sie schien ein echt interessantes Bild von uns zu haben, wenn sie uns das zutraute.

Bei Sina konnte ich selbst ja noch nicht sagen, wie viel Alkohol sie trank oder vertrug, aber bei mir konnte ich eindeutig sagen, dass ich niemals so viel trinken könnte, dass ich mich davon übergeben müsste. Ich hatte gar nicht das Bedürfnis, so viel zu trinken.

„Ich bin ein wenig nervös, deine Freunde endlich kennenzulernen", rutschte es aus Sina heraus, als wir uns auf den Weg zu Finn machten.

„Musst du nicht, die sind so extrovertiert, es ist schwer, von ihnen nicht gemocht zu werden", versuchte ich, sie zu beruhigen.

„Ja, schon. Aber…", begann sie.

„Kein aber. Alles wird entspannt. Wir werden einen schönen Abend haben und alles wird gut", unterbrach ich sie.

Wir hielten an einer roten Fußgängerampel.

Stille.

Als würde Sina fieberhaft überlegen, was sie erwidern konnte.

„Aber ich bin nicht du", sagte sie genau in dem Moment, in dem die Ampel auf Grün umschaltete und wir weitergehen konnten.

„Du musst doch nicht so sein wie ich, um von meinen Freunden akzeptiert zu werden."

Auf eine Art war es für mich schwer vorstellbar, dass ich plötzlich so viel selbstbewusster war als Sina. Normalerweise war es immer umgekehrt gewesen und ich hatte mich ihr unterbewusst untergeordnet. Normalerweise war sie selbstbewusst gewesen und insgeheim hatte ich gehofft, ein wenig mehr wie sie sein zu können und ein bisschen weniger wie ich. Es war eine merkwürdige neue Rollenverteilung, aber ich würde lügen, wenn ich sagen würde, dass ich es nicht mochte.

Außerdem war es so viel einfacher, mich in ein gutes Licht zu rücken, je weiter weg ich sie von meinen Gedanken hielt. Denn wenn sie oder irgendjemand anders wüsste, was für eine Identitätskrise ich eigentlich durchmachte, würde mich niemand mehr so sehen. Aber vielleicht tat es genau deshalb so gut für mich, dass mein Inneres keine Rolle spielte und der Schein genügend war, um sie von mir zu begeistern.

„Du hast ja recht, aber ich bin einfach so nervös. Was, wenn mich deine Freunde nicht mögen?", redete sie einfach weiter.

Ich schüttelte nur lächelnd den Kopf.

„Das wird nicht passieren und wenn, dann ist es so. Es ändert nichts an unserer Freundschaft", ich musste mir auf die Zunge beißen, bevor ich ihr erzählen konnte, dass Finn Ramon anfangs auch nicht mochte, was allerdings seine guten Gründe hatte.

Sagen wir es so, Ramon und ich hatten uns unter speziellen Umständen kennengelernt, was unsere ganze Beziehung zueinander unnötig kompliziert gemacht hat. Bei Finn hatte ich mich damals ausgeheult und wenn ich nicht so involviert in die Situation gewesen wäre und es neutraler gesehen hätte, dann konnte ich gut verstehen, wieso Finn anfangs ein ziemlich schlechtes Bild von Ramon hatte. Er hatte sich einfach wie ein Arschloch verhalten, was ihm zum Glück auch bewusst war.

Und trotz dessen hatten sich Finn und Ramon über die Zeit hin angenähert, von einer Freundschaft waren die beiden zwar noch weit entfernt, aber sie duldeten sich und wenn sie miteinander redeten, verstanden sie sich auch gut. Ich war immer noch davon überzeugt, dass die beiden gute Freunde werden könnten, wenn sie sich eine Chance geben würden.

Jedenfalls wollte ich all das sagen, doch ich hielt mich zurück. Sonst würde sie nachfragen, wer Ramon war und wieso ich ihn bis jetzt nicht in einem einzigen Satz erwähnt hatte. Es würde für zu viel Verwirrung sorgen und ich war einfach eine sehr schlechte Lügnerin.

Finn öffnete die Tür. Tatsächlich gehörten Sina und ich nicht zu den Ersten, die angekommen waren. Wir hatten einfach zu lange zum Fertigmachen gebraucht.

„Ich dachte schon, du würdest nicht mehr kommen", er lächelte und umarmte mich zur Begrüßung.

„Alles Gute zum Geburtstag", antwortete ich nur und drückte ihm das Geschenk in die Hand.

„Hast du das eingepackt", fragte er mit einem verwunderten Blick auf das sorgfältig eingepackte Geschenk.

„Nope, Sina hat mir geholfen", gestand ich.
Finn wusste bereits von anderen Geburtstagspartys, dass meine Fähigkeiten, was Geschenke einpacken anging, ziemlich mangelhaft waren. Ich hatte einfach kein Talent dafür. Sina hingegen war viel kreativer veranlagt als ich. Und definitiv auch geduldiger, weshalb sie sich meine Einpackversuche nicht lange mit ansehen konnte, ohne mir helfen zu wollen. Letztendlich hat sie das Einpacken komplett übernommen, dafür sah das Ergebnis allerdings wirklich schön aus.

„Wie nett", wandte er sich Sina zu und stellte sich vor.
Die Musik war bereits voll aufgedreht und das Wohnzimmer von Finns Eltern war gut gefüllt, zumindest hörte es sich so an. Es wunderte mich nicht, dass Finn eine riesige Party feierte. Partys waren nun mal sein Ding und wenn er einmal im Jahr die Erlaubnis seiner Eltern hatte, eine Party veranstalten zu dürfen, dann

musste er diese Chance einfach nutzen und die größte Party des Jahres veranstalten.

„Wieso hast du Ramon nicht mitgebracht? Hab ihn schon lange nicht mehr gesehen", fragte Finn beiläufig, als er uns ins Wohnzimmer begleitete.

Ich konnte nur hoffen, dass Sina diese Frage nicht gehört hatte, aber ein kurzer Blick zur Seite verriet mir, dass sie gerade abgelenkt von den vielen Menschen war.

„Vermisst du ihn etwa schon?", neckte ich Finn kurz.

„Naja, du hast so dafür gekämpft, dass ich ihn akzeptiere und jetzt hast du ihn schon so lange nicht mehr zu irgendwelchen Treffen mitgebracht. Ist alles okay bei euch?", hakte er besorgt nach.

„Ja, bei uns ist alles gut. Ihm geht es momentan nicht so gut", mit dieser Antwort war ich ziemlich zufrieden. Es war keine Lüge.

„Oh, ist er krank?", Finn wollte nicht lockerlassen.

Ich wusste, dass es nicht böse gemeint war, und dass es eigentlich ein ziemlich gutes Zeichen war, weil es bedeutete, dass er Ramon wirklich akzeptiert hatte, und das nicht nur, weil ich das wollte, sondern weil er ihn mochte. Allerdings brachte mich dieses Nachhaken in eine ziemlich unangenehme Situation.

„Ich weiß nicht, ob er möchte, dass ich darüber rede", antwortete ich vorsichtig, während ich krampfhaft darüber nachdachte, was für eine Ausrede ich ihm präsentieren könnte.

Genau zum richtigen Zeitpunkt fielen mir die Beschreibungen seiner Therapiestunden ein. Er würde es mir bestimmt nicht übelnehmen, wenn ich eine seiner fälschlich aufgestellten Diagnosen als Ausrede benutzen würde, schließlich wartete ich immer noch auf den Tag, an dem Ramon und Finn sich so gut verstehen würden, dass er ihm die Wahrheit erzählen würde.

„Es ist mehr so eine depressive Phase, aber behalte das für dich", es fühlte sich ein wenig falsch an, so eine gewaltige Lüge auszusprechen.

In meinem Kopf hatte sich das alles viel leichter angehört. Aber es war nun mal kein Thema, über das man Witze machen sollte oder über das man lügen sollte. Sofern ich mich eingelesen hatte, und das hatte ich direkt an dem ersten Abend, an dem Ramon mir von seinen „Diagnosen" erzählt hatte, war es ein verdammt komplexes Thema, das in der heutigen Zeit einfach an Bedeutung verloren hatte und vor allem durch Social Media romantisiert wurde. Depressionen waren nichts, was man haben wollte, dennoch gab es genug Leute, die das nicht verstanden.

Bei Finn wusste ich, dass er Ramon nicht verurteilen würde, selbst wenn dieser Depressionen haben sollte. Er würde meiner Lüge glauben, schließlich klang sie ziemlich plausibel. Und was noch viel wichtiger war, er würde es niemandem erzählen, das schätzte ich am meisten an ihm. Geheimnisse waren bei ihm sicher. Vielleicht fühlte ich mich auch genau deshalb schlecht, ihn zu belügen.

Auf der anderen Seite, und das redete ich mir immer wieder ein, belog ich ihn ja nicht aus Spaß, sondern um sein Weltbild noch ein wenig länger zu schützen. Wenn ich daran dachte, wie ich mich damals gefühlt hatte, als Ramon mir von allem erzählt hatte… Meine Welt war zusammengebrochen. Und das wollte ich Finn gerne so lange wie möglich ersparen. Aus Schutz.

Finn holte uns noch etwas zu trinken, dann musste er weiterziehen und die nächsten Gäste begrüßen. Das war der Nachteil einer so großen Party; man musste überall gleichzeitig sein.

Entgegen meiner Erwartung schien sich Sina nicht unwohl zu fühlen, eher im Gegenteil.

„Ich wusste gar nicht, dass ihr hier so große Partys feiert", rief sie begeistert und schaffte es nur gerade so, die Musik zu übertönen.

Es war definitiv nicht der geeignete Platz für eine Konversation, aber das war ja auch nicht der Grund, weshalb wir hier waren.

„Das hier ist so ziemlich die Ausnahme", schrie ich zurück.

Ich wusste nicht, ob sie mich verstanden hatte, jedenfalls antwortete sie nichts mehr, sondern nahm einen tiefen Schluck von ihrem Getränk.

„SOGAR DER ALKOHOL HIER SCHMECKT BESSER ALS ZU HAUSE."

Ich war mir ziemlich sicher, dass sie sich das nur einbildete oder einfach immer den falschen Alkohol getrunken hatte, aber ich ließ sie in dem Glauben. Wenn es sie in diesem Moment glücklich machte, sich hier alles schönzureden, dann würde ich sie nicht davon abhalten.

Nachdem wir einige Lieder durchgetanzt hatten, beschloss ich, Sina auch meinen anderen Freunden vorzustellen. Trotz der Menschenmenge war es nicht schwer, Jane, Julius und seinen Freund zu finden.

„Da seid ihr ja endlich", rief Julius begeistert und umarmte Sina und mich gleichzeitig. Allerdings war er nicht mehr der Standhafteste, weshalb auch wir etwas ins Taumeln gerieten.

„Das ist Julius", stellte ich ihn vor.

Sina musterte ihn und stellte sich vor.

Jane legte ihr Handy weg, auf dem sie gerade noch herumgetippt hatte und begrüßte uns, zwar weniger aufdringlich als Julius, aber dennoch herzlich. Ich warf einen verwirrten Blick durch die Runde.

„Wo ist Matt?", fragte ich Jane.

Wenn es jemand wusste, dann würde sie das sein.

Ich konnte mir nicht vorstellen, dass er sich so eine Chance entgehen lassen würde, mich zu nerven.

„Ich hab keine Ahnung, er antwortet mir nicht mehr. Er hat nicht einmal abgesagt für heute", sie sah verletzt aus.

Egal, was für Differenzen Matt und ich in der Vergangenheit hatten, sie waren nun endgültig vorüber. Es sah ihm gar nicht ähnlich, Leute einfach so zu ignorieren. Irgendetwas war passiert, das wusste ich direkt. Ich befürchtete schon eine Rückkehr der Magier, bis mir bewusstwurde, dass Matt mehr oder weniger offensichtlich angekündigt hatte, dass er sich ab jetzt zurückziehen würde. Nur hatte ich nicht damit gerechnet, dass er sich auch von all diesen Menschen distanzieren würde, die er kennengelernt hatte. Schließlich hatten die Freundschaften, die er geschlossen hatte, nichts mit seinen übernatürlichen Wurzeln zu tun. Sie waren echt. Zumindest war ich davon ausgegangen.

Ich hatte damit gerechnet, dass er Ramon in Ruhe lassen würde, wenn er feststellen würde, dass er ihm nicht helfen könnte. Aber dass er jetzt all diese anderen Menschen grundlos ignorierte, enttäuschte mich ein wenig. Ich hatte gedacht, dass ihm zwischenmenschliche Beziehungen wichtiger wären. Aber so ergaben seine letzten Worte an Tim, Ramon und mich einen ganz anderen Sinn. Er wollte sich nicht nur für die Hilfe bedanken, es war gleichzeitig auch ein ‚Lebt wohl‘ oder so etwas in der Art. Er hatte sich an dem Abend verabschiedet, für immer.

Ich schluckte und fühlte mich schlecht. Ich hätte ihm ja gerne geholfen, aber ich wusste nicht, wie. Wenn das Märchenbuch keine eindeutige Antwort hatte, wie sollten wir ihm sonst helfen? Verdammt. Und jetzt enttäuschte er Jane und Finn, wobei es Jane offensichtlich härter traf.

Wut stieg in mir auf. Wie konnte er nur so egoistisch sein? Im Endeffekt waren wir alle doch von Anfang an nur Spielfiguren für ihn gewesen. Was hatte er in der Nacht in der Villa nochmal gesagt? Wie einfach es für ihn war, mit Menschen zu spielen, diese zu manipulieren und für seine Zwecke einzusetzen. Was war, wenn auch wir nur dazu da waren, dass er sich ein wenig die Zeit vertreiben konnte? Und ich hatte geglaubt, dass er sich ändern konnte. Langsam wurde ich rasend. Ich hatte ihm von Anfang an gesagt, er sollte es bloß nicht wagen, meine Freunde zu verletzen. Eigentlich war ich von physischer Gewalt ausgegangen, aber das, was er jetzt machte, war offensichtlich auch verletzend. Vielleicht sogar schlimmer.

„Vielleicht meldet er sich ja noch", versuchte ich sie aufzubauen, wohl wissend, dass die Chancen gering waren.

„Ich glaube nicht. Ich finde das alles nur so unglaublich merkwürdig. Ich weiß nicht einmal, wo er wohnt. Vielleicht ist ihm ja etwas passiert", sprudelte es nur aus ihr heraus.

Sie schien sich ernsthaft Sorgen um ihn zu machen.

„Irgendetwas stimmt nicht mit ihm", schlussfolgerte sie, während sie einen Schluck Bier trank.

Wenn sie wüsste, was alles nicht mit ihm stimmte, sie hätte ein ganz anderes Bild von ihm. Aber es war nicht meine Aufgabe, ihr Bild, das sie von ihm hatte, zu zerstören. Nicht heute. Heute ging es darum, sie wieder aufzumuntern.

Sina sah mich etwas verunsichert an und versuchte mir etwas ins Ohr zu flüstern, was ich erst beim dritten Mal erahnen konnte.

„Julius sieht aus wie Derek", glaubte ich, verstanden zu haben.

Ich musste schmunzeln.

Um diese Ähnlichkeit bewusst wahrzunehmen, hatte ich mehrere Monate gebraucht.

Vielleicht lag es an der Tatsache, dass ich Derek lange nicht mehr gesehen hatte oder einfach an der Tatsache, dass Julius einen deutlich besseren Charakter hatte, aber mittlerweile sah ich keine Ähnlichkeit mehr zwischen den beiden. Julius war einzigartig und genau das versuchte ich Sina mitzuteilen. Sie schien zu verstehen, was ich damit meinte, denn danach ließ sie das Thema ziehen. Vielleicht tat ihr diese Party gut. So gut wie mir die Partys vor einem Jahr getan hatten. Sie zeigten, dass Loslassen so einfach sein konnte, wenn man es nur versuchte.

Die Zeit raste, wir tanzten viel. Wir tranken ein wenig. Ein wenig viel. Wir hatten einfach Spaß. Trotz der Ähnlichkeit zu ihrem Ex-Freund verstand sich Sina am besten mit Julius und seinem etwas schüchterneren Freund. Aber das wunderte mich nicht, schließlich war Julius fast schon die Definition von extrovertiert.

Erst als sich das Wohnzimmer langsam leerte, blickte ich auf mein Handy und bemerkte, dass es schon ziemlich spät war. Da weder Sina noch ich müde waren, beschlossen wir zu bleiben, auch wenn ich unter anderen Umständen vermutlich schon längst gegangen wäre.

Ich war meist eine der Personen, die gingen, wenn es am besten war. Aber damit konnte ich gut leben. Heute war es das erste Mal, dass man mich nicht zum Bleiben überreden brauchte; ich blieb einfach, weil es sich richtig anfühlte.

Und am Ende kam es so, wie es kommen musste. Alle Gäste, bis auf Jane, Julius, sein Freund, Sina und ich waren gegangen und nur noch wir waren übriggeblieben.

„Endlich durchatmen", seufzte Finn, nachdem er die letzte Gruppe an Gästen verabschiedet hatte.

„Es ist jedes Jahr deine Entscheidung, eine riesige Party zu feiern", erinnerte Jane ihn.

„Und jedes Jahr bereue ich es aufs Neue", lachte er und setzte sich mit einer Flasche in der Hand zu uns auf den klebrigen Boden.

„Wie können Menschen nur so viel Chaos hinterlassen?"

Er hatte recht und genau das war der Grund, weshalb ich nur im kleinen Freundeskreis feierte. Zu viele Menschen, zu viel Unordnung.

„Aber es hat sich gelohnt. Deine Partys werden auch weiterhin die Besten bleiben", Julius klopfte ihm aufmunternd auf die Schulter.

„Das will ich hoffen, schließlich opfere ich dafür meinen super guten Abschluss", brüstete Finn sich.

„Nur weil du morgen aufräumst, anstatt dich auf dein Abi vorzubereiten?", fragte ich skeptisch.

„Korrekt", gestand er.

„Wir haben noch ein halbes Jahr, bis es so weit ist. Du stresst dich zu viel", versuchte Jane ihm in Erinnerung zu rufen.

„Unter Druck arbeite ich am besten", antwortete er, um daraufhin zu merken, dass er sich auch ein wenig selber widersprach mit dieser Aussage. Im Hintergrund lief noch leise die Musik weiter.

„Ist es nicht merkwürdig, dass es nur noch sechs Monate sind?", rutschte es mir plötzlich raus.

Alle Augen richteten auf mich, als würden sie erwarten, dass ich noch etwas zu sagen hätte. Also dachte ich einfach nicht nach und ließ den Alkohol den Rest übernehmen: „Naja, es sind nur noch sechs Monate, was im Vergleich zu all den Jahren, die wir bereits in der Schule verbracht haben, absolut nichts ist. Und alle denken, wir haben bis jetzt einen Plan von dem, was wir werden wollen, aber wenn ich ehrlich bin, habe ich noch absolut keinen Plan und eigentlich hatte ich mir mein Abitur so herbeigesehnt, aber jetzt, wo alles in Griffweite ist, bekomme ich ein wenig Panik, weil es auch irgendwie der Abschluss von etwas vertrautem ist. Ich kann mir gar nicht vorstellen, zu studieren. Mich stressen so Neuanfänge total."

Einen kurzen Moment war alles still, selbst die Musik im Hintergrund schien zu stoppen.

„Ich verstehe genau, was du meinst. Ich denke immer, ich muss Jura oder Medizin studieren, weil meine Noten dementsprechend sind und ich ja auch verdammt viel dafür tue, dass sie so sind, wie sie sind, aber ich glaube nicht, dass mich das glücklich machen würde. Viel lieber würde ich irgendwas mit Philosophie oder Musik studieren, aber ich weiß noch nicht, wie ich das meinen Eltern erklären soll", meldete sich Finn zu Wort.

Ich musterte ihn.

Noch nie hatte ich mir Gedanken darüber gemacht, was meine Freunde nach der Schule machen würden. Aber Finn hatte recht, ich konnte ihn mir nicht als Juristen oder Mediziner vorstellen, das passte einfach nicht zu ihm.

„Wir können gerne die Zeugnisse tauschen, dann kann ich doch Medizin studieren", schlug Julius unter Lachen vor. „Das war zumindest immer mein Plan, bis ich eingesehen habe, dass mein Durchschnitt nicht ausreicht, also werde ich irgendeine Geisteswissenschaft studieren und Taxifahrer werden. In einem pinken Taxi, um das Patriarchat zu sprengen", erklärte er sich und guckte dabei auf den Boden.

Es schien wohl am Alkohol zu liegen, dass er so offen über etwas sprach, von dem ich mir sicher war, dass es niemand sonst wusste.

„Mann, Julius, wieso hast du das nie erzählt? Wir hätten noch öfter zusammen lernen können, dann hätte ich dich bis an dein Limit gepusht", sagte Finn bedauernd.

„Ich bin halt eine Diva. Ich nehme nur ungern Hilfe an und jetzt ist es sowieso zu spät", antwortete Julius schulterzuckend.

Finn stand auf und holte die nächste Runde Getränke.

„Wie sieht es bei dir aus, Jane?", fragte Julius.

„Ich denke, ich werde erstmal ein bisschen verreisen. Vielleicht nach Thailand oder Vietnam, ich möchte unbedingt neue Kulturen entdecken und ein bisschen mehr aus mir herauskommen", erklärte sie und klang dabei ziemlich sicher in ihrem Vorhaben. Wie konnte es sein, dass sie die Einzige von uns war, die einen richtigen Plan von ihrer Zukunft hatte?

„Ich denke, ich schließe mich Julius an. Team Geisteswissenschaften", sagte ich und hielt die Flasche, die Finn mir gerade gereicht hatte, in Julius Richtung, sodass dieser anstoßen konnte.

„Team Geisteswissenschaften", rief er und trank einen Schluck.

„Auf dass wir uns nicht aus den Augen verlieren, egal wie weit weg uns unser Studium führen mag", rief Finn und da konnten wir alle nur zustimmen.

„Das ist alles so surreal, dass wir bald alle erwachsen sind und vernünftige Entscheidungen treffen sollen, zumindest wird das dann ja von uns verlangt", murmelte Jane ein wenig nostalgisch.

„Ich bin bereits mehr als nur volljährig und kann sagen, dass keiner irgendwelche vernünftigen Entscheidungen von mir erwartet", lachte Finn nur.

Er hatte recht, manchmal konnte man vergessen, dass er der Einzige von uns war, der die magische Grenze von 18 Jahren bereits vor einem Jahr überschritten hatte. Durch seine, wie er sie nannte, rebellische Phase hatte er ein Jahr wiederholen müssen, obwohl sein Durchschnitt sowohl die Jahre zuvor, als auch die Jahre danach bestens war.

„Falsche Freunde verändern einen", sagte er manchmal, aber so richtig darüber reden wollte er auch nicht. Ich wusste also nicht genau, was vorgefallen war. Das Einzige, das ich wusste, war, dass er danach auf diese Schule hier gewechselt hat. Daraus konnte ich schließen, dass er wohl wirklich keinen Kontakt mehr zu seinen „Falschen Freunden" hatte. Obwohl er schon 19 war, war er nicht einmal annähernd der Älteste in unserer Stufe, aber so war es doch immer. Es gab in jeder Stufe irgendjemanden, der besonders mit seinem Alter herausstach.

Und so saßen wir weiter auf dem klebrigen Boden und philosophierten über die Welt – ich konnte jetzt verstehen, wieso Finn ein solches Studium in Betracht zog – bis der Morgen anbrach und ich das erste Mal spürte, wie müde ich wirklich war.

Es war das erste Mal, dass ich eine ganze Nacht durchgefeiert hatte und ich konnte mittlerweile verstehen, wieso so etwas in Filmen immer als besonders erstrebenswert dargestellt wurde. Es gab nichts Schöneres, als sich mit seinen Freunden so intensiv zu unterhalten, dass man die Zeit vergaß. So als wäre man in seiner eigenen Welt, in der die Regeln der Zeit keine Rolle spielen.

Es war fast wieder komplett hell, als Sina und ich uns auf den Weg zu mir nach Hause machten. Mittlerweile hatte es leicht angefangen zu regnen, doch davon ließen wir uns nicht stören. Es war ein angenehm kalter Regen, der meine müden Augenlider ein wenig abkühlte.

So fühlte es sich also an, eine Nacht durchzumachen. Vielleicht könnte ich mich an das Gefühl gewöhnen. Es war das erste Mal seit der Nacht in der Villa, dass ich mich wieder ein wenig wie ich selbst fühlte. Ein wenig lebendiger.

Erst als ich am späten Nachmittag aufwachte, warf ich einen Blick auf mein Handy. Ich hatte einen verpassten Anruf von Ramon. Ich war verwundert, normalerweise rief er mich nur an, wenn etwas Wichtiges passiert war. Sofort zog sich mein Magen zusammen. Waren es Sorgen oder war es noch Restalkohol?

Sofort guckte ich nach, ob er mir eine Nachricht geschrieben hatte, doch was auch immer passiert war, war anscheinend nicht bedeutend genug, dass er es mir via Nachricht mitteilen wollte.

Sina schlief noch, weshalb ich vorsichtig aus dem dunklen Zimmer – danke, an den Erfinder der Rollladen – tapste und mich im Bad einschloss. Dort, auf dem Klodeckel sitzend, rief ich Ramon zurück.

Mein Gefühl war immer noch ungut. Was war, wenn ich die Situation falsch eingeschätzt hatte und Matts plötzliches Verschwinden doch nicht freiwillig gewesen war? Was war, wenn die Magier wiedergekommen waren? Unter den momentanen Umständen wären wir ihnen restlos ausgeliefert. So viele Gedanken schossen mir durch den Kopf, während das Freisprechzeichen ertönte.

Ramon nahm nicht ab.

Da ich genau wusste, dass ich sonst keine Ruhe mehr finden würde, rief ich Tim an, in der Hoffnung, dass er etwas wisse. Zum Glück war Tim einer der Menschen, die innerhalb von Sekunden auf Nachrichten antworten und gefühlt immer erreichbar waren. Demnach schnell ging er auch an sein Handy.

„Was gibt's?“, meldete er sich freundlich zu Wort.

„Ramon hat mich heute angerufen und jetzt geht er nicht ans Handy, weißt du zufällig, was los ist?“, fragte ich und konnte nicht verhindern, dass ich besorgt klang.

„Ramon hat eine Kurzschlussentscheidung getroffen und ist gerade auf dem Weg zur Villa“, dröhnte es aus meinem Handy.

Ich fuhr mir langsam mit der Hand durch meine Haare. Wie konnte er nur so eine unüberlegte Entscheidung treffen?

„Bist du bei ihm?", fragte ich und hoffte, dass Ramon wenigstens intelligent genug gewesen war, Tim mitzunehmen.

„Nein", hauchte er, kaum hörbar.
Vermutlich war ihm jetzt auch aufgefallen, was für eine idiotische Idee es war.
Wieso war ich manchmal die Einzige, die die Konsequenzen sah? Ramon allein auf dem Weg zur Villa, das war wie, wenn die Leute in einem Horrorfilm sagten, dass sie sich aufteilen sollten. Es war unfassbar leichtsinnig und unsicher und am Ende würden wir alle deshalb draufgehen.

Kapitel 12

Die Sonne ging bereits unter, als ich das erste Mal seit dem Anbruch meiner Reise reflektiert über mein Verhalten nachdachte. Es war nicht das Intelligenteste gewesen, so spontan und vor allem allein in die Villa zu reisen, allerdings schien es wie der einzige Ausweg aus meiner momentanen Situation.

Meine Lebensqualität hatte sich durch mein isoliertes Verhalten deutlich verschlechtert und ich konnte so einfach nicht weiterleben. Ich musste einfach weg. Von allem. Von mir selbst. Meine Einsamkeit hatte sich wie ein Druck auf meine Brust gelegt und mich eingeengt. Ich musste einfach etwas dagegen tun, sonst wäre ich vermutlich durchgedreht.

Jetzt, wo ich weg war, konnte ich endlich wieder atmen.

Das Wegreisen war für mich die einzige Möglichkeit, mich meiner Freiheiten bewusst zu machen. In meinen eigenen vier Wänden fühlte ich mich nicht mehr frei. Ich fühlte mich nicht einmal mehr zu Hause dort. Hatte ich mich dort überhaupt jemals so wirklich zu Hause gefühlt? Vielleicht würde mir ein Umzug helfen. Oder einfach nur ein kurzer Urlaub hier in der Villa.

Meine Gedanken waren immer noch ein wenig wirr, aber mittlerweile war mir bewusst geworden, wie leichtsinnig ich gewesen war. Ich hätte einfach nicht allein fahren dürfen. Die Magier könnten jederzeit wiederkommen und in meiner momentanen Verfassung war ich nicht in der Lage, sie zu bekämpfen, geschweige denn sie zu besiegen.

Wir konnten nicht sagen, ob die Magier mich in meiner Wohnung überhaupt hätten aufspüren können, doch hier in der Villa würden sie mich finden können. All das wurde mir erst jetzt so langsam bewusst. Es war das erste Mal in all den Jahren, dass ich nicht rational, sondern impulsiv handelte.

Ich war schließlich nicht mehr die Person, die ich noch vor einigen Monaten war; ich war deutlich schwächer und unkontrollierter. Selbst die Villa war nicht mehr die Gleiche. Ein paar Lostplacer hatten von dem leerstehenden Gebäude erfahren und es besucht, ein paar hatten sogar Graffitis hinterlassen. Dies bestätigte mich allerdings nur in meiner Theorie, dass die Magier diesen Ort verlassen haben mussten. Zwar erleichterte mich dieser Gedanke nur ein wenig, aber immerhin erleichterte er mich.

Fühlte ich mich einsam? Allein in diesem riesigen Gebäude? Nein, ich fühlte mich nicht einsam. Ich fühlte mich frei, möglicherweise ein wenig überwältigt von allem, aber nicht einsam.

Sollten die Magier wiederkommen, dann wäre es halt so. Aber wieso sollten sie ausgerechnet jetzt zuschlagen? Sie hatten sich damals schon nicht die Mühe gemacht, mich auszuspionieren, sondern Matt die

Arbeit machen lassen. Wie hätten sie mitbekommen sollen, dass ich zurückgekehrt war? Unmöglich.

Und wenn doch, dann war es halt so. Vielleicht wollte ich auch gar nicht zurück in meine Heimat. Vielleicht war es mir egal, ob ich zurückkehren würde. Vielleicht hatte ich unterbewusst angefangen, mein Schicksal herauszufordern. Vielleicht. Vielleicht. Vielleicht. Und langsam schlief ich ein.

Am nächsten Morgen wachte ich schweißgebadet auf. Die letzte Nacht war ich von Alpträumen geplagt worden, die eine Rückkehr der Magier involvierten. Vielleicht war die Nacht im Keller damals doch nicht ganz so spurlos an mir vorbeigegangen, wie ich dachte. Anscheinend hatte ich diese Belastung größtenteils verdrängt, schließlich hatte ich genug andere Probleme als die Magier, aber jetzt, wo ich zurückgekehrt war, kam die unverarbeitete Erinnerung hoch. Und sie traf mich hart.

Die ganze Villa war ein riesiger Trigger für mich, aber so musste man nun mal mit einem Trauma umgehen, oder? Man musste sich ihm stellen, um es verarbeiten zu können. Zumindest hatte Frau Müller einmal irgendetwas in Richtung Konfrontationstherapie gefaselt. Aber so genau konnte ich mich dann doch nicht mehr an ihre Worte erinnern.

Durch meine spontane Reise hatte ich kaum Essen eingepackt, also beschloss ich, meinen Tag zum Einkaufen und Putzen zu nutzen. Was sollte ich sonst den ganzen Tag hier machen? Außerdem konnte ich mich dadurch von meinem schlechten Gewissen ablenken, da ich immer noch auf keinen der unzähligen Anrufe von Luna und Tim reagiert hatte.

Allerdings wusste ich auch nicht, was ich zu ihnen sagen sollte. Sie würden mir vermutlich sagen, was für ein Idiot ich war und ich würde ihnen zustimmen. Ende. Mehr gab es da nicht zu sagen und falls sie mich zurückholen wollten, wäre das gegen meinen Willen. Ich wollte hier sein. Und ich wollte hier allein sein, sonst hätte ich schließlich einen von den beiden mitgenommen. Das redete ich mir ein, auch wenn ich mich damit selbst belog, denn eigentlich wollte ich Luna mitnehmen, sie war nur nicht erreichbar gewesen.

Ich war schon immer gut darin gewesen, mir Sachen einzureden, die nicht stimmten, aber so etwas musste ich können, sonst wäre ich in all den Jahren der Isolation verrückt geworden. Und wenn man sich oft genug einredete, man möge es, allein zu sein und man bräuchte keine anderen Menschen, dann glaubte man es irgendwann selbst.

Hätte ich zwischendurch nicht gelernt, dass es eben anders war und ich Menschen um mich herum brauchte, um nicht verrückt zu werden, würde ich es vermutlich immer noch glauben. Mir blieben also nur zwei Möglichkeiten: 1) in Selbstmitleid versinken und mich von allen isolieren, meinen alten Mustern treu bleiben, hoffen, dass die Magier wiederauftauchen würden und mich von meiner Last befreien würden und mir selbst einzureden, ich wäre glücklich oder aber 2.) ich würde, wenn ich schon einmal hier in der Villa war, nicht aufgeben und mich mit Müh und Not durch die Tage kämpfen, vielleicht würde ich sogar etwas finden, was mir helfen könnte.

Dieses Haus hatte noch unfassbar viele Ecken, die wir bei unserem Besuch vor ein paar Monaten nicht erkundet hatten, überall könnten sich noch weitere Hinweise verstecken. Vielleicht könnte ich das besagte Zauberbuch finden, hinter welchem die Magier her waren. Vielleicht würde ich dort eine Art Gegenmittel finden, um mich wieder ein wenig aufzupäppeln. Nichts war verloren, die Zukunft war noch offen.

Ich musste nur langsam meine Entscheidung treffen, welche von den Möglichkeiten ich wählen würde, aber vermutlich hatte ich mich genau in dem Moment entschieden, in dem ich mich in mein Auto gesetzt hatte und losgefahren war. Denn Möglichkeit Nummer eins hatte ich nun lange genug ausgelebt und es wurde Zeit, dass ich mich wieder in den Griff bekommen würde. Aber nicht heute. Heute war ich zu erschöpft. Aber morgen, da würde ich anfangen, an mir zu arbeiten, und ich würde Tim und Luna antworten, dass es mir gut ginge und ich die Fahrt überlebt hatte. Sollte jemand von ihnen vorbeikommen wollen, würde ich es ihnen ausreden. Auch wenn es naiv von mir war zu glauben, dass die Magier nicht hier waren und auch nicht herkommen würden, aber ich konnte bereits jetzt merken, wie gut mir die Ruhe in der Villa tat. Ich war in so einer Art Selbstfindungsphase gelandet und wenn ich jetzt noch das Zauberbuch meiner Oma finden würde, dann hätte sich der spontane und unbedachte Ausflug sogar gelohnt.

Denn wenn es etwas gab, das mächtiger als die Magier war, dann war es das Zauberbuch meiner Oma, schließlich waren sie nicht ohne Grund hinter diesem Buch her. Zu schade für die Drei, dass sie mir davon erzählt hatten und dabei auch verraten haben, dass ich der Einzige war, der wusste, wo es sich befand. Zwar waren meine Erinnerungen gut versiegelt worden, meine Oma war natürlich auf so etwas vorbereitet, aber so schwierig konnte das schon nicht werden, besagte Erinnerungen freizuschalten. Und wenn ich sie irgendwo wiederfinden würde, dann musste es einfach hier passieren. Das konnte ich spüren.

Ich begann meine Suche nach dem Buch im Arbeitszimmer meiner Oma. Auch wenn ich mir fast schon sicher sein konnte, dass ich es hier nicht finden würde, da die Magier in diesem Raum bereits gesucht hatten, hoffte ich darauf, dass ich hier irgendeinen Hinweis finden würde, der mir helfen könnte.

Die ganze Woche lang beschäftigte ich mich also damit, Fotoalben und Briefe genauestens unter die Lupe zu nehmen, ohne dabei wirklich einen Schritt weiterzukommen. Wären Tim und Luna jetzt bei mir, würde das bestimmt viel schneller gehen, aber so allein hatte es auch etwas Meditatives an sich.

Auch wenn mir die Dokumente nicht wirklich weiterhalfen, so waren sie dennoch interessant und es machte mich ein wenig glücklich, diese Seite der übernatürlichen Welt kennenzulernen; bis jetzt waren meine Erfahrungen ja eher negativ gewesen. Die Briefe meiner Oma und der magischen Wesen, die bei ihr Unterschlupf suchten, waren allerdings eher positiv und freundlich und irgendwie machte es mich auch ein wenig stolz, zu so einer Welt dazuzugehören.

Ich verbrachte also viel zu viele Tage damit, für die Suche nach dem Buch unwichtige Dokumente zu lesen, aber ich erfuhr währenddessen ziemlich viel über mich selbst und wie sehr ich mich darauf freute, all diese Wesen irgendwann kennenzulernen, sollte das hier endlich vorbei sein.

Irgendwann konnte ich mich auch dazu überwinden, Tim und Luna zurückzurufen und ihnen zu versichern, dass ich nicht nur am Leben war, sondern dass es mir auch soweit okay ging. Glücklicherweise verstanden sie meine Beweggründe und gaben mir stetig Tipps, wo ich noch nach dem Buch suchen könnte oder nach welchen Hinweisen ich Ausschau halten sollte und es fühlte sich schön an, zu wissen, dass wir als Gruppe immer noch zusammenhielten, auch wenn ich ein riesiger Idiot war und wir räumlich getrennt waren.

Luna merkte man deutlich an, dass sie nicht zufrieden mit der Situation war, sie hätte mich niemals allein fahren lassen, schließlich wusste sie, besser als Tim, wie erschöpft ich wirklich war.

Auch wenn es ein wenig merkwürdig klang, aber die Briefe der magischen Wesen zu lesen gab mir einfach ein wenig Kraft und Hoffnung, dass dieser ganze Alptraum, der sich mein Leben schimpfte, doch noch gut ausgehen könnte.

Nachdem ich mit dem Arbeitszimmer durch war, versuchte ich mein Glück in ihrem Schlafzimmer. Das hatten wir bei unserem Kurzaufenthalt in der Villa aus Respekt nicht einmal betreten, jetzt war die Chance allerdings zu groß, dass ich dort etwas Hilfreiches finden würde, also musste ich meine eigene Moral ein wenig zur Seite stellen.

Vermutlich wäre es Oma auch total egal gewesen, wären wir damals zu dritt in ihr altes Zimmer gestürmt, aber vielleicht war der Grund, weshalb ich es nicht getan hatte, auch einfach ein viel tiefer gehender. Vielleicht war ich auch einfach damals nicht so weit gewesen, in ihr Zimmer zu gehen, weil das so kurz nach ihrem Tod einfach noch zu schmerzhaft war. Jetzt war es zwar nicht weniger schmerzhaft für mich, aber da ich mir einredete, dass ich es ja auch für meine Gesundheit tat, wurde der Schmerz erträglich.

Ihr Schlafzimmer war übersichtlich und leicht zu durchsuchen. Dennoch bemühte ich mich, keine Unordnung zu hinterlassen, weshalb mich die vollständige Durchsuchung des Zimmers auch einige Tage kostete. Vor allem, da ich mich nicht davon abhalten konnte, ein wenig durch das Zimmer zu wischen. Diese Staubschicht auf ihrem Bücherregal würde ihr nicht gefallen, sollte sie von oben hier runtersehen.

Die weiteren Räume waren noch schneller durchsucht, da diese noch spärlicher eingerichtet waren und es so weniger Möglichkeiten gab, ein Buch zu verstecken. Seufzend musste ich feststellen, dass das alles keinen Sinn ergab. Ich hatte in den letzten Wochen jeden Raum in der Villa abgesucht und nicht einmal einen kleinen Hinweis erhalten, wo sich das Buch befinden könnte oder wie ich den Zauber brechen könnte, den Oma in meinen Erinnerungen hinterlassen hatte. Das machte mich ein wenig wütend. Auf mich. Auf die Magier. Aber auch auf meine Oma.

Wenn sie die Macht hatte, eine so wichtige Erinnerung aus meinem Gedächtnis zu löschen, wer wusste schon, wozu sie noch fähig war? Wer wusste, welche Erinnerungen sie mir noch genommen hatte?

Ich beruhigte mich ziemlich schnell wieder, denn Wütend sein erschöpfte mich nur weiter und ich brauchte meine Energie, denn es gab noch einen Teil der Villa, den ich aus gutem Grund noch nicht durchsucht hatte.

Denn auch wenn ich keine großen Hoffnungen mehr hatte, das Buch zu finden, beschloss ich, den Keller durchzusuchen. Schließlich war das der Ort, an dem ich das erste Mal von dem Buch erfahren hatte und wenn meine Oma schon einen so merkwürdigen Keller besaß, wer wusste schon, was für Geheimnisse sich in ihm finden lassen würden.

Es war ein wenig unangenehm, wieder herzukommen, und ich musste auch gestehen, dass ich ein wenig Angst hatte. Sollte doch etwas passieren, war ich allein und auf mich selbst gestellt und eigentlich war ich nicht in der Position, dass ich mich gut verteidigen konnte. Ich konnte nur hoffen, dass die Magier seit Matts Flucht nicht mehr so gut nachvollziehen konnten, wo ich mich aufhielt, ansonsten könnte es hier unten kritisch werden. Sie hatten es schon einmal unbemerkt in den Keller geschafft... Wenn ich nur an jene Nacht zurückdachte, fing mein Herz bereits an, wild zu klopfen.

Ein mulmiges Gefühl breitete sich in ihm aus, als er in dem kargen Raum stand, in dem er Anfang des Sommers Matt und den Magiern begegnet war. Alles sah noch genau so aus, wie sie es hinterlassen hatten. Was hatte er auch erwartet? Dass jemand auf mysteriöse Weise aufgeräumt hatte? Natürlich nicht.

Außer ihnen wusste niemand von der Existenz dieses Kellers und sie hatten damals keine Zeit mehr gehabt, die Scherben aufzuräumen, schließlich mussten seine Wunden aus dieser Nacht schnellstmöglich versorgt werden.

Er spielte mit dem Gedanken, die Einmachgläser aufzuräumen und das Regal wiederaufzustellen, damit der Keller wieder schöner aussehen würde, aber das

Ganze würde vermutlich nur viel zu viel Kraft kosten und die wollte er eigentlich in die Suche des Buches investieren. Er glaubte nicht, dass ihm das Aufräumen des Kellers dabei weiterhelfen würde.

Auch wenn es ihm ein wenig weh tat, den Kellerraum so zurückzulassen, tastete er sich langsam weiter durch den schmalen Gang, in dem Luna damals verschwunden war. Vielleicht gab es in dem Raum, wo Matt sie gefangen gehalten hatte, ja eine Spur, die auf das Zauberbuch hindeuten würde.

Zusätzlich zu der schwachen Beleuchtung, leuchtete er den Weg mit seiner Handytaschenlampe aus, was ihm nur wieder bewusst machte, wie abgeschottet er hier unten doch war, schließlich hatte er hier keinen Empfang. Und Schreien würde ihn hier unten sowieso keiner hören.

Natürlich hatte ich Luna und Tim nicht Bescheid gegeben, dass ich mich allein in den Keller trauen würde. Ich hatte ihnen jeweils nur die notwendigsten Informationen geschrieben und das implizierte nun mal nicht, dass ich den Keller genauer durchsuchen würde. Vermutlich würden sie nicht einmal erwarten, dass ich mich alleine auf den Weg in die Dunkelheit machen würde. Ich hatte ja selbst nicht von mir erwartet, dass ich so mutig sein würde, wenn ich ganz allein in der Villa war, aber vielleicht war das genau der Grund, weshalb ich keine Angst hatte; ich fühlte mich einfach nicht allein hier.

Ich hatte das Gefühl, als könnte ich meine Oma hier spüren und je näher ich der kleinen Kammer kam, umso stärker wurde dieses Gefühl. Vielleicht war sie nicht mehr auf dieser Erde, doch sie war ganz sicher noch in ihrem Haus. Menschen verschwanden nicht einfach so und nur weil jemand starb, bedeutete das nicht, dass die Person nicht noch irgendwo zu finden sein konnte. Man musste nur richtig suchen. Und das tat ich. Ich suchte sie an dem Ort, an dem ich sie das letzte Mal gesehen hatte.

Genau hier, wo ich damals zusammengebrochen war, hatte sie in einer Art Traum – oder war es wieder eine Vision gewesen? – zu mir gesprochen. Es fühlte sich einfach richtig an, sie hier unten zu finden. Sie hier zu suchen. Ohne sie hätte ich Luna niemals befreien können. Aber wieso war sie mir genau in dieser Situation erschienen?

Und plötzlich wurde mir alles klar. Es gab kein Zauberbuch als solches. Es war total dämlich, aber ich hatte mich von der morphologischen Zusammensetzung des Wortes blenden lassen. Nur weil etwas als Buch bezeichnet wurde, musste es noch lange kein reelles Buch sein. Wir lebten in einer digitalen Welt, in der Bücher online gelesen wurden oder als E-Books verkauft werden konnten. Nur weil etwas Buch im Namen hatte, musste es nicht physisch greifbar sein. All die letzten Wochen waren umsonst gewesen, da ich immer nach dem Falschen gesucht hatte.

Das Buch war kein Buch, es musste eine Erinnerung sein und wenn ich hier in diesem kleinen Kellerraum etwas spürte, dann nur, weil meine Oma mich etwas spüren ließ und wenn ich Luna befreien konnte, dann nur, weil meine Oma das so wollte. Und wieso wollte sie, dass Luna sicher sein würde? Wieso wollte sie, dass Luna gerettet werden sollte, auch wenn sie unsterblich war?

So richtig wusste ich noch nicht, was ich mit meinen wirren Gedanken anfangen sollte. Ich wusste auch nicht so ganz, woher diese plötzlich kamen, aber es fühlte sich so an, als wäre ich auf dem richtigen Weg. Es fühlte sich so an, als wäre ich kurz davor, alles zu verstehen. Es fehlte nur der letzte Funke, bevor ich meinen endgültigen Aha-Moment erleben würde.

Ich musterte den kleinen Raum und strich vorsichtig mit meiner Hand an der Wand entlang, als würde ich dadurch irgendwie mehr spüren. Als würde ich dadurch die Antwort auf meine Fragen bekommen. Als würde ich so das Zauberbuch finden. Aber es brachte nichts.

Natürlich wurde ich dadurch nicht schlauer. Manche Sachen funktionierten einfach nur in Filmen und nicht im echten Leben und obendrauf musste ich dabei noch total bescheuert ausgesehen haben.

Seufzend setzte ich mich auf den Boden, der Weg hierhin war ziemlich anstrengend gewesen und ich musste eine kurze Pause einlegen, da ich merkte, wie sich mein Kreislauf langsam verabschiedete und mir ziemlich schummrig wurde. Sobald sich das wiederbessern würde, würde ich zurück nach oben gehen. Ich sollte generell nicht zu viel Zeit hier unten verbringen, die Luft war schrecklich und würde mich langfristig nur weiter schwächen.

Hier unten war ich zwar nicht fündig geworden, dennoch hielt ich mich an dem Gedanken fest, dass ich dem Buch hier unten nähergekommen war, als ich ihm jemals in der Oberwelt hätte kommen könnte. Es war definitiv nicht oben in der Villa versteckt, es war irgendwo hier.

Wo waren meine wirren Träume, wenn ich sie brauchte? Wo war meine Oma, wenn ich sie brauchte? Doch egal, wie lange ich auch wartete. Sie kam nicht.

Also machte ich mich wieder auf den Weg nach oben und je mehr ich mich von dem Raum entfernte, umso kleiner wurde meine Hoffnung, dass ich das Buch doch noch finden würde.

Bevor ich die endloslange Treppe aus dem Keller hochsteigen wollte, hörte ich ein Geräusch und blickte mich erschrocken um. Es war nur eine Flasche, die aus einem der Regale gefallen war und in Richtung des schmalen Ganges zeigte, aus dem ich gerade gekommen war.

Verwundert hob ich die Flasche auf. Der Inhalt war eine braune, nicht mehr schön aussehende Flüssigkeit. Ich wollte nicht wissen, was das war. Was auch immer es mal gewesen war, es war nur noch ein Bruchteil von dem, was es mal war. Und sollte diese Flüssigkeit ein Mindesthaltbarkeitsdatum gehabt haben, so war sie eindeutig darüber.

Konnte es Zufall sein, dass diese Flasche ausgerechnet jetzt aus dem Regal gefallen war?

Hier unten wehte kein Wind, es konnte eigentlich kein Zufall gewesen sein. Aber das beantwortete mir noch nicht die Frage, ob es sich hierbei um eine Falle handelte oder ob das hier ein Versuch meiner Oma war, mit mir zu kommunizieren.

Doch diese Frage beantwortete sich relativ schnell, als ich einen Blick auf das Etikett warf. Denn dort stand genau ein Wort, das unmissverständlich von meiner Oma geschrieben wurde. *Luna*.

Kapitel 13

Ich war absolut nicht begeistert von der Tatsache, dass Ramon nicht einmal wusste, wann er wiederkommen würde, aber ich versuchte mir nichts anmerken zu lassen, schließlich hatte ich noch Besuch von Sina und sie wollte ich einfach nicht in die Situation mit reinziehen. Es war eine Sache zwischen Tim, Ramon und mir.

Durch Sina war ich allerdings auch gut abgelenkt und dachte nicht zu häufig über Ramon nach. Die Nachrichten, die er verschickte, klangen alle ziemlich positiv und es schien so, als brauchte er diese Auszeit von seinem Leben einfach, was zum Glück möglich war, da er selbstständig war.

Als Sina wegfahren musste, weil die Ferien zu Ende waren, und ich wieder mehr Zeit zum Nachdenken hatte, wuchsen meine Sorgen um Ramon allmählich wieder. Er war bereits länger weg, als ich es erwartet hatte und die Angst in mir stieg mit jedem Tag an. Die Angst, dass er gar nicht mehr wiederkommen würde. Die Angst, dass ihn irgendetwas zurückhielt.

Hätte ich keine Schule und einen Führerschein, wäre ich ihm schon längst nachgereist. Es war einfach keine schöne Situation, in der ich war und auch, wenn es ihm besser ging; mir ging es nicht gut. Er meldete sich immer nur selten und das, was er schrieb, war ziemlich knapp formuliert. So fühlte sich einfach keine gesunde und stabile Beziehung an. Es fühlte sich einfach nicht gut an.

Die Ungewissheit machte mich einfach verrückt und ließ mich panisch und traurig zugleich werden. Ich wusste nicht, dass ich in den letzten Monaten so abhängig von ihm gewesen war, aber seine Abwesenheit setzte mir ordentlich zu. Die Tatsache, dass er mir nicht im Entferntesten sagen konnte, ob und wann er wiederkommen würde, machte es am schlimmsten für mich. Ich fühlte mich, als hätte ich komplett die Kontrolle über alles in meinem Leben verloren und das innerhalb weniger Wochen.

Ich musste dringend herausbekommen, ob die Magier noch hinter Ramon her waren und wie hoch die Chance war, dass sie ihn in der Villa abfangen würden, daher konnte ich es kaum abwarten, dass die Schule wieder anfangen und ich Matt endlich wiedersehen würde.

Die letzten Wochen hatte er sich ziemlich von meinem Freundeskreis distanziert, schließlich war er nicht auf Finns Party gewesen und viel in der Gruppe hatte er auch nicht geschrieben. Eigentlich hatte er nie viel in der Gruppe geschrieben, aber in den letzten Wochen war es noch weniger geworden, bis es letzten Endes ganz aufgehört hatte. Ich musste ihn wiedersehen, denn er war der Einzige, der mir helfen konnte und da ich ihm mittlerweile auf irgendeine Art und Weise vertraute, wurde es Zeit, mit ihm über wirklich alle Probleme zu reden. Also vor allem über Ramon und seinen Gesundheitszustand. Vielleicht konnte Matt uns ja verraten, was wir tun könnten, damit es Ramon wieder besser gehen würde. Vielleicht könnte er mir helfen, Ramon davon zu überzeugen, dass er wiederkommen sollte.

Also war ich dementsprechend nervös, als die Schule nach den Herbstferien wieder anfing. Noch nie hatte ich den ersten Schultag so sehr herbeigesehnt wie jetzt. Doch diese Nervosität verflog ziemlich schnell, als mir bewusstwurde, dass Matt nicht da war.

Langsam fand ich sein Verhalten ziemlich merkwürdig. Ihm konnte doch nichts passiert sein, oder? Nicht, dass die Magier ihn wiedergefunden hatten und wer weiß was, mit ihm anstellten. Ich musste schlucken. Darüber durfte ich nicht nachdenken.

Ich beschloss, die Woche abzuwarten, vielleicht war er auch einfach nur krank, wobei ich immer noch nicht wusste, ob er überhaupt krank werden konnte, oder er war anders beschäftigt. Vielleicht musste er ja auch vor den Magiern fliehen und es ging ihm gut, wo auch immer er jetzt sein würde. Auch das bezweifelte ich.

Dennoch nahm ich mir vor, dass, sollte er bis zum Ende der Woche nicht in der Schule aufgetaucht sein, ich ihm mal einen Besuch abstatten und hoffen würde, dass ich ihn bei sich zu Hause vorfinden konnte. Auch wenn das bedeutete. ich müsste wandern gehen.

Auch am nächsten Tag war er nicht in der Schule und da ich nun mal ein ungeduldiger Mensch war, be-

196

schloss ich, ihm eine Nachricht zu schreiben und ihn zu fragen, wieso er nicht in der Schule war. Dass ich nicht schon viel früher auf die Idee gekommen war, ihm zu schreiben, dabei war es doch das Einfachste und Naheliegendste auf der Welt. Doch auch darauf bekam ich keine Reaktion; er ließ mich auf zwei blauen Haken sitzen.

Frustriert verging die Schulwoche ohne ein Lebenszeichen von ihm und so recht wusste ich auch nicht, ob ich ihn überhaupt finden konnte, wenn ich ihn suchen würde. Schließlich wollte er doch anscheinend nicht gefunden werden.

Wieso sonst sollte man all seine Freunde ignorieren? Er war durch mit uns. Er hatte nicht bekommen, was er wollte. Wir konnten ihm nicht helfen und er hatte wohl einfach nur sein Wort gehalten und war abgetaucht. Dabei wollte ich nicht, dass er verschwindet. Niemand wollte das und ich bezweifelte, dass weder Tim noch Ramon es als so drastisch und endgültig wahrgenommen hatten, als er dies mehr oder weniger angekündigt hatte.

Ja, er hatte eigentlich eindeutig gesagt, dass er sich zurückziehen würde, wenn wir nichts finden würden, aber wir waren doch gerade erst am Anfang. Wir hatten zwar das Buch durch, aber das bedeutete doch nicht, dass wir schon aufgegeben hatten. Und jetzt, wo er weg war, wollte ich nicht, dass er verschwunden blieb, auch wenn wir anfangs unsere Differenzen hatten.

Und aus all diesen verschiedenen Gründen machte ich mich samstagmorgens bei Nieselregen auf den Weg zu Matt. Meiner Mama erzählte ich, ich sei mit Ramon verabredet, da ich sonst keine andere Erklärung dafür hatte, dass ich unbedingt an diesem Tag wandern gehen wollte. Und wenn sie erfahren würde, dass ich mich alleine auf so einen Wanderweg traute, würde sie entweder skeptisch werden oder – was noch viel schlimmer wäre – sich selber einladen, mitzukommen.

Ich war zwar nur einmal bei Matt zu Hause gewesen, aber ich wusste die ungefähre Richtung, in die er mich geschleppt hatte. So schwierig konnte das schon nicht werden, ihn zu finden. So viele Berge gab es nicht, die in 30 Minuten erreichbar waren, also würde ich schon irgendwie den richtigen Weg finden, auch wenn es mich das ganze Wochenende kosten würde.

Außer mir war nie jemand bei ihm gewesen, was doof für mich war, da mir niemand den genauen Weg sagen konnte, allerdings hatte ich dadurch Hoffnungen, dass er noch nicht weitergezogen war und immer noch dort wohnen würde. Ich hatte Hoffnungen, dass er dachte, dass ihn da oben sowieso niemand finden würde. Aber da hatte er die Rechnung ohne mich gemacht.

Ich brauchte eine gefühlte Ewigkeit, bis ich den Berg hochgewandert war und dann dauerte es noch etwas, bis ich irgendwelche Orientierungspunkte fand, die mir im Entferntesten bekannt vorkamen. Ich verfluchte noch einmal mein schlechtes Gedächtnis und die

Tatsache, dass Matt mich damals in übernatürlicher Geschwindigkeit hier hochgebracht hatte. Aber ich wollte nicht aufgeben. Auch nicht, als der Regen stärker wurde. Solange es nicht gewittern würde, konnte mich nichts von meiner Mission abbringen.

Der Regen wurde stärker und stärker und es wurde noch schwieriger, mich zurechtzufinden. Aber ich stoppte nicht. Gerade jetzt durfte ich nicht aufhören, ich war doch schon so weit gekommen und wenn ich ehrlich zu mir selbst war, dann war ich auch ein wenig verloren.

Wieso musste er auch so ein unfassbar schnelles Wesen sein? Konnte er nicht einfach so normal wie Ramon sein? Denn dann wäre es für mich jetzt leichter, den Weg zu ihm zu finden. Natürlich verfluchte ich auch mich selbst. Während seiner Entführung hatte ich meine Augen größtenteils geschlossen gehalten, schließlich wusste ich nicht, wie mir geschah. Es war also kein Wunder, dass ich so starke Probleme hatte, mich zurechtzufinden.

Als ich schon vollständig durchnässt und auch sonst durch den Regen so stark eingeschränkt war, dass ich meine eigenen Schritte nur schwer erkennen konnte, rutschte ich aus. Der Boden war ziemlich matschig und ich konnte mich einfach nicht mehr halten. Ich war jetzt also nicht nur total durchnässt, sondern auch total dreckig.

Allerdings hatte es das Schicksal gut mit mir gemeint, denn als ich mich aufraffte, bemerkte ich den Bach, an dem ich schon längst vorbeigelaufen war. Was hatte ich auch erwartet? Dass Matts Haus am Ende eines öffentlichen Wanderwegs lag? Natürlich musste ich irgendwann den sicheren Weg verlassen, um in den Wald einzutauchen und diesen Zeitpunkt hatte ich jetzt erreicht.

Zu meiner Rechten war also der Bach und es war auf jeden Fall derselbe, der bei Matts Haus vorbeifloss. Jetzt musste ich nur noch dem Bach folgen und ich würde ihn finden. Mit neuer Hoffnung rannte ich durch den Wald und dem Bach hinterher, bis meine Lungen wehtaten.

Der Weg war immer noch weiter als erwartet, aber selbst jetzt blieb ich nicht stehen, sondern ging weiter. Bis ans Ende meiner Kräfte würde ich mich durch den Wald schleppen, versuchte ich mir einzureden, aber eigentlich wusste ich, dass ich am liebsten umgekehrt wäre und mich zu Hause umgezogen hätte. Ich wollte einfach nur noch in mein Bett und schlafen oder eine schlechte Serie gucken. Aber ich gab nicht auf, ich schleppte mich weiter den Berg hinauf und war inner-lich sehr froh darüber, dass ich heute meine Dr. Mar-tens angezogen hatte, da so wenigstens meine Füße trocken blieben und ich die Schuhe im Nachhinein gut säubern könnte. Aber selbst diese Schuhe konnten nicht verhindern, dass meine Füße mittlerweile ziem-lich weh taten und ich mir sicher war, dass ich mir bereits eine Blase gelaufen hatte. Was ich nicht alles in Kauf nahm, um Matt zu finden. Hätte mir das einer vor ein paar Monaten gesagt, dann hätte ich die Person ausgelacht.

Letztendlich schaffte ich es, Matts Hütte zu finden. Ich hatte den Weg zu ihm definitiv unterschätzt. Jetzt musste er nur noch da sein, sonst wäre alles umsonst gewesen. Das hier war meine letzte Chance, ihn zu finden. Wenn er nicht hier sein würde, dann wüsste ich auch nicht mehr, wo ich noch nach ihm suchen sollte. Und wenn ich ehrlich zu mir war, so brauchte ich ihn momentan mehr denn je.

Mein Herz pochte. Ich war nicht auf eine Enttäuschung vorbereitet. Er musste einfach hier sein, sonst würde ich verrückt werden. Außerdem wusste ich nicht, wie ich den Weg zurück ohne ihn schaffen sollte. Ich konnte einfach nicht mehr, sowohl physisch als auch psychisch. Würde es mir psychisch besser gehen, so wäre ich jetzt nicht auf der Suche nach Matt.

Vorsichtig näherte ich mich seiner Hütte, schließlich wusste ich nicht, ob er allein war oder nicht. Im Inneren brannte Licht, das war schon einmal ein gutes Zeichen, also versuchte ich leise durch ein Fenster zu gucken, ohne gesehen zu werden, was allerdings schwieriger war, als es klang. Ich musste mich auf Zehenspitzen stellen, um durch das Fenster schauen zu können, dabei bemerkte ich erst, wie stark meine Beine zitterten, also war ich dazu gezwungen aufhören, bevor mich meine Beine nicht mehr tragen konnten und ich hinfallen würde.

Jetzt hatte ich zwar den Nachteil, dass ich nicht wusste, wer mich hier erwarten würde, aber da ich nichts mehr zu verlieren hatte und die Chancen gering waren, dass sich ein einsamer Wanderer hierhin verirrt hatte, klopfte ich an die Tür. Doch keine Reaktion erfolgte.

„Matt bist du da? Ich bin's Luna und ich bin den ganzen Weg hergekommen, also wäre es nur fair, wenn du mich nicht ignorieren würdest", rief ich und hoffte, dass er es hören und schnell die Tür öffnen würde.

Ich hörte Schritte, die sich der Tür näherten. Ich spürte, wie sich alles in mir zusammenzog. Einatmen, ausatmen, versuchte ich, mich ans Atmen zu erinnern, um nicht komplett panisch zu werden. Die paar Sekunden kamen mir vor wie eine Ewigkeit.

Die Tür öffnete sich langsam und zu meinem Glück handelte es sich bei der Person auf der anderen Seite tatsächlich um Matt.

„Du bist wirklich hier", rutschte es mir begeistert heraus und ich konnte mich gerade noch zurückhalten, ihm um den Hals zu fallen. Man musste ja nicht direkt übertreiben und so gut kannten wir uns dann auch wieder nicht. Die Tatsache, dass er mich tatsächlich nicht umbringen wollte, machte ihn noch lange nicht zu meinem neuen besten Freund. Manchmal musste ich mir das in Erinnerung rufen, schließlich fühlte sich Matt auf eine ganz spezielle Weise vertraut an. Zu vertraut.

„Ja klar, wo sollte ich sonst sein?", antwortete er belanglos.

Ich hob meine Augenbrauen an und musterte ihn kritisch.

Er hingegen sah aus, als könnte er sich ein Lachen nicht verkneifen.

„Was ist?", fragte ich verblüfft.

Jetzt konnte er sich wirklich nicht mehr halten.

„Warte, du hast hier was im Gesicht", brachte er unter Lachen hervor und strich mit seinem Finger an meiner Wange entlang.

„Ich bekomme es nicht ab, aber du solltest echt mal in einen Spiegel gucken, vielleicht kannst du ja noch etwas retten", er war immer noch am Lachen und führte mich vorsichtig zu einem kleinen Spiegel, der an der Wand hing.

Zu meinem Entsetzen musste ich feststellen, dass ich fürchterlich aussah. Meine blauen Haare waren durch den Regen ein wenig ausgeblutet und hatten leichte, blaue Streifen auf meiner Wange hinterlassen und meine Wimperntusche war komplett verlaufen, aber Letzteres wunderte mich nicht. Immerhin schaffte ich es, meine Wimperntusche von unter meinen Augen zu entfernen, gegen die blauen Streifen war ich hingegen machtlos. Sie würden schon irgendwann wieder verschwinden. Zumindest hoffte ich das.

„Was machst du für Sachen", murmelte Matt lächelnd, als ich mich zu ihm auf die Couch setzte.

Es fühlte sich nicht mehr so merkwürdig an, neben ihm zu sitzen, wie es noch bei meinem letzten unfreiwilligen Besuch war.

„Für meine Freunde? Alles. Aber das siehst du ja gerade", antwortete ich kess.

Mir egal, ob er mich als Freundin oder sonst was sah. Er hatte sich in meinen Freundeskreis eingeschlichen und daher war er für mich auch ein Freund geworden, auch wenn sich erst alles in mir drin gewehrt hatte, ihn so zu bezeichnen.

Außerdem ging es hier weniger um ihn, sondern mehr um die Lücke, die er hinterlassen hatte, als er abgehauen war. Und vielleicht brauchte ich auch einfach gerade jemanden zum Reden, der mich beruhigen konnte, dass Ramon wiederkommen würde und mir einreden könnte, dass die Magier ihn nicht finden würden.

„Ja, das stimmt", hörte ich ihn sagen.

Dann herrschte erstmals Stille und ich merkte, wie erschöpft ich tatsächlich durch die Wanderung war.

„Ich habe mir Sorgen um dich gemacht", brach ich die Stille.

Ich wollte die Unterhaltung einfach nur hinter mich bringen und nach Hause kommen, also musste ich irgendwas sagen, um die Konversation voranzubringen.

„Aber wieso? Mir geht's doch super", fragte er erstaunt.

„Du hast uns alle ignoriert und warst auch nicht mehr in der Schule. Natürlich mache ich mir dann Sorgen. Wir alle machen uns Sorgen“, erklärte ich ihm, woraufhin sich sein Ausdruck änderte. Ich konnte nicht ganz deuten, was er dachte.

„Das wollte ich nicht. Sorry, wenn ich das so sage, aber ich kann mit menschlichen Gefühlen nichts anfangen, deswegen bin ich gerade verwirrt. Ich habe doch angekündigt, dass ich euch in Ruhe lassen werde, wenn wir nichts im Buch finden können und ich halte immer mein Wort“, sagte er schulterzuckend.

„Ja, aber wir waren doch noch lange nicht fertig mit der Suche. Wir würden bestimmt irgendetwas finden. Und was ist überhaupt mit den anderen? Spürst du wirklich keine freundschaftliche Bindung? Zu niemandem?“, stammelte ich ein wenig empört vor mich hin.

„Wieso sollte ich? Ich bin ein Einzelgänger, war ich schon immer. Freundschaften sind überbewertet.“

Ich seufzte.

Es würde wohl eine anstrengende Konversation werden, das spürte ich jetzt schon.

„Aber du gehörst genauso zu unserem Freundeskreis wie jeder andere. Nur weil du behauptest, keine Bindung zu irgendwem zu haben, was ich dir nicht glaube, heißt es doch nicht, dass keiner eine Bindung zu dir hat. Jane ist total traurig, dass ihr nicht mehr miteinander schreibt und Finn hat dich auf seinem Geburtstag auch vermisst. Die Leute verbringen gerne

Zeit mit dir und du hast sie fallen gelassen", versuchte ich es weiter.

„Und was sollte ich deiner Meinung nach tun?", fragte er ernst.

„Komm einfach zurück. Bitte", sagte ich fast schon flehend und versuchte, ihn mit meinem liebsten Hundeblick anzugucken. Vermutlich sah das bescheuert aus, da ich immer bescheuert aussah, wenn ich ihn versuchte. Aber es war einen Versuch wert. Und ich hatte sowieso meine restliche Würde verloren, als ich mich auf den Weg zu ihm gemacht hatte. Ich hatte also nichts mehr zu verlieren.

„Ich überlege es mir."

„Wir brauchen dich", fing ich an. „Nicht nur Jane und Finn und Julius, sondern auch Tim und Ramon. Wir werden dir weiterhelfen, weil so ist das nun mal, wenn man Freunde hat. Keiner wird zurückgelassen und Versprechen werden eingehalten. Wir helfen dir so lange, bis du weißt, was du bist. Und du kommst wieder in die Schule und hilfst uns weiter bei der Suche nach einer Heilung für Ramon", sprudelte es nur so aus mir heraus.

„Aber wenn eure Versprechen eingehalten werden, wieso soll ich meins dann nicht einhalten?", hakte er nach.

„Weil Weggehen kein Versprechen, sondern einfach nur feige ist."

Er grübelte eine Weile vor sich hin und ich sah ihn erwartungsvoll an.

Alles war von ihm abhängig. Ich brauchte ihn. Er brauchte uns. Also wieso stellte er sich so an?

„Wo ist der Matt, der mich entführt hat, nur damit ich ihm helfe, seine Abstammung herauszufinden? Dieser Matt hätte nicht aufgegeben. Er hätte sich nicht zurückgezogen, sondern würde kämpfen, bis wir es wissen", versuchte ich es ihm in Erinnerung zu rufen.

Ich hatte keine Ahnung, wieso es so einfach für ihn war aufzugeben. Was hatte sich verändert, dass er so handelte? Was wusste er, was wir nicht wussten?

„Okay, Deal", antwortete er nickend.

Ein Stein fiel von meinem Herzen. Ich war so unglaublich erleichtert über seine Meinungsänderung.

„Also, was gibt's Neues bei Ramon?", fragte er hilfsbereit.

Schnell erklärte ich ihm die Situation. Dass Ramon allein zur Villa gefahren war und dass er nach dem Zauberbuch suchte und dass ich mir fürchterliche Sorgen machte, ob er den Magiern begegnen würde oder nicht.

Ich ließ dabei aus, dass ich immer noch sauer und enttäuscht war und eigentlich unsicher war, ob unsere Beziehung so weitergehen könnte, wenn er nicht bald wieder zurückkommen würde. Das würde Matt nicht interessieren und ich war mir sicher, dass er das auch nicht nachvollziehen könnte.

„Hm", machte Matt nur. „Es ist wirklich keine intelligente Entscheidung gewesen, aber ich glaube nicht, dass die Magier momentan in der Nähe der Villa sind.

Ohne mich sind die aufgeschmissen. So schnell merken sie nicht, dass Ramon wo anders ist. Ich glaube eher, dass sie auf dem Weg in diese Stadt sind und sollte das wirklich stimmen, ist Ramon in der Villa sicherer als hier", teilte er mir seine Vermutung mit.

„Wieso glaubst du das?", fragte ich und sah ihn aus geweiteten Augen an.

„Ist so ein Gefühl. Wie gesagt, es gibt noch irgendeine Verbindung zwischen den Magiern und mir und die lässt mich spüren, dass sie näherkommen."

„Das ist aber nicht beruhigend", stellte ich fest und stützte meinen Kopf mit meinen Händen.
Das war absolut keine gute Sache. Nicht, dass sie hinter einem von meinen Freunden her waren.

„Aber immerhin ist Ramon in Sicherheit", versuchte Matt, mich mit einem schiefen Grinsen zu beruhigen. Es half nicht wirklich.

„Aber sollte er das Zauberbuch finden, haben wir gute Chancen, dass wir ihn ohne die Hilfe der Zauberer geheilt bekommen."

„Wie meinst du das?", hakte ich nach.

„Naja, sie haben einen mächtigen Trank auf ihn geworfen, wodurch er geschwächt ist und seine Kräfte nicht kontrolliert einsetzen kann. So viel wisst ihr ja auch. Fakt ist, dass die Magier zurückkommen werden. Nicht nur wegen Ramon, sondern auch wegen mir. Das ist übrigens einer der Gründe, weshalb ich mich zurückgezogen habe. Da ich spüre, dass sie näherkommen, können sie auch spüren, wenn sie sich mir nähern. Ich locke sie also genau zu euch und das will ich nicht", teilte er mir ganz beiläufig mit. So als wäre das alles nicht schlimm und als hätte er alles unter Kontrolle.

Ich war überrascht. So viel Selbstlosigkeit hatte ich ihm gar nicht zugetraut. Trotzdem änderte es nichts daran, dass ich am liebsten anfangen würde zu weinen. Ich war doch schon am Ende. Ich war nicht bereit, die Magier zu sehen. Nicht jetzt. Nicht so schnell. Natürlich war uns allen mittlerweile bewusst, dass wir sie wieder treffen mussten, spätestens nachdem Matt in unserem Leben aufgetaucht war, aber es war leichter gewesen, diesen Gedanken zu verdrängen, als sich tatsächlich auf eine weitere Begegnung vorzubereiten.

„Sie werden ausnutzen, dass Ramon geschwächt ist und wer weiß, was sie noch geplant haben. Jedenfalls werden sie ihm eine Heilung anbieten und hoffen, dass er verzweifelt genug ist, diese anzunehmen. So können sie ihn an sich binden. Wenn wir ihn vorher geheilt bekommen, sind wir ihnen einen Schritt voraus und wir brauchen jeden Vorteil, den wir haben können", erklärte er weiter.

„Und das bedeutet?", fragte ich unsicher.

„Wir haben den Vorteil, dass sie mich orten. Das bedeutet, wir können sie überall hinlocken, wohin wir wollen. Wir können also den Ort des Treffens auswählen, das ist unser erster Vorteil."

„Weit weg von der Stadt und von meinen Freunden", warf ich direkt ein.

Nur so könnten wir verhindern, dass irgendjemand zu Unrecht involviert sein würde.

„Genau. Und gleichzeitig sollte es ein Ort sein, den wir kennen. Am besten wäre es, wenn die Magier denken würden, dass sie im Vorteil sind, obwohl es nicht so ist", überlegte er laut.

„Hier, deine Hütte. Sie werden denken, sie überraschen dich, aber eigentlich sind wir vorbereitet", schlug ich vor.

„Guter Gedankengang", antwortete er beeindruckt.

„Wenn Ramon also das Buch findet und wir ihn heilen, dann locken wir die Zauberer hierher", fasste ich unsere Konversation noch einmal zusammen.

„Aber was ist, wenn wir ihn nicht heilen können?", fiel es mir plötzlich ein. Schließlich wussten wir nicht, wann er wiederkommen würde und wie erfolgreich seine Suche nach dem Buch sein würde. Oder ob er überhaupt irgendwann wiederkommen würde. Doch daran wollte ich lieber nicht denken. Er musste einfach zurückkommen, oder?

„Dann locken wir die Magier hierhin und haben einen kleinen Nachteil. Weil Fakt ist, dass sie bereits auf dem Weg sind und das können wir nicht verhindern."

„Also ist die Größe unseres Vorteils davon abhängig, ob Ramon das Buch findet oder nicht", seufzte ich verzweifelt.

Es war so unwahrscheinlich, dass er es finden würde, und vielleicht wäre es auch besser, wenn er es nicht finden würde. Denn diese Unwissenheit könnte sein Glück sein. Aber gleichzeitig würde es uns einen riesigen Vorteil verschaffen, auf den wir eigentlich nicht verzichten konnten. Dafür waren wir nun mal zu schwach.

Mir gefiel die ganze Situation nicht und auch wenn der Kontakt zu Ramon momentan begrenzt war, so war ich mir sicher, dass er auch nicht begeistert sein würde, so schnell wieder auf die Magier zu treffen. Zu wissen, dass egal was in den nächsten Wochen passieren würde, wir sie wiedertreffen würden, bereitete mir Bauchschmerzen.

Was aber noch viel wichtiger war, war, dass Ramon unbedingt wieder zurückkommen musste, denn ohne ihn wäre der Kampf auch verloren. Wir brauchten jede Hilfe, die wir bekommen konnten.

„Am besten wir setzen uns demnächst mit Tim und Ramon zusammen, damit sie sich hier mit der Umgebung vertraut machen können. Schließlich bringt uns der Ortsvorteil nur etwas, wenn alle den Ort kennen", schlug er vor.

Dem konnte ich nur zustimmen. Der Plan stand und jetzt konnten wir nur hoffen, dass die anderen beiden den Plan auch gut finden würden. So viel konnte schieflaufen, allein bei dem Gedanken kam ein Gefühl der Panik wieder in mir hoch.

Es war so, als würde sich derselbe Albtraum wiederholen. Und ich wollte nicht wissen, was die Zauberer jetzt zu bieten hatten. Wenn sie auf dem Weg waren, musste das bedeuten, dass sie irgendjemanden oder irgendetwas gefunden hatten, was es mit Matt aufnehmen könnte… Oder… Und daran wollte ich nicht denken, weil ich es eigentlich nicht glaubte, aber man musste auch das bedenken… Oder Matt würde uns in den Rücken fallen.

Natürlich brachte Matt mich am Ende des Tages noch nach Hause, allein hätte ich wieder Stunden gebraucht und dafür hatte ich nun wirklich keinen Nerv mehr. Ich wollte einfach nur aus den nassen Klamotten raus und rein in die warme Badewanne. Denn ich musste mir ein paar Gedanken machen, bevor ich Ramon anrufen und anflehen würde, so schnell wie möglich zurückzukehren. Schließlich brauchte ich ein paar gute Argumente, um ihn wieder in die Stadt zu locken. Bis jetzt hatte er nämlich jeden meiner Versuche, ihn zurückzuholen, abgeblockt.

„Und denk ja nicht daran, nicht in die Schule zu kommen. Du weißt, ich finde dich", sagte ich noch zu Matt, als er mich vor meiner Haustür absetzte.

„Keine Sorge, mit dir lege ich mich nicht an", lachte er und verschwand.

Er war schon merkwürdig und irgendwie glaubte ich ihm auch, dass er sich einredete, dass er diese freundschaftliche Bindung zu niemandem spürte. Aber vermutlich wusste er, genauso wie ich, dass da etwas war. Sonst wäre es für ihn nicht so selbstverständlich gewesen, auf unserer Seite gegen die Magier zu kämpfen.

Kapitel 14

Auch wenn ich mir noch nicht hundert Prozent sicher mit meiner Vermutung war, so ergab alles mehr und mehr Sinn, je länger ich drüber nachdachte. Auch wenn der Name auf der Flasche sofort wieder verschwunden war, sobald ich geblinzelt hatte, war ich mir sicher, dass ich ihn mir nicht eingebildet hatte.

Es fühlte sich einfach an, als wäre mir ein Zeichen gesendet worden und wenn mir meine Oma schon einmal in diesem Keller begegnet war und mir geholfen hatte, konnte es durchaus möglich sein, dass sie mir noch einmal helfen würde. Vielleicht wusste sie einfach, dass ich allein aufgeschmissen war und dringend ihre Hilfe gebrauchen konnte.

Wenn es stimmte und meine Oma wirklich ihre Kräfte auf Luna übertragen hatte, um diese zu retten – und das stimmte, ohne Zweifel – dann war es nur logisch, dass Luna auch das Wissen meiner Oma vererbt bekommen hatte. Es war einfach dämlich von mir, davon auszugehen, dass ein Zauberbuch auch tatsächlich ein Gegenstand sein musste, den man anfassen konnte. Dieser Gedankengang hatte mich zu sehr eingeschränkt und somit die Wahrheit vor mir verborgen und das, obwohl ich die ganze Zeit so nah an ihr dran gewesen war.

Ich war einfach geblendet von meiner eingeschränkten Weltansicht gewesen. Aber wenn es mir schon so ginge, dann würde es den Zauberern bestimmt auch so gehen. Die Frage war nur, wie viel sie jetzt wussten und ob ich ihnen wirklich einen Schritt voraus war.

Auch musste ich mich nun mit dem Gedanken auseinandersetzen, ob ich es Luna erzählen wollte oder nicht, schließlich würde sie das Wissen, dass sie der Schlüssel zum virtuellen Gedankenzauberbuch war, auch angreifbarer machen. Allerdings könnte das Unwissen ihrerseits sie genauso angreifbar machen und ich war außerdem viel zu neugierig, ob diese Vermutung wirklich stimmte und sie mich nicht sogar heilen konnte.

Ich sollte mich eigentlich euphorischer fühlen, dass ich das Zauberbuch wirklich gefunden hatte, aber irgendwie hatte ich mehr so ein beklemmendes Gefühl, dass mich die Entdeckung des Zauberbuches nur vor mehr Probleme stellen würde.

Am folgenden Tag rief Luna mich spät abends an. Ich war bereits im Halbschlaf, doch durch einen Zufall blickte ich genau in der Sekunde auf mein Handy. Selbst wenn ich meine Mission in der Villa erfüllt hatte, so war es doch ein schwierigerer Schritt, wieder zurückzukehren und vor allem den anderen die Neuigkeiten zu überbringen.

Ich konnte mir nicht vorstellen, wie Luna die Informationen aufnehmen würde und eigentlich wollte ich sie auch nicht unnötig unter Druck setzen, aber uns würde keine andere Möglichkeit bleiben, außer ihre Fähigkeiten auszutesten. Ich mochte es nicht, wenn sie überfordert oder traurig war, daher war es einfacher, diese Konversation vor mir herzuschieben. Generell, ich war schon so lange in der Villa gewesen, dass es umso schwieriger wurde, in meine Wohnung zurückzukehren. Ich hatte nicht darüber nachgedacht, wie hart die Rückkehr werden würde.

Wenn ich ehrlich war, hatte ich über nichts nachgedacht, bevor ich mich auf den Weg gemacht hatte. Ein wenig Angst hatte ich, ja, aber mehr Gedanken hatte ich nicht. Es war schon ein wenig verrückt, hätte mir jemand vor einem halben Jahr gesagt, dass ich mal an diesem Punkt im Leben sein würde, an dem ich momentan war, dann hätte ich gedacht, dass das Losfahren der härteste Teil an allem gewesen wäre. Das Alte loslassen und auf ins Ungewisse. Aber jetzt, wo mir das Wegfahren erstaunlich leichtgefallen war, wurde mir bewusst, dass das Nachhausekommen manchmal noch härter sein konnte. Und manchmal fiel einem dann das auf, was einem eigentlich schon immer bewusst war, man nur zu stur war, um sich dieses einzugestehen; manchmal war Zuhause kein Zuhause.

Auch wenn ich gerne in der Wohnung lebte, in der ich momentan wohnte, mein wahres Zuhause war hier. Ich gehörte hier hin und vielleicht war es auch auf eine merkwürdige Art meine Bestimmung, in die Fußstapfen meiner Oma zu treten, auch wenn unsere

Kräfte verschiedener nicht sein konnten. Schließlich war sie es, die jemanden aus dem Tod zurückgeholt hatte, ich brachte nur den Tod.

Verschlafen ging ich ans Telefon.

„Ramon?", sie klang überrascht, so als hätte sie nicht damit gerechnet, dass ich überhaupt drangehen würde.

„Es gibt ein kleines Problem und es wäre echt super, wenn du so schnell wie möglich wieder zurückkommen würdest. Matt sagt, die Magier sind auf dem Weg in die Stadt und ohne dich haben wir keine Chance gegen sie", sprudelte es nur so aus ihr heraus.

Mein verschlafenes Gehirn brauchte ein paar Momente, bis ich verstanden hatte, was das zu bedeuten hatte. Wir alle waren in Gefahr. In dem Moment war es mir egal, woher Matt das wissen konnte, wichtig war nur zu wissen, ob wir eine reelle Chance haben konnten. Ich war nun mal nicht die verlässlichste Person in diesem Kampf. Wie sollte ich auch kämpfen, wenn ich mich selbst nicht unter Kontrolle hatte?

„Okay, ich mache mich morgen auf den Weg", antwortete ich sofort und war plötzlich hellwach.

„Und noch eine Sache", sprach Luna weiter und klang ein wenig skeptisch.

„Was gibt's?", fragte ich angespannt. Was konnte noch kommen?

„Fahr vorsichtig!", sagte sie nach einer kurzen Pause.

Ich wusste nicht, ob das wirklich das war, was sie sagen wollte, aber ich wollte es auch nicht hinterfragen.

„Werde ich machen", grinste ich vor mich hin.
Und ein wenig freute ich mich auch darauf, sie wiederzusehen. Gäbe es Tim und sie nicht, wer wusste schon, ob ich jemals zurückgekehrt wäre? Aber so hatte ich zwei verdammt gute Gründe, mich am nächsten Tag auf die Heimreise zu machen und mit diesen Gründen wurde der Gedanke an meine Wohnung in meiner Heimatstadt plötzlich nicht mehr ganz so hart.

So kam es, dass ich direkt nach dem Aufwachen meine Sachen zusammenpackte und mich mit meinem Auto auf den Rückweg machte. Irgendwie wurde es auch Zeit, ich hatte es schon viel zu lange vor mir hergeschoben, dennoch tat es gut, einfach mal aus seinem normalen Leben ausbrechen zu können.

Ich hatte Luna geschrieben, wann ich ungefähr ankommen würde und sie hatte sofort darauf bestanden, noch am selben Tag vorbeizukommen.

Mein Herz klopfte stärker denn je, als ich sie vor meiner Wohnungstür stehen sah. Es tat so gut, sich wieder in die Arme fallen zu können und vermutlich hatten wir uns viel zu sagen, doch das musste bis morgen warten. Der heutige Abend war einfach nur ein Abend, an dem wir Luna und Ramon sein konnten, die eine normale Beziehung führten. Heute mussten wir die Welt noch nicht retten oder die Stadt vor den

Magiern beschützen. Heute konnten wir normal sein wie alle anderen Paare. Mit dem Retten der Welt würden wir dann morgen anfangen.

Und so verbrachten wir einen wundervollen Abend zusammen mit Essen vom Lieferservice und schlechten Netflix-Filmen und ein wenig ärgerte ich mich, dass ich so lange weg war und somit so viel wertvolle Zeit mit ihr verschenkt hatte.

Ich war nicht gut im Gefühle zulassen und noch schlechter im Beziehungen führen, aber ich wollte sie nicht verlieren, auch wenn es in den letzten Wochen vielleicht den Anschein gemacht hatte. Und ich wollte schon gar nicht unsere Beziehung mit meinem Wegfahren aufs Spiel setzen. Am liebsten hätte ich an dem Abend die Zeit angehalten und für immer in diesem Moment gelebt. Um uns herum drohte die Welt – mal wieder – zusammenzubrechen, aber bei uns war alles wieder in Ordnung. Zumindest für einen Abend.

Am nächsten Morgen holte uns die Realität allerdings wieder ein und so schön der gestrige Abend auch war, heute hatten wir wichtigere Sachen zu tun, als uns um unsere Beziehung und sonstige Pärchenaktivitäten zu kümmern. Heute war es an der Zeit, dass Luna und Matt mir erklärten, was der Plan war und woher sie sich so sicher sein konnten, dass die Magier auf dem Weg waren. Außerdem war ich an der Reihe, und davor hatte ich echt Angst, Luna von meinem Fund zu berichten.

Die Stimmung an meinem Küchentisch, dem Hautquartier unserer ungleichen Truppe, war sichtlich angespannt und das, obwohl der Morgen so friedlich begonnen hatte.

Luna hatte Pfannkuchen gemacht und wir hatten in aller Ruhe gefrühstückt und wenn ich sie heimlich aus den Augenwinkeln beobachtete, dann war meine Welt wieder okay. Auch wenn es nur alltägliche Sachen waren, die sie machte, es machte mich einfach glücklich, ihr dabei zuzusehen.

Irgendwann standen Matt und Tim in der Tür und hatten sich an den immer noch gedeckten Tisch gesetzt, während ich ihnen die Pfannkuchen anbot, die noch vom Frühstück übriggeblieben waren. Doch obwohl ich alles dafür tat, die Stimmung so angenehm wie möglich zu gestalten; es herrschte einfach dicke Luft.

„Schön, dass du wieder da bist", sagte Tim und schob sich eine Gabel mit Pfannkuchen in den Mund.

„Sehr lecker", fügte er noch schmatzend hinzu und nickte Luna anerkennend zu.

„Ja, es war eindeutig an der Zeit", hielt ich mich bedeckt.

Ich wollte nicht direkt mit der Tür ins Haus fallen und damit prahlen, dass ich das Zauberbuch vermutlich gefunden hatte. Vor allem, weil ich mir noch nicht sicher sein konnte, ob ich recht hatte, noch wusste ich, ob mir das Zauberbuch überhaupt nützen würde.

„Ich denke mal, Luna hat dir schon gesagt, dass die Magier in der Nähe sind", lenkte Matt das Gespräch in eine ernste Richtung.

Ich nickte nur stumm.

Meine Kehle war plötzlich so trocken, dass ich das Gefühl hatte, ich könnte nicht sprechen. Schnell stand ich auf und holte mir noch ein Glas Wasser.

Ich nahm einen großzügigen Schluck und sah ihn erwartungsvoll an.

„Wir", dabei sah er Luna an. „Sind zu dem Entschluss gekommen, dass wir die Magier an einen speziellen Ort locken müssen, damit wir im Vorteil sind. Es sollte ein Ort sein, den wir alle kennen und der weiter weg von der Stadt ist, damit wir nicht auffallen", erklärte Matt uns.

Tim sah ihn skeptisch an und fragte genau das, was ich auch fragen wollte: „Woher seid ihr euch so sicher, dass die Magier in der Nähe sind? Ist irgendetwas passiert?"

Daraufhin erzählte Matt von seiner Verbindung zu den Magiern, von der wir schon mehr oder weniger wussten. Jetzt konnten wir uns auch das Ausmaß dieser Verbindung vorstellen, wodurch ich umso besser verstehen konnte, weshalb Matt sich von den Magiern lösen wollte. Sofern er an sie gebunden war, würde er nie wirklich frei sein.

Da die Magier von Matt ungefähr so stark angezogen wurden wie Motten vom Licht, blieb uns nichts anderes übrig, als ihm zu vertrauen. Sein Gefühl musste uns also sagen, wann die Magier in der Stadt ankommen würden, und noch viel wichtiger, wie wir dann vorgehen würden.

„Und wohin locken wir die Magier?", hakte ich nach und nahm noch einen Schluck aus meinem Glas.

„Wir dachten an Matts Holzhütte. Ihr wart zwar noch nicht dort, aber das können wir ändern. Er wohnt ziemlich abseits von den Menschen dieser Stadt und niemand unserer Freunde weiß, dass er dort wohnt. Außerdem haben wir dann die Überraschung auf unserer Seite; die Magier könnten denken, dass sie Matt überraschen würden, aber eigentlich sind wir vorbereitet und überraschen sie wiederum", sprudelte es aus Luna heraus.

Was genau sie sich unter ,vorbereitet' vorstellte, wusste ich nicht und ich wollte es auch nicht hinterfragen, weil ich mir gut vorstellen konnte, dass sie es selbst nicht genau wusste und ich ihr die Begeisterung für den Plan nicht nehmen wollte.

Natürlich war ich nicht begeistert von der Tatsache, dass die Magier sich näherten, aber, so wie ich es verstanden hatte, gab es keine Alternative, als sich ihnen zu stellen. Sie würden wohl kaum jetzt, wo sie so weit gekommen waren, wieder umkehren. Nicht, wenn sie ihrem Ziel, uns, so nahe waren.

„Also, an sich ist die Idee ja ganz nett. Ich meine, wir haben eine unsterbliche Allwissende, einen übernatürlich starken Irren, die tödlichste Waffe der Welt, die ihre Kräfte nicht kontrollieren kann und mich. Ich will euch ja nicht die Begeisterung nehmen, aber irgendwie klingen wir so, als wären wir stark im Nachteil", bemerkte Tim und ich konnte mir ein kleines Grinsen über diese Aussage nicht verkneifen. Nichtsdestotrotz hatte er recht. Wir waren verdammt nochmal im Nachteil.

„Wir hatten gehofft, Ramon würde das Zauberbuch in der Villa finden, das hätte uns unnormal weiterbringen können", gestand Matt und wirkte ein wenig verlegen.

„Was das angeht", begann ich und senkte den Blick. Es war an der Zeit, mit der Wahrheit herauszurücken.

Ich schluckte.

„Ich glaube, ich habe es gefunden", gestand ich und spürte, wie sich direkt alle Blicke auf mich richteten.

„Aber das ist doch super, dann können wir dich vielleicht noch heilen, bevor wir die Magier verkloppen", freute sich Tim.

„So einfach ist das nicht. Das Buch ist kein Buch", versuchte ich zu erklären.

„Und der Löffel ist kein Löffel. Wir alle haben *Matrix* gesehen", kommentierte Tim meinen nicht gerade klügsten Erklärungsversuch.

„Was soll das heißen?", auch Luna sah mich skeptisch an.

„Naja, ich bin mir nicht sicher, ob es stimmt, aber als ich im Keller der Villa war, hatte ich plötzlich einen abgefahrenen Gedanken. Was ist, wenn wir uns bei der Suche zu sehr auf unsere Vorstellung des Wortes ‚Buch' konzentriert und somit das Zauberbuch übersehen haben? Was, wenn das Zauberbuch nur in Gedanken existierte, da allein das Aufschreiben der Zaubersprüche zu viel Macht und demnach zu viel Verantwortung mit sich bringen würde?"

„Also willst du damit sagen, dass dir die Zaubersprüche plötzlich eingefallen sind?", hakte Luna nach.

„Nicht ganz, aber ich glaube, ich weiß jetzt, wem sie wieder einfallen können", antwortete ich und sah in die Runde.

Immer noch wurde ich ungläubig von allen angestarrt. Mein Blick blieb an Luna haften. Ich konnte ihren Ausdruck nicht ganz lesen, aber es wirkte fast schon so, als verstände sie, was ich meinte, noch bevor ich es ausgesprochen hatte.

„Ich glaube, Luna ist der Schlüssel zum Zauberbuch", ließ ich die Bombe platzen.

Schlagartig richteten sich alle Blicke auf Luna, die ihren Kopf mittlerweile auf ihre Hände abgestützt hatte und laut seufzte.

„Du meinst, weil deine Oma mir ihre Kräfte gegeben hat, hat sie mir auch ihr ganzes Wissen mitgegeben?", presste sie hervor.

„Ja, genau, das glaube ich", bestätigte ich sie.

„Hm", machte sie nur.

Alle sahen sie gebannt an, doch das konnte sie nicht sehen, so fokussiert war ihr Blick auf den Boden unter dem Esstisch.

Keiner wagte es, etwas zu sagen, jeder wartete darauf, dass sie etwas sagte, um die Stille zu durchbrechen.

„Ich weiß nicht, was ich sagen soll. Es ergibt Sinn, aber sollte ich nicht spätestens jetzt eine Idee haben, was ich tun könnte, um dir zu helfen?", vorsichtig wagte sie es, mich anzuschauen.

„Wir könnten eine Séance machen, um dem Ganzen auf die Sprünge zu helfen", warf Tim begeistert ein.

„Ich habe mir letzte Woche auf dem Flohmarkt ein altes Ouija-Board gekauft, das können wir dafür nehmen", fügte er noch schnell hinzu.
Ich hinterfragte schon gar nicht mehr, wieso Tim sich so etwas gekauft haben könnte. Er musste einfach einen gewissen Hang zum Übernatürlichen haben, sonst hätten sich unsere Wege schon längst getrennt.

„Wieso zum Teufel hast du so etwas?", fragte Matt und sah ihn verurteilend an. „Jeder weiß doch, dass Geister nicht existieren."

„Du, eine übernatürliche Gestalt, willst mir erzählen, was es zu geben hat und was nicht?", gab Tim zurück und musterte ihn gespielt skeptisch. „Matti boy, es gibt Dinge auf dieser Erde, die übersteigen auch dein Denkvermögen und wer weiß, vielleicht wirst du bemerken, dass es Wesen gibt, die selbst du noch nicht kanntest."

„Nenn mich nie mehr Matti Boy, sonst…", antwortete Matt kalt und wandte seinen Kopf von Tim ab.

„Was sonst? Ich habe keine Angst vor dir", provozierte Tim.

Das konnte ja nur lustig werden.

Innerhalb eines Augenblicks hatte Matt Tim gepackt und sanft gegen die Wand gedrückt.

„Das willst du nicht herausfinden", flüsterte er und ließ Tim los.

„Vielleicht habe ich doch Angst vor ihm", gab Tim leise zu und setzte sich wieder an den Tisch.

„Gut, dass wir das geklärt haben. Irgendwelche anderen Vorschläge?", Luna sah fragend in die Runde.

„Hab ich mir gedacht. Tim, wann können wir dein Ouija-Board benutzen?", beschloss sie, als sie keine Antwort erhielt.

„Echt jetzt?", fragte Tim erstaunt. „Ich bereite alles vor, das wird der Hammer. Wann soll es losgehen?"

Jeder sollte einen Tim im Leben haben. Egal wie aussichtslos alles schien, er blieb positiv, das wusste ich am meisten an ihm zu schätzen.

Luna blieb noch bei mir, als alle anderen schon wieder weg waren. Ich wusste genau, was jetzt kommen würde und irgendwie hatte ich gehofft, dass wir das folgende Gespräch nicht führen müssten oder einfach so lange vor uns hinschieben könnten, bis es irrelevant wurde.

„Ich glaube, wir müssen reden", sagte Luna unsicher und blickte auf den Boden.

Sofort stieg in mir eine gewisse Panik auf. Konnten diese Worte jemals etwas Gutes bedeuten?

Es war nicht einmal so, als wäre ich überrascht, dass sie plötzlich reden wollte. Es war nun mal einfach scheiße gewesen, dass ich mich in den letzten Wochen so zurückgezogen hatte und sowohl ihre Nachrichten als auch Anrufe meist abgeblockt oder nur kurz darauf reagiert hatte. Das bedeutete aber nicht, dass ich keine Gefühle mehr für sie hatte. Es bedeutete einfach, dass ich zu sehr mit mir selbst beschäftigt gewesen war, um mich um jemand anderes zu kümmern.

„Ich denke, dass ich nicht groß erklären muss, wieso ich in den letzten Wochen unzufrieden mit der Situation war", fing sie an und fummelte nervös an ihrem Armband herum.

„Nein, ich weiß genau, was du meinst", sagte ich und schluckte.

„Du hast mich zurückgelassen. Obwohl du genau wusstest, dass ich mir Sorgen um dich mache. Du hast mich größtenteils ignoriert und nur anfangs ein wenig auf dem Laufenden gehalten, wie die Suche nach dem Buch läuft. Später hättest du dich gar nicht gemeldet, wenn ich mich nicht zuerst gemeldet hätte. Alleine die Tatsache, dass du dich ohne uns auf den Weg zur Villa gemacht hast, war schrecklich. Du kannst dir gar nicht vorstellen, wie große Sorgen ich mir gemacht habe. In deinem Zustand dürftest du nirgendwo allein sein", fasste sie trotzdem die ganze Situation nochmal zusammen.

Mir blieb nichts anderes übrig, als sie ausreden zu lassen und mein Verhalten zu reflektieren. Sie hatte recht mit allem, was sie gesagt hatte, trotzdem konnte ich es nicht mehr rückgängig machen.

„Aber das Schlimmste an allem war die Ungewissheit, wann du wieder kommen würdest. Hättest du mir von Anfang an sagen können, wann du wieder zurückfahren würdest, wäre alles nur halb so schlimm gewesen. Aber die Tatsache, dass wir einfach nicht richtig kommunizieren konnten…", fügte sie noch unter Tränen hinzu.

„Ich weiß. Glaub mir, wenn ich es ändern könnte, dann würde ich es tun", warf ich ein.

„Aber so geht das nicht. Und so funktionieren Beziehungen auch einfach nicht", sie schrie schon fast, um ihrem Ärger Luft zu machen.

„Vielleicht funktioniere ich auch einfach nicht in Beziehungen. Vielleicht bin ich besser in Freundschaften", antwortete ich nun auch deutlich emotionaler.

Ich hatte keine Ahnung, ob das, was ich sagte, überhaupt der Wahrheit entsprach. Eigentlich wollte ich sie nicht verlieren, aber es war auch ein Fakt, dass es so nicht weitergehen konnte.

„Aber so funktionieren Freundschaften doch auch nicht", sie klang verzweifelt, als sie das sagte.

Schweigen.

Ich wusste nicht genau, was ich sagen sollte. Beziehungsweise hatte ich Angst, die Fragen zu stellen, deren Antworten ich nicht hören wollte.

„Wie soll es jetzt weitergehen?", fragte ich schließlich, nachdem die Stille unerträglich geworden war.

„Ich weiß es nicht", sie seufzte und sah mich einfach nur an.

„Natürlich habe ich noch Gefühle für dich, aber ich glaube, wir sind gerade an einem Punkt, wo das allein nicht ausreicht. Es ist einfach jetzt wichtig, dass wir uns auf die Magier und deine Heilung konzentrieren und weniger auf…", sie schluckte.
Es war deutlich, dass es ihr nicht leicht fiel, die folgenden Worte auszusprechen.

„Und weniger auf uns", beendete sie ihren Satz.
Obwohl ich so eine Antwort bereits erwartet hatte, so traf es mich doch härter, als ich gedacht hätte.
Weinend fiel sie mir um den Hals und auch ich musste ein wenig anfangen zu weinen. Irgendwie hatte sie ja recht mit allem. Auch wenn von beiden Seiten Gefühle da waren, so war es einfach schwierig, sich gerade darauf zu fokussieren. Wir mussten uns erstmal auf uns selbst fokussieren und dann könnten wir vielleicht wieder zusammenfinden. Nur gerade war einfach der falsche Zeitpunkt dafür.

„Es ist okay", versuchte ich sie, leicht überfordert, zu trösten.

„Ich helfe dir natürlich trotzdem bei allem und ich möchte nicht, dass das hier zwischen uns steht. Es ist mir einfach nur wichtig, dass wir beide ab jetzt uns selber priorisieren und wenn das alles vorbei ist und Dinge weniger kompliziert sind, vielleicht klappt es ja dann mit uns", sprach sie meine Gedanken aus.

„Also bleiben wir Freunde?", fragte ich die klischeehafteste Frage, die mir in dieser Situation einfallen konnte.

Sie nickte und sah erleichtert aus, dass ich ihr nicht nachtragend war. Aber wie konnte ich auch? Ich wusste ja, dass sie mit allem recht hatte.

Kapitel 15

Das klärende Gespräch mit Ramon verlief erstaunlich gut und er wirkte sehr einsichtig, was mich beruhigte. Er war und würde mir immer wichtig sein, aber so wie es den letzten Monat zwischen uns lief, konnte es nicht weitergehen. Und mit den Magiern und allem ergab es einfach keinen Sinn, sich jetzt auf eine Beziehung zu konzentrieren. Sollte alles vorbei sein, würden wir alle Zeit der Welt haben, um es noch einmal miteinander zu versuchen. Aber gerade war es einfach zu kompliziert. Was mich jedoch noch mehr beunruhigte, als die Tatsache, dass wir jetzt irgendwie getrennt waren, war Tims Idee.

Wenn ich ehrlich war, war ich nicht komplett begeistert von der Idee, eine Seancé abzuhalten, was weniger an Tims abgefahrener Idee, sondern mehr an meiner eigenen Angst vor Geistern lag. Bereits als ich klein war, fand ich die Gruselgeschichten rund um Geister und vor allem eine bestimmte Geisterdame, die durch Spiegel ihren Opfern begegnete und den Namen eines Cocktails trug – ernsthaft, ein Cocktail mit Tomatensaft, wer trinkt so etwas? – besonders gruselig.

Ich fand sie sogar so gruselig, dass ich mich eine Zeit lang weigerte, im Dunkeln allein durch den Flur zu laufen, da dort ein Spiegel hing. Selbst das Zähneputzen war mir zu gruselig, sodass ich das immer schon erledigte, bevor es dunkel wurde. Je älter ich wurde, desto mehr bekam ich meine Angst natürlich in den Griff. Mittlerweile waren mir Spiegel genauso egal, wie Geister, die durch Spiegel erscheinen könnten. Dennoch bekam ich ein ungutes Gefühl im Magen, sobald irgendjemand etwas Unheimliches erzählte. Eine Seancé war also so ziemlich das Schlimmste, was ich mir hätte vorstellen können, und eigentlich weigerte sich alles in meinem Körper, der Idee zuzustimmen, aber uns blieb keine andere Wahl.

Sollte Ramon recht mit seinem Gedanken haben, dass ich das komplette Wissen seiner Oma in mir trug, so konnten wir nichts unversucht lassen, um es aus mir herauszuholen. Wir hatten nicht viel Zeit und die Magier würden kommen, wir brauchten einfach jeden Vorteil, den wir ihnen gegenüber haben könnten, denn es musste einen Grund dafür geben, dass sie mehrere Monate gewartet hatten, bevor sie uns aufsuchten. Sie mussten vorbereitet sein und wir waren es nun mal kaum.

Wir brauchten Ramon in seiner vollen Stärke. Wir brauchten mich bei vollem Verstand und wenn es da noch Wissen in meinem Kopf gab, das ich selbst noch nicht kannte, dann wäre es ein Vorteil, dieses Wissen zu haben. Wenn wir am Leben bleiben wollten, so mussten wir Tims Idee nachgehen und genau deswegen war ich mit dem Vorschlag einverstanden, auch wenn mich der Gedanke daran schaudern ließ.

Es half auch nicht, dass Matt, der Kenner alles Übernatürlichen, der Meinung war, dass Geister nicht existierten. Wenn es nur nach seinem Wissen ginge, würde er schließlich auch nicht existieren. Außerdem, wie sollte ich mir sonst die Existenz der älteren Dame aus dem Erdgeschoss erklären? Sie musste doch mindestens ein wenig geistähnlich sein.

Wir verabredeten uns also direkt für den nächsten Tag bei Matt zu Hause, da die Seancé an einem ruhigen Ort ohne Störgeräusche stattfinden sollte und seine einsame Hütte auf der Spitze eines Berges so ziemlich der ungestörteste Ort war, den wir zur Verfügung hatten.

Die einzige Alternative wäre die Villa gewesen, welche den Vorteil hätte, dass Ramons Oma, sollte sie noch irgendwo herumschwirren, vermutlich dort anzutreffen war. Ein weiterer Ausflug zur Villa wäre zeitlich gesehen aber absolut unmöglich, besonders da ich morgen früh Schule hatte.

Meiner Mama erzählte ich, dass ich nach der Schule zu Ramon fahren und auch dort übernachten würde. Dabei ließ ich aus, dass wir uns getrennt hatten. Sie würde sonst Fragen stellen und ich konnte diese Fragen nicht beantworten. Ich hatte aber auch keine gute Erklärung dafür, dass ich trotz Trennung bei Ramon schlafen würde.

Das war nämlich keine direkte Lüge, schließlich würde ich danach tatsächlich bei Ramon übernachten. Es war nun mal die einzige Möglichkeit, wie ich es rechtfertigen konnte, dass ich über Nacht weg sein würde. Ich konnte meiner Mama nur schlecht sagen, dass wir noch einen kleinen Plausch mit der Geisterwelt halten würden, sie würde mich für verrückt erklären. Besonders, weil sie meine Vorgeschichte mit Geistern kannte.

Außerdem musste sie ja auch nicht alles wissen. Ich war schließlich 17 Jahre alt und würde nächstes Jahr 18 werden und vielleicht würde ich ausziehen, vielleicht auch nicht, schließlich hatte ich noch keinen genauen Plan von dem, was ich in der Zukunft machen wollte.

Vielleicht sollte ich damit anfangen, einfach mal mich selbst zu finden, schließlich hatte ich mehr oder weniger mein Leben lang als jemand anderes verbracht, da mein eigentliches Ich eigentlich gar nicht mehr am Leben sein dürfte. Aber andererseits war das hier ja mein echter Körper. Der Körper, der damals überfahren wurde. Der Körper, der damals beerdigt wurde. Also war ich ja theoretisch auch ich selber. Aber irgendwie auch nicht. Und irgendwie machte es mich traurig, dass irgendwo im Osten ein leerer Sarg in der Erde vergraben war, da der zugehörige Körper nun hier herumwanderte. Ob es wohl möglich war, durch die Seancé Kontakt zu meinem früheren Ich herzustellen, oder war alles von dem, was ich mal war, immer noch in mir?

Vielleicht würde ich irgendwann mal eine weitere Seancé halten müssen, um dieser Frage auf den Grund zu gehen. Jetzt allerdings hatten wir andere Prioritäten. Aber, und das nahm ich mir fest vor, sollten wir das hier überstehen, würde ich meinen Führerschein machen und ich würde mir ein Auto kaufen oder leihen oder meine Mama überreden, dass ich ihres benutzen dürfte, und ich würde zu meinem Grab fahren und es mir angucken. Vielleicht war es ja aus irgendwelchen Gründen noch da.

Ich wusste zwar nicht, wieso es noch da sein sollte, schließlich würde es mich wundern, wenn Ramons Oma die Gebühren für das Grab gezahlt hätte. Andere Leute konnten es schließlich nicht zahlen, es wusste ja niemand mehr von Luana außer Ramon und seiner Familie.

Selbst wenn alle Leute sie vergessen hatten, so wollte ich sicher gehen, dass ich sie niemals vergessen würde. Auch wenn ich mich nicht wirklich daran erinnern konnte, sie gewesen zu sein, aber der Gedanke, dass sich niemand mehr an sie/mich erinnern würde, machte mich ein wenig traurig. Schließlich hatte man nur das eine Leben, um sich auf seine Art und Weise unsterblich zu machen.

Der Tod war nicht das, was mir am meisten Angst machte. Vergessen werden, das war, was ich fürchtete.

Tim hatte versprochen, dass er sich mit dem Thema Seancén auseinandersetzen würde, schließlich war er immer derjenige mit dem Plan. Auch wenn er im Herzen noch ein Kind war, hatte er immer die Kontrolle über alles. Er war der Einzige von uns, der immer wusste, was zu tun war.

Außerdem schauderte mich der Gedanke, dass ich mich mit dem Thema auseinandersetzen würde, schon genug. Nachdem ich Ramon und Matt kennengelernt hatte, glaubte ich an Dinge, an die ich vorher nie geglaubt hätte. Wieso sollte es also keine Geister geben?

Es dämmerte bereits, als Matt uns alle zu sich nach Hause beförderte. Ich war froh darüber, denn noch einmal würde ich diesen langen Weg ganz bestimmt nicht hochlaufen und erst recht nicht, wenn es schon finster war. Ich war einfach ein ängstlicher Mensch und im Dunkeln durch einen Wald zu laufen gehörte nun einmal nicht zu den Sachen, die ich gerne und mit viel Freude machte. Außerdem war die Chance im Dunkeln um einiges größer, dass ich den Weg zu ihm nicht finden würde. Beim letzten Mal hatte ich ihn ja auch nur durch Zufall gefunden und da war es noch mehr oder weniger hell gewesen.

Auch wenn es noch gar nicht so spät war, man konnte einfach schon merken, dass der Winter näherkam und das gefiel mir nicht. So viel weniger Sonne und da wir in Deutschland lebten, war der letzte richtige Schnee schon Ewigkeiten her. Und Winter ohne Schnee war einfach nicht dasselbe.

Besonders in den letzten Jahren hatten sich die Jahreszeiten verändert und man konnte bereits die ersten Auswirkungen des Klimawandels bemerken. Die Sommer wurden kürzer und die Winter wurden länger und doch waren weder die Sommer richtige Sommer, weil sie zu verregnet und dunkle waren, noch die Winter richtige Winter, da der Schnee fehlte. Sollte es so weitergehen, so würden alle Jahreszeiten irgendwann verschwinden und zu einer ganzjährigen Blase verschmelzen.

In Matts Hütte angekommen musste ich begeistert feststellen, dass er bereits einige Sachen für die bevorstehende Geisterbeschwörung vorbereitet hatte. Die Fenster waren abgedunkelt und er hatte einige Kerzen aufgestellt, was ich bei seiner Holzhütte zwar ein wenig riskant fand, aber Tim meinte, dass Kerzen zu einer Seancé dazugehörten und da er der Einzige mit einem Plan war, hörten wir auf ihn und ließen es so. Dann mussten wir halt vorsichtig sein. Aber Risiken gaben dem Leben ja auch irgendwie den notwendigen Kick, nicht wahr? Wobei ich ehrlich gesagt auf den Kick, den die Vorstellung einer Seancé mir gab, hätte verzichten können.

Gemeinsam setzten wir uns an den Klapptisch – den Matt samt Stühlen extra für diesen Anlass besorgt hatte – auf dem Tim sein Ouijaboard bereits abgelegt hatte. Matt schaltete das Licht aus und setzte sich auf den letzten freien Stuhl. Keiner von uns hatte eine Ahnung, was wir als Nächstes tun sollten. Mein Herz rutschte mir fast in die Hose. Es würde ernst werden. Mir wurde ein wenig schlecht vor Aufregung. Ich fühlte mich gar nicht gut bei dem Gedanken, Geister zu beschwören.

Was wäre, wenn wir einen bösen Geist erwischen und alle der Reihe nach sterben würden? Vermutlich hatte ich auch einfach zu viele Horrorfilme gesehen, schließlich war Finn ein riesiger Liebhaber solcher Filme und gemeinsam hatten wir schon so einige dieser Filme durchgeguckt, obwohl ich nie wirklich begeistert von ihnen gewesen war. Es war einfach nicht mein Lieblingsgenre.

Außerdem konnte ich rational betrachtet auch nicht sterben, das war ja der Haken an der Unsterblichkeit. Ich hatte also eigentlich keinen Grund, mir Sorgen zu machen.

„Im Internet, ich meine natürlich, in meiner Quelle stand, dass wir einen Leiter brauchen, der die Runde anführt", begann Tim.

Im Kerzenschein konnte ich sehen, wie alle Augen zu Tim wanderten.

„Auch wenn ich die Person bin, die am meisten Ahnung hat, werde ich es nicht machen. Da es um deine Oma geht, wirst du diese Rolle übernehmen", sagte er an Ramon gewandt.

„Aber, wie soll ich das hinbekommen?", fragte er überrascht und ein wenig verunsichert.

Ich wusste, dass er sich auch nicht ganz wohl bei dem Gedanken fühlte und vermutlich war er jetzt total überfordert mit allem. Aber Tim hatte recht. Ramon hatte die innigste Verbindung zu seiner Oma, schließlich waren die beiden verwandt. Wenn sie ihm nicht begegnete, dann würde sie uns anderen erst recht nicht begegnen.

„Ganz einfach. Ich gebe dir mein wertvolles Wissen weiter", antwortete Tim belustigt.

Ich konnte nicht sagen, ob er den Ernst der Sache nicht verstanden hatte oder ob er das alles einfach nur spannend fand. Vermutlich war es eine Mischung aus beidem.

„Dann hau mal raus", versuchte Ramon seine Unsicherheit hinter einem Lachen zu verbergen.

„Also, wir brauchen Papier, das habe ich hier", Tim kramte in seinem Jutebeutel herum und legte das Papier auf den Tisch.

„Jeder von uns bekommt einen Zettel und auf den schreibt ihr genau eine Frage. Danach erkläre ich weiter. Ich will euch ja nicht intellektuell überfordern."

Ich nahm den Zettel und legte ihn vor mich hin.

Es gab so viele Fragen, die ich stellen könnte. So viele Fragen, deren Antworten mich interessierten. Ich könnte fragen, mit welchem Zauberspruch ich Ramon heilen könnte. Ich könnte fragen, welche Zaubersprüche ich lernen müsste, um gut auf die Magier vorbereitet zu sein.

„Dürfen wir auch eigennützige Fragen stellen?", fragte ich in die Runde.

Ramon sah mich mitleidig an, als wüsste er, was ich fragen wollte. Und vermutlich wusste er es auch. Dafür kannte er mich zu gut und ich war zu einfach zu lesen.

„Es ist okay", nickte er mir zu. „Wir haben ja mehrere Fragen, die wir stellen können", er gab mir ein aufmunterndes Lächeln, was im Kerzenschein ein klein wenig gruselig aussah.

Ich seufzte.

Ich wusste, dass es falsch war, aber ich brauchte einfach eine Antwort auf eine Frage, die mir schon seit Monaten im Kopf umherschwirrte, genauer gesagt, seit dem Tag, an dem Ramon uns die fehlenden Seiten aus dem Märchenbuch gezeigt hatte.

Ich würde mich ärgern, wenn ich dieser Frage nicht nachgehen würde, auch wenn das an dieser Stelle purer Egoismus war. Aber ich konnte ja nicht wissen, ob wir noch einmal mit Ramons Oma in Kontakt treten könnten, vorausgesetzt, es würde dieses Mal überhaupt klappen.

Was wäre, wenn Ramons Oma so lange in der Zwischenwelt gefangen war, bis sie ihren Frieden finden würde und genau diese Beschwörung sie befreien würde. Dann würde ich nie eine Antwort auf die Frage bekommen.

„Es ist wirklich okay?", fragte ich noch einmal unsicher.

Ich war eigentlich kein egoistischer Mensch, daher fiel es mir auch so schwer, dementsprechend zu handeln.

„Klar, handle ich nicht auch egoistisch, wenn ich Frage, wie ich wieder gesund werde?", fragte Ramon rhetorisch.

Er hatte ja schon recht. Trotzdem machte es das nicht leichter für mich. Schließlich bedeutete er mir immer noch alles und eigentlich wäre es meine Aufgabe gewesen, diese Frage für ihn zu stellen. Stattdessen schrieb ich in leserlicher Druckschrift eine andere Frage auf:

Warum ich?

„Sind alle fertig?", fragte Tim in die Runde.

Alle nickten.

„Perfekt, dann geben wir die Zettel an Ramon weiter. Ramon, du wirst die Fragen jetzt durchlesen und ordnen in Fragen, die wichtig sind und Fragen, die weniger wichtig sind. Die Seancé könnte jederzeit vorbei sein, daher sollten wir die wichtigen Fragen zuerst stellen", erklärte er uns.

Wir gehorchten und reichten die Zettel an Ramon weiter, der kurz die Fragen überflog. Es herrschte absolute Stille. Mein Herz schlug immer noch stark und ich hatte das Gefühl, als würde ich den Raum am liebsten verlassen. Die ganze Situation war mir ein wenig unheimlich.

„Soll ich die Reihenfolge mit euch teilen?", wollte Ramon wissen.

„Ne, das ist gerade irrelevant. Wichtig ist nur, dass wir die Frage, die gerade gestellt wird, kennen. Der Rest ist egal. Außerdem ist es allen außer Ramon untersagt, Nachfragen zu stellen. Nur der Leiter darf das tun, sonst wird es zu chaotisch und wir werden nicht schlauer", erklärte Tim den weiteren Verlauf.

Ich wusste nicht, was die anderen aufgeschrieben hatten, aber ich konnte nur hoffen, dass sich Ramon bei seiner Prioritätensetzung richtig verhalten würde. Ich hatte eine leichte Befürchtung, dass er die Prioritäten anders setzen würde, als ich. Mein ungutes Bauchgefühl verstärkte sich.

„Okay, die erste Frage lautet: ,Warum ausgerechnet Luna'?", begann Ramon die Seancé.

Ich schluckte.

Es war so klar, dass Ramon die falsche Entscheidung treffen würde. Sollte die Seancé nach einer Frage enden, was durchaus passieren könnte, würde ich ihn für immer hassen. Meine Frage war irrelevant, es war viel wichtiger herauszufinden, wie wir ihm helfen könnten. Sollte die Seancé danach enden, würde ich es mir nie verzeihen, dass ich so egoistisch gehandelt hatte. Ich würde mich für immer hassen.

Gespannt beobachteten wir die Planchette, auf der unsere Finger ruhten. Tim hatte uns angewiesen mitzuschreiben, sobald sie länger als ein oder zwei Sekunden auf einem Buchstaben oder einer Zahl zu stehen kommen sollte. Meine Aufregung erreichte ihren Höhepunkt, aber so richtig Angst bekam ich erst, als sich die Planchette tatsächlich zu bewegen anfing.

Ein kurzer Blick in Ramons angespanntes Gesicht verriet mir, dass auch er nicht damit gerechnet hatte, dass tatsächlich etwas passieren würde. Ich fragte mich, was Matt wohl gerade dachte, schließlich war er der festen Überzeugung gewesen, dass es keine Geister gab. Aber das war eine Frage, die ich ihm erst nach der Beschwörung stellen würde. Jetzt gerade zählte nur das, was auf dem Papier niedergeschrieben war.

Die Planchette blieb stehen. E. Die Planchette bewegte sich weiter nach unten. S. Das war das erste Wort, doch die Planchette blieb noch nicht stehen. Tatsächlich folgte Buchstabe auf Buchstabe, bis sie letztendlich zur Ruhe kam.

„Es war Zeit zu gehen", las Ramon die Buchstaben vor, die er währenddessen mitgeschrieben hatte.

Jeder verglich das mit seinen Buchstaben und wir nickten es ab. Wirklich schlauer war ich immer noch nicht.

„Aber wieso wurde ausgerechnet sie wiederbelebt?", hakte Ramon nach.

Langsam wurde ich unruhig. Er sollte nicht zu viel Zeit mit dieser Frage verbringen. Wir konnten nicht wissen, wie lange wir den Kontakt noch halten könnten. Wir brauchten die Zeit für die Fragen, die sich mit seiner Gesundheit und dem Zauberbuch auseinandersetzten. Dagegen war meine Frage irrelevant und es machte mich unruhig, dass er nicht einfach lockerließ. Plötzlich war es mir egal, wieso ausgerechnet ich ausgewählt wurde. Vielleicht gab es auch keinen Grund und es war einfach nur Zufall gewesen. Es gab wichtigere Fragen als das, doch das konnte ich Ramon gerade nicht sagen, da er der Einzige war, dem es erlaubt war zu reden.

Die Planchette bewegte sich weiter.

S-I-E-W-A-R-D-I-E-R-I-C-H-T-I-G-E.

Das beantwortete die Frage, ob es Zufall war, dass genau ich ausgewählt wurde, aber es erklärte immer noch nicht, was ich hatte, was andere nicht hatten.

Ohne, dass Ramon weiterfragen musste, fing die Planchette an, sich weiter über das Brett zu bewegen.

S-I-E-W-A-R-R-E-I-N-U-N-D-J-U-N-G-U-N-D-T-O-T.

Wenn das die Anforderungen waren, erklärte es auf jeden Fall, wieso ausgerechnet ich ausgewählt wurde. Die Anzahl von jungen und toten Kindern in der Nähe von Ramons Oma war vermutlich nicht besonders hoch.

I-C-H-H-A-B-E-E-S-F-Ü-R-D-I-C-H-G-E-T-A-N.

Auch wenn es niemand aussprach, war uns allen klar, dass sich diese Nachricht an Ramon richtete und nicht an mich.

Ramons Oma kannte mich nicht, sie konnte es nicht für mich getan haben. Generell war Unsterblichkeit ein Geschenk, das ich niemals wollte. Was sollte ich in einer Welt leben, in der alle meine Liebsten sterben und älter werden, während ich dazu verdammt war, zu bleiben? Das war keine Welt, in der ich leben wollte. Ramon hingegen hatte einen Vorteil an meinem Überleben; er musste sich nicht mehr schuldig fühlen, mich damals umgebracht zu haben.

„Vielen Dank für die Antwort", sagte Ramon ein wenig unsicher, ob er sich richtig verhielt. „Meine nächste Frage lautet: ‚Wie können wir Ramon wieder gesund machen'?", las er vor.

Endlich stellte er die richtigen Fragen.

Wieder einmal bewegte sich die Planchette wild über das Brett und wieder einmal schrieben wir fleißig mit. T-E-M-P-U-S.

Damit konnte ich nichts anfangen und die anderen anscheinend auch nicht, wie mir ein Blick in die verwirrten Gesichter neben mir verriet.

„Vielleicht habe ich vergessen zu erwähnen, dass die Antworten auch in anderen Sprachen sein können", sagte Tim verlegen.

Man konnte deutlich hören, dass ihm die Situation unangenehm war, schließlich war keiner von uns darauf vorbereitet gewesen.

„Aber keiner von uns kann Latein", bemerkte Ramon.

Es war mir ein Rätsel, wie er überhaupt erkennen konnte, dass es sich um Latein handelte.

„Naja, ist das nicht einfach die Zeitform, in der Wörter stehen?", fragte Matt belanglos.

Natürlich. Er hatte recht.

Jetzt fiel es mir wieder ein. Das Wort hatten wir im Deutschunterricht im Zusammenhang mit Kasus und Genus schon einmal gehört. Aber was hatten Zeitformen mit unserem Problem zu tun?

„Möchte sie uns damit sagen, dass wir abwarten sollen und uns die Zeit Antworten geben wird?", versuchte Tim es zu interpretieren.

„Aber wieso muss sie dafür die Sprache wechseln, wenn sie es auch einfach auf Deutsch sagen könnte?", hinterfragte ich.

„Ist es möglich, dass wir an irgendeinen Geist geraten sind, der einfach nur ein Spiel mit uns spielt?", warf Matt ein wenig genervt ein.

Er war von Anfang an nicht begeistert von der Idee gewesen, so viel war offensichtlich, und die Situation gerade konnte ihm nur bestätigen, dass wir das Ganze auch hätten sein lassen können. Die Situation wurde unruhiger.

„Was genau soll das bedeuten?", unterbrach Ramon die Situation.

M-E-M-E-N-T-O.

„Das ist doch alles bescheuert", warf Matt genervt ein.

„Hör auf damit, alles schwarz zu malen", fuhr ich ihn an.

Sein Pessimismus nervte mich.

Nur weil wir etwas nicht direkt verstanden, musste es nicht bedeuten, dass es generell nichts heißen musste. Man konnte nicht einfach die Brücke in die Geisterwelt übertreten und erwarten, dass man dort direkt mit allen Antworten empfangen werden würde. Wir mussten auch selbst unseren eigenen Teil dazu beitragen, dass das hier funktionierte.

Dieses negative Denken verschwendete wichtige Zeit, die wir zum Nachfragen benutzen könnten, doch bevor Ramon eine weitere Frage stellen konnte, formte die Planchette das Wort ‚ENDE'. Daraufhin flackerten die Flammen der Kerzen kurz, bis sie erloschen und das Licht auf mysteriöse Weise wieder anging. Ein Schauder lief mir über den Rücken.

Die Seancé war beendet worden. Unsere Chance auf mehr Informationen war vorbei.

Erst regte sich keiner von uns. Wir alle waren zu verblüfft von dem, was gerade passiert war.

„Abgefahren", entfuhr es Tim leise.

Es dauerte noch einen kurzen Moment, bis ich meine Sprache wiedergefunden hatte.

„Die Zeit, in der du rumgemotzt hast, hätten wir besser nutzen können. Und jetzt sind wir auch nicht schlauer als zuvor", schrie ich Matt an.

Dann fing ich an zu weinen, weil ich verzweifelt war und mich schlecht fühlte, dass meine total unnötige und egoistische Frage so viel Zeit eingenommen hatte und wir immer noch nicht wussten, wie wir Ramon helfen konnten.

„Wir könnten es ja mal mit Kartenlegen versuchen", machte Tim schon den nächsten Vorschlag, aber keiner ging darauf ein. Vermutlich hatten die anderen aufgegeben, genauso wie ich.

„Das war doch alles umsonst. Bestimmt wurden wir von irgendjemandem reingelegt", antwortete Matt aufgebracht.

„Erst sagst du, es gibt keine Geister und jetzt soll uns einer reingelegt haben? Wieso glaubst du nicht an unruhige Seelen, die ihren Frieden finden müssen?", fragte Tim sachlich und interessiert.
Wie konnte er noch so ruhig sein? Ich war innerlich viel zu aufgewühlt.

„Weil ich nicht ganz ehrlich zu euch war", gestand Matt und blickte auf den Boden.
Er schien ein wenig unsicher zu sein, was ziemlich selten vorkam. Schnell fing er sich wieder und setzte seine Maske aus Selbstsicherheit und Emotionslosigkeit auf.

„Natürlich gibt es Geister und vielleicht habe ich in der Vergangenheit nicht die besten Erfahrungen mit ihnen gemacht. Aus verschiedenen Gründen wäre es möglich, dass einige davon überraschenderweise keine großen Fans von mir sind. Es wäre also durchaus möglich, dass sich der ein oder andere an mir rächen wollen würde", gestand er.

„Also denkst du, dass uns absichtlich falsche Informationen erzählt worden sind?", wollte Ramon wissen.

„Ja, vielleicht. Anders kann ich mir diesen Sprachenwechsel nicht vorstellen. Tempus? Also irgendwie finde ich es ein wenig merkwürdig, ein lateinisches Wort zu verwenden, dass etwas mit Verben zu tun hat. Das hilft doch niemandem weiter", rechtfertigte er sich.

„Dann sind wir auch nicht schlauer als zu vor", seufzte Ramon und stütze seinen Kopf mit seinen Händen ab.

Ich musste mich zurückhalten, keine Anspielung an den Anfang von *Faust* zu machen. Jetzt war einfach nicht der richtige Zeitpunkt, um Goethe zu zitieren. Gab es dafür überhaupt einen richtigen Zeitpunkt?

„Wir wissen nicht, ob die Nachricht nun echt oder falsch ist und wir können jetzt alle auf Matt herumhacken, aber das bringt uns auch nicht weiter", versuchte Tim die Situation zu schlichten. Er hatte ja auch recht damit, trotzdem war ich so unfassbar wütend. Aber nicht auf Matt; auf mich selbst. Ich hätte eine andere Frage stellen sollen. Wie Ramon es schon richtig festgestellt hatte, jetzt waren wir auch nicht schlauer als vorher. Es war nur einfacher, die Wut auf Matt zu projizieren, als mir einzugestehen, dass meine Frage das Problem war.

So lange ich existieren würde, würde Ramon mich über sich stellen und insgeheim wusste ich das auch. Es ergab also keinen Sinn, wieso ich nicht einfach eine andere Frage gestellt hatte.

„Fakt ist, dass wir die Nachricht, solange wir keinen Gegenbeweis haben, so behandeln werden, als wären sie echt. Also, wie könnten wir die Wörter deuten?", übernahm Tim die Leitung.

„Es könnte bedeuten, dass sie uns damit sagen will, dass wir einfach nur abwarten sollen und die Antworten mit der Zeit kommen werden", gab Ramon die naheliegendste Vermutung wieder.

Tim notierte die Theorie und sah mich erwartungsvoll an.

„Vielleicht sollen wir unseren Blickwinkel auf das Problem ändern, so wie sich Zeitformen ändern können", antwortete ich verunsichert.

Ich war schon immer gut im Überinterpretieren. 11 Jahre Schule und die dadurch erfolgten Gedichtsanalysen hatten mich gelehrt, dass man jeden Satz unglaublich offen interpretieren konnte. Leider war ich nur nicht sonderlich gut darin, solche Sachen richtig zu interpretieren.

„Matt?"

„Vielleicht sollen wir die Zeitformen lernen", antwortete er ironisch.

Auch das schrieb Tim ohne einen Kommentar auf.

„Was ist, wenn wir wirklich einen genaueren Blick auf die Zeitformen werfen sollen?", überlegte Tim laut.

Niemand wagte es, sich in seine Überlegung einzumischen.

„Präsenz, Präteritum, Perfekt, Futur", murmelte er vor sich hin.

„Ich finde Ramons Idee am plausibelsten", schlussfolgerte Tim nach einiger Zeit.

„Aber wie sollen wir den Sprachenwechsel deuten? Wenn wir davon ausgehen, dass die Nachricht echt ist, muss es auch einen Grund für den Wechsel in der Sprache geben", widersprach Ramon seiner eigenen Idee.

Es war klar, dass er sich nicht mit einer Theorie zufriedengeben würde. Er wollte die Wahrheit und er würde nicht aufgeben, bis er sie gefunden hatte.

„Tempuswechsel", überlegte Tim wieder laut.

„Zeitwechsel!", rief er.

Wir beobachteten ihn nur stillschweigend. Aber er erwartete auch keine Reaktionen auf seine Aussagen. Das war das Angenehme, manchmal konnte man ihn einfach sein Ding machen lassen und es würde etwas Geniales daraus entstehen. Man musste gar nichts dafür tun, er funktionierte sehr gut allein.

„Sie möchte uns sagen, dass wir die Zeit wechseln sollen. Das ergibt total Sinn. Wenn wir in der Zeit zurückreisen und verhindern, dass Ramon von dem Zaubertrank getroffen wird, ist er gesund und bei voller Kraft. Das ist es, das ist die Lösung", rief er begeistert und sprang auf.

„Und wie willst du in der Zeit herumreisen?", fragte Matt und sah ihn skeptisch an.

„Das ist einfach. Alles, was wir brauchen, ist ein DeLorean und…"

„Wir sind nicht bei *Zurück in die Zukunft*", unterbrach ihn Ramon sanft.

„Ich weiß", schmollte Tim kurz. „Ich gebe zu, ich habe keine Ahnung, wie wir in der Zeit zurückreisen sollen. Aber ich bin mir sicher, dass das die Lösung ist. Ramon, bitte sag mir, dass du das auch fühlst."

„Ja, ich spüre schon das Kribbeln in meinem rechten großen Zeh", antwortete dieser sarkastisch.

Tim rollte nur kurz mit den Augen.

„Ist ja schon gut. Deine Theorie hat auf jeden Fall Hand und Fuß", gab Ramon zu.

„Perfekt, jetzt müssen wir nur noch herausfinden, wie wir durch die Zeit reisen", und das sagte Tim so, als wäre es etwas alltägliches, etwas, das man mal eben so machte, sowas wie zum Einkaufen in den Supermarkt fahren oder Zähneputzen.

„Und was soll der zweite Teil der Nachricht bedeuten?", fragte ich.

„Vielleicht ist das ja der Zauberspruch, den wir aufsagen müssen, damit eine Zeitmaschine erscheint", gab Matt zu hören.

Er nahm die ganze Diskussion absolut nicht ernst. Ich hatte keine Ahnung, was zwischen ihm und der Geisterwelt vorgefallen war, dass er so fest davon überzeugt war, jemand wolle uns auf eine falsche Fährte locken, aber egal was es war, ich wollte es lieber nicht herausfinden. Es musste etwas Schlimmes sein und ich war gerade so positiv auf ihn zu sprechen, ich wollte nicht wieder meine Meinung über ihn ändern.

„Das werden wir auch noch herausfinden. Hat vielleicht jemand Google und kann es suchen?", fragte Tim in die Runde.

„Hier oben ist absolut kein Empfang", stellte ich nach einem Blick auf mein Handy fest.

„Ich könnte schnell ein Wörterbuch besorgen", schlug Matt unbeteiligt vor, als wäre es ihm egal, ob wir etwas finden würden oder nicht.

„Das wäre super", Tim konnte gar nicht aussprechen, da war Matt schon aus der Tür.
Manchmal wünschte ich mir, dass ich auch so schnell wäre. Das sah schon ziemlich cool aus.
Es dauerte nicht lange, da war Matt auch schon wieder zurück und knallte ein rotes Lateinwörterbuch neben dem Board auf den Tisch.
Innerlich schüttelte ich mich. Leider kam mir dieses Buch viel zu bekannt vor. Wie froh ich doch war, dass ich keinen Lateinunterricht mehr in der Schule hatte und das Fach endlich abwählen konnte. Eigentlich hatte ich mir geschworen, nie wieder ein solches Buch anzufassen, da ich keine besonders netten Erfahrungen mit Latein gemacht hatte, aber Dinge änderten sich und meine Lateinphobie war gerade das geringste Problem. Auch wollte ich gar nicht erst wissen, woher er so schnell ein solches Buch bekommen konnte.

„Boah, woher hast du das so schnell auftreiben können?", fragte Tim begeistert.

„Sagen wir, ich habe es mir ausgeliehen", gab Matt trocken zurück, dabei fiel mir die besonders gedehnte Aussprache des Wortes ‚ausgeliehen' auf.

Auch wenn Tim es gerade nicht hinterfragte, ich hinterfragte es. So schnell konnte er es nicht wirklich ausgeliehen haben und mittlerweile war es auch zu spät, als dass er es hätte in einem Laden kaufen können. Kein Geschäft hatte länger als 18 Uhr auf. Vielleicht in der Großstadt, aber nicht hier.

Das erinnerte mich kurz daran, dass Matt nun mal nicht der Gute war. Matt war immer noch Matt. Ich schluckte. Nein, ich vertraute ihm. Sollte es zum ultimativen Showdown mit den Magiern kommen, würde er auf unserer Seite sein. Es gab keinen Grund, ihm nicht zu vertrauen. Zumindest war es das, was ich versuchte, mir selbst einzureden. Er war einer von uns, schließlich waren wir auch nicht zu 100 Prozent gut. Ein Serienmörder, eine Leiche, ein weiterer Mörder und Tim. Wir waren schon ein komisches Quartett.

Tim blätterte ein wenig durch das Wörterbuch und begann zu lesen: „Erinnern, Andenken."
Das brachte uns alles nicht wirklich weiter.

„Vielleicht müssen wir auch einfach eine Nacht darüber schlafen", schlug ich vor.
Es brachte schließlich nichts, wenn wir uns weiter den Kopf zerbrachen und einfach nicht weiterkommen würden. Morgen würde die Welt schon wieder ganz anders aussehen. Ein neuer Blickwinkel würde uns

bestimmt helfen, aber um diesen zu erreichen, brauchten wir vielleicht eine Pause von allem Übernatürlichen.

„Nein, wir sind so kurz vorm Durchbruch“, schüttelte Tim nur seinen Kopf und blätterte weiter durch das Buch, als würde irgendwo die Antwort stehen.

„Vielleicht will sie damit auch einfach nur sagen, dass du dich erinnern sollst“, schlug Ramon vor.

„Aber ich kann mich nicht erinnern. Es ist ja nicht so, als würde ich es nicht versuchen“, seufzte ich verzweifelt.

„Ist doch alles gut. Vielleicht kommt es ja noch, wenn du es weiter versuchst“, Ramon zögerte ein wenig, nahm mich dann aber dennoch in den Arm, als könnte er ahnen, dass ich wieder kurz vorm Weinen war. Ich war einfach durch mit meinen Nerven.
Wie freundschaftlich von uns beiden.
Doch bevor ich meinem Drang nachgeben und endgültig in Tränen ausbrechen konnte, wandte sich Matts Blick urplötzlich zur Tür.

„Es ist so weit“, hauchte er und wir alle wussten, was er damit meinte, ohne, dass er es wirklich ausgesprochen hatte.
Mein Herz rutschte mir in die Hose. Das war dann wohl unser Ende.

Kapitel 16

Wie lange haben wir noch?", fragte ich und griff reflexartig nach Lunas und Tims Hand. Ich hatte keine Ahnung, ob ich wollte, dass die beiden mich in dem Moment auffangen würden, falls ich zusammenbrechen würde, oder ob es mehr so ein Zeichen von Schutz ihnen gegenüber war. Im Leben würde ich sie nicht sterben lassen. Vielleicht war es auch einfach eine Mischung aus beidem.

Wir waren nicht vorbereitet und eigentlich war es klar, dass es früher oder später so kommen musste, aber insgeheim hatte ich doch gehofft, dass irgendein Wunder passieren würde, das uns hätte retten können. Oder dass ich wenigstens geheilt werden würde, bevor die Magier uns erreichten.

„Nicht mehr lange, ich kann sie schon hören", antwortete Matt ernst.

„Wir sollten rausgehen, dann können sie uns nicht überraschen", warf Tim ein und war schon aufgesprungen, um seinen Baseballschläger zu holen, den er die letzten Tage immer mit sich herumtrug, schließlich wollte er sich auch ein wenig bewaffnen. Es sah immer noch lächerlich aus, aber er hatte uns schon einmal damit gerettet und das würde ich ihm nie vergessen. Daher durfte ich mich auch offiziell nicht mehr über den Schläger lustig machen. Inoffiziell sahen wir alle trotzdem ziemlich erbärmlich aus.

Schnell zogen wir unsere Winterjacken an und machten uns auf den Weg auf die jämmerlich beleuchtete Lichtung vor Matts Haus, die plötzlich deutlich bedrohlicher wirkte als bei unserer Ankunft.

Der kalte Wind ließ unseren Atem zu weißem Rauch gefrieren. Doch die Kälte würde nicht das Schlimmste an diesem Abend bleiben. Das war uns vermutlich allen bewusst.

Ganz in der Ferne konnte man ein paar Lichter sehen, die sich langsam, aber gleichmäßig auf uns zubewegten. Ich musste schlucken.

„Sind das die Magier?", hörte ich Luna leise fragen.

„Ja, und sie sind nicht allein", antwortete Matt besorgt.

„Wie meinst du das?"

„Sie haben irgendjemanden oder irgendetwas auf ihrer Seite. Etwas, das die Lücke füllt, die ich hinterlassen habe", es war bemerkenswert, wie ruhig Matt klang, obwohl man deutlich die Sorge in seiner Stimme heraushören konnte.

Auch er war nicht vorbereitet auf das, was uns hier erwarten würde. Keiner war es. Wir wussten ja nicht einmal, was uns erwarten würde, wie sollten wir auch vorbereitet sein. Eine Gestalt, die irgendwie immer noch an die Magier gebunden war, eine Unsterbliche ohne weitere besondere Fähigkeiten, ein Mensch mit einem Baseballschläger und ich, der seine Kräfte nicht mehr kontrollieren konnte und jede Sekunde zusammenzubrechen drohte; wir waren verdammt.

„Also sind wir eine Art Suicide Squad", hörte ich Luna murmeln, als hätte sie meine Gedanken lesen können.

„Uh, dann bin ich Harley Quinn", rief Tim begeistert und wedelte wild mit seinem Baseballschläger herum.

Wir lachten für einen kurzen Moment, erleichtert, dass er die Spannung aus der ganzen Situation herausnahm.

Leider dauerte diese Entspanntheit nicht an und viel zu schnell mussten wir uns wieder auf das Hier und Jetzt und die immer näherkommenden Lichter konzentrieren.

Je näher die Magier kamen, umso mulmiger wurde es mir. Ich bemerkte, wie mein Atem immer schneller wurde und ich mich stark konzentrieren musste, diesen ein wenig herunterzufahren. Die Lichter entpuppten sich als Fackeln, das wurde deutlich, als die Magier aus dem Wald auf die Lichtung traten.

Es war zwar genügend Abstand zwischen ihnen und uns und sie schienen keine Anstalten zu machen, näher zu kommen, dennoch fühlte ich mich noch nicht in Sicherheit. Wenn sie nur zum Reden gekommen wären, wären sie allein gekommen. Doch das waren sie nicht. An einer lächerlich dünnen Leine hatten sie ein hundeähnliches Wesen, das auf allen Vieren neben ihnen herlief.

Trotz der Entfernung konnte ich die scharfen, langen Zähne gut erkennen. Die Größe des Tieres übertraf alle Hunde, die ich jemals in meinem Leben gesehen hatte. Zwar hatte ich in meinem Leben noch nie einen echten Bären gesehen, aber irgendwas sagte mir, dass dieses Wesen hier mehr der Größe eines Bären entsprach als der eines riesigen Hundes.

Die Magier steckten ihre riesigen Fackeln in die aufgeweichte Erde unter ihnen, sodass das Licht ihre Gestalten gut beleuchtete. Mein Atem setzte für eine Sekunde aus. Ihre Klamotten sahen aus wie vor einem halben Jahr und auch ihre Staturen waren die selben geblieben, doch ihre Gesichter hatten sich verändert; sie waren jünger geworden. Es war nicht besonders auffallend, aber dennoch erkennbar. Wie war das möglich?

„Nettes Haustier habt ihr da", rief ich ihnen zu.

„Brutus ist in der Tat ein nettes Wesen, zumindest, wenn ihr kooperativ seid", antwortete Titus gespielt freundlich.

Dass wir nicht bereit waren, mit ihnen zu kooperieren, sollte ihnen bewusst sein.

„Und wenn wir es nicht tun?", fragte ich gespielt dumm nach.

„Dann wird das Ganze hier ein unschönes Ende nehmen", grinste Lucius, was im Schatten der Flammen noch ein wenig bedrohlicher aussah.

„Wie schade, dass wir nicht kooperieren werden", warf Tim mutig ein.

Mir entwischte ein kleines Grinsen.

Ich war so stolz auf ihn, auch wenn sein Mut hier an dieser Stelle komplett unangebracht war. Er konnte im Gegensatz zu Luna und Matt verwundet werden.

Titus hob verwundert seine Augenbrauen, vermutlich hatte er nicht mit Tims Antwort gerechnet. Aber wer konnte es ihm vorwerfen, niemand von uns hatte damit gerechnet.

„Und was hast du dazu zu sagen, Matt, oder traust du dich etwa nicht?", wandte er sich an Matt, nachdem er seine Sprache wiedergefunden hatte.

„Was soll ich dazu sagen? Ihr seid hier keine willkommenen Gäste. Niemand hat euch eingeladen", zischte er.

„So behandelst du uns also nach all dem, was wir für dich getan haben?", Lucius tat so, als wäre er getroffen von diesen Worten.

„Ihr seid hier nicht die Helden, weder für mich noch für die Welt", gab Matt nur knapp zurück.

„Ihr auch nicht", ebenso knapp fiel die Antwort von Lucius aus.

Und damit hatte er recht. Wir waren nicht die Guten. Nein, ich durfte sie nicht in meinen Kopf lassen. Sie versuchten, mich zu manipulieren. Schon wieder. Dieses Mal durfte ich ihnen gar nicht erst zuhören.

Natürlich kannten sie meinen wunden Punkt, doch dieses Mal würde es nicht funktionieren. Dieses Mal würde ich es nicht so weit kommen lassen. Ich würde stark bleiben. Und es würde dieses Mal einfacher sein, da ich alle Menschen, die ich im Leben brauchte, um mich herum hatte. Sie könnten mich also nicht mehr überraschen.

„Also, wollen wir es auf die diplomatische oder die gewaltsame Art regeln?", fragte Titus beiläufig, so als würde er uns fragen, was wir zu Abend essen wollten.

„Gar nicht wäre mir am liebsten", gab ich nur zurück.

„Willst du etwa nicht geheilt werden? Du siehst ziemlich geschwächt aus und du weißt genauso gut wie wir, dass wir die einzigen sind, die dir helfen können", vorsichtig trat Titus einen Schritt nach vorne.

„Lasst Ramon in Ruhe, verdammt", Matt trat ebenfalls einen Schritt hervor.

„Und wieso sollten wir genau das tun?", grummelte Antonius vor sich hin und lachte. „Wieso sollten wir überhaupt irgendwas für dich tun, nachdem du uns zurückgelassen hast?"

„Ramon ist mein", Matt warf einen kurzen Blick zu mir rüber, als würde er auf meine Bestätigung warten.

Ich nickte ihm nur aufmunternd zu.

„Freund", beendete er den Satz und klang dabei ein wenig unbeholfen.

Es musste ihn so viel Kraft gekostet haben, mich als seinen Freund zu bezeichnen, dass es mich fast schon schmeichelte.

Das Lachen von Antonius wurde lauter, als hätte er gerade den weltbesten Witz gehört.

Es war eine unangenehm polternde Lache, die durch die Nachtluft hallte.

„Wir haben keine Freunde", sagte er dann plötzlich wieder ernster.

„Und das ist der Grund, weshalb ihr Ramon niemals kriegen werdet", grinste Matt selbstsicher.

Ich konnte mir ein Grinsen nicht verkneifen, er hatte genau die richtigen Worte gewählt.

Alles würde schon gut werden, oder?

„Das reicht", sagte Lucius und warf Antonius einen vielsagenden Blick zu.

Plötzlich ging alles schnell. Antonius ließ das monströse Geschöpf namens Brutus von der Leine, welches sich sofort mit schnellen Schritten auf uns stürzen wollte. Gerade noch rechtzeitig warf sich Matt mit einem lauten Knall gegen die Bestie und die beiden kugelten zur Seite. In dem Moment konnte ich nur hoffen, dass Matt alles unter Kontrolle hatte. Mein Gehirn konnte die ganze Situation nämlich nicht besonders schnell verarbeiten, dafür war mein Kopf immer noch zu benebelt. Was war gerade passiert?

„Lasst Matt in Ruhe, lasst uns alle in Ruhe", schrie ich die Magier an.

Ich hoffte, sie konnten die Verzweiflung in meiner Stimme nicht hören, aber ich war mir fast schon sicher, dass sie unüberhörbar war.

Aus den Augenwinkeln sah ich Matt und das fast genauso große Geschöpf miteinander rangeln. Die Luft war gefüllt mit den Geräuschen von Knurren und

Zähnefletschen. Was auch immer dieses Monster war, es hatte es deutlich in sich.

Genaugenommen war es nicht wirklich überraschend, dass sie nicht alleine kommen würden. Genauso wenig war es überraschend, dass ihr neuer Begleiter stark sein würde, schließlich mussten sie damit rechnen, dass Matt gegen sie antreten würde. Und Matt hatte nun mal einiges zu bieten. Allerdings war Matt auch unsere einzige Hoffnung im Kampf gegen die Magier. Als mein Gehirn endlich die Situation verarbeiten konnte, rannte ich auf die Bestie zu. Ich wusste nicht, was ich versuchen würde. Physisch hatte ich absolut keine Chance, doch das war mir in diesem Moment egal. Mir würden sie schließlich nichts tun, oder?

„Du kannst ihm nicht helfen", rief Antonius, der mittlerweile auf mich zu gerannt kam, mit der Intention, mich festhalten zu wollte.

Die Wut in mir wuchs. Die Verzweiflung wuchs. Und irgendwie machte ich den Fehler, Antonius für einen kurzen Moment in die Augen zu sehen. Mein Blickfeld verschwamm und ein bekanntes Gefühl durchfuhr meinen Körper. Verdammt. Ich konnte es nicht kontrollieren. Ich konnte es nicht verhindern, aber Antonius brach zusammen, noch bevor er mich überhaupt fassen konnte. Diagnose? Genickbruch und das ohne, dass ich ihn überhaupt anfassen konnte. All das war nur eine Kurzschlussreaktion meiner Panik gewesen. Sie hatten mich zu einer Zeitbombe gemacht und sie waren es, die jetzt die Konsequenzen davontragen mussten.

Ich würde lügen, wenn ich behaupten würde, dass meine Kräfte nicht beeindruckend wären, dennoch war das eine unkontrollierte und absolut unvorteilhafte Aktion, aber das hatten die Magier davon, wenn sie mich unbedingt unberechenbar machen wollten.

Sie wollten es doch so, es war nur eine Frage der Zeit, bis wirklich wieder etwas passieren würde, die letzten zwei Visionen waren ja erstaunlich positiv zu Ende gegangen. Zum Nachteil der Magier war Matt jetzt allerdings so damit beschäftigt, mit Brutus zu kämpfen, dass er gar nicht erst darüber nachdenken konnte, ob er den Magier überhaupt vor meiner Vision hätte retten können.

Habt ihr jemals einem Menschen in die Augen gesehen, als dieser gerade starb? Ich bis zu diesem Moment auch nicht. Antonius leerer Blick, sein leicht geöffneter Mund, das Knacken, das sein Genick machte, als unsichtbare Mächte es brachen. All diese Sachen würden sich für immer in mein Gedächtnis einbrennen und ich konnte nichts dagegen tun. Mit geschocktem Blick starrte ich auf den toten Körper, der vor einigen Sekunden noch ein lebender Mensch gewesen war.

„Du bist zu weit gegangen", rief Lucius zornig und warf Titus einen fragenden Blick zu.

„Das ist alles eure Schuld. Ihr habt mich zu dem gemacht, was ich jetzt bin“, schrie ich voller Hass zurück.

Doch die beiden Magier ignorierten mich. Stattdessen murmelten sie etwas Unverständliches vor sich hin. Falls das ein weiterer von ihren Zaubersprüchen war, war ich nicht darauf vorbereitet. Ich hatte sie noch nie zaubern gesehen oder gehört, beim letzten Mal hatten sie sich auf Matt und seine Kräfte verlassen und mich in dem Irrglauben gelassen, sie selbst wären nur alte, verwirrte Männer. Was, wenn ich den Fehler gemacht hatte, sie zu unterschätzen?

Panik überkam mich, als ich die beiden Männer beobachtete. Was auch immer sie da gerade machten, ich konnte es nicht verhindern. Natürlich hätte ich versuchen können, die anderen Zwei auch umzubringen, aber erstens gab es keine Garantie dafür, dass das überhaupt funktionieren würde und zweitens war der einfachste Weg nicht immer der Richtige. Ich war kein Monster. Ich hatte auch meine menschlichen Seiten und so schockiert wie ich über den plötzlichen und ungeplanten Tod von Antonius war, konnte ich das niemals noch einmal auf mich nehmen und schon gar nicht absichtlich.

‚Weißt du, was der Unterschied zwischen dir und einem Mörder ist?‘, hatte Luna einmal gefragt, als ich einen schlechten Tag hatte und mich verantwortlich für all die Tode, die meine Visionen hervorgebracht haben, gefühlt habe. ‚Ein Mörder bereut nichts, er macht einfach weiter und hat wohlmöglich noch Spaß dabei. Du bist kein Mörder. Nicht umsonst unterscheidet man vor Gericht zwischen Mord und Todschlag.'

Auch wenn ihre Worte auf eine Art Sinn ergeben haben, hatte es für mich nie etwas an meinem Empfinden geändert. Faktisch gesehen hatte ich nun mal die Menschen umgebracht. Jetzt hingegen verstand ich, was sie wirklich meinte. Es war das erste Mal, dass mir bewusstwurde, dass ich zwar Böses tat, aber der Wille dahinter nicht böse war. Ich hatte niemals jemanden umgebracht, um mir dadurch einen Vorteil zu erschleichen. Ich hatte es auch nie aus Spaß oder einer Laune heraus getan. Es war einfach immer irgendwie passiert. Nur der gute Wille allein war wirklich gut. Vielleicht konnte ich trotz all der bösen Dinge, die ich tat, dennoch die richtigen Entscheidungen treffen. Und das wäre in diesem Fall, die anderen am Leben zu lassen und es anders zu regeln. Gewalt war nie die Lösung.

Die Magier waren fertig mit ihrem Gemurmel und sahen mich aufmerksam an. Was hatten sie gemacht? Ich fühlte mich genauso wie zuvor. War das ihr genialer Plan? Mich zu verunsichern, ohne irgendwas zu machen? Konnten sie überhaupt zaubern oder war das nur ein Bluff?

„Es ist nichts passiert", stellte ich verblüfft fest.

„Nicht mit dir", grinste Lucius schelmisch.

Hektisch warf ich einen Blick zu Tim und Luna, die nur den Kopf schüttelten.

Noch im selben Moment hörte ich einen lauten Schrei von links.

Mein Blick fiel auf Matt, der auf dem Boden unter der Bestie lag, welche gerade ausholte, um ihm einen kräftigen Hieb mit seinen Pranken zu geben. Trotz seiner übermenschlichen Geschwindigkeit wich Matt nicht aus.

Wieder schrie er auf vor Schmerzen.

Ich wusste nicht einmal, dass er überhaupt Schmerzen empfinden konnte, aber das hätte ich bestimmt auch anders herausfinden können.

„Hilfe, ich kann mich nicht mehr bewegen", rief er panisch – und es war vermutlich das erste Mal, dass ich ihn so erlebte – gefolgt von einem weiteren Schmerzensschrei.

Kapitel 17

Matts Schreie erweckten mich aus der Trance, in die ich gefallen war, seitdem die Magier zu uns gestoßen waren. Es fühlte sich alles so surreal an. Einfach distanziert, als wäre das alles nur ein schrecklicher Traum.

Ich verspürte keine Angst mehr, ich verspürte gar nichts. Es war, als würden sich die traumatisierenden Ereignisse letzten Sommers wiederholen und ich war nicht bereit dazu. Alles, was ich versucht hatte zu verdrängen, war dabei, mich in Rekordschnelle wieder einzuholen. Alles, was ich verhindern wollte, den Kontrollverlust, hatte nicht funktioniert. Nie wieder wollte ich mich so schwach wie in jener Nacht fühlen und doch stand ich hier, mal wieder gefesselt von meiner eigenen Angst.

Zwar wusste ich, dass mein Leben nie in Gefahr war und es auch heute nicht sein würde, dennoch machte ich mir große Sorgen um meine Freunde und jetzt, als ich Matt schreien hörte, riss mich diese Sorge wieder in die Realität zurück.

Plötzlich fühlte es sich nicht mehr an wie ein Traum. Ich spürte die Gefahr. Ich merkte, dass mir eigentlich total kalt war und dass ich lieber nicht hier wäre, aber wer wäre das schon gerne?

Erst jetzt verstand ich, was passiert war. Einer der Magier war bereits tot. Das hier war nicht wie letzten

Sommer; es war schlimmer. Wer konnte schon wissen, was sie mit Matt machen würden, verdammt. Konnte Matt überhaupt sterben? Die Einzigen, die das wissen konnten, waren die Magier selbst. Ich musste etwas tun, nur was? Doch bevor ich irgendetwas hätte tun können, schob Lucius eine weitere Person vor sich. Eine Person, die mir vorher nicht aufgefallen war, da sie hinter den Magiern versteckt war und mich jetzt mit großen Augen anstarrte.
Finn.

„Das ist nicht fair", murmelte ich.
Und das war es auch nicht. Ich hatte ihm versprochen zu erzählen, was los war, und ich hatte es bis zum heutigen Tag nicht eingehalten. Das bedeutete aber nicht, dass ich es ihm nie erzählen wollte. Es bedeutete einfach, dass ich noch etwas Zeit brauchte.
Schließlich musste ich das alles auch erst einmal verarbeiten und es war nicht nur mein Geheimnis. Ich hätte ja Ramon und auch Matt mit mir verraten. Es war nicht fair, dass er das alles so erfahren würde. Er verdiente es, es von mir zu erfahren. Er verdiente es, es zu erfahren, weil wir es ihm erzählen wollten, und nicht, weil die Magier ihn als Druckmittel verwendeten. Er verdiente eine bessere Freundin als mich. Ich war eine Enttäuschung.
Ich fühlte mich in einem gemeinen Zwiespalt, sollte ich versuchen, Matt zu helfen oder erst einmal Finn in Sicherheit zu bringen?

„Wir schaffen das okay?", nickte Tim mir aufmunternd zu, schließlich war er der Einzige, der noch in meiner Nähe stand.

„Bist du dir da ganz sicher?", fragte ich den Tränen nah.

„Klaro, wir haben immer alles geschafft. Und jetzt bring Finn in den Wald hinter Matts Haus, da sollte er erstmal sicher sein", flüsterte er mir zu.

Ich nickte stumm und sah nur, wie Tim mit erhobenem Baseballschläger auf die Bestie zurannte.

Sofort wandte ich mich ab und versuchte, meine Gedanken zu strukturieren. Sie hielten Finn nicht fest, also konnte er theoretisch jederzeit zu uns laufen. Aber was, wenn sie etwas mit ihm gemacht hatten? Was, wenn sie irgendeinen Zauber angewendet haben? Konnte ich ihm überhaupt trauen?

All diese Fragen konnte ich nicht beantworten, aber Fakt war, dass ich gerade einfach darauf vertrauen musste, dass es kein Hinterhalt war, auch wenn es mir schwer fiel. Und auch wenn sich alles in mir drin weigerte, es einfach so hinzunehmen.

„Finn, es tut mir so leid", sagte ich und ging vorsichtig ein paar Schritte auf ihn zu.

„Luna, was passiert hier?", hörte ich ihn verwirrt sagen.

„Hat Luna dir das etwa nie erzählt?", fragte Lucius gespielt überrascht.

Er wusste genau, was er tat. Was ein Dreckssack.

„Was soll sie erzählt haben?", Finn sah panisch zu mir.

„Hör nicht auf sie. Komm mit mir und ich erzähle dir alles", versprach ich.

„So wie sie dir in den letzten Monaten alles erzählt hat?", warf Lucius ein.

„Nein, dieses Mal erzähle ich ihm alles. Er sollte es von mir erfahren und nicht von euch. Komm mit mir!", flehte ich.

Finn kam zögernd auf mich zu.

Auch ich ging zögernd auf ihn zu.

Schließlich wusste ich nicht, was ihr Plan war. Wieso hatten sie Finn hergebracht? Als Druckmittel? Aber hatten sie sonst noch irgendwas mit ihm gemacht. Es konnte doch nicht so einfach sein, oder?

Je näher ich an Finn herantrat, umso sicherer war ich mir, dass es sich um den echten Finn handelte und auch seine Mimik entspannte sich ein wenig. Er sah fast schon erleichtert aus, als er mich erreichte.

„Bist du es wirklich?", hauchte ich.

Ja, diese Frage war nicht besonders intelligent, aber das war mir in diesem Moment egal. Ich brauchte diese Bestätigung einfach, auch wenn sie vielleicht hätte gelogen sein können.

Er nickte.

Bevor die Magier noch etwas sagen konnten, nahm ich seine Hand und zog ihn in die Wälder hinter Matts Haus; weit weg von den Magiern. Genauso wie Tim es mir aufgetragen hatte.

Wir hielten erst an, als ich außer Atem vom ganzen Rennen war.

„Wieso bist du hier?", keuchte ich und schnappte nach Luft.

„Die Drei haben mich auf der Straße angesprochen, und das nächste, an das ich mich erinnere ist, dass ich hier bin", erklärte er, nicht ganz so außer Atem wie ich.Wenn es um Kondition ging, so war er einfach deutlich trainierter als ich.

„Haben sie irgendetwas mit dir gemacht?"

„Ich denke nicht, aber ich kann dir nichts versprechen."

Ich lehnte mich an einen kalten Baumstamm und versuchte meinen Kreislauf zu beruhigen. Das hier war einfach alles zu viel für mich. Hier im Wald war es fast stockdunkel, nur Finns Handytaschenlampe spendete uns ein wenig Licht. Natürlich hatte ich in all der Aufregung mein Handy in Matts Hütte vergessen.

„Was genau passiert hier, Luna?", hakte er nach und sah mich ernsthaft an (also zumindest glaubte ich, seinen Blick auf mir zu spüren, so genau war das in der Dunkelheit nicht zu sagen).

„Ich weiß gar nicht so recht, wie ich anfangen soll", begann ich und überlegte eine Weile.
Dann begann ich zu erzählen. Von Ramon und seinen Fähigkeiten, dem Ausflug zur Villa und von Matt, dem wir bereits dort zum ersten Mal begegnet waren. Ich erzählte auch von meinem Sturz während des

Campingausflugs und dem Zusammenhang mit den Zauberkräften von Ramons Oma.

„Also Ramon kann Leute umbringen, Matt ist generell heftig, du bist unsterblich – was genau ist Tim?", fasste Finn das zusammen, was ich ihm erzählt habe.

„Tim ist Tim; ein ganz normaler Mensch mit einem Baseballschläger", schmunzelte ich.

Er stimmte in das Schmunzeln mit ein und für einen Moment war ich froh, dass er hier war und wir gemeinsam im dunklen, kalten und irgendwie gar nicht mehr so beängstigenden Wald waren. Es machte mir keine Angst, weil ich wusste, die wahren Ungeheuer waren nicht im Wald, sie waren auf der Lichtung, weit weg von uns. Wir waren in Sicherheit. Und dann wurde es mir klar. Auf einmal fiel es mir wie Schuppen von den Augen und ich wusste, was die Magier vorhatten. Finn war kein Druckmittel gewesen, er war nur ein Ablenkungsmanöver.

Das richtige Druckmittel war Tim.

Er war der Fragilste aus unserer Gruppe und er stand Ramon am nächsten von uns allen. Was auch immer gerade auf der Lichtung passierte, ich musste wieder zurück. Ich musste Tim beschützen. Mir konnten sie ja sowieso nichts mehr tun und dieses Wissen sollte ausreichen, dass ich mich plötzlich um einiges mutiger fühlte, als ich es normalerweise gewesen wäre. Niemand konnte mir etwas antun und erst recht nicht sie.

„Finn, wir müssen wieder zurück", fiel es mir panisch ein.

„Aber du hast deine Geschichte noch nicht zu Ende erzählt", antwortete er trotzig.

Ich atmete tief ein und aus.

Er hatte ja recht. Ich konnte also nur hoffen, dass Matt und Ramon alles unter Kontrolle hatten, während ich Finn noch den letzten Rest der Geschichte erzählte. Wenn nicht jetzt, wann dann? Außerdem konnte uns Finn vielleicht eine Hilfe sein. Besonders jetzt konnten wir jede Hilfe benötigen.

Also versuchte ich den letzten Rest der Geschichte kurzzufassen. Ich erklärte, wieso Matt verschwunden war und sich bei niemandem mehr gemeldet hat und wie ernüchternd die Séance war, schließlich wussten wir immer noch nicht, wie wir Ramon heilen konnten. All das erklärte ich ihm, während wir uns vorsichtig wieder auf den Weg zurück zur Lichtung machten.

„Also hast du zwei Möglichkeiten", sagte Finn und sah mich an.

„Was?", fragte ich verdutzt nach.

„Naja, entweder ihr heilt Ramon oder ihr macht rückgängig, dass er überhaupt krank geworden ist."

Ich sah ihn an und war sprachlos.

Wie konnte er das alles so gut verarbeiten? Wieso war er so hilfreich? Und wieso war ich nicht so gewesen wie er? Wieso konnte ich immer noch keinen klaren Gedanken fassen?

„Aber um das rückgängig zu machen, bräuchten wir eine Zeitmaschine“, stammelte ich.

Zeitmaschine.

Zeit.

Tempus.

Die Séance war doch erfolgreich gewesen, wir hatten sie nur nicht richtig verstanden. Doch jetzt endlich ergab alles Sinn und es war so, als wüsste ich genau, was ich tun müsste. Tim hatte von Anfang an Recht. Wir waren alle nur zu geblendet von Matts Pessimismus gewesen, um es zu erkennen.

„Finn, du bist ein Genie“, sagte ich und warf mich ihm kurz um den Hals.

„Ich weiß zwar nicht, was ich gemacht hab, aber das Kompliment nehme ich gerne an.“

Euphorie durchströmte mich, es war so, als hätte sich eine Tür in meinem Kopf geöffnet, eine vorher fest verschlossene Tür, hinter der alle Antworten lagen. War das der Schlüssel zu den Erinnerungen von Ramons Oma?

Ich konnte es nicht genau sagen, was diese Tür geöffnet hatte oder wohin genau sie führen würde, aber es war auch nicht wichtig, wichtig war nur, dass wir einen Schritt weiter waren als vorher.

Ich hatte keine Ahnung, wie wir in der Zeit herumreisen sollten, aber nach all dem, was bereits passiert war, schien es für mich nicht mehr unmöglich. Ganz im Gegenteil. Es schien eine logische Schlussfolgerung zu sein. Ich musste nur den anderen… – Nein, ich musste ihnen nicht davon erzählen. Ich musste das hier allein schaffen.

Dieses Mal konnte mir keiner helfen, es war meine Aufgabe herauszufinden, was genau zu tun war. Niemand außer mir hatte diese Erinnerungen. Ich musste sie nur finden. Dann könnte ich in der Zeit zurückreisen und verhindern, dass Ramon von dem Trank getroffen werden würde.

Es würde vielleicht nicht einmal etwas daran ändern, dass wir hier noch ein zweites Mal auf die Magier treffen müssten, doch dann würden wir vorbereitet sein. Dann würden wir im Vorteil sein, denn wir hätten Ramon bei seinen vollen Kräften.

Kapitel 18

Wie konnten die Magier Finn überhaupt ausfindig machen und wo war Luna gerade? So viele Gedanken huschten mir durch den Kopf, aber ich versuchte, sie zu verdrängen. Das hier war nicht der richtige Ort oder die richtige Zeit, um sich ablenken zu lassen. So schwer es mir auch fiel, aber ich musste mich konzentrieren und darauf vertrauen, dass Luna und Finn in Sicherheit waren.

Mein Blick wanderte von Magier zu Magier. Die Tatsache, dass sie noch vollzählig waren, konnte mich beruhigen. Niemand würde Luna etwas antuen können. Und sollte sich einer der übrigen Zwei auch nur ein wenig in die Richtung begeben, in die Luna verschwunden war, würde ich nicht zögern, irgendetwas dagegen zu unternehmen, dachte ich verbissen, wobei ich mir selber eingestehen musste, dass ich nicht noch einen der Magier töten könnte.

Ich konnte und ich wollte niemanden bewusst töten. Ich war kein Killer. Ich war ein normaler Mensch. Und wer noch mehr ein normaler Mensch war, war Tim, der sich gerade hier in Gefahr brachte, nur um seine Freunde zu retten.

„Was muss ich tun, damit ihr eure Bestie zurückholt?", rief ich verzweifelt.

Ich konnte nichts machen. Selbst wenn ich versuchen würde, irgendetwas Übernatürliches zu machen, gäbe es keine Garantie, dass es auch wirklich funktionieren würde oder ich nicht sogar Schlimmeres anrichten würde. Hinzukam auch, dass ich bei bestem Willen keine Ahnung hatte, was ich überhaupt machen könnte. Tim war bereits damit beschäftigt, die Bestie mit dem Baseballschläger zu hauen. So surreal es auch klingen mochte, aber damit war er besser bewaffnet als ich.

Matt lag immer noch auf dem Boden; es war ihm immer noch nicht möglich, sich zu bewegen.

„Tritt uns bei! Du weißt genau, dass du keine andere Möglichkeit mehr hast. Wir haben all deine Freunde als Druckmittel. Deine eigene Gesundheit steht dir im Weg, Ramon! Ohne unsere Hilfe wirst du dir niemals den Traum eines normalen Lebens erfüllen können", sprach Lucius sachlich.

Verdammt.

Sie hatten recht. Also theoretisch. Momentan waren sie die Einzigen mit einer Lösung, doch ich war mir sicher, dass es einen anderen Weg gab. Es musste einen anderen Weg geben. Sie hatten sich schon einmal einen Weg in meinen Kopf gebahnt, damals in der Villa. Ich wusste, wie manipulativ sie sein konnten. Was war, wenn alles, was sie von sich gaben, nur ein weiterer Versuch war, mich zu manipulieren? Ich musste vorsichtig sein, aber das war ich sowieso.

„Niemals", antwortete ich mutig.

Es war riskant, ihnen zu widersprechen, doch dieses Risiko musste ich eingehen. Ich musste sie nur so lange hinhalten, bis Matt wieder er selbst war. Bis er sich wieder bewegen konnte. Er würde einen Plan finden. Er kannte die Magier so gut wie kein anderer, ihm würde bestimmt etwas einfallen.

„Matt wird sich nie wieder bewegen können", gab Lucius schulterzuckend zurück, als könnte er meine Gedanken lesen.

„Warum?", fragte ich verblüfft.

„Müssen wir dir wirklich alles doppelt erklären?", rief Titus leicht genervt.

Als er keine Antwort von mir bekam, fing er an weiterzureden: „Wir sind nicht umsonst die mächtigsten Magier auf dem Gebiet der schwarzen Magie. Der Einzige, der mehr Macht haben könnte als wir, könntest du sein, wenn du nach unseren Regeln spielen würdest. Du müsstest uns nur einen winzigen Gefallen tun und danach würden wir dich für immer in Ruhe lassen."

„So wie ihr Matt freilassen wolltet, nachdem er all seine Aufträge erledigt hat?", unterbrach ich ihn wütend.

Ich glaubte ihnen kein Wort.

„Wir haben ihn freigelassen, aber was weißt du schon über Matt? Du weißt doch nicht einmal, was oder wer genau Matt ist. Er selbst weiß nicht einmal, wozu er alles fähig ist. Wieso sollten wir so jemand nutzlosen wie Matt bei uns behalten, wenn wir doch jetzt Brutus haben?", sein Blick wanderte zu der Bestie, die es geschafft hatte, sich an Tim vorbei und wieder auf Matt zuzubewegen. Tim lag währenddessen mit schmerzverzerrtem Blick im Gras und hielt sich das Bein.

Verdammt.

„Denkst du wirklich, dein kleiner Freund könnte unsere Bestie aufhalten? Die Kräfte von uns dreien sind gebündelt in ihr. Und jetzt, wo du Antonius umgebracht hast, ist sie umso stärker geworden, da seine komplette Kraft auf sie übergegangen ist. Und sobald wir ihr das GO geben, ist sie bereit zu töten. Alles und jeden."

Ich sah die beiden mit erstauntem Blick an.

Sie hatten recht. Konnte ich wirklich denken, Tim hätte eine reelle Chance mit seinem Baseballschläger? Ich wusste zwar, dass er seit dem Vorfall in der Villa des Öfteren ins Fitnessstudio gegangen war, aber so viele Muskeln konnte man in der kurzen Zeit nicht aufbauen. Konnte man überhaupt genug Kraft haben, um eine übernatürliche Kreatur aufzuhalten oder gar zu verletzen? Vermutlich eher nicht. Ich hatte es schließlich am eigenen Leib erfahren, wie begrenzt meine Fähigkeiten im Vergleich zu denen von Matt waren.

„Da wir aber keine Unmenschen sind, geben wir dir die Wahl. Wen möchtest du lieber retten?", schaffte mir Titus ein Ultimatum.

„Wie meinst du das?", rutschte es mir heraus, obwohl ich mir gut genug vorstellen konnte, was sie meinten.

Verdammt.

Und wieder einmal musste ich mir eingestehen, dass die Magier mich mit dem, was sie als Nächstes sagen würden, in ihrer Gewalt hatten. Wie damals in der Villa.

„Deine Moral macht dich angreifbar", fing Titus an und machte eine dramatisch lange Pause, in der er mich ununterbrochen musterte.

Ich schauderte.

„Ramon, Ramon, Ramon", schmunzelte er. „Bist du immer noch der Überzeugung, du kannst sie alle retten?"

Mir fehlten die Worte und bevor ich meine Sprache wiederfinden konnte, redete er weiter: „Langsam müsstest du doch einmal begriffen haben, dass du sie nicht alle retten kannst."

Sein Blick wanderte zu Matt, der immer noch regungslos auf dem Boden lag, und Tim, der sich wieder aufgerappelt hatte, aber bereits ziemlich erschöpft aussah und immer noch verzweifelt versuchte, den Pranken der Bestie auszuweichen. Immerhin hatte er es geschafft, dass sie sich auf ihn fokussierte und demnach von Matt abließ. Zumindest für den Moment. Lange würde er nicht mehr aushalten können.

„Matt wird von uns kontrolliert, er wurde immer von uns kontrolliert, selbst in der Zeit, in der er dachte, er wäre frei. Und wir kontrollieren ihn auch gerade, jetzt in diesem Moment. Siehst du nicht, wie stark wir sind? Komm mit uns und wir lassen deinen menschlichen Freund in Ruhe!", Lucius machte einen angewiderten Gesichtsausdruck, als er das Wort menschlich aussprach, so als wäre es etwas Schlechtes.

Ich versuchte, mich zu konzentrieren, ich durfte ihnen nicht zuhören. Fakt war, dass ich Matt brauchte. Ich hatte keine Ahnung von Zaubersprüchen oder Magie, aber irgendetwas musste Matt lähmen, und wenn alles stimmte, was die Magier gesagt hatten, dann müsste ich doch auch mächtig genug sein, um Matt zu helfen. Was wäre, wenn ich mich einfach nur genug konzentrieren würde, um Matt zu bewegen. Ich konnte Türen öffnen und schließen mit meinen Gedanken. Wie schwer könnte es sein, einen 1,90m großen Teenager aus der Gefahrenzone und in den Wald zu werfen…

Hätte ich in den letzten Monaten weiter an meinen Kräften gearbeitet, wäre dies sicherlich kein Problem mehr gewesen. Aber unter den Umständen der vergangenen Monate war es unmöglich.

Was wäre, wenn ich ihm wehtun würde. Was wäre, wenn ich ihn aus Versehen umbringen würde. Konnte ich das überhaupt? Fragen über Fragen sammelten sich in meinem Kopf und eigentlich wollte ich am liebsten nur schreien, um meinen Kopf wieder leerzubekommen und vernünftig über die Situation nachdenken zu können.

Stattdessen sackte ich mit zittrigen Knien zu Boden. Alles um mich herum verschwamm. Vielleicht war ich einfach nur erschöpft vom Leben. Von meinem Leben. Vielleicht war ich gar nicht so mächtig, wie die Magier dachten. Vielleicht verwechselten sie mich nur. Niemals könnte ich zu irgendetwas taugen. Eigentlich wollte ich nur, dass alles vorbei war. Und mit diesen Gedanken wurde alles schwarz.

Ich konnte nicht lange ohnmächtig gewesen sein, dennoch war ich ziemlich verwirrt, als ich wieder zu mir fand. Nichts um mich herum hatte sich geändert. Die Magier sahen mich immer noch erwartungsvoll an.

„Gefällt dir diese Kostprobe unserer Kräfte?", fragte Lucius betont sachlich.

„Grrrr", brummte ich unter Schmerzen.
Es war das Einzige, das ich überhaupt von mir geben konnte. Erst jetzt merkte ich wie schlecht es mir wirklich ging. Egal, was die Magier mir in der Vergangenheit angetan hatten, das hier, war schlimmer. Sie hatten mich genau dort, wo sie mich haben wollten.

„Wir geben dir eine Minute, um dich zu entscheiden. Du trittst uns bei oder dein Freund wird den morgigen Tag nicht mehr erleben", erinnerte mich Titus wieder an sein Ultimatum.

„Ramon, es ist okay", rief Tim mir zu, noch bevor ich überhaupt verarbeiten konnte, was die Magier von mir wollten.

„Nein, ist es nicht. Ich möchte nicht, dass sich ständig jemand für mich aufopfern muss", schrie ich zurück.

Ich konnte merken, wie mir die Tränen in die Augen schossen. So schnell es mir möglich war, rannte ich mit letzter Kraft in Tims Richtung. Auch wenn er nicht so weit weg von mir war, fühlte es sich an wie eine Ewigkeit, bis ich endlich vor ihm stand. Es war, als wäre die Zeit stehengeblieben, selbst Brutus hatte sich ein wenig von uns zurückgezogen und saß brav auf ein Signal wartend neben dem immer noch auf dem Boden liegenden Matt.

„Uns war von Anfang an bewusst, dass es hier gefährlich sein wird. Und dennoch habe ich nie gezögert, dir zu helfen. Ich bin nicht dumm, Ramon. Ich weiß, auf was ich mich hier eingelassen habe", er blieb ruhig, dennoch konnte ich deutlich sehen, dass er angespannt war.

„Was ist, wenn ich dich nicht gehen lassen möchte? Du bist der Einzige, der mir geblieben ist, auch wenn ich damals alles dafür gegeben hätte, dass du mich allein lässt. Tim, alles, was ich jemals wollte, ist, dass du in Sicherheit bist", mittlerweile rollten die Tränen über meine Wange, doch das war mir egal.

Er war mein bester Freund, die Person, die immer an mich geglaubt hatte, auch wenn ich es selbst nicht getan hatte. Jeder Mensch sollte einen eigenen Tim haben. Jeder Mensch brauchte einen Tim. Wieso musste ich meinen jetzt gehen lassen? Ich war nicht bereit dafür. Nicht nach all den Menschen, die ich schon verloren hatte. Wieso ich? Wieso mussten immer alle vor mir gehen?

„Niemand wird mehr in Sicherheit sein, wenn du denen da hilfst", sein Blick wanderte zu den Magiern.

„Aber…", wollte ich widersprechen.

„Nein. Lass mich ausreden. Es ist okay für mich. Wirklich. Ich bin einfach nur dankbar für alles, das ich mit dir erleben durfte, und ich hoffe, dir geht es ähnlich. Ich bin froh, dass ich mich nicht hab von dir wegstoßen lassen. Wie langweilig wäre mein Leben wohl ohne den Nervenkitzel gewesen, den du mir geboten hast. Freunde wie dich gibt es nicht überall." Wie ironisch, dass er so positiv über mich redete, wo er doch der bessere Mensch war. So jemanden wie ihn gab es nur einmal.

„Bist du dir wirklich sicher?", fragte ich noch einmal und schniefte.

Er nickte nur.

Einen Moment lang starrten wir uns nur an und keiner sagte etwas.

In meinen Erinnerungen stehen wir bis heute noch da und weinen. Ich hatte nie darüber nachgedacht, wie genau Tim sterben würde. Das Einzige, was ich erwartet hatte, war dass ich vermutlich der Auslöser dafür sein würde. Irgendwie dachte ich aber, dass es anders ablaufen würde. Irgendwie dachte ich, dass ich mehr Zeit haben würde, um mich von meinem besten Freund verabschieden zu können.

Aber so war das mit dem Tod. Manchmal kam er plötzlich und unerwartet und nicht einmal ich konnte darauf vorbereitet sein und manchmal war es Sterben auf Raten. Was genau es bei Tim war, konnte ich nicht sagen. Auf der einen Seite kam alles viel zu plötzlich, als dass ich es greifen konnte, aber auf der anderen Seite war es seit dem Tag, an dem er sich für mich entschieden hatte, ein Sterben auf Raten, und wer etwas anderes behauptete, würde lügen. Wir beide wussten, dass er niemals sein volles Leben leben würde, solange er seine Zeit mit mir verschwendete.

„Ramon", riss Tim mich aus den Gedanken. „Ich möchte nicht, dass ihr Rosen auf meine Beerdigung mitnehmt. Ich möchte lieber, dass ihr Bäume pflanzt. Wieso soll ein anderes Lebewesen sterben, nur weil ich es tue – verdammt ist das komisch, über sich selbst so zu reden – ich möchte lieber Leben verbreiten. Und auch so in Erinnerung bleiben."

„Ist notiert", sagte ich und tatsächlich huschte ein kurzes Lächeln über mein Gesicht.

„Und noch etwas. Ich möchte, dass ihr *pray for plagues* und *my life would suck without you* spielt", fügte er hinzu.

„Du bist so ein Idiot", grinste ich.

„Und noch was."

„Was noch?", fragte ich erwartungsvoll.

„Vergiss mich nicht!"
Und mit diesen Worten drehte er mir den Rücken zu und lief in Richtung Bestie.

„Wie könnte ich nur jemanden wie dich vergessen“, sagte ich, doch ich bezweifelte, dass es laut genug war, dass er es hören konnte.

Meine Tränen kamen wieder zurück und es fühlte sich an, als wäre ich allein auf dieser Welt. Ich wollte nicht sehen, wie die Bestie Tim anfiel, doch gleichzeitig konnte ich auch nicht weggucken. Ich war so vertieft in das ganze Spektakel, dass ich nicht bemerkte, wie etwas an meiner Jeans zog. Verwirrt blickte ich nach unten, wo Matt lag. Ich hatte nicht einmal mitbekommen, wie er hierhin gekommen war. Alles passierte so schnell und wenn ich ehrlich war, war ich bis vor einer Sekunde davon ausgegangen, dass Matt immer noch gelähmt war.

„Ich kann mich langsam wieder bewegen. Halt die Magier hin, ich hab einen Plan“, wisperte er.

Es war unmöglich, dass die Magier etwas davon mitbekommen konnten, sie waren viel zu abgelenkt, Brutus zuzusehen. Und auch wenn meine Welt so grau war, wie schon lange nicht mehr, gab es da eine kleine Hoffnung in mir, dass alles gut werden würde und Tim nicht umsonst gestorben war.

„Seid ihr jetzt zufrieden?“, schrie ich die Magier an. Wenn ich sie schon ablenken musste, dann könnte ich auch meinen Frust herauslassen.

Ich begann mich von Matt wegzubewegen, um ihm eine Möglichkeit zu geben, zu entwischen, ohne dabei von den Magiern gesehen zu werden.

Wütend stapfte ich auf die Magier zu.

„Ihr werdet mich niemals bekommen. Niemals, habt ihr das gehört?"

Leider bewegte ich mich etwas zu zügig auf die Magier zu und vergaß, einen gesunden Sicherheitsabstand von ihnen zu halten.

„Was ist, wenn wir dich einfach mitnehmen? Was möchtest du dagegen tun?", sagte Lucius, der einen kurzen Blick in Richtung Titus warf.

Sie packten mich.

Erschrocken schrie ich auf.

Und in diesem Moment wusste ich, dass es keinen Ausweg mehr für mich gab. Die Magier hielten mich fest und zerrten mich in Richtung des Waldes, aus dem sie erschienen waren. Für mich gab es kein Entkommen. Ich konnte nur darauf hoffen, dass Matt einen guten Plan hatte. Immerhin war ich ein gutes Ablenkungsmanöver, das konnte er mir nicht vorwerfen.

Während die Magier mich hinter sich herzerrten, konnte ich aus den Augenwinkeln noch erkennen, wie eine schwarze Gestalt vom Boden aufstand und innerhalb von Sekunden in der Dunkelheit hinter der Hütte verschwunden war. Sein Plan musste einfach funktionieren, bitte.

Kapitel 19

Während Finn und ich verzweifelt überlegten, woher wir jetzt eine Zeitmaschine nehmen könnten, hörten wir ein lautes Schreien. Es war unmöglich zu sagen, was passiert war, doch irgendwas sagte mir, dass das kein gutes Zeichen war.

Reflexartig fing ich an, in Richtung der Lichtung zu rennen. Mir war es egal, dass ich bald nicht mehr in Sicherheit sein würde. Notfalls würde ich mich jederzeit vor Ramon werfen, um ihn zu retten. Ich wusste, er würde dasselbe für mich tun. Die Unwissenheit war das Schlimmste.

Plötzlich stieß ich gegen etwas Hartes, das ich in der Dunkelheit wohl übersehen hatte. Sofort wurde ich einen gefühlten Meter zurückkatapultiert und landete mit aufgeschürften Händen auf dem Boden.

„Luna?", hörte ich eine bekannte Stimme.

Ich blinzelte mehrmals und hielt meinen Kopf fest.

Dann erst griff ich die ausgestreckte Hand von Matt, die er mir hingehalten hatte.

„Es tut mir leid, ich war gerade auf dem Weg zu dir. Du musst mir jetzt genau zuhören, ich habe einen Plan, aber wir haben nicht viel Zeit", entschuldigte er sich hastig.

Sobald ich wieder fest auf meinen Beinen stand, warf ich mich ihm um den Hals.

Wer hätte gedacht, dass ich das jemals tun würde? Ich definitiv nicht.

„Ich bin so froh, dass bei dir alles in Ordnung ist“, brachte ich euphorisch hervor, was ironisch war, da er vermutlich die Person war, um die ich mich am wenigsten hätte sorgen müssen, schließlich war er übernatürlich stark und vielleicht ja sogar unsterblich und generell, er war Matt – auf unerklärliche Weise wusste man einfach, dass er nicht in Gefahr sein würde.

In dem Moment war aber alles vergessen. Die Angst. Die Sorgen. Alles.

Ich wusste, er hatte einen Plan. Ich selbst hatte auch einen, also mehr oder weniger. Alles würde gut werden.

Vorsichtig half Matt mir, mich von ihm zu lösen und in dem Moment wusste ich, dass nicht alles gut war. Und es schon gar nicht gut werden würde. Und dann wurde mir bewusst, dass mein Plan kein richtiger Plan war, und generell war alles nicht so einfach, wie es noch vor einer Sekunde in meinem Kopf geklungen hatte.

„Was ist passiert?“, fragte ich sofort.

„Die Magier haben Ramon“, sagte er leise.

Ich wusste nicht, wie ich reagieren sollte. Wie konnte das passieren? Ich dachte, wir hatten eine Mission, und die war genau das, um jeden Preis zu verhindern?

„Aber, aber, aber“, stammelte ich.

„Er wollte die Magier ablenken, damit ich zu euch kann. Ich habe einen neuen Plan und wenn wir alles richtig machen, können wir Ramon befreien. Und nicht nur das, wir können ihn heilen."

„Das sind große Versprechen. Ich hab auch einen Plan – wie gut kennst du dich mit Zeitreisen aus?", fragte ich ihn.

„Zeitreisen?", fragte er skeptisch.

Ich nickte nur, was er vermutlich durch die Dunkelheit nicht so gut sehen konnte.

„Finn hat mir geholfen, das Siegel in meinem Kopf zu brechen. Wenn wir irgendwie einen Weg finden, um in der Zeit zurückzureisen, dann kann ich mich vor Ramon werfen und ihn somit davor schützen, mit dem Trank in Kontakt zu kommen. Mir macht das ja alles nichts aus, also hoffe ich einfach mal. Aber da ich ja die Kräfte seiner Oma habe, gehe ich jetzt einfach davon aus, dass das funktionieren wird. Und wenn nicht, ist es ein Risiko, dass ich gerne eingehen werde", sprudelte es nur aus mir heraus.

„Okay. Das ist super. Ich bin kein Experte, wenn es um Zeitreisen geht, aber an sich ist alles, was du dafür brauchst, da", sagte er und tippte mir behutsam auf den Kopf. „Das Einzige, was noch fehlt, ist eine Uhr." Ich war ein wenig erleichtert, dass Matt mich nicht für verrückt hielt und dass er ernst blieb, und nicht wie bei der Séance, meine Ideen von vornerein verurteilte.

„Scheiße", rutsche es mir heraus. „Zählen auch Handyuhren?", fragte ich verzweifelt.

Wer hätte gedacht, dass ich in meinem Leben mal an dem Punkt angekommen war, wo ich eine einfache Analoguhr brauchen würde. Bis jetzt kam ich gut mit meiner Handyuhr zurecht.

„Ich hab auch keine Uhr", sagte Finn, der mittlerweile bei uns angekommen war.

Verdammt. Verdammt. Verdammt.

Wieso waren wir nur diese verdammte Generation Smartphone. Wieso musste es nur so unglaublich einfach sein, die Uhrzeit anhand eines Telefons abzulesen, anstatt selbstständig zu versuchen, irgendwelche Zeiger zu verstehen.

Es war einfach umständlicher und ehrlicherweise brauchte ich auch immer eeeeewig, um die Uhrzeit auf einer Armbanduhr entziffern zu können. Vielleicht, weil ich es nie richtig geübt hatte. Vielleicht aber auch, weil Menschen es sich gerne einfach machten. Und ein Handy war nun mal der einfachste Weg. Ramon hätte bestimmt eine Uhr gehabt. Auch wenn er nur wenige Jahre älter war als ich, hatte ich ihn schon des Öfteren mit einer Uhr rumlaufen sehen. Er war eben eine andere Generation. Genauso wie…

„Tim", brachte ich heraus.

Finn und Matt schauten mich fragend an.

„Tim hat eine Uhr. Wir müssen nur zu ihm und er wird sie uns bestimmt geben und dann können wir loslegen", rief ich begeistert.

„Luna", sagte Matt mit leerer Stimme.

Wieso musste er mich immer so aus meinen positiven Gedanken herausreißen und auf den Boden der Tatsachen holen? Wieso konnte er nicht einmal meine Euphorie teilen?

„Du weißt nicht, wo er ist?", versuchte ich zu erahnen, was das Problem sein könnte.

„Doch, aber es wird dir nicht gefallen."

„Die Magier haben ihn auch?", ich ließ ihm keine Zeit zu antworten.

„Nein. Die Bestie hat ihn erwischt. Tim ist tot", antwortete Matt und schaffte es dabei, immer noch emotionslos zu klingen.

Und auch, wenn ich es ungern glauben wollte, da ich der festen Überzeugung war, dass Matt gar nicht so kalt war, wie er immer tat, so wurde mir in dem Moment bewusst, dass ich ihn falsch eingeschätzt hatte. Er war genauso emotionslos, wie er sich immer präsentiert hatte.

Einen Moment lang traute sich keiner, was zu sagen. Es fühlte sich an, als würden alle nur darauf warten, dass ich etwas tun oder sagen würde. Doch da war nichts. Da war nur noch Leere. Dort, wo vor ein paar Minuten noch Hoffnung und Ideen waren, war ein Loch. Ein Tim-förmiges Loch.

Meine Eltern hatten sich getrennt, als ich ein Kind war, und zu meinem Vater hatte ich ab und zu noch groben Kontakt, aber gestorben war in meiner Familie noch nie jemand. Das hier war meine erste Erfahrung mit dem Thema Tod und ich fand es furchtbar.

So fühlte es sich also an, jemanden zu verlieren. Eine Erfahrung, die ich eigentlich noch nicht machen wollte. Sowohl meine Großeltern als auch meine Eltern waren alle soweit fit, dass man selber nicht davon ausgehen würde, sie könnten überhaupt eines Tages sterben. Es fühlte sich an, als würden sie alle ewig leben und der Gedanke an den Tod hatte nicht einmal meinen Kopf durchquert. Niemals hätte ich damit gerechnet, dass Tim der Erste sein würde, den ich verliere.

Er war doch noch so jung. Da dachte man doch noch gar nicht an den Tod. Natürlich sollte es für uns keine Überraschung gewesen sein, schließlich wussten wir, auf was wir uns einließen. Aber Momente wie diese ließen mich daran zweifeln, ob wir tatsächlich genau wussten, worauf wir uns hier wirklich einließen. Und in dem Moment wurde mir bewusst, dass ich mir außerhalb der Nacht in der Villa niemals wirklich Gedanken um meinen eigenen Tod gemacht hatte und dank Ramons Oma in Zukunft auch nicht mehr machen müsste. Allerdings war das hier auch nur ein Vorgeschmack auf das, was mich für den Rest meines unsterblichen Lebens erwarten würde, sollte ich meine Kräfte nicht an jemand anderen weitergeben.

Wobei da auch die Frage wäre, ob man dies jemand anderem antuen wollte oder nicht? Würde ich für immer mit der Bürde herumlaufen, dass ich all meine Freunde, meine Familie und eigentlich jeden, den ich kannte, überleben würde? Ja, vermutlich müsste ich das. Denn zum Erwachsenwerden gehörte es auch, eigene Entscheidungen zu treffen und einen moralischen Kompass zu entwickeln. Ramon wollte keine Menschen töten und versuchte aktiv, seine Fähigkeiten zu kontrollieren oder zu unterdrücken. Er lebte mit einer Bürde und ich hatte nun einmal meine eigene. Aber so wie er lernte damit umzugehen, so würde ich mich vielleicht eines Tages auch damit anfreunden können oder wenigstens daran gewöhnen.

Aber jetzt, in diesem Moment, fühlte ich erst einmal nichts. Nichts außer Leere.

Leer. Pure Leere.

Ich konnte nicht einmal mehr weinen. Gar nichts. Ich schluckte. War das normal? War irgendwas falsch mit mir? Irgendwie fühlte es sich alles noch so weit weg von mir an. Und solange ich ihn nicht tot vor mir sehen würde – was ich versuchte zu vermeiden, da ich mir nicht sicher war, ob ich den Anblick ertragen könnte – würde ich es nicht wahrhaben. Für mich war er nicht gestorben, für mich war er noch am Leben. Und für mich würde er immer am Leben bleiben.

„Dann lasst uns die Uhr suchen gehen", sagte ich nur und lief voran in Richtung der Lichtung.

Kalter Wind peitschte in mein Gesicht, als ich die Lichtung endlich erreichte, aber es machte mir nichts aus. Nichts könnte mich davon abhalten, irgendwas zu versuchen, um die Magier aufzuhalten. Falls ich es bisher nicht nur für Ramon getan hatte, dann tat ich es spätestens ab jetzt auch für Tim.

Wenn ich in dem Moment etwas fühlen würde außer der Leere, so wäre es Wut gewesen. Und diese Wut war, was mich antrieb. Wer wusste schon, ob ich nicht auch Tim retten könnte, wenn ich Ramon retten würde.

An der Lichtung angekommen herrschte wieder absolute Stille. Niemand sagte etwas. Niemand machte etwas. Es war, als wäre die ganze Welt eingefroren und wir würden uns in Zeitlupe bewegen.

Ich wusste, dass es jetzt an der Zeit war, Tim und vor allem seine Uhr zu finden. Ich hatte nicht wirklich darüber nachgedacht, wie ich reagieren würde, sollte ich ihn finden. Dafür hatte ich bis jetzt keine Zeit gehabt. Mein Kopf war einfach zu voll mit Gedanken, die ich selbst einfach nicht einordnen konnte, und wenn ich ehrlich war, hatte ich diesen Part verdrängt. Ich konnte nicht sagen warum, aber ich hatte gehofft, wir würden seine Uhr finden, noch bevor wir ihn finden würden, sodass ich ihn für immer in Erinnerung behalten könnte, wie er war und nicht wie die Magier ihn zurückgelassen hatten. Ich wollte mich nicht verabschieden, ich wollte nicht loslassen. Viel lieber wollte ich an unseren Erinnerungen festhalten, und auch wenn ich Tim nicht so lange kannte, wie Ramon, so war er auch einer meiner engeren Freunde geworden.

Die ganze Situation war mehr als nur bescheiden. Ramon war weg. Tim war weg. Und ich sollte jetzt die Situation irgendwie retten? Ich kam mir so lächerlich bei allem vor. Aber immerhin verspürte ich nicht diese schreckliche Angst und Machtlosigkeit, wie ich sie in der Villa – ja sogar noch am Anfang dieses Abends – verspürt hatte. Und auch wenn ich mir erbärmlich vorkam und ich immer noch nicht ganz von meinem Plan überzeugt war, so war ich mir sicher, dass ich es schaffen konnte, in der Zeit zurückzureisen. Alles hatte einen Sinn. Nicht umsonst waren wir in diese Stadt gezogen. Nicht durch Zufall wohnten wir genau unter Ramon und nicht durch Zufall war ich ihm begegnet. Ich musste einfach nur darauf vertrauen, dass sich Ramons Oma sicher war, als sie mir ihre Fähigkeiten übertragen hatte. Ich musste einfach an sie glauben. Ich musste an mich glauben.

Vorsichtig leuchtete ich den Boden mit Finns Handytaschenlampe aus, plötzlich spürte ich eine Hand auf meiner Schulter.

Ich zuckte zusammen.

„Luna, du musst das nicht machen", sagte Matt vorsichtig. „Warte einfach hier und ich besorg dir die Uhr."

Ich drehte mich um.

„Wenn ich Ramon rette, kann ich auch Tim retten?", fragte ich mit heiserer Stimme, um sicherzugehen, dass meine Gedanken nicht total wirr waren und wir tatsächlich noch eine Chance hatten, ihn zu retten.

„Schon, aber ich kann dir keine hundertprozentige Garantie geben, dass es klappt", gab Matt zu. „Zeitreisen sind so eine Sache, niemand kann dir garantieren, dass alles gut wird. Du kannst Ramon retten, aber wir wissen nicht, was sich sonst noch verändern wird.“

„Dann lass mich wenigstens jetzt Abschied nehmen“, meine Stimme klang fremd, als ich das sagte. War ich mir wirklich sicher, dass ich ihn so sehen wollte? Aber bevor ich mir diese Frage beantworten konnte, wandte ich mich wieder von Matt ab und suchte weiter nach Tim.

Es ergab absolut keinen Sinn, dass ich selbst versuchte, ihn zu finden, wo Matt doch derjenige war, der wissen musste, wo Tim lag. Wenn er nicht sogar im Dunklen sehen konnte. Aber ich brauchte diesen Moment für mich. Ich brauchte ein wenig Zeit, um alles auch nur ansatzweise zu verarbeiten, bevor ich mich darauf konzentrieren konnte, die Situation zu retten. Es war einfach alles zu viel für mich in dem Moment und hier auf der Lichtung in der Dunkelheit hatte ich noch einmal die Möglichkeit, kurz innezuhalten. Eine Pause einzulegen. Meine Kräfte zu sammeln und in Ruhe nachzudenken.

Mein Herz schlug schneller und schneller und es fühlte sich an, als würde es jede Sekunde aus meiner Brust springen. Ich wollte mich beruhigen und tief einatmen, doch ich konnte nicht einatmen. Ich konnte nicht atmen. Auch wenn dieser Zustand nur wenige Sekunden anhielt, so fühlte es sich an, als wäre es länger gewesen. War das eine Panikattacke?

Was auch immer das war, ich musste mich zusammenreißen und plötzlich wollte ich einfach nur noch aus dieser Situation raus. Plötzlich wollte ich einfach nur noch nach Hause und alles ungeschehen machen. Am liebsten wäre ich einfach weggerannt. Egal wohin, Hauptsache weg von hier. Weg von meinen Problemen und weg von Ramon und Tim. Wie ironisch. Schließlich waren sie es, die weg waren. Sie hatten mich verlassen und ich war immer noch hier.

„Matt", rief ich, da ich durch die Dunkelheit keine Ahnung hatte, wo er oder Finn gerade waren.

„Hol die Uhr. Ich will, dass alles hier vorbei ist."
In Sekundenschnelle tauchte Matt mit der Uhr neben mir auf.

Dankend nahm ich sie an mich.
Ich wollte mich nicht mehr verabschieden. Ich wollte, dass dieser Albtraum ein Ende hatte. Und im besten Falle war das hier kein Abschied, es war ein Wendepunkt. Es war ein Neuanfang.

„Du weißt, was du zu tun hast?", fragte Matt vorsichtig.

„Ja. Es ist alles hier drin", sagte ich und deutete auf meinen Kopf.

„Perfekt", sagte er und ich konnte ein Grinsen aus seiner Stimme heraushören.

„Bevor es losgeht, was genau ist der Plan?", fragte ich unsicher.

„Du reist in der Zeit zurück, schmeißt dich zwischen Ramon und den Trank der Magier und wir treffen uns hier wieder für den letzten Kampf", erklärte er locker.

„Warte mal. Bedeutet das, dass die Magier nicht locker lassen werden?", fragte ich schockiert.
Wieso hatte ich nur für einen kurzen Moment geglaubt, dass es so einfach werden könnte und alles nach heute vorbei sein würde? Wie naiv von mir.

„Ich kann die Zukunft nicht hervorsehen, aber ich denke nicht, dass sich die Magier so einfach zufrieden geben werden. Dafür sind sie zu engstirnig. Sie werden also wahrscheinlich einen weiteren Versuch starten", beantwortete er meine Frage.

„Also verstehe ich das richtig, ich rette Ramon, wodurch sich das ganze letzte halbe Jahr ändert? Ihm geht es gut. Tim lebt. Und du? Du bist bei den Magiern?"

„Luna, ich weiß es nicht. Ich weiß nicht, was die Magier sonst noch so geplant haben und wenn ich ehrlich bin, weiß ich nicht, wie ich auf ihre Pläne reagieren werde. Es gibt also eine gar nicht mal so geringe Chance, dass ich bei den Magiern bleiben werde. Auch ich kann die Zukunft nicht vorhersagen, vor allem nicht, wenn sie noch so ungewiss ist wie jetzt", antwortete er ernst, aber freundlich.
Es war einer der wenigen Momente, wo ich nicht das Gefühl hatte, als würde er von oben auf mich herabsehen. Es fühlte sich an, als wären wir endlich auf Augenhöhe.

„Wow, das ist viel Verantwortung", murmelte ich mehr zu mir als zu allen anderen.

„Ich weiß, aber wenn es jemand schaffen kann, dann du", sagte er aufmunternd.

„Und du willst wirklich nicht mitkommen?", frage ich verzweifelt.

Es würde mich beruhigen, mit Matt zusammen in die Vergangenheit zu reisen. Auch wenn ich mehr oder weniger Zugriff auf das Wissen von Ramons Oma hatte, so wäre es hilfreich, jemanden um mich zu haben, der sich praktisch gesehen besser mit magischen Wesen auskannte.

Außerdem war er so viel stärker als ich und ich hatte ein wenig Angst vor Vergangenheits-Matt. Denn ob Matt es wollte oder nicht, er hatte sich ziemlich zum Positiven verändert, und das ohne, dass wir ihm letztendlich helfen konnten. Es würde hart für mich werden, auf eine Person zu treffen, die ich eigentlich auf eine merkwürdige Art und Weise mochte, ja sogar mittlerweile zu meinen Freunden zählen würde, nur dass diese Person eben nicht mein Matt war. Die Person war jemand anderes. Jemand, der mich niemals zu seinen Freunden zählen würde, geschweige denn mir helfen würde. Ich wäre ihm nicht nur physisch unterlegen, die Situation würde mich auch psychisch in Mitleidenschaft ziehen.

„Nein, leider nicht. Ich muss hier in dieser Zeit bleiben und Ramon finden, falls unser Plan aus irgendwelchen Gründen schiefgehen sollte", antwortete er ernst.

„Ich komm mit dir", meldete sich Finn zu Wort.

Mit all den Gedanken, die durch meinen Kopf irrten, hatte ich fast schon vergessen, dass er überhaupt noch da war.

„Spinnst du? Du weißt doch gar nicht, worauf du dich einlässt", brach es aus mir hervor.
Ich konnte einfach nicht riskieren, dass er mit in unser ganzes Drama gezogen werden würde, mehr als er es sowieso schon dank der Magier war.

„Das ist mein Ernst. Ich komme mit und helfe dir. Ich weiß nicht, worauf ich mich einlasse, aber schlimmer als das, was heute passiert ist, kann es nicht werden", sagte er ruhig und nahm meine Hand.

„Ich lasse dich nicht allein."

Ich seufzte.
Es war nicht so, als könnte ich gar keine Hilfe gebrauchen, nur würde eine weitere, menschliche Person nur zusätzlichen Stress bedeuten. Ich müsste nicht nur Ramon beschützen, sondern auch ein Auge auf Finn werfen.

„Ihr schafft das schon zu zweit. Denkt daran, Tim hat es auch geschafft, sich mit den Magiern anzulegen. Sie waren nicht auf ihn vorbereitet und auf Finn werden sie noch weniger vorbereitet sein. Das wird schon klappen", versuchte Matt, mir in Erinnerung zu rufen.

„Okay", gab ich nur von mir.
Zwar war ich immer noch nicht vollkommen überzeugt von allem, aber ich würde es zulassen müssen. Ich hatte keine andere Option und eigentlich wusste

ich auch, dass Matt recht hatte. Solange die Magier Finn nicht erwarten würden, war er sicher.

„Noch irgendwelche letzten Fragen?", fragte Matt, um sicherzugehen, dass ich wusste, was ich zu tun hatte.

„Wann genau sollen wir dazwischen gehen? Was ist Finns Job in allem? Kann ich mein Vergangenheits-Ich sehen oder brechen dann Raum und Zeit zusammen? Und wirst du uns alle vergessen, wenn du weiterhin bei den Magiern bleiben wirst?", sprudelten die Fragen nur aus mir heraus.

„Diese Fragen kann ich dir auch nicht beantworten. Ich bin nicht allwissend. Und auch wenn ich nicht weiß, wer oder was ich bin, so glaube ich daran, dass ihr beide zusammen schon den richtigen Moment finden werdet, wo ihr dazwischengeht."

„Ich aber", sagte ich plötzlich, ohne überhaupt zu wissen, was ich überhaupt sagte.

„Was?", hakte Matt nach.

„Ich weiß, was du bist."

Anscheinend wusste Ramons Oma von Matts Existenz und sie wusste genau, wer er war. Ich konnte es fast bildlich vor meinen eigenen Augen sehen, als wäre ich es, die diese Erinnerungen hatte.

Durch ihre Pension für übernatürliche Wesen wusste Ramons Oma über alles und jeden Bescheid. Jeder wandte sich mit Informationen über neue oder ungewöhnliche magische Wesen an sie, sodass sie diese in ihrem Märchenbuch dokumentieren konnte. Auch, wenn sie sich dazu entschieden hatte, die Identität von Matt aus irgendwelchen Gründen geheim zu halten, so wusste ich nun, wer er war und wo er herkam. Ich wusste all das, was ihn befreien würde.

„Möchtest du es denn nicht wissen?", fragte ich Matt, der seit meiner letzten Aussage überraschend ruhig geworden war.

„Sag es mir in der anderen Zeit. Hier ist es sowieso zu spät. Aber wenn du es mir in der anderen Zeit sagen würdest, wer weiß, es könnte mich überzeugen, mich euch anzuschließen", ich konnte es zwar trotz der Dunkelheit nicht erkennen, aber ich war mir fast schon sicher, dass er mir zuzwinkerte. So wie seine Stimme klang, musste er es einfach getan haben.

„Okay, dann ist es jetzt wohl Zeit, um Abschied zu nehmen", sagte ich und schluckte.

Auch wenn ich es im Leben nie gedacht hätte, dass es mir so schwer fallen würde, mich von Matt zu verabschieden, es war verdammt schwer. Vielleicht war es die Tatsache, dass er alles war, was ich in diesem Moment an Vertrautem um mich hatte – außer natürlich Finn – oder ob es daran lag, dass ich einfach wusste, ich würde in der Vergangenheit Ramon und Tim retten können, nur all die Momente, die ich mit Matt geteilt hatte, würden vermutlich ausgelöscht werden.

Wer wusste, ob wir uns wiedersehen würden. Wer wusste, wann wir uns wiedersehen würden und wer wüsste schon, unter welchen Umständen das passieren würde. Fakt war, dass es sehr unwahrscheinlich war, dass wir Freunde werden würden. Wir würden im besten Fall keine Feinde mehr sein. Alles andere stand noch in den Sternen und ich hatte ein wenig Angst, es herauszufinden.

„Ich habe euch Menschen nie verstanden und selbst nach unzähligen Psychotests in Teenie-Magazinen bin ich immer noch nicht wirklich schlauer aus euch und eurer Psyche geworden. Und ja, ich bin immer noch verwirrt von euren ganzen Gefühlen und Beziehungen zueinander, und besonders das zwischen dir und Ramon ist schon ein wenig sehr merkwürdig für mich…"

„Komm zum Punkt, es ist jetzt nicht der Zeitpunkt, uns zu beleidigen", lachte ich.

Auch wenn ich wusste, dass es nicht böse gemeint war, so war es doch eine sehr merkwürdige Beschreibung der Situation. Außerdem war es fehl am Platz, jetzt über Ramons und meinen Beziehungsstatus zu reden.

„Jedenfalls wollte ich dir sagen, dass ich glaube, dass ich nach all dieser Zeit mit dir und deinen Freunden ein bisschen verstehen kann, wieso ihr miteinander Zeit verbringt. Und vielleicht verstehe ich jetzt ein wenig, was Freundschaft bedeutet", beendete er seine umschweifende Erklärung.

Ich lächelte und konnte nicht verhindern, dass mir die ein oder andere Träne die Wange herunterkullerte. Das war vermutlich das netteste und ehrlichste Kompliment, was man von Matt hätte bekommen können. Er war nun einmal sehr speziell.

„Danke", sagte ich nur und umarmte ihn.

„Pass auf dich auf", fügte ich noch hinzu.

„Wir sehen uns auf der anderen Seite", rief Matt uns zu.

Dann konzentrierte ich mich und hielt Finns Hand so fest, dass ich Angst hatte, ich würde ihm wehtun, allerdings schien er sich nicht zu beschweren.

In dem Moment hatte ich keine Angst, vor dem was mich erwarten würde, in dem Moment hatte ich nicht einmal Zweifel daran, dass ich nicht Zeitreisen könnte und wir alle scheitern würden. Alles, woran ich in dem Moment denken konnte, waren meine Erinnerungen an die Nacht in der Villa. Die Magier, der Keller, Matt. Tim und sein Baseballschläger. Ramon, wie er versuchte, sich aus Matts Griff zu befreien. Ramon, wie er mich befreite. Die Magier, wie sie Ramon mit einem Trank bewarfen.

All diese Sachen gingen mir durch den Kopf, während ich mit geschlossenen Augen die Uhr fest in meiner Hand hielt und leise ‚Memento' flüsterte, ohne es zu bemerken.

Es war die Erinnerung, die der Schlüssel zu allem war. Wie konnten wir da nicht schon vorher draufkommen? Zwar hatte ich keine Erklärung dafür, dass Ramons Oma uns dies unbedingt in Latein mitteilen musste, es wäre deutlich einfacher gewesen, hätte sie es klar und deutlich auf Deutsch kommuniziert, aber ich wollte mich auch nicht beschweren. Am Ende des Tages hatte es funktioniert und als ich meine Augen wieder öffnete, standen wir vor der großen Villa und mein Gefühl sagte mir, dass wir genau zur richtigen Zeit am richtigen Ort waren.

Es war die Nacht, die alles verändert hatte und es wurde Zeit, dass wir zurückkehrten, um wieder einmal alles zu verändern, nur dieses Mal ins Positive.

Kapitel 20

So richtig wohl fühlte ich mich nicht, als wir vor der Villa standen und das erste Mal seit längerer Zeit war ich froh, dass sich Finn durchsetzen konnte; ich war froh, nicht alleine durch mein Trauma zu müssen.

„Dann lass uns Geschichte schreiben oder sie ausradieren oder was auch immer", sagte Finn und sah mich aufmunternd an.

Ich warf einen Blick auf Tims Uhr, es war bereits früh am Morgen, dennoch war es noch dunkel. Bald war es Zeit, den mysteriösen Keller aufzusuchen. Das laute Quietschen war bereits zu hören. Alles lief nach Plan, soweit so gut.

Vorsichtig band ich mir Tims Uhr um mein Handgelenk. Ich brauchte sie jetzt nicht mehr, was mich aber nicht davon abhalten würde, sie bei mir zu tragen. Ein Glücksbringer hatte noch nie jemandem geschadet. Und wenn ich in einer Welt lebte, in der Dämonen, Vampire und sogar Geister real waren, dann konnte es nicht schaden, auch an positive Dinge zu glauben.

Ich atmete tief durch und konnte bemerken, dass Finn dasselbe tat.

Er wusste nicht genau, worauf er sich einlassen würde, wir hatten ja kaum Zeit gehabt, darüber zu reden, was in meinem Leben passiert war. Und die Nacht mit den Zauberern hatte ich natürlich nicht bis ins kleinste

Detail beschreiben können, dafür hatte uns einfach die Zeit gefehlt.

Jetzt musste ich darauf vertrauen, dass meine Beschreibung ausreichend war und er nichts Unüberlegtes tun würde. Wobei ich mir sicher war, die Chance, etwas Impulsives und Unüberlegtes zu machen, war für mich viel höher als für ihn.

Das Quietschen verstummte und ich wusste, dass das unser Zeichen war. Jetzt konnten wir uns auch auf den Weg machen, denn Ramon und auch ich würden bereits im Keller sein.

„Es ist Zeit", sagte ich und begann mit klopfendem Herzen zur Tür der Villa zu gehen.

Vorsichtig drückte ich gegen die Tür, doch sie öffnete sich nicht.

Verdammt.

Wir waren so weit gekommen und doch hatte ich nicht bedacht, dass wir irgendwie in die Villa reinkommen mussten. Wie hatten die Magier das überhaupt geschafft? Gab es noch einen weiteren, mir unbekannten Eingang, zum Keller?

Am liebsten wollte ich schreien, einfach weil weinen mir nicht mehr helfen konnte. Wie viel hatte ich in letzter Zeit geweint und wie wenig hatte es tatsächlich in meinem Leben verändert? Wir waren so weit gekommen für Ramon. Für Tim. Für die Zukunft der Welt. Und alles, was uns gerade davon abhielt, unsere Freunde zu retten, war eine geschlossene Tür.

Hysterisch fing ich an zu lachen, weil ich mit allem gerechnet hatte, nur nicht damit, dass wir es gar nicht erst in den Keller schaffen würden. Wir waren einfach nur Versager. Und mit ‚wir' meinte ich eigentlich nur mich.

Ich war eine Versagerin.

„Alles okay bei dir?", fragte Finn, der noch nicht so ganz verstanden hatte, wie aufgeschmissen wir waren.

„Die Tür ist abgeschlossen", brachte ich immer noch hysterisch lachend heraus.

Ich war ein emotionales Wrack.

„Gibt es keinen Ersatzschlüssel? Oder einen anderen Weg, die Tür zu öffnen?", fragte er vorsichtig.

Tatsächlich schaffte sie es, sich zu beruhigen, und obwohl seine Worte noch so fremd und einfach in ihren Ohren klangen, versuchte sie einen klaren Kopf zu behalten. Es war nicht einfach, eine Lösung für dieses Problem zu finden, aber notfalls mussten sie halt die Tür aufbrechen. Es ging nicht mehr darum, unauffällig zu sein, sondern auch darum, ihre Freunde zu retten, koste es, was es wolle. Bevor sie aber ihre Kraft zusammennehmen und sich dazu entschließen konnte, die Tür einzutreten – ihre Boxerfahrung musste ja für etwas gut gewesen sein – war es, als würde eine fremde Stimme zu ihr sprechen. War es ihre Vernunft? Sie wusste es nicht.

Aber Fakt war, dass ihr diese Stimme neue Kraft gab. Und neue Ideen. Tatsächlich hatte sie keinen Gedanken daran verschwendet, dass es vielleicht einen Ersatzschlüssel geben könnte, und wenn es einen gab, dass genau sie die Person war, die ihn finden konnte. Sie musste sich nur darauf einlassen. Konzentrieren. Und dann war es so weit, die Stimme zeigte ihr den Weg.

In einer der mit vertrockneten Erdbeeren bepflanzten Töpfe befand sich ein Schlüssel. Sie musste nicht lange überlegen, diesen ins Schloss zu stecken, sie wusste, dass es der richtige Schlüssel war und sie wusste, dass sich die Tür endlich öffnen würde.

Die erste Hürde war geschafft, dennoch war ich unschlüssig, wie es weitergehen sollte, wenn mich bereits Kleinigkeiten wie diese aus der Bahn warfen. Ich konnte echt nicht mehr gut mit Kontrollverlust umgehen und das könnte meine Schwachstelle werden.

Vorsichtig betraten wir die Villa. Eigentlich mussten wir gar nicht besonders leise oder vorsichtig sein, da Ramon und Vergangenheits-Ich sowieso im Keller waren und nichts mitbekommen würden. Nur Tim war noch hier oben. Tim.

Das brachte mich auf eine Idee.

„Vielleicht versaue ich uns damit alles, aber was wäre, wenn wir Tim wecken? Jede Hilfe kommt uns zugute und wir wissen, dass er die Magier besiegen kann. Wir müssen nur auf Matt aufpassen", flüsterte ich dennoch.

„Ich weiß nicht, was heute passieren wird, aber ich vertraue dir bei allem. Und wir können definitiv jede Hilfe gebrauchen“, gab Finn mir als Antwort.

Also machten wir uns auf den Weg zu dem Gästezimmer, in dem Tim schlafen würde. Wir konnten nur hoffen, dass er nicht total ausflippen würde, Finn und mich hier zu sehen. Wir waren ihm definitiv eine Erklärung schuldig. Auf der anderen Seite aber, war ich mir sicher, dass niemand sich mit so wenigen Fakten zufrieden geben würde wie Tim.

Ich biss mir auf die Unterlippe, bevor wir an seine Tür klopften. Jetzt war meine Chance, das wiedergutzumachen, was ich in jener Nacht nicht gemacht hatte.

Ich klopfte an seine Tür und trat vorsichtig in das Zimmer. Tim war noch am Schlafen, also mussten wir ihn wecken. Noch nie hatte ich mich in seiner Anwesenheit so unwohl gefühlt.

Vorsichtig rüttelte ich ihn wach.

„Bevor du ausflippst, hör mir ganz genau zu. Wir sind aus der Zukunft und wir brauchen deine Hilfe, um etwas zu verhindern, was jetzt gleich passieren wird und wir haben nicht viel Zeit, aber wir müssen los. Die Unbekannten sind da“, sprudelte es aus mir heraus, als er langsam seine Augen aufmachte.

Er sah noch sehr verschlafen aus, als er mich anblickte, und ich war mir nicht sicher, ob er wirklich verstanden hatte, was los war.

„Ja klar, und ich bin Batman“, murmelte er verschlafen vor sich hin.

Hilfesuchend blickte ich zu Finn.

Vielleicht konnte er etwas Hilfreiches sagen.

„Hey, wir kennen uns eigentlich noch gar nicht, aber wir lernen uns bald kennen. Wir können dir alles erklären, aber wir müssen uns beeilen", sagte Finn und streckte ihm seine Hand entgegen. „Ich bin übrigens Finn."

Jetzt war Tim hellwach, zumindest sah er deutlich wacher und auch deutlich schockierter aus.

„Zeitreisen also?", fragte er sachlich.

Unsicher nickten wir.

„Cool", sagte er und strahlte.

Auch ich musste lächeln und eine Riesenlast fiel von meiner Schulter.

Alle meine Befürchtungen waren umsonst gewesen. Er würde uns helfen. Er würde uns glauben und zu allem Überfluss würde er die Situation faszinierend finden. Und wie Tim da vor uns stand, lebendig, konnte ich nicht anders, außer ihn festzudrücken.

„Ich bin so froh, dass du da bist", sagte ich nur.

Dann zuckte ich schnell zurück.

Durfte ich ihm überhaupt von der Zukunft oder noch spezifischer, von seiner Zukunft erzählen oder würde ich dadurch irgendwas kaputt machen?

„Ist alles okay bei dir?", fragte er vorsichtig.

Ich war nie gut darin gewesen, meine Emotionen zu verbergen, deswegen war ich mir sicher, dass er bemerken konnte, dass etwas nicht stimmte. Warum sonst hätten wir auch in die Vergangenheit reisen müssen?

„Ja, es war einfach nur ein langer Tag heute und es wird noch eine viel längere Nacht", sagte ich und schluckte.

„Wie ist die Zukunft so?", fragte er, während er sich eine dünne Jacke überzog und seinen Baseballschläger griff.

„Sehr wild. Du würdest uns nicht im Entferntesten glauben, was wir erlebt haben", lächelte ich.
Es freute mich, dass er absolut keine Angst zeigte.

„Und was wird aus Ramon? Und was wird aus mir?", fragte er gedankenverloren weiter.

Finn und ich warfen uns einen flüchtigen Blick zu, was Tim allerdings auch nicht entgangen war.

Vorsichtig musterte er mich im spärlichen Flurlicht, bis er seine Uhr bemerkte, die an meinem Handgelenk war. Das hatte ich natürlich nicht bedacht.

„Ich verstehe", sagte er und wurde ein wenig leiser.

„Die Unbekannten sind Magier, die Ramon dazu benutzen wollen, die Welt an sich zu reißen. Ziemlich klischeehaft, wenn du mich fragst. Jedenfalls ist Vergangenheits-Ich gerade dabei, Ramon davon abzuhalten, irgendwas Dummes zu machen, und es wird auch alles gut ausgehen, außer dass die Magier ihn am Ende mit einem Trank bewerfen. Und deshalb sind wir hier. Damit ich mich vor ihn schmeißen kann und ihn somit beschützen kann. Das klingt alles komplex, aber ich versichere dir, es ist unsere einzige Chance. Es muss klappen", weihte ich Tim in die Geschehnisse der folgenden Nacht ein, als wir die Treppen vom Obergeschoss der Villa herunterstiegen.

Ich musste ihm nicht erklären, dass wir, sobald wir in dem merkwürdigen Korridor sein würden, nicht mehr großartig kommunizieren könnten. Alle Fragen, die er hatte, mussten jetzt geklärt werden. Schnellstens.

„Okay, und was ist meine Aufgabe?", fragte Tim neugierig.

„Deine Aufgabe ist es, die Magier zu vermöbeln, sobald ich dir das Signal dazu gebe", ich lächelte ihm zu.

„Geil", sagte er und erwiderte mein Lächeln.

Finn blieb währenddessen leise und folgte uns unauffällig.

So richtig wusste ich noch nicht, was seine Aufgabe in all dem sein würde, aber vielleicht hatte er diese bereits erfüllt. Er hatte es geschafft, Tim innerhalb von Sekunden dazuzubekommen, uns zu glauben, was deutlich schwieriger gewesen wäre ohne ihn.

Klar, ich hatte eine andere Haarfarbe, aber ob das genügt hätte, um Tim rechtzeitig zu wecken? In seinem Zimmer war es dunkel gewesen, es hätte also seine Zeit gebraucht, bis er meine Haare überhaupt sehen konnte. Durch Finn hatten wir also auf jeden Fall gut Zeit gespart.

Der lange Gang war genauso kalt und unangenehm wie in jener Nacht. Zum Glück waren wir dieses Mal deutlich wärmer angezogen. Das würde das Warten um einiges angenehmer machen. Vorsichtig tapsten wir die Treppe herunter und lauschten, ob wir schon etwas hören konnten. Es war wichtig, dass wir nicht zu früh eintreffen würden, sondern genau in dem Moment, wo ich von Matt gefangen gehalten werden würde. Ich wollte unbedingt verhindern, dass die Magier oder Ramon etwas von meiner Anwesenheit mitbekommen würden, bis zum entscheidenden Moment. Leider wusste ich nicht mehr genau, wie weit die Treppe nach unten führen würde, sodass wir enorm vorsichtig sein mussten, nicht in mich selbst reinzurennen. Keiner von uns wagte es, auch nur ein Wort zu sagen. Der Druck und die Anspannung waren deutlich zu spüren und ich konnte nur hoffen, dass alles klappen würde. Wir konnten keine ungeplanten Fehler gebrauchen.

Es wurde kälter, umso weiter wir die Treppen herunterstiegen. Vorsichtig spähte ich um die nächste Kurve und erschrak. Ich sah mich selbst, wie ich vorsichtig durch die steinerne Mauer blickte und das Geschehen beobachtete.

Schnell fuhr ich zurück und signalisierte den anderen, dass wir sicherheitshalber noch ein paar Stufen hochsteigen sollten. Zwar wusste ich, dass wir hier sicher vor mir selbst sein sollten, dennoch wollte ich nichts riskieren.

Dort, wo wir jetzt standen, war die Akustik sehr schlecht und wir konnten nur vage mitbekommen, was in dem Kellerraum passieren musste. Zum Glück konnte ich mich noch ziemlich genau an die besagte Nacht erinnern. Manche Ereignisse würde man nun einmal leider nicht so schnell vergessen und so war es bei mir mit jener Nacht.

„Also, bist du bereit für unser Ultimatum? Es ist deine letzte Chance, wähl weise!", hörte ich die Stimme von einem der Magier.
Von hier war es unmöglich zu sagen, welcher von den Dreien es war.
„Schließe dich uns an, gib uns das Buch, hilf uns und im Gegensatz lassen wir Luna am Leben", es spielte keine Rolle, wer von den Magiern gerade sprach. Alles, was zählte, war, was als Nächstes passieren würde.
Ich wusste, dass es von jetzt an nicht mehr lange dauern würde, bis ich selbst in den Kellerraum eintreten würde. Erst wenn wir uns sicher sein konnten, dass ich vor Ramon stehen würde, könnten wir es wagen, näher an den Kellerraum heranzutreten. Zum Glück war Vergangenheits-Ich in dem Moment zwar besonders schnell, aber nicht besonders leise, sodass wir genau sagen konnten, wann es soweit war.
Immer noch vorsichtig, aber erleichtert, dass wir mich so gut meiden konnten, stiegen wir die nächsten Stufen hinab. Jetzt konnte ich wieder das Geschehen durch das Loch in der Wand beobachten, durch das

ich in der Vergangenheit bereits alles beobachtet hatte.

Es fühlte sich gut an, endlich hatte ich die Kontrolle über die Situation wiedergefunden. Endlich konnte ich beobachten, was vor sich ging, und endlich konnte ich die richtigen Entscheidungen treffen.

Es würde nicht leicht werden, aber mein Plan war es, mich selbst und Finn so weit wie möglich aus der Sache herauszuhalten. Ramon musste nicht unbedingt etwas davon mitbekommen, dass wir hier waren. Ich würde Tim im richtigen Moment auf die Magier hetzen und er würde genau das machen, was er vor sechs Monaten auch gemacht hat. Und wenn wir Glück hatten, würde Matt verschwinden, so wie er es in jener Nacht getan hatte.

Ich wollte diesen Gedanken nicht weiter ausführen, da ich mich nicht zu sehr darauf verlassen wollte, dass wir uns wiedersehen würden. Es war nun einmal eine Verkettung verschiedenster Ereignisse gewesen, die dazu geführt hatte, dass er Ramons Hilfe brauchte. Es war höchst unwahrscheinlich, dass es wieder genauso eintreffen würde. Und für den Fall, dass es passieren würde, war ich bereit, ihn mit offenen Armen in meinem Leben zu empfangen. Aber ich wollte nun einmal nicht von meinen eigenen Hoffnungen enttäuscht werden.

Durch das Loch in der Wand sah ich, wie ich mich auf Lucius, der vor Ramon in die Hocke gegangen war, schmiss und diesen somit zu Boden warf.

„Mach dir keine Sorgen um mich. Mach dir lieber Sorgen um dich, wenn du das Angebot annimmst, dann wünschst du dir nämlich, ich wäre tot", hörte ich Vergangenheits-Luna sagen.

Ich musste schmunzeln.

Auch wenn alles an der Aktion unüberlegt gewesen war, so war ich immer noch höchst zufrieden mit dieser Aussage.

Leider hielt meine Freude nicht lange an und ich musste mitansehen, wie Matt Ramon gegen die Kellerwand schleuderte, wo er erstmal liegen blieb. Dann sah ich, wie Matt sich auf Vergangenheits-Luna stürzte und sie letztendlich in Richtung des dunklen Gangs schubste, in dem er mich später gefangen halten würde. Sofort spürte ich, wie sich Gänsehaut auf meinen Armen bildete, bei dem Gedanken, wo mein Vergangenheits-Ich gerade war. Aber das war leider nichts, was ich ändern konnte. Ich wollte so wenig wie möglich verändern, damit ich nicht zu viel in der Zukunft versauen würde.

„Wo bringt er sie hin?", hörte ich Ramon fragen.

All das, was sich gerade vor meinen Augen abspielte, war mir fremd. Ich war ja nicht hier gewesen, so war es das erste Mal, dass ich hautnah mitbekommen würde, was sich währenddessen hier abspielen würde. Wollte ich das?

Ich wusste, dass es irgendwann einen Punkt gab, wo Ramon und Matt miteinander kämpfen würden. Ein

Kampf, der Ramon total mitnehmen und letztendlich mit einer kleinen Narbe am Kopf zurücklassen würde. Zwar war Matt gerade noch nicht wieder zurück, doch wusste ich jetzt schon, dass ich das nicht mitansehen konnte. Und eigentlich konnte ich es auch nicht verhindern. Es wäre zu gefährlich gewesen, Tim jetzt schon in das Geschehen zu involvieren. Also folgte ich dem komplett irrelevanten Gespräch zwischen Ramon und den Magiern.

Es war abzusehen, dass sich beide Parteien nur im Kreis drehten. Ramon würde sich ihnen nicht anschließen, besonders nicht, nachdem Vergangenheits-Luna ihm mitgeteilt hatte, dass er es bloß nicht machen sollte.

Die Magier auf der anderen Seite würden aber auch nicht aufgeben. Und so war es nur eine Frage der Zeit, bis sie Matt involvieren und als Druckmittel verwenden würden. Sie konnten mich nicht töten, aber sie konnten Ramon denken lassen, dass sie es tun würden. Und um diesen Punkt zu verdeutlichen, musste Matt ihm nur seine Kräfte demonstrieren.

Während ich in dem kleinen Raum saß, hatte ich kein Zeitgefühl oder Ähnliches, ich wusste nicht annähernd, wie lange ich dort gesessen hatte oder wie lange Matt überhaupt bei mir gewesen war. Aber die Konversation zog sich länger, als ich es erwartet hatte. Es erklärte eindeutig, wie es möglich war, einen ganzen Tag hier unten zu verbringen, ohne dass irgendeiner von uns es bemerkt hatte.

„Wir haben nicht all diese Aufwände betrieben, nur um am Ende leer auszugehen", rief Antonius und sprang auf Ramon zu.

Mein Herz klopfte stärker.

Ich wusste nicht, dass die Magier selbst auch versucht hatten, ihn anzugreifen.

„Antonius", rief Titus ihn mahnend zurück. „Du weißt doch, dass wir aus dem Alter heraus sind."

Und wie auf Kommando schoss Matt aus dem dunklen Gang hervor.

Reflexartig trat ich einen Schritt zurück.

Wenn ich eins nicht bedacht hatte, dann waren es Matts übermenschliche Kräfte. Würden wir eine falsche Bewegung machen, so würde er uns hören. Jetzt mussten wir noch aufmerksamer sein, als wir es ohnehin schon waren.

Vorsichtig versuchte ich Tim und Finn zu signalisieren, dass wir nun absolut keine Bewegung mehr machen durften, bis ich Tim das Zeichen geben würde, dass er eingreifen könnte. Das bedeutete allerdings auch, dass ich mir verbieten musste, durch die Löcher in der Steinwand zu gucken.

Eigentlich wollte ich das auch nicht, die Geräusche, die ich hörte, reichten aus, um mir vorstellen zu können, was ungefähr passierte. Ein paar Dinge wusste ich schließlich auch aus Ramons Erzählungen. Ich musste wirklich nicht mit eigenen Augen ansehen, wie er von Matt fertig gemacht wurde. Auch wenn wir eigentlich getrennt waren, so waren meine Gefühle für ihn immer noch da. Und niemand wollte die Person, die man liebte, so sehen. Außerdem brach mir die Idee von Vergangenheits-Matt ein wenig das Herz. Wenn die beiden nur wüssten, dass er Ramon in einer Version der Zukunft sogar als Freund bezeichnete… Es war verrückt.

„Komm mir nicht zu nahe", hörte ich Ramon rufen. Er klang bereits außer Atem, dabei war Matt noch gar nicht so lange wieder im selben Raum wie er. Oder war schon wieder mehr Zeit vergangen, als ich dachte? Ich traute mich fast gar nicht, auf die Uhr zu gucken. Ich traute mich gerade so, zu atmen. Wahrscheinlich konnte Matt bereits unsere Anwesenheit spüren. Er war nur zu beschäftigt damit, Ramon zu bekämpfen.

Ich hörte, wie sich die Situation im Keller zuspitzte. Die Magier schrien panisch auf und beschwerten sich über Matt. Ramon hatte mir damals erzählt, dass er sich sicher war, Matt wollte ihn umbringen. Das war das einzige Mal, dass er sich den Magiern widersetzen wollte oder war das bereits ein verzweifelter Versuch, sich seine Freiheit zu erkämpfen? Wahrscheinlich war ihm da bereits bewusst, dass die Magier ihn nicht so einfach gehen lassen würden, wie sie es ihm versprochen hatten. Vielleicht war das der Wendepunkt. Der Punkt, den wir erreichen mussten, um zu garantieren, dass Matt wegrennen würde. Plötzlich stieg Hoffnung in mir auf. Wir könnten es schaffen. Wir brauchten nur ein bisschen Glück und dann würde alles gut gehen.

„Hast du genug oder muss ich noch einmal zuschlagen?", hörte ich Matt fragen.

Er konnte so unglaublich kalt sein, dass es mir weh tat, ihn so zu sehen oder eher zu hören. Das war nicht Matt. Also irgendwie ja schon, aber irgendwie auch nicht.

„Ich werde euch nichts verraten", hörte ich Ramon keuchen.

Was auch immer in diesem Raum passiert war, es machte ihn fertig und ich hatte Angst, dass er nicht mehr lange durchhalten würde.

„Du bist zäher, als ich dachte", komplementierte Matt ihn.

„Mag sein, trotzdem bekommt ihr nichts von mir", antwortete Ramon und man konnte förmlich hören, dass er kurz davor war, zusammenzubrechen.

Jetzt oder nie.

Ich versuchte Blickkontakt mit Tim aufzunehmen. Dieser war bereits in Startposition.

Auch er sah mich an.

Es fehlte nur noch, dass ich ihm das Zeichen gab, damit er losrennen konnte.

Egal was passieren würde, ich würde ihn niemals vergessen.

Schweren Herzens nickte ich.

Das war das Signal.

Er stürmte die Treppe hinunter ins Ungewisse.

Eigentlich waren wir bis jetzt noch gut im Plan. Aber wer wusste schon, was danach passieren würde. Das waren die Sachen, die wir nicht planen konnten. Und das waren die Sachen, die mir am meisten Angst machten.

„Störe ich die Party?", fragte Tim, als er am Fuße der Treppe angekommen war.

Ich war so stolz auf ihn und sein Selbstbewusstsein. Er würde das hinbekommen, ganz sicher.

„Es gibt noch einen?", fragte Lucius verwirrt.

Matt hatte recht. Die Magier hatten ihn nicht eingeplant, was ziemlich dämlich von ihnen gewesen war. Ich dachte, Matt hätte uns ausspioniert? Konnte es sein, dass er den Magiern absichtlich verschwiegen hatte, dass es noch jemanden gab? Oder hatte er Tim einfach nicht als Bedrohung wahrgenommen, weil dieser eben nur ein Mensch war?

Jetzt, wo die Magier abgelenkt waren, nutzte ich meine Chance und trat näher an die Wand, damit ich wieder beobachten konnte, was in dem Raum vor sich ging.

Ich sah Ramon und Tim reden. Ich sah, wie Ramon in Richtung des dunklen Ganges taumelte. Es war verwunderlich, wie er es überhaupt schaffen konnte, mich zu befreien.

Tim rannte, ohne mit den Wimpern zu zucken, auf die Magier zu. Diese waren darauf nicht vorbereitet. Sie waren immer noch in eine hitzige Diskussion vertieft. Was anfing als eine Diskussion über ihren Plan, wurde zu einer Diskussion über Matt und seine Unfähigkeit einfachen Befehlen zu folgen. Alles ging so schnell, dass ich eine Weile brauchte, um zu bemerken, dass er die Magier bereits K.O. geschlagen hatte. Sie mussten wohl echt schlecht im Multitasking gewesen sein, dass sie nicht bemerkten, dass Tim bereit war, sie anzugreifen.

Erleichtert atmete ich auf.

Das einzige Problem, was wir nun hatten, war Matt. Ich konnte nicht einschätzen, was er als Nächstes tun würde. Und auch wenn ich mit allem gerechnet hatte und mich innerlich auf das Schlimmste vorbereitet hatte, so war ich definitiv nicht auf das vorbereitet, was als Nächstes passierte.

Matt trat langsam ein paar Schritte auf Tim zu.

„Danke", sagte er mit einer anerkennenden Geste.

Dann guckte er in die Richtung der Wendeltreppe.

„Ich weiß nicht, woher ihr kommt oder wieso ihr hier seid, aber ich lasse euch für heute in Ruhe. Heute will ich nur frei sein", sprach Matt aus schmalen Augen.

Mein Herz rutschte in meine Hose.

Und bevor ich irgendetwas antworten konnte, war er verschwunden.

Alle meine Versuche, leise zu sein, waren umsonst gewesen, natürlich hatte er uns gehört.

War es bereits zu spät, um ihm zu sagen, was er ist? Ich konnte es nicht sagen, aber mein Gefühl verriet mir, dass es eher das Gegenteil war; es wäre zu früh gewesen, ihm davon zu erzählen.

Erschöpft ließ sich Tim in einer Ecke des Raumes nieder und wir warteten auf Ramon und Vergangenheits-Luna. Denn sobald wir alle wieder zusammen in dem Kellerraum sein würden, war es meine Aufgabe, rechtzeitig in den Weg der Magier zu springen.

Mein Puls raste, jetzt musste alles funktionieren. Es hatte bis jetzt einfach zu gut geklappt, ich durfte es nicht ruinieren.

Plötzlich bekam ich einen Gedanken, den ich nicht mochte. Ich würde nicht verhindern können, dass Ramon und ich mich sehen würden. Für einen Moment würden wir alle im selben Raum sein und ich konnte nur hoffen, dass sie mich erstmal nicht erkennen würden, schließlich hatte ich eine andere Haarfarbe und konnte demnach offensichtlich nicht Luna sein.

Mein Magen zog sich zusammen.

Ich hatte Angst. Was wäre, wenn sie mich aufhalten würden? Was wäre, wenn ich nicht mehr zurück in die Zukunft kommen könnte, da die Zukunft, wie wir sie kannten, niemals entstehen würde? So viele Fragen. Wo war mein Matt, wenn ich ihn brauchte, und wieso hatte ich ihm all diese Fragen nicht vor unserer Reise gestellt? Doch all die Antworten auf meine Fragen würde ich mir selbst holen müssen.

Ich konnte schon Stimmen hören. Bald würden Ramon und Vergangenheits-Luna zurück sein.

Kurz darauf konnte ich sie auch sehen.

„Wo ist Matt?", fragte Ramon sofort, als er den Raum betrat und die Magier erblickt hatte.

„Meinst du den großen, düsteren Typen?", fragte Tim. „Den hab ich vertrieben", prahlte er.
Was für ein merkwürdiges Déjà-Vu. All das hatte ich bereits erlebt, und doch sah ich es jetzt ein weiteres Mal, aber aus einer anderen Perspektive.

„Okay, vielleicht habe ich ihn nicht vertrieben. Vielleicht ist er einfach abgehauen, weil er keine Lust mehr auf die Drei da hatte und lieber frei sein wollte. Ziemlich mies von ihm, aber umso besser für uns", sagte Tim noch.
Jetzt müsste ich mich bereithalten. Es könnte jede Sekunde so weit sein.

„Wo ist der Nichtsnutz?", hörte ich Antonius fragen.
Ich war nicht mehr an meinem Guckloch, ich war bereits in Position, den wichtigsten Sprint meines Lebens zu laufen.

„Weg", hörte ich Tim antworten.
Er schaffte es, so unberührt, fast schon gelangweilt zu klingen.

„Hat er…?", fragte Titus panisch.
Ich wusste, dass er gerade seine Taschen nach den fehlenden Seiten des Märchenbuchs durchsuchte.

„Nein, zum Glück nicht", hörte ich Lucius erleichtert.

Die Drei seufzten.

Mein Herz rutschte mir in die Hose.

Er hatte die Seiten nicht mitgenommen. Bedeutete das, dass er sich sicher war, dass er unsere Hilfe nicht brauchte? Wieso sonst sollte er die Seiten ignorieren? Auch wenn es nichts Besonderes war, aber ich konnte bereits ahnen, dass sich etwas verändert hatte und das machte mir Angst. So viel Angst, dass ich fast meinen Einsatz verpasst hätte.

„Planänderung", rief Titus.

Gleich würde es passieren.

„Du denkst vielleicht, du hast uns besiegt, aber wir kommen wieder", drohte Antonius.

Und wie sie wiederkommen würden.

„Es ist noch nicht vorbei und denk dran, beim nächsten Mal stehst du flehend vor uns und dann wirst du uns endlich das geben, was wir brauchen", sagte Lucius ruhig.

Alles andere passierte wie in Zeitlupe. Ich sprang aus meinem Versteck hervor. Für einen Moment bemerkte mich keiner, weil alle Augen noch zu sehr auf Lucius ruhten. Dies änderte sich allerdings schnell.

„Niemals", schrie ich, als ich mich zwischen Ramon und Antonius warf und versuchte, Letzteren so weit wie möglich, von uns wegzuschubsen. All das noch, bevor er überhaupt seinen Trank auf Ramon werfen konnte. Der Trank landete daher auf dem Boden des Kellers. Ramon hatte nichts abbekommen.

„Was zum…", hörte ich Ramon hinter mir murmeln.

Bevor irgendjemand mitbekommen konnte, wer ich war, rannte ich zurück zu der Treppe, von der ich gekommen war.

Ich konnte hören, wie die Magier panischer wurden.

„Bis zum nächsten Mal", hörte ich sie sagen, und dabei klangen sie bei weitem nicht mehr so selbstsicher, wie ich es in Erinnerung hatte. Es sah so aus, als hätte ich es geschafft. Ihr Plan war durchkreuzt, fürs Erste. Jetzt mussten Finn und ich nur noch rechtzeitig fliehen und es zurück in unsere Zeit schaffen.

Gemeinsam sprinteten wir die Treppen hoch, bis wir beide außer Atem waren. Zwar hatte ich Tim vorher aufgetragen, die anderen beiden für einen kurzen Moment abzulenken, damit wir genug Zeit hatten zurückzureisen, doch traute ich meinen Fähigkeiten noch nicht zu 100 Prozent. Am wohlsten fühlte ich mich jetzt, wo ich es geschafft hatte, so viel Abstand wie möglich zwischen uns und den Kellerraum zu bringen. Jetzt konnte ich in Ruhe versuchen, uns zurück in die Zukunft zu befördern.

Ängstlich guckte ich zu Finn, der immer noch erstaunlich ruhig war.

„Bist du bereit?", fragte ich ihn.

„Klar, was auch immer anders ist, eine Sache bleibt immer gleich; unsere Freundschaft", antwortete er und lächelte mir ermutigend zu.

Das brauchte ich gerade.

„Dann lass uns zurück in die Zukunft reisen", erwiderte ich sein Lächeln und nahm seine Hand.

Es war Zeit, wieder nach Hause zu reisen. Wenn ich damals dachte, die Reise zur Villa wäre *eine wahrhaft ungeheure Reise*, dann hatte ich dabei nicht bedacht, dass die wirklich ungeheure Reise jetzt bevorstand.

Als wir damals zur Villa gefahren sind, wussten wir, dass danach viele Sachen anders sein würden, allerdings wussten wir nicht genau, was sich verändern würde. Ganz im Gegensatz zu jetzt.

Jetzt wussten wir, dass sich einige Sachen verändern würden. Zwar wussten wir auch nicht, inwiefern sie sich verändern würden, doch wussten wir, wie sie hätten sein können, und das war es, was alles so schwierig machte.

Ich hoffte einfach, unser Ausflug in die Vergangenheit hatte sich gelohnt und die richtigen Sachen würden sich verändert haben. Aber auch wenn nicht, dann war ich froh, wenigstens noch ein letztes Mal mit Tim gesprochen haben zu können.

Kapitel 21

Als ich meine Augen wieder öffnete, war es bereits dunkel, aber was hatte ich auch anderes erwartet, schließlich waren wir auch im Dunklen in die Vergangenheit gereist. Es machte also nur Sinn, dass wir genau dort wiederauftauchten, von wo wir abgereist waren.

Auch befanden wir uns tatsächlich wieder in dem Waldstück am Rande der Lichtung, wo wir uns nur schweren Herzens von Matt verabschiedet hatten, da es vermutlich ein Abschied für immer war. Doch im Gegensatz zu vor unserer Abreise war dieser nicht mehr hier. Das musste zwar nichts heißen, da er sich auf die Suche nach Ramon machen wollte, allerdings beruhigte mich jede Art der Veränderung. Es war ein Zeichen dafür, dass es funktioniert hatte, zumindest hoffte ich das.

Ich atmete die frische Winterluft ein.

Es war ein merkwürdiger Umschwung von Winter auf Sommer und wieder Winter gewesen, der sich für uns nur wie eine Nacht angefühlt hatte. Vermutlich war nicht einmal eine ganze Nacht vergangen in unserer Zeit, aber genau konnte ich es nicht sagen. Ich hatte kein Gefühl von Zeit mehr, noch hatte ich eine Ahnung, was uns erwarten würde, wenn wir vollständig auf die Lichtung treten würden.

„Wir haben es geschafft", sagte ich verblüfft.

„Nein, du hast es geschafft", sagte Finn und nahm mich in den Arm.

So standen wir für eine Weile im dunklen Wald und keiner von uns wagte es, etwas zu sagen oder auch nur den Anstand einer Bewegung zu machen. Wahrscheinlich hatten wir beide Angst, den Wald zu verlassen, weil dort die Wirklichkeit auf uns warten würde. Dann erst würden wir wissen, ob es tatsächlich geklappt hatte.

„Wollen wir?", fragte Finn und löste die Umarmung vorsichtig.

Ich nickte und obwohl ich wusste, dass er das trotz der Dunkelheit nicht sehen konnte, hatte ich einen viel zu großen Kloß in meinem Hals, als dass ich hätte antworten können.

Die erste richtige Veränderung bemerkte ich, als ich mein Handy in meiner Hosentasche spüren konnte. In der anderen Zukunft hatte ich keine Zeit gehabt, mein Handy aus Matts Hütte mitzunehmen. Irgendetwas musste sich also verändert haben.

Bewaffnet mit diesmal zwei Handytaschenlampen machten wir uns auf den Weg.

Der Vollmond erleuchtete die Lichtung, sodass es trotz Dunkelheit immer noch erstaunlich hell war und wir eigentlich keine Handytaschenlampen gebraucht hätten. In der anderen Zukunft war es so wolkig gewesen, dass es unmöglich war, zu sagen, welche Mondphase wir hatten. Konnten wir auch das Wetter verändert haben?

Vorsichtig schlichen wir über die Lichtung, immer noch unwissend, was uns hier erwarten würde, doch gegen unsere Erwartungen fanden wir weder Ramon noch die Magier und erst recht nicht Tim. Es war, als wären wir ganz allein hier oben und auf eine Art hatte es sogar etwas Friedliches an sich. Es war, als hätte ich Frieden mit mir selbst gefunden.

Der Kegel des Mondlichtes schien besonders hell auf eine Stelle der Lichtung und erst als wir diese Stelle fast erreicht hatten, da wir wie hypnotisiert auf sie zugegangen waren, bemerkte ich, dass dieses ins Nichts leuchtete. Dort, wo die Strahlen auf die Lichtung trafen, war absolute Leere. Etwas fehlte.

Es war, als wollte uns der Mond darauf vorbereiten, was uns in der Realität erwarten könnte. Oder besser gesagt, wer fehlen würde: Matt.

Seine Hütte war nirgendwo auf der Lichtung zu finden. Nicht einmal Trümmer davon waren zu sehen. Es war so, als hätte es sie nie gegeben. So, als wäre Matt nie in diese Stadt gezogen.

„Denkst du, wir haben den Matt, den wir kannten, für immer verloren?", fragte ich Finn und brach damit das Schweigen, das sich über uns gelegt hatte.

„Ich denke, dass wenn er wirklich der Mensch war, den wir kannten, dann wird dieser Mensch nicht verschwunden sein. Vielleicht ist dieser Matt einfach nur tiefer in ihm versteckt, aber er wird niemals verschwunden sein. Wir brauchen einfach mehr Zeit, um ihn herauszukitzeln", sagte er aufmunternd.

Ich lächelte.

Die Vorstellung, dass unser Matt noch irgendwo auf dieser Welt zu finden war, gefiel mir deutlich besser als die Wahrheit. Unser Matt war in einer anderen Zukunft, er war nirgendwo hier und der Matt, der in unserer Zeit war, würde uns niemals so nah an ihn heranlassen, dass wir seine guten Seiten herausfordern konnten. Wenn er nicht hier war, wo sollte er dann überhaupt sein? Bedeutete das, dass er unsere Hilfe nicht brauchte? War er wieder bei den Magiern? Oder war er immer noch auf der Flucht vor ihnen?

All das würden wir wohl nach und nach herausfinden müssen. Aber das hatte Zeit. Jetzt mussten wir erstmal den Berg hinabsteigen, ohne uns dabei irgendwas zu brechen. Konnte ich mir überhaupt etwas brechen? Herausfinden wollte ich es jedenfalls nicht.

„Dann lass uns nach Hause gehen", sagte Finn, als könnte er meine Gedanken lesen.

„Auf ins Ungewisse", sagte ich und ehrlich gesagt hatte ich keine Angst mehr. Dafür war ich viel zu neugierig.

Finn brachte mich noch bis zu meiner Straße, dann trennten sich unsere Wege, da keiner von uns beiden wusste, was wir unseren Eltern erzählt hatten, wieso wir um diese Uhrzeit draußen rumgelaufen waren. Erleichtert, dass wir den Abstieg vom Berg innerhalb kürzester Zeit geschafft und glücklicherweise Finns Auto am Fuße des Berges wiedergefunden hatten – er wurde wohl nicht von den Magiern auf die Lichtung entführt, da diese auch nicht da waren – was die Heimreise deutlich leichter machte als mit den öffentlichen Verkehrsmitteln. Besonders um diese Zeit hätten wir vermutlich ewig auf den Bus warten müssen, da er nur noch ein Mal pro Stunde, wenn überhaupt, kam.

Vorsichtig drehte ich den Schlüssel in der Haustür um und öffnete die Tür. Sofort kam mir meine Mama entgegen und musterte mich besorgt.

„Ich dachte, du wolltest heute bei Ramon schlafen", sagte sie verwirrt.

Oh. Das hatte ich irgendwie nicht erwartet. Ich hatte in dieser Zeit wohl dieselbe Ausrede verwendet, um nicht nach Hause kommen zu müssen. Jetzt war es sowieso zu spät, um irgendwas zu ändern.

Noch bevor ich antworten konnte, fügte sie hinzu: „Habt ihr euch gestritten? Geht es dir gut? Ich wusste ja, dass er kein guter Umgang für dich ist. Du findest bestimmt jemand Besseres. Wie wäre es denn mit Finn? Der ist doch auch ein toller Typ."

Ich guckte sie nur verwirrt an.

Dann umarmte ich sie glücklich.

Auch wenn wir die Vergangenheit geändert hatten, so war sie immer noch dieselbe geblieben. Natürlich war ich nicht besonders glücklich über ihre Abneigung gegenüber Ramon, aber gleichzeitig war ich so unglaublich froh, dass sie sich nicht verändert hatte. Es waren die kleinen Dinge im Leben, die zählten, und gerade jetzt, in diesem Moment, wo ich nicht einmal annähernd erahnen konnte, was für Veränderungen bevorstanden, war ich froh über alles, was auf irgendeine Art gleichgeblieben war.

„Ich bin froh, dich zu haben", murmelte ich vor mich hin.

Dann zog ich mir die Schuhe aus und stapfte hoch in mein Zimmer.

Ich hörte noch, wie meine Mama etwas sagte, das klang wie: „Wie siehst du überhaupt aus?"
Doch glücklicherweise folgte sie mir nicht, also konnte ich so tun, als hätte ich sie nicht gehört. Und sie hatte vermutlich recht. Ich musste fürchterlich ausgesehen haben.

Ich war verschwitzt durch den Jahreszeitenwechsel, durch den Abstieg vom Berg. Ich war verheult, durch alles, was passiert war oder niemals passieren würde. Und vermutlich hatte ich auch einen Haufen Äste in meinen Haaren, da ich auf dem Weg durch den Wald in mehreren Bäumen hängen geblieben war. An die ganzen Insekten, die auf mir herumkrabbeln könnten, wollte ich erst gar nicht denken.

In meinem Zimmer angekommen atmete ich erst einmal durch. Ich hatte es geschafft. Ich war wieder zu Hause. Und auch wenn ich nicht wusste, was in den letzten sechs Monaten passiert war, so wusste ich, nein, so spürte ich, dass die Magier noch nicht da waren.

Ich blickte auf mein Handy.

Ramon hatte versucht, mich anzurufen, aber ich hatte es nicht bemerkt, da ich mein Handy im Flugmodus hatte, um Batterie zu sparen.

Ich würde ihn zurückrufen, aber erst müsste ich duschen, damit ich mich wieder ein wenig ansehnlicher fühlen würde.

Erschöpft griff ich nach frischen Klamotten aus meinem Schrank und tapste ins Badezimmer.

Das grelle Licht blendete mich ein wenig. Aber das war schon okay. Müde warf ich einen Blick auf mein Spiegelbild, um herauszufinden, wie schlimm ich tatsächlich aussah. Plötzlich war ich wieder hellwach.

Mein Spiegelbild sah nicht aus wie ich.

Mein Spiegelbild war ich, aber irgendwie auch nicht. Eigentlich war nichts anders außer meiner Haarfarbe, dennoch hatte ich mich mittlerweile so an meine bunten Haare gewöhnt, dass sie Teil meiner Identität wurden. Mein Spiegelbild jedoch hatte noch braune Haare.

So als hätte es mich nie gegeben.

Kapitel 22

Was war gerade passiert? In einem Moment sah ich, wie einer der Magier auf mich zukam und etwas aus seiner Tasche holen wollte, und im nächsten Moment warf sich eine blauhaarige Gestalt zwischen uns und sorgte dafür, dass der Magier von mir gestoßen wurde und eine merkwürdige Flüssigkeit auf dem Boden verteilt war.

Bevor ich irgendetwas sagen konnte, gar meine Dankbarkeit zeigen konnte, war die Person wieder auf mysteriöse Weise verschwunden. So als hätte es sie nie gegeben. Und ich hatte nicht einmal ihr Gesicht gesehen.

„Habt ihr das gerade auch gesehen?", fragte ich die anderen, nachdem die Magier verschwunden waren, um sicherzugehen, dass ich nicht verrückt war.

Ich war ziemlich erschöpft und angeschlagen, die Wunde an meinem Kopf blutete immer noch, es war also nicht vollkommen ausgeschlossen, dass ich einfach aus Erschöpfung halluzinierte.

„Was meinst du genau? Ich habe heute Nacht viel gesehen", sagte Tim und lachte.

„Die Gestalt, die sich zwischen die Magier und mich geworfen hat", erklärte ich mich genauer.

„Keine Ahnung, wovon du redest", sagte Luna und guckte Tim verschwörerisch an.

Hatte ich irgendwas verpasst? Egal, was die beiden mir gerade zu verheimlichen versuchten, es war irrelevant. Alles, das zählte, war, dass wir am Leben waren. Wir wussten nun, wer die Unbekannten waren, was den Horror aus der Situation nahm, da wir nicht mehr gegen eine unbekannte Macht kämpften; wir kannten unseren Gegner.

Zwar würden wir in Zukunft vielleicht noch einmal auf die Magier treffen müssen, irgendwas sagte mir, dass sie uns nicht in Ruhe lassen würden, bevor sie bekommen, was sie wollten, aber bis es soweit war, hatten wir noch Zeit.

„Lasst uns wieder nach oben gehen", sagte ich und gemeinsam machten wir uns auf den anstrengenden Weg zurück in die Villa.

Luna und Tim mussten mir beim Treppensteigen helfen, da ich immer noch ein wenig schwach war. Es strengte mich einfach zu stark an, meine Fähigkeiten aktiv zu benutzen, aber ich würde weiter daran arbeiten, dass es besser werden würde. Und vielleicht würde ich eines Tages keine Probleme mehr mit Schwäche und Anstrengung haben. Der Gedanke daran erfreute mich, auch wenn ich wusste, dass es noch ein langer Weg bis dahin sein würde.

Oben im Wohnzimmer der Villa angekommen brach ich auf der Couch zusammen. Ich fühlte eine Müdigkeit in mir, die ich noch nie zuvor gespürt hatte, allerdings hatte ich noch nie zuvor so häufig meine Fähigkeiten in einer Nacht benutzt. Und noch nie hatte ich sie so gut unter Kontrolle wie in dieser Nacht.

Stolz füllte mich. Auch wenn ich es physisch niemals mit Matt aufnehmen könnte, so hatte ich absolute Kontrolle über meine Fähigkeiten und trotz Stress und Emotionen war es mir möglich, zu kämpfen, ohne dass ich eine Vision bekam. Ohne dass ich generell jemanden umbrachte. Vielleicht war es nicht so verkehrt, Gefühle zu haben. Vielleicht war es okay, nicht die komplette Kontrolle über die eigenen Emotionen zu haben, solange ich meine Fähigkeiten kontrollieren konnte, war alles gut.

Tim und Luna sahen mich besorgt an und versuchten verzweifelt etwas zu finden, um meine Wunden zu versorgen, doch ich war zu benommen, um wirklich hilfreiche Antworten auf ihre Fragen geben zu können. Ich wollte nur noch nach Hause und weg von der Villa.

„Bitte bringt mich einfach nach Hause", flehte ich die beiden an.

Es dauerte zwar nicht lange, bis sie alle Sachen eingepackt und ins Auto geladen hatten, doch für mich fühlte es sich an wie eine Ewigkeit.

Krampfhaft versuchte ich, mich wachzuhalten. Ich wollte noch nicht einschlafen. Nicht jetzt. Doch wenn man müde und erschöpft war, war es schwierig, dagegen anzukämpfen. Nicht umsonst passierten Unfälle auf Autobahnen aufgrund von Sekundenschlaf. Selbst ich war nicht frei von Schuld, wenn es darum ging, übermüdet Auto zu fahren. Müdigkeit war etwas, das man nicht unterschätzen durfte. Und genau deswegen musste ich nicht viel dazu sagen und Tim übernahm freiwillig das Steuer. Eine andere Möglichkeit hatten wir sowieso nicht. Ich war absolut fahruntüchtig und Luna hatte noch keinen Führerschein.

Erschöpft ließ ich mich auf die Rückbank fallen. Ich bekam gerade noch mit, dass Tim den Motor des Autos startete, dann schlief ich ein und wachte erst wieder auf, als wir angekommen waren.

Tim und Luna weckten mich vorsichtig und halfen mir, die Treppe hochzusteigen. Meine Wunde blutete nicht mehr – ich hatte die Blutung mit einem meiner T-Shirts gestillt, bevor wir überhaupt losgefahren waren – dennoch änderte das nichts an meinen unglaublich starken Kopfschmerzen. Matt hatte sich nicht zurückgehalten und ich fragte mich, ob ich vielleicht doch ein paar mehr Kräfte hatte als gedacht, da ich zwar im Kampf verletzt wurde, aber im Vergleich zu den Schmerzen, die ich verspürt hatte, glimpflich davongekommen war. Trotz all der Schläge in mein Gesicht hatte ich weder eine gebrochene Nase noch einen Zahn verloren oder sonstiges, was man selbst nach einer Schlägerei unter Menschen erwarten könnte.

Matt war jedenfalls nicht menschlich und das ließ mich zu dem Entschluss kommen, dass ich vermutlich gewaltresistenter war, als erahnt. Das würde mir in

Zukunft nicht helfen, ihn zu besiegen, aber es würde es möglich machen, ihn abzulenken oder möglicherweise auch zu provozieren, schließlich war ich zäher, als er gedacht hatte. Er würde mich so schnell nicht kaputt bekommen.

Luna verschwand kurz auf der Suche nach einem Verband, um meine Wunde nach der Reinigung zu verschließen und dadurch zu verhindern, dass sie sich entzünden würde. Leider war ich noch zu benommen, dass ich ihr nicht sagen konnte, dass wir die ganze Zeit über einen Erste-Hilfe-Kasten im Auto hatten, schließlich gehörte das zur Grundausstattung. Aber woher sollte sie das auch wissen, sie hatte schließlich keinen Führerschein. Tim hingegen hätte es wissen müssen, aber vielleicht war er einfach zu überfordert mit der Situation gewesen.

„Was für eine wilde Nacht", murmelte Tim, während er meine Wunde mit Wasser reinigte.

Ich stimmte ihm da nur zu, dennoch war ich zu schwach, um irgendetwas zu entgegnen. Aber egal, wie schwach ich mich in dieser Situation fühlte, ich fühlte auch, dass es wieder vorbeigehen würde. Und dann würde ich nur noch stärker werden.

Irgendwann kam Luna mit einem Verbandskasten zurück. Tim half ihr, meinen Kopf zu verbinden und nach einer längeren Diskussion mit ihm konnte er sie überzeugen, dass er sich gut um mich kümmern würde. Dennoch verabschiedete sie sich erst, nachdem Tim ihr versprach, bei mir zu übernachten und ein

Auge auf mich zu werfen, falls sich mein Zustand verschlechtern würde. Zwar kam mir das überflüssig vor – schließlich fühlte ich schon, wie meine Kräfte langsam zurückkamen – dennoch war ich noch zu geschwächt, um dies anständig zu kommunizieren.

„Kann es sein, dass das unsere erste Übernachtungsparty seit unserer Kindheit ist?", fragte er übermotiviert, nachdem Luna gegangen war und er sich eine Ersatzzahnbürste aus dem Badezimmer genommen hatte.

„Vermutlich", sagte ich und lächelte.
Es fühlte sich ein wenig an, als würde die Normalität in mein Leben zurückkehren. Jetzt könnte ich endlich die Erfahrungen machen, die ich all die Jahre nicht machen konnte.
Doch bevor wir irgendetwas Besonderes hätten machen können, war ich wieder eingeschlafen.

✳✳✳

Wie erwartet wurden meine Schwächeanfälle schnell besser. Sie kamen lediglich von der häufigen Nutzung meiner Kräfte und waren binnen einer Woche nach der Nacht in der Villa wieder verschwunden. Auch meine Wunden verheilten ohne große Probleme und wider Erwarten blieb nicht einmal eine Narbe an meinem Kopf, die mich an unser Abenteuer in der Villa erinnern hätte können, zurück. Ich war wieder ganz der Alte, nur besser. Denn jetzt wusste ich, dass meine Fähigkeiten funktionierten und ich schon ziemlich nah an einem normalen Leben dran war.

Eigentlich war mein Leben schon normal. Denn als Luna Tim und mich zu ihrer Geburtstagsfeier einlud, zögerte ich nicht lange und sagte zu. Nichts – und schon gar nicht meine Visionen – würde mich davon abhalten, ein normales Leben mit normalen Aktivitäten zu führen.

Endlich lernte ich Lunas Freunde richtig kennen – auf der letzten Party war das ja ein wenig zu kurz gekommen. Auch Tim verstand sich gut mit ihren Freunden, was mich nicht überraschte. Es war schließlich Tim, über den wir hier redeten. Tim würde sich mit jedem verstehen und jeder musste ihn einfach mögen.

Kurz nach der Geburtstagsparty planten Luna und ich, dass ich ihrer Mutter zufällig im Treppenhaus begegnen würde, damit sie mich auch endlich kennenlernen könnte. Bis zu dem Zeitpunkt hatte sie kein besonders gutes Bild von mir, schließlich war ich mit meinem besten Freund und ihrer Tochter auf unbestimmte Zeit zu einem, ihr unbekannten, Ort abgehauen. Wer konnte es ihr übelnehmen?

Es musste merkwürdig gewesen sein, einen Nachbarn zu haben, den niemand außer Luna je zu Gesicht bekommen hatte. Und gerade, weil ich das negative Bild von Lunas Mutter gerne ins positive verändern wollte, ließ ich mich darauf ein, ihr im Treppenhaus zu begegnen. Jetzt gab es schließlich keinen Grund mehr, Menschen zu vermeiden. Jetzt, wo ich meine Visionen unter Kontrolle hatte, fragte ich mich, wie viel wirklich an meinen Visionen lag und wie viel nur eine Ausrede war, damit ich mich von allen Menschen zurückziehen und in meinem eigenen Elend verkümmern konnte.

Auch wenn ich gehofft hatte, meine Begegnung mit Lunas Mutter würde ihr Bild von mir verändern, so musste ich feststellen, dass ich leider falsch lag. In dem Moment, in dem sie mich sah, verfinsterte sich ihre Miene und es wirkte fast so, als würde sie sich in meiner Anwesenheit unwohl fühlen, obwohl ich nichts Besonderes getan hatte. Ich hatte mich lediglich vorgestellt. Aber damit musste ich auch leben. Nicht jeder Mensch im Leben würde einen von Anfang an mögen und vielleicht war ich jetzt einfach an dem Punkt angekommen, an dem ich das auch zu spüren bekommen würde. Schließlich hatte ich für den Großteil meines Lebens den Kontakt zu anderen gemieden. Niemand konnte mich nicht mögen, weil ich niemanden kannte.

Glücklicherweise ließ sich Luna von dem Verhalten ihrer Mutter nicht beeinflussen. Sie suchte trotzdem weiterhin den Kontakt zu mir und wir schrieben eigentlich täglich. Auch besuchte sie mich häufig in der Zeit nach der Villa. Selbst nach ihrem Umzug versuchte sie, mich so oft wie es nur möglich war zu besuchen. Es war alles normal. So menschlich. So neu. So wie eine erste Beziehung für einen sein sollte. Und wenn Lunas Mutter mich ein wenig lieber mögen würde, dann wäre auch alles perfekt. Vielleicht wäre es noch perfekter gewesen, wäre Luna nicht ans andere Ende der Stadt gezogen, denn würde sie noch unter mir wohnen, so würden wir uns vielleicht öfter sehen können.

Wenn Luna mich nicht gerade besuchte, dann war Tim stets an meiner Seite. Gemeinsam versuchten wir, mehr über meine Fähigkeiten herauszufinden und zu lernen, wie ich sie noch besser kontrollieren konnte. Es war erschreckend, wie einfach es mit der Zeit wurde, Gläser vom Tisch zu schubsen. Genau so einfach war es, sich danach wieder zu erholen. In der Nacht in der Villa war ich an meinem Tiefpunkt angelangt, aber danach wurde es nur besser. Ich fühlte mich nicht mehr ausgelaugt oder erschöpft, nachdem ich meine Fähigkeiten benutzte und ich lernte, wie es war, ein normales Leben zu führen.

Luna und ich konnten auf Dates gehen, ohne dass ich Angst haben musste, jemanden dabei umzubringen. Ich hatte nun die Möglichkeit, all die Dinge zu tun, die ich niemals von mir erwartet hätte. Ich schaffte es sogar, allein ins Kino zu gehen, und auch wenn mich die Situation stresste, da ich über die Jahre in Isolation anscheinend einige soziale Ängste entwickelt hatte, so konnte ich verhindern, dass ich jemanden tötete. Endlich lebte ich. Endlich war ich frei.

Die Zeit verging und aus Sommer wurde erst Herbst und dann plötzlich war es fast Winter. Die Temperaturen sanken und ich fühlte dieses merkwürdige Gefühl der Zufriedenheit. Dieses Weihnachten würde das erste Weihnachten sein, das ich seit meinem Auszug wieder mit meiner Familie feiern würde. Es war das erste Mal, dass mich der Gedanke an Weihnachtsfilme und Weihnachtsmusik nicht abschreckte. Es war das erste Mal, dass ich mich wieder wie ein Teil meiner Familie fühlen würde. All das hatte ich verdient.

Ich saß an meinem Küchentisch und wartete auf Luna. Eigentlich wollte sie heute bei mir übernachten, doch sie kam einfach nicht. Besorgt rief ich sie an, doch sie hob nicht ab. Ich wusste nicht, was ich tun sollte, also beschloss ich, mich abzulenken und eine Serie zu schauen. Dabei war ich wohl eingeschlafen, denn ich konnte mich an nichts mehr erinnern, was in der Serie passiert war. Doch ich konnte es mir nicht verübeln, schließlich hatte ich einen anstrengenden Tag auf der Arbeit gehabt.

Ich war zwar selbstständig, dennoch war es das erste Mal, seitdem ich ausgezogen war, dass es auf der Arbeit richtig gut lief. Ich hatte endlich wieder Spaß an dem, was ich tat und dies schien Früchte zu tragen. Generell, alles in meinem Leben schien gut zu laufen. Es gab kaum einen Bereich, der schlecht lief und was soll ich sagen, vielleicht hatte ich im Leben doch mehr verdient, als traurig und alleine vor mich hinzuvegetieren? Vielleicht hatte auch ich verdient, glücklich zu sein.

Jedenfalls schreckte ich hoch, als mich das laute Geräusch der Türklingel aus meinem Schlaf riss. Ich streckte mich und lief immer noch ein wenig schlaftrunken zur Sprechanlage.

„Hallo?", fragte ich vorsichtig.

Ich wusste schließlich nicht, wer oder was mich dort erwartete.

Kapitel 23

Ramon?", fragte ich verwundert.

Seit wann redete er an der Sprechanlage? Innerlich freute ich mich. Es musste bedeuten, dass es ihm besser ging und unser Ausflug in die Vergangenheit erfolgreich war. Er war nicht mehr unter dem Effekt des Zaubertranks. Wie sollte er auch? Der Trank hatte ihn schließlich nie berührt.

Und genau, weil ich zu ungeduldig war, die Veränderungen in seinem Leben mit eigenen Augen zu sehen und wir an diesem Abend sowieso verabredet waren, machte ich mich nach meiner Dusche direkt auf den Weg zu Ramon. Meine Mama war mehr als nur verwirrt über mein Verhalten an diesem Abend, aber sie würde es verkraften. Ich würde ihr einfach erzählen, dass ich noch spontan mit Finn Wandern gewesen war, was genaugenommen keine Lüge war. Sie würde mir glauben und dann weiterhin in Abneigung gegenüber Ramon schwelgen.

„Ach, du bist es", dröhnte es aus der Sprechanlage. Mit einem Brummen ging die Tür auf und ich stieg ins Treppenhaus. Der altbekannte Geruch von diesem Gebäude stieg mir in die Nase. Es war schön, dass sich auch das nicht verändert hatte.

Mein Herz klopfte, als ich die Treppen bis zum vierten Stock hinaufstieg. Auch wenn ich wusste, dass ich mit Ramon verabredet gewesen war, so wusste ich nicht, ob wir noch zusammen waren oder ob wir überhaupt jemals zusammen waren. Ich schluckte und hoffte, dass es nicht merkwürdig werden würde.

„Ich dachte schon, du kommst gar nicht mehr", begrüßte er mich strahlend und küsste mich.
Dies sollte wohl alle meine Fragen beantworten.

Zögerlich erwiderte ich den Kuss, da ich nicht darauf vorbereitet war, dass ich so schnell Gewissheit über die, in der anderen Zukunft etwas kompliziertere, Situation bekommen würde.

„Ist alles okay bei dir?", fragte Ramon mich, nachdem ich ihm in die Wohnung gefolgt war.

„Ja", stammelte ich und überlegte krampfhaft, was ich als Nächstes sagen sollte.
Natürlich hatte er bemerkt, dass irgendwas mit mir nicht stimmte, aber sollte er bis jetzt nichts von dem Thema Zeitreisen wissen, so wollte ich es nicht heute mit ihm aufarbeiten. Heute wollte ich einfach normal sein und unbemerkt beobachten, wie es Ramon ginge.

„Ich denke darüber nach, mir die Haare blau zu färben", antwortete ich langsam und sah ihn aus großen Augen an.

„Dann mach das doch", sagte er schulterzuckend und half mir aus meiner Jacke, da ich immer noch ein wenig zu verstört von allem war, um mich richtig zu bewegen.

„Was für einen Blauton denn genau?", hakte er nach.

„Mitternachtsblau", sagte ich und lächelte.

Es war schön, dass er es einfach hinnahm und nicht wirklich hinterfragte, wieso ich meine Haare unbedingt verändern wollte.

„Ich glaube, es würde gut zu deiner Augenfarbe pas…–", sagte er noch.

Doch ich ließ ihn gar nicht richtig ausreden, sondern küsste ihn einfach.

Hier im Licht des Wohnzimmers, in dem wir mittlerweile standen, konnte ich genau sehen, dass er nicht mehr geschwächt aussah. Und auch die Art, wie er mich in den Arm nahm und langsam an sich zog, war anders als in der anderen Zukunft. Er war anders. Er war gesund. Und das war es wert gewesen.

Auch wenn es bereits spät war, als ich vor seiner Tür auftauchte, und auch wenn ich am nächsten Tag in die Schule musste, verbrachten wir noch eine schöne Zeit zusammen. Es war das erste Mal, dass es sich wirklich anfühlte, mit ihm in einer richtigen Beziehung zu sein, da ich mich endlich auf alles einlassen konnte, weil ich mir zum ersten Mal keine Sorgen um ihn machen musste, da er endlich nicht mehr so fragil wirkte und ich keine Angst mehr haben musste, ihn zu verletzen, wenn ich ihn berührte.

Es fühlte sich an, als wären wir endlich ehrlich zueinander. Wobei, fast ehrlich. Meine Zeitreise hatte ich schließlich noch nicht erwähnt. Aber ich würde ihm noch davon erzählen, nur halt nicht heute Abend.

Finn und ich schwiegen das Thema Zeitreise tot, als wir uns am nächsten Tag in der Schule wiedertrafen. Es schien aber nicht so, als würden die Geschehnisse von letzter Nacht ihn sonderlich runterziehen. Er schien erstaunlich okay mit allem zu sein und verhielt sich eigentlich wie immer. Nur zur Begrüßung hatte er mich gefragt, ob alles geklappt hatte. Mit einem Nicken hatte ich ihm zu verstehen gegeben, dass alles genau so gelaufen war, wie wir es wollten. Ramon war geheilt, stärker als jemals zuvor und außerdem war es nicht schwer gewesen herauszufinden, dass Tim noch am Leben war.

Tims Uhr, die immer noch in meinem Besitz war, hatte ich vor meinem Aufbruch zu Ramon in meinem Zimmer versteckt. Vielleicht würde ich sie noch einmal brauchen, wenn es darum ginge, Ramon von meiner Zeitreise zu erzählen, falls Tim das noch nicht getan hatte. Aber das würde ich am Wochenende herausfinden, denn dann würde ich mich mit Tim und Ramon treffen und wenn es notwendig wäre, würde ich ihnen alles erzählen. Schließlich durften wir uns jetzt nicht in Sicherheit wiegen.

Auch wenn Matt nicht hier war und die Magier somit nicht anlocken konnte, so wussten wir nicht, ob sie uns auf den Fersen waren oder ob sie noch ganz wo anders durch die Welt tourten. Und gerade weil wir keinen Matt mehr hatten, der uns sagen konnte, wann es so weit sein würde, mussten wir allzeit bereit sein.

All diese Sorgen wollte ich mit Tim und Ramon teilen, damit sie so wie ich vorbereitet wären.

„Hast du heute zufällig Zeit?", fragte ich Finn in der Mittagspause, als ich mir sicher sein konnte, dass unsere anderen Freunde beschäftigt waren.

„Klar, wofür denn?", fragte er fröhlich.

Ich grinste ihn an und sagte: „Ich glaube, ich brauche jemanden, der mir die Haare blondiert."

„Nicht schon wieder", stöhnte er gespielt empört.

„Das habe ich doch erst vor Kurzem getan", fügte er noch lachend hinzu.

Finn und ich trafen uns am Ende des Schultages in der Eingangshalle, um gemeinsam in die Innenstadt zu gehen. Dieses Mal wussten wir genau, zu welchem Laden wir gehen mussten, um die richtige Blondierung und Tönung für meine Haare zu finden. Außerdem vertraute ich Finn noch ein wenig mehr, da ich ja bereits wusste, dass an ihm ein begabter Friseur verloren gegangen war. Zumindest hatte beim letzten Mal alles ohne Probleme geklappt.

„Warum denkst du, haben sich deine Haare wieder zurückgefärbt?", fragte Finn, als wir bei mir zu Hause angekommen waren und uns im Bad eingeschlossen hatten.

„Ich weiß es nicht. Ich denke, ich habe meine Haare in meiner Identitätskrise getönt, einfach um ein wenig was an mir zu verändern. Nach dem Motto, wenn ich schon mein Leben nicht kontrollieren kann, dann wenigstens mein Aussehen oder so", versuchte ich eine Erklärung dafür zu finden.

„Aber wieso hat die jetzige Luna dieses Problem nicht?", hakte er weiter nach.

Ich überlegte kurz.

Er hatte ja recht, irgendwas musste sich in mir drinnen verändert haben, sodass ich niemals auf die Idee gekommen war, meine Haare zu tönen. Bis jetzt natürlich.

„Vielleicht stand Sina nicht vor meiner Tür", überlegte ich weiter.

„Es gibt nur eine Möglichkeit, das herauszufinden", sagte Finn und sah mich erwartungsvoll an, als er die Blondierung mischte.

„Was genau meinst du?", wollte ich wissen.

Irgendwie war es für mich nicht so klar wie für ihn, was ich zu tun hatte.

„Naja, denkst du nicht, du kannst es in deinem Handy feststellen? Ihr werdet doch Nachrichten geschrieben haben. Wenn ihr euch gesehen habt, dann würde das bestimmt noch im Chatverlauf stehen", schlug er vor.

Was für eine grandiose Idee. Sofort schnappte ich mir mein Handy und durchsuchte meine Kontakte nach Sina. Allerdings fiel mir aus den Augenwinkeln auf, dass ich eine Person noch eingespeichert hatte, die so nicht mehr in meinem Leben war: Matt.

Aus irgendwelchen Gründen hatte sich seine Nummer durch die Zeitreise nicht aus meinem Handy gelöscht, obwohl ich in dieser Zeitleiste unmöglich an seine Nummer gekommen sein konnte.

Das würde allerdings auch bedeuten, dass der Chat mit Sina sowieso existieren würde, selbst wenn wir uns in den Herbstferien nicht gesehen hätten. Dennoch klickte ich auf den Chat, welcher wie erwartet voller Nachrichten über unser Zusammentreffen war.

„Das hilft nicht. Ich habe sogar noch Matts Nummer", schmollte ich enttäuscht.

„Hast du dir den Chat mit Matt mal angeguckt? Vielleicht gibt es da irgendein Zeichen, dass er nicht mehr in unserem Leben ist", versuchte es Finn weiter und fing an, die Blondierung auf meine Haare aufzutragen.

„Tatsächlich", schrie ich auf und bewegte mich so ruckartig, dass ich Finn fast den Pinsel aus der Hand schlug.

„Der Chat mit Matt ist leer. So als hätte er nie existiert."

Es war verwunderlich, dass alles darauf hindeutete, dass ich Matt nicht kennen sollte, ich aber dennoch seine Nummer eingespeichert hatte. Wobei, wer konnte schon genau sagen, dass es tatsächlich noch seine Nummer war? Vielleicht war es auch die Nummer eines anderen.

„Auch wenn alles gerade keinen Sinn macht. Es ist eine Zeitreise, das muss alles gerade keinen Sinn für uns machen. Aber wenn der Chat mit Matt nicht existiert, der mit Sina aber schon, könnte das ein Zeichen dafür sein, dass sie wirklich hier war", versuchte Finn zu schlussfolgern.

„Aber was sonst ist nicht passiert, was mich dazu gebracht hat, meine Haare zu tönen?", fragte ich verzweifelt.

Woher sollte Finn das denn wissen? Er hatte ja noch weniger Ahnung als ich.

„Tja, du hast jetzt genug Zeit, darüber nachzudenken und das herauszufinden", lachte er, während er weiter meine Haare blondierte.

Und er hatte recht, ich hatte jetzt alle Zeit der Welt, darüber nachzudenken, während er sich ganz auf meine Haare konzentrierte. Was außer Sina und ihrer Blondierung hätte mich dazu bewegen können, meine Haare in diesem Ausmaß zu verändern?

Was war, wenn es tatsächlich eine Aktion war, um das Gefühl von Kontrolle zu bekommen, nachdem ich die Kontrolle über mein Leben verloren hatte oder es sich zumindest so angefühlt hatte?

Und dann fiel es mir ein. Luana. Die Verbindung zu Ramon und seiner Oma und die Tatsache, dass ich eigentlich selber nicht mehr genau wusste, wer ich überhaupt war. Das musste der wahre Auslöser für meine blauen Haare gewesen sein.

„Ich hab's", sagte ich, als Finn bereits fertig mit der Blondierung war und wir nur darauf warteten, dass wir sie wieder auswaschen konnten.

Sofort blickte er von seinem Handy auf.

„Matt hat die fehlenden Seiten aus dem Märchenbuch nicht mitgenommen. Deshalb ist er nicht hier. Er braucht unsere Hilfe nicht oder will aus irgendwelchen Gründen nicht mit uns kooperieren. Jedenfalls bedeutet das, dass wir diese fehlenden Seiten nicht kennen. In dieser Zukunft haben Ramon und Tim und irgendwie auch ich bis zu diesem Zeitpunkt keine Ahnung von der Verbindung zwischen Luana und mir", sprudelte es aus mir heraus.

In dem Moment wusste ich nicht, ob Finn meinen Gedanken überhaupt folgen konnte, schließlich war er bei keinem dieser Ereignisse live dabei gewesen und als ich ihm endlich von allem erzählen konnte, waren es so viele Informationen auf einmal gewesen, dass er sich das alles unmöglich hätte merken können.

„Und das, obwohl eure Namen ja so ähnlich sind. Schockierend", witzelte er.

Und auch ich musste lachen.

Er hatte ja recht. Manchmal war die Wahrheit so offensichtlich, dass das Einzige, was einen daran hinderte, an sie zu glauben, man selber war.

Wir verbrachten den Rest der Zeit damit, schlechte Witze zu machen und einfach miteinander zu reden, wie wir es auch vor letzter Nacht immer getan hatten. Zwar hatte er noch einige Fragen, die ich ihm auch gerne beantwortete, aber im Großen und Ganzen hatte er es deutlich besser weggesteckt als ich.

Und als die Blondierung ausgewaschen war, half er mir, so wie er es auch in der anderen Zukunft getan hatte, meine Haare *midnight blue* zu tönen. Es war, als hätte ich trotz immer noch anhaltender Identitätskrise ein wenig zu mir selbst gefunden.

„Ich glaube, ich bekomm ein Déjà-vu", begrüßte mich Tim, als ich in Ramons Wohnung eingetreten war.

Ein Grinsen huschte über mein Gesicht.
Auch wenn es mich nicht überraschen würde, wenn er unsere Begegnung sogar vergessen hätte, so war es schön zu wissen, dass er uns immer noch glaubte, dass wir durch die Zeit gereist waren.

Ramon guckte uns nur verwirrt an, sagte aber nichts dazu.

„Sieht gut aus", komplementierte er meine, für ihn neue, Haarfarbe.

Ich bedankte mich und schmiss mich neben Tim auf die Couch.

„Schön, dass du wieder da bist", sagte ich, als hätten wir uns ewig nicht mehr gesehen.
Was für ihn ja auch stimmen musste. Schließlich war in seiner Zeit fast ein halbes Jahr vergangen, während es für mich nur weniger als eine Woche war. In der Zwischenzeit hatte er Luna gesehen, die theoretisch ja ich sein sollte, aber praktisch nicht ich gewesen war. Und jetzt, da ich meine Haare wieder gefärbt hatte, konnte er sich sicher sein, dass ich wieder ich war. Gott, war das alles kompliziert.

„Ihr habt euch doch erst letzte Woche gesehen“, stellte Ramon fest.

Natürlich konnte ich das nicht wissen, schließlich war ich vor einer Woche nicht hier gewesen. Ich war zu dem Zeitpunkt schließlich noch in meiner Zeit.

„Stimmt ja“, lachte ich unsicher.

Ich hatte keine Ahnung, wovon ich sprach.

„Also, was war so wichtig, dass du unbedingt mit uns reden wolltest?“, fragte Ramon und sah besorgt aus.

„Ich habe mir mal ein paar Gedanken gemacht und bin zu dem Entschluss gekommen, dass wir den Magiern nicht für immer aus dem Weg gehen könnten. Es wird Zeit, dass wir uns auf einen weiteren Angriff ihrerseits vorbereiten“, sagte ich.

„Ich bin besser vorbereitet als jemals zuvor. Sie können gerne kommen. Ich hab keine Angst mehr“, sagte Ramon sofort.

„Und ich hab meinen Baseballschläger“, warf Tim ein.

Ich schenkte ihm einen mahnenden Blick.

Er wusste genauso gut wie ich, dass er ziemlich verwundbar war. Außerdem gab es dieses Mal keine Garantie dafür, dass Matt sich nicht auf Tim stürzen würde. Es gab für nichts mehr eine Garantie.

„Ich möchte, dass ihr das ernst nehmt. Wer weiß, was die Magier vorbereiten, wenn sie wiederkommen. Wer weiß, wen sie an ihrer Seite haben werden. Ich dachte, vielleicht könnten wir Finn mit in unsere

Gruppe aufnehmen. Wir können froh sein über jeden, der uns helfen möchte", schlug ich vor.

„Ich dachte, du möchtest ihn aus allem heraushalten?", hinterfragte Ramon meine Worte.
Verdammt.
Daran hatte ich nicht gedacht. Natürlich wollte ich ihn daraus halten, aber jetzt war er nun einmal so stark involviert, dass er nützlich werden könnte.

„Hast du ihm etwa von mir erzählt?", fragte Ramon mahnend.

Ich antwortete nicht, sondern senkte den Blick.
Aus dieser Situation würde ich nur mit der Wahrheit wieder herauskommen.

„Luna?", fragte er noch einmal nach und dieses Mal klang er noch ernster als vorher. Er klang wütend.

„Ich schwöre, ich kann alles erklären", versuchte ich es.

„Vergiss es!", sagte er und stand auf und ging ins Badezimmer.

„Du hast ihm nichts erzählt, gehe ich mal von aus?", fragte ich Tim.

„Nein, ich dachte, das wäre deine Aufgabe, für wann auch immer du wiederauftauchen würdest", gestand er mir.
Eigentlich war das sehr nett und bedacht von ihm gewesen, schließlich konnte ich die ganze Situation am besten erklären. Tim wusste ja nicht wirklich viel mehr über die Zukunft, außer dass ich blaue Haare haben und er tot sein würde.

„Denkst du er ist sehr sauer?", fragte ich vorsichtig. Schließlich kannte Tim Ramon immer noch am besten. Er konnte einschätzen, ob es sich jetzt lohnte, ihm alles zu erklären, oder ob es besser wäre, abzuwarten, bis er sich wieder beruhigt hatte.

„Wenn du ihm alles erklärst, wird er es bestimmt verstehen", sprach Tim mir gut zu.

Also stand ich auf und klopfte vorsichtig an die Badezimmertür.

„Ramon? Können wir reden? Ich verspreche dir, alles macht Sinn. Du musst mir nur zuhören", meine Stimme zitterte ein wenig.

So wütend hatte ich ihn noch nie gesehen. Zumindest nicht auf mich. Was wäre, wenn er eine Vision bekommen würde?

Ich hörte einen Seufzer auf der anderen Seite der Tür, dann öffnete sie sich langsam.

„Die Erklärung muss verdammt gut sein", grummelte er und wir gingen wieder zu Tim zurück.

„Es gibt zwei Regeln. Erstens, du lässt mich ausreden und zweitens, du darfst mich nicht für verrückt erklären", zitierte ich ihn von dem Abend, an dem er mir alles über sich erzählt hatte.

Ich wusste nicht, ob er die Anspielung überhaupt verstehen würde, geschweige denn, ob er diesen Satz in dieser Zeit überhaupt gesagt hatte – eigentlich müsste er es gesagt haben, schließlich hatten wir dieses Gespräch noch deutlich vor meiner Zeitreise geführt, allerdings konnte ich mir mit gar nichts mehr so wirklich sicher sein. Dennoch wusste ich eins: Heute waren die Rollen vertauscht. Heute war ich es, die ihm alles über mich erzählen musste.

Falls er meine Anspielung verstanden hatte, so war er gut darin, es nicht zu zeigen. Er nickt lediglich.

„Wo fange ich nur am besten an", murmelte ich und seufzte.

Ich hatte so viel zu erzählen, und doch hatte ich noch gar nichts gesagt. Wie würde man einem Menschen, dem man sogar sein Leben anvertraute, sagen, dass er einen in einer alternativen Zukunft fast umgebracht hatte.

„Du hattest von Anfang an recht und es gibt eine bestimmte Verbindung zwischen Luana und mir", fing ich an.

Diese Information sollte ihn von allen, die noch kommen würden, am wenigsten schockieren.

„Ich wusste es", hörte ich ihn sagen. „Aber woher weißt du das?", fügte er verwundert hinzu.

„Das klingt jetzt total abgefahren und alles, aber bitte, du musst mir glauben. Ich bin in der Zeit gereist und in der anderen Zukunft haben wir das herausgefunden", versuchte ich, mich zu erklären.

„Zeitreisen also", murmelte er nur.

Ich hatte keine Ahnung, ob er mir glaubte oder nicht. Einerseits gab es keinen Grund, mir nicht zu glauben, nicht nach allem, was er bereits gesehen hatte. Auf der anderen Seite aber klang meine Geschichte noch einmal um einiges unrealistischer.

Ich sah Tim flehend an.

„Vielleicht war auch ich nicht ganz ehrlich zu dir gewesen", sagte Tim und sah bedrückt auf den Boden.

„Ich habe Luna aus der Zukunft in der Nacht in der Villa getroffen. Sie war es, die mich geweckt und in den Keller geführt hat. Bereits damals hat sie über Zeitreisen geredet", setzte sich Tim für mich ein.

„Wie konntest du ihr so schnell glauben?", wollte Ramon wissen.

„Naja, sie war nicht allein. Finn war dabei. Und sie hatte meine Uhr an. Ich musste ihr einfach glauben."

„Finn war dabei?", hakte Ramon nach.

Noch immer sah er skeptisch aus.

„Ja. Finn war dabei. Und glaub mir, in der anderen Zukunft wusste er auch nicht von den Magiern oder deinen Kräften oder sonstigem Übernatürlichen. Bis zu dem Tag, an dem wir wieder auf die Magier trafen. Sie haben ihn als Druckmittel verwendet, ich hatte keine andere Wahl, als es ihm zu erzählen", rechtfertigte ich mich.

„Warum hast du ihn denn in die Vergangenheit mitgenommen? Wieso war er so wichtig? Wieso konntest du keinen von uns mitnehmen?"

„Wieso kannst du mir nicht einfach vertrauen, dass alles, was ich getan habe, seinen Grund hatte? Was ist nur los mit dir, so kenne ich dich gar nicht?", in mir brodelte es jetzt auch.

Wieso war es so schwer, ihn davon zu überzeugen, dass ich alles, was ich getan hatte, für ihn getan hatte?

„Aber falls du es wirklich wissen willst. In der Nacht in der Villa wollten die Magier dich verzaubern. Was in dieser Zukunft nicht geklappt hat, dank mir und Tim und Finn, hat in der anderen Zukunft geklappt, weil keiner damit gerechnet hatte. Die Magier kamen irgendwann zurück und, wie formuliere ich das jetzt nett…? Du wurdest entführt und Tim war tot.“

Ramon sah mich aus geweiteten Augen an.

„In der Nacht in der Villa. Das warst du?“, langsam schien er zu begreifen, was ich getan hatte.

Ich nickte nur.

„Danke“, sagte er und lächelte.
Es schien so, als könnte er mir endlich glauben.

„Gibt es sonst noch irgendwelche Unterschiede zur alternativen Zukunft? Also außer dem Ende und der Tatsache, dass wir herausgefunden haben, dass du und Luana eine Verbindung haben?“, wollte er wissen.
Jetzt hatte ich seine Neugier geweckt.

Ich überlegte kurz.

„So genau kann ich es nicht wissen. Ich bin noch nicht super lange in dieser Zukunft. Ich weiß selbst noch nicht, was sich alles verändert hat“, gab ich zu.
Dennoch fing ich an, von meiner Zukunft zu erzählen. Ich erzählte von den Auswirkungen des Trankes. Davon, dass Ramon immer schwächer wurde und als Resultat davon seine Visionen nicht mehr kontrollieren konnte.

Als Ramon das hörte, sah er deutlich geschockt aus. In dieser Zukunft funktionierte er so gut. Es hatte sich also definitiv gelohnt, ihn zu beschützen.

Ich erzählte ihm von seinen Visionen, die sowohl Tim als auch mich fast getötet hatten. Ich erzählte von dem mysteriösen Retter, aber ich ließ dabei aus, dass es sich um Matt handelte. Ich musste es selbst noch verarbeiten, dass ich mir mittlerweile sicher sein konnte, dass er niemals hier gewesen war und dass alles, was wir erlebt hatten, für ihn niemals passiert war.

Zwar wusste ich, dass ich es den anderen unbedingt irgendwann erzählen musste, schließlich waren das wichtige Informationen, die wir für unseren hoffentlich finalen Kampf mit den Magiern benötigten. Aber für eine kurze Zusammenfassung der alternativen Zukunft war Matt nun einmal nicht besonders wichtig. Ich erzählte ihnen von den fehlenden Seiten im Buch und von der Verbindung zu Luana. Auch ließ ich meine darauffolgende Identitätskrise nicht aus, um die Stimmung ein wenig aufzulockern. Auch wenn es sich noch nicht ganz normal anfühlte, so hatte ich mich ein wenig mit dem Gedanken abgefunden, eine zweite Chance im Leben bekommen zu haben.

Außerdem ließ ich sie wissen, wie unser Treffen mit den Magiern ablief und wie Finn und ich es geschafft hatten, in der Zeit zurückzureisen. Es war merkwürdig, all dieses Wissen zu haben, was wir eigentlich nicht hätten haben dürfen. Wir hätten nicht wissen dürfen, dass das Zauberbuch von Ramons Oma in meinem Kopf war. Wir hätten nichts über die Verbindung zwischen mir und Luana wissen dürfen. Und auch hätten wir nicht wissen dürfen, dass das Zauberbuch überhaupt gar kein richtiges Buch war, denn wie ich erfahren hatte, hatte Ramon in dieser Zeit nie nach dem Buch gesucht. Er brauchte es schließlich nicht; er war ja gesund und besser vorbereitet als jemals zuvor. Er war niemals allein in der Villa gewesen und wir hatten uns niemals getrennt. Auch wenn es nur Kleinigkeiten waren, die sich verändert hatten, so war es eine Menge an Kleinigkeiten.

Ramon und Tim hörten beide neugierig bis zum Ende zu.

„Und deshalb denke ich, dass es wichtig ist, dass wir die Magier irgendwie zu uns locken können. Irgendwelche Fragen?", beendete ich meine Erklärung.

Erstmal blieb alles still.

„Woher hatten wir die fehlenden Seiten", wollte Tim wissen.

Natürlich war ihm das nicht entgangen.

„Von einem Freund", sagte ich und merkte, wie mir die Tränen in die Augen schossen.

Vorsichtig umarmte Ramon mich.

„Alles gut. Du musst es uns nicht sagen, wenn du nicht willst", beruhigte er mich.

Ich seufzte.

„Erinnert ihr euch an Matt? Groß, düster…", fing ich an, doch Tim ließ mich nicht ausreden.

„Angsteinflößend", fügte er hinzu.

„Genau der", bestätigte ich ihn.

„In meiner Zukunft war er auf unserer Seite, nachdem er die Magier verlassen hatte. In jener Nacht hat er die fehlenden Seiten aus dem Märchenbuch von den Magiern gestohlen, um uns diese zu geben. Im Gegenzug wollte er unsere Hilfe", erklärte ich.

„Also müssen wir nur abwarten und plötzlich steht er mit den fehlenden Seiten vor unserer Tür?", wollte Ramon wissen.

„Nein. Er wird gar nicht auftauchen. Während du mich aus der Vergangenheit gerettet hast und Tim sich um die Magier gekümmert hat, ist Matt zwar abgehauen, doch hat er aus welchen Gründen auch immer die fehlenden Seiten bei den Magiern gelassen. So als plane er gar nicht erst, uns nach Hilfe zu fragen. Alles, was wir mit ihm erlebt haben, ist also nie passiert und wird auch nicht passieren."

„Also wird er wieder bei den Magiern sein?", hakte Ramon nach.

„Ich weiß es nicht. Alles, was ich weiß, ist, dass er niemals in dieser Stadt war. Sein Zuhause ist nicht da, wo es sein sollte, so als hätte es nie existiert. Und alle Spuren, die er in meiner Zukunft hinterlassen hat, wurden ausgelöscht. Es wäre also gut möglich, dass er wieder bei den Magiern ist. Schließlich war er in meiner Zukunft immer noch nicht frei von ihnen", erklärte ich.

„Was ist, wenn er nicht hier ist, weil er niemanden retten muss?", überlegte Tim laut.

Ich sah ihn schockiert an.

Alles, was er sagte, passte erstaunlich gut zusammen. Klar, es erklärte nicht, wieso er die fehlenden Seiten aus dem Buch nicht von den Magiern geklaut hatte, aber es erklärte, warum er niemals in dieser Stadt aufgetaucht war. Es ging Ramon gut. Er hatte uns alle niemals in Gefahr gebracht. Und Matt, der uns in der anderen Zukunft retten musste, hatte nicht mehr dieses merkwürdige Bedürfnis, uns oder irgendwen sonst zu retten; es war schließlich nicht notwendig.

„Das ist brillant", entfuhr es mir.

Tim überraschte mich immer wieder mit seinem Verständnis fürs Übernatürliche. Manchmal fragte ich mich, ob nicht vielleicht er heimlich das Wissen von Ramons Oma geerbt hatte.

Ramon hingegen sah noch nicht so überzeugt aus. Doch nachdem wir ihm alles noch einmal klar und deutlich erklärt hatten, fing auch er an, der Theorie zu glauben. Im Endeffekt war es auch egal, wieso Matt nicht hier war. Fakt war, dass er nicht hier war und wir damit rechnen mussten, dass er wieder bei den Magiern war.

„Auch wenn ich mir bewusst bin, dass wir die Magier noch einmal sehen werden, war mir nicht klar, wie notwendig es ist", gestand Ramon.

„Also, was ist der Plan? Wie locken wir sie ohne Matt in die Stadt? Und wo locken wir sie hin?"

„Ich weiß nicht wie oder wann, aber ich weiß wo", sagte ich grinsend.

„Das ist doch schon mal ein Anfang“, lächelte Ramon.

Ich erzählte ihnen von der Lichtung, auf der wir in der anderen Zukunft gegen die Magier gekämpft hatten. Schließlich war das der einzige Ort, der weit genug weg von der Stadt und gleichzeitig gut zu erreichen war. Außerdem sagte mir mein Gefühl, dass dies die richtige Entscheidung war. Manche Sachen fühlten sich einfach richtig an und dies war eine dieser Sachen. Und vielleicht hatte ich auch die Hoffnung, dass es dort oben, da wo Matt zu Hause war, leichter werden würde, ihn davon zu überzeugen, auf unserer Seite zu kämpfen.

Kapitel 24

Luna hatte erstaunlich viel zu erzählen. Nichts von allem, was sie gesagt hatte, hätte ich im Entferntesten erahnen können und doch gab es keine Zweifel mehr daran, dass sie recht hatte. Ich glaubte ihr. Und selbst wenn ich ihr nicht glauben würde, so gab es immer noch Tim, der Zeuge dessen war, was während der Nacht in der Villa passiert war. Er war da, als Luna durch die Zeit gereist war; er hatte es mir nur verheimlicht. Vielleicht war es auch besser so, wer wusste schon, ob ich ihm das so ohne jegliche Beweise überhaupt geglaubt hätte.

Das ganze Thema war ziemlich komplex und so ganz konnte ich noch nicht greifen, was genau in der anderen Zeit passiert und was nicht passiert war. Aber eigentlich war es auch egal, es reichte, wenn Luna es verstehen würde. Schließlich war es sie, die den Schlüssel zu all dem Wissen meiner Oma hatte. Auch das konnte ich noch nicht wirklich fassen. Die ganze Zeit wollte sie mir weiß machen, dass sie keine Verbindung zu Luana gespürt hatte und jetzt war es sie, die mir erzählte, dass Luana und sie die gleiche Person waren. Es war verrückt, doch es bestätigte nur meine Theorie. Und vielleicht war ich auch ein bisschen erleichtert darüber, dass sie es selbst einsah und ich nicht verrückt war, eine Verbindung gesehen zu haben, die eigentlich keinen Sinn ergab.

Tim schien der ganzen Sache ein wenig besser folgen zu können als ich, aber zu meiner Verteidigung war er auch schon ein wenig besser auf dieses Gespräch vorbereitet. Für mich hingegen war das alles Neuland. Immerhin hatte ich jetzt auch eine Erklärung für die merkwürdige Gestalt, die sich zwischen die Magier und mich geworfen hatte. Niemals in meinem Leben wäre ich auf den Gedanken gekommen, dass es sich dabei um Luna handelte, und noch weniger hätte ich erwartet, dass sie aus der Zukunft wäre. Jetzt, wo ich sie mit ihren blauen Haaren sah, war es aber erstaunlich logisch, dass sie es war, die wir in jener Nacht gesehen hatten.

„Großartige Idee", hörte ich Tim sagen.
All das riss mich aus meinen Gedanken, in die ich versunken war.

Verwirrt starrte ich ihn an und versuchte unauffällig der Konversation zu folgen.

„Wow, ich hätte nicht gedacht, dass es so einfach werden würde, euch davon zu überzeugen, die Magier hierhin zu locken", sagte Luna begeistert.
Ich hätte niemals damit gerechnet, dass wir den Magiern hier wieder begegnen würden. Eigentlich hatte ich gehofft, dass wir ihnen niemals wieder begegnen würden. Vielleicht hatten sie mich vergessen und waren auf der Suche nach etwas anderem. Jemand anderem.

Auch wenn sie bei unserer letzten Begegnung deutlich gemacht hatten, dass sie wiederkommen würden, so hatte ich nach so langer Zeit einfach nicht mehr damit gerechnet, dass sie tatsächlich noch hinter mir her waren, obwohl es absolut keinen Sinn ergab, dass ich mich in Sicherheit fühlte.

Auf der anderen Seite aber hatte ich erstaunlich wenig Angst vor ihnen. Sollten sie doch kommen. Ich war vorbereitet und besonders, wenn wir sie zu uns locken würden, könnten wir zum Vorteil haben, dass sie nicht damit rechneten, dass wir sie bereits erwarteten. Es wäre zu unserem Nutzen, wenn sie uns unterschätzen würden.

„Nur wie locken wir sie an?", fragte ich realistisch. Ich hatte keine Ahnung, wie sie uns hier finden sollten. Wussten sie, dass wir hier waren? Wenn ja, wieso waren sie nicht schon längst in dieser Stadt aufgetaucht? Und wenn nein, wie würden wir es ihnen signalisieren, ohne dass wir unsere Absichten verraten? Würden sie überhaupt kommen?

„Das ist eine sehr gute Frage und wenn ich ehrlich bin, hatte ich Hoffnung, dass einer von euch eine Idee hat. Wir können ja schließlich nicht einfach eine Nachricht an Matt schreiben und ihm sagen, wo wir wann sein werden", gegen Ende wurde Luna immer leiser.

Es war offensichtlich, dass, was auch immer in der anderen Zukunft passiert war, sie immer noch mitnahm. Die Zeit konnte nun mal nicht alle Wunden heilen. Besonders nicht die, die eigentlich gar nicht da sein durften.

Und auch wenn ich mir nicht vorstellen konnte, dass wir in irgendeiner Version der Zukunft mit Matt befreundet sein konnten, nach all dem, was er uns in der Villa angetan hatte, so glaubte ich Luna, dass es passiert war.

Es würde uns sogar von Nutzen sein, denn ich konnte Matt nicht einschätzen, vielleicht konnte sie ihn durch ihre gemeinsame Vergangenheit – wenn man es überhaupt so nennen konnte – besser einschätzen, was wiederum ein weiterer Vorteil für uns wäre.

„Wieso eigentlich nicht?", fragte Tim verwirrt.

Luna und ich musterten ihn kritisch.

Schlug er gerade ernsthaft vor, dass wir Matt eine WhatsApp-Nachricht schreiben sollten?

„Naja, nur weil ich seine Handynummer noch habe, heißt das nicht, dass sie immer noch zu ihm gehört. Was, wenn er kein Handy mehr hat?", stammelte Luna.

„Außerdem, selbst wenn die Nachricht bei ihm ankommen würde, wieso sollten die Magier und er an einem von uns gewählten Standort auftauchen? Sie würden doch erwarten, dass es eine Falle ist", sagte ich und streckte mich seufzend.

Egal, wie lange wir hier sitzen würden, wir würden keine richtige Lösung finden.

„Es gibt nur einen Weg, das herauszufinden. Natürlich hat es keinen Sinn, wenn die Nummer nicht mehr zu Matt gehört. Und vermutlich ist die Chance gering, dass die Magier wirklich kommen würden. Aber wisst ihr, was weniger Sinn hat? Es gar nicht erst zu versuchen. Denn dann kommt keiner irgendwohin. So haben wir wenigstens den Hauch einer Chance, dass es funktionieren könnte. Außerdem, was sind die Alternativen? Irgendein Zauberspruch, der sie in die Stadt lockt? Lasst uns doch erst einmal mit der offensichtlichsten Sache anfangen", erklärte Tim uns seinen Gedankengang und wenn er es so formulierte, hatte er natürlich recht. Wie immer also.

„Okay", sagte Luna leise. „Was sollen wir ihm schreiben?"
Wenn man genau hinhörte, konnte man das Zittern in ihrer Stimme kaum überhören. Auch ich wurde ein wenig nervöser. Zumindest konnte ich ruhig bleiben und die anderen beiden dabei beobachten, wie sie versuchten, die perfekte Nachricht an Matt oder sonst wen – wir konnten ja nicht wissen, ob die Nummer ihm gehörte – zu schicken.

„Yo Mattiboy, lang nicht mehr gesehen. Wie wär's, wenn du und deine ollen Freunde uns mal einen freshen Besuch abstatten würden? Hinter den Bergen, aber nicht bei den sieben Zwergen. Vielleicht haben wir auch ein nices Zauberbuch für euch. YOLO", diktierte Tim ernsthaft.

Luna und ich sahen ihn nur fragend an, bis wir alle in Lachen ausbrachen.

„Bitte was?", fragte ich verwirrt.

„Ich dachte, so redet die Jugend von heute", sagte Tim verlegen.

„Tim, du bist 21 und keine 80. Du BIST die Jugend von heute", versuchte ich ihm zu erklären.

„Pfff", machte er nur. „Wenn ihr bessere Vorschläge habt, könnt ihr die natürlich auch nehmen", sagte er gespielt beleidigt.

„Aber du solltest auf jeden Fall das Buch erwähnen. Es wäre unrealistisch, dass Ramon sich entscheiden würde, sich ihnen anzuschließen", fügte er noch hinzu.

„Oh, das ist eine gute Idee. Was wäre, wenn wir ihnen tatsächlich ein Buch übergeben würden? Sie müssen ja nicht wissen, dass das echte Buch kein richtiges Buch ist", warf Luna ein.

„Nur wer würde das fake Buch besorgen?", wollte ich wissen.

„Ich kümmere mich darum", sagte Luna und lächelte, so als wüsste sie schon genau, woher sie eins bekommen sollte.

Das war gut. Ein Problem weniger.

„Hey Matt, falls das hier die richtige Nummer ist, wollte ich dir nur sagen, dass sich Ramon dazu entschieden hat, euch das Buch zu übergeben, falls ihr es noch wollt. Aber als Gegenleistung lasst ihr ihn in Ruhe. Wenn ihr noch an dem Buch interessiert seid, kommt nächsten Samstag um 16 Uhr zu folgendem Standort", las Luna ihre Nachricht vor, bevor sie diese abschickte.

„Das klingt gut", gab ich meine Freigabe.

„Hm", überlegte Tim künstlich kritisch. „Besser hätte ich es nicht schreiben können", gab er schließlich zu.

Luna drückte auf Senden und schickte in einer weiteren Nachricht noch den Standort, den sie für richtig befunden hatte, hinterher. Auch wenn ich keine Vorstellung davon hatte, wie es auf dem, von ihr ausgewählten, Berg aussehen würde, mochte ich die Idee, dass wir keine weiteren Menschen in Gefahr bringen würden. Wir würden die Magier schließlich nicht in die Stadt locken, lediglich in unsere Nähe, doch das konnten sie nicht wissen.

„Jetzt können wir nur noch abwarten und hoffen, dass es funktionieren wird", sagte Tim und klatschte in die Hände.

Den Rest unseres Treffens verbrachten wir damit, die Begegnung mit den Magiern zu planen. Sollten sie tatsächlich auftauchen, mussten wir vorbereitet sein. Luna würde sich um das falsche Zauberbuch kümmern und ich müsste jeden Tag meine Kräfte trainieren. Sollte es zu einem Kampf mit Matt kommen, würde ich dieses Mal nicht verlieren. So viel war klar. Finn würden wir auch involvieren, er war schließlich bereits zu tief drinnen. Und auch wenn ich mich noch nicht mit dem Gedanken anfreunden konnte, dass er über alles Bescheid wusste, so war ich nicht mehr wütend auf Luna. Schließlich konnte sie nichts dafür. Die Magier waren schrecklich gut darin, unsere

Schwachstellen herauszufinden. Ein weiterer Punkt, weshalb ich weniger Angst vor den Magiern hatte als in der Nacht in der Villa; ich hatte keine Schwachstelle mehr.

Luna war unsterblich, sie konnten ihr nichts antun und ich sollte doch wohl in der Lage sein, Tim mit der Hilfe meiner Kräfte beschützen zu können.

In den letzten sechs Monaten waren wir alle stärker denn je geworden. Wir waren nicht mehr die Gruppe verwirrter Teenager, die keinen Plan hatte, wer oder was sie wann erwarten würde. Wir wussten, mit wem wir es zu tun hatten und wir waren vorbereitet. Und vielleicht fand ich die Idee mit dem falschen Zauberbuch auch ein bisschen zu genial.

Mit ein wenig Glück würden wir vielleicht um einen Kampf herumkommen. Wobei das auch keine Möglichkeit war. Sollten sie mit dem falschen Buch verschwinden, würden sie wann anders wiederkommen. Wir mussten sie ein für alle Mal besiegen, wenn wir wollten, dass es irgendwann ein Ende haben würde.

Das war die einzige Sache, für die keiner einen Plan hatte. Keiner wusste, wie wir das anstellen sollten, und niemand traute sich, das auszusprechen.

Kapitel 25

Sollte unser Plan funktionieren, hatten wir genau eine Woche Zeit, um uns so gut wie möglich auf alles vorzubereiten und auch wenn Tim, Ramon und ich bereits genauestens geplant hatten, wer sich um was kümmern würde, so fühlte ich mich immer noch so unsicher.

Natürlich waren unsere Chancen bei Weitem besser als in der anderen Zukunft, dennoch war ich nicht so optimistisch wie Ramon und Tim. Schließlich hatte ich Sachen gesehen, die die beiden nicht gesehen hatten. Und auch wenn die Magier mir nichts anhaben konnten, hatte ich Angst vor ihnen. Sie könnten schließlich immer noch Tim oder Finn verletzen, wenn nicht sogar…

All das ging mir durch den Kopf, als ich auf dem Heimweg war und vereinzelte Schneeflocken auf meinen Haaren und Händen landeten, während ich auf den Bus wartete, der wie immer zu spät dran war. Sobald ein wenig Schnee fiel, brach die Infrastruktur in dieser Stadt sofort zusammen. Zumindest fühlte es sich so an. Vielleicht war das aber generell ein Problem in ganz Deutschland und nicht nur hier.

Auch wenn Ramon mir angeboten hatte, dass ich bei ihm übernachten könnte, wollte ich das nicht. Ich wollte nach Hause, um meinen Kopf ein wenig freier zu bekommen. Außerdem musste ich noch ein gefaktes Zauberbuch besorgen. Und auch wenn ich bereits eine Idee hatte, wo ich das auftreiben könnte, so war ich auch ein wenig von Finn abhängig. Schließlich war er Teil meines Plans.

Mit einem Quietschen hielten die Reifen des Busses an. Ich stieg ein und sah den Lichtern der Stadt zu, wie sie immer weniger wurden, bis wir schließlich die Innenstadt verließen und auf ruhigere Landstraßen Richtung neues Zuhause abbogen.

***

„Ich soll was tun?", fragte Finn verwundert.
Bereits am Vorabend hatte ich ihn gefragt, ob er heute Zeit haben würde. Zu meinem Glück hatte er Zeit.

„Du sollst einfach ein paar lateinische oder griechische Wörter in dieses alte Notizheft schreiben", wiederholte ich seine Aufgabe.

„Wieso machst du das nicht selbst? Du weißt doch, wie unkreativ ich bin", seufzte er verzweifelt.

„Weil ich Angst habe, dass ich aus Versehen echte Zaubersprüche oder so aufschreibe", fing ich an zu erklären.

Doch bevor ich weiterreden konnte, dass ich mir nicht sicher war, was wirklich meine Gedanken waren und was mein Wissen sein würde, sagte Finn: „Verstehe."

Ich war ein wenig überrascht, dass er meine Ängste so einfach nachvollziehen konnte, aber ich hinterfragte nicht, ob er tatsächlich wusste, wieso ich es nicht selbst machen wollte, oder ob er einfach nur Finn war. Denn Finn war einfach unkompliziert.

Schließlich gab ich ihm ein altes Notizbuch von mir, das ich mal auf einem Flohmarkt gekauft hatte, weil mir der Vintage-Style gefallen hat. Allerdings war ich nie ein Fan von Notizenschreiben und so blieb es bis zum heutigen Tag unbeschrieben. Es war also perfekt geeignet für unseren Plan.

Vorsichtig beobachtete ich Finn, der sich auf seinem Handy ein lateinisches Wörterbuch aufgerufen hat und fleißig mit einem Füller Wörter in das Notizheft schrieb. Das Buch musste nicht gut gefakt sein. Es war wichtig, dass es die Zauberer lange genug ablenken würde. Denn auch, wenn ich nicht genau sagen konnte, wie wir sie endgültig besiegen würden, so konnte ich wenigstens alles dafür tun, dass die Magier ihren besten Kämpfer verlieren würden: Matt.

Wir mussten es schaffen, ihm unauffällig zu vermitteln, dass wir wussten, wer oder was er war, damit er auf unsere Seite kommen würde. Wie wir das genau anstellen könnten, wusste ich nicht.

Mein Plan war es, auf der letzten Seite des Notizbuches eine kurze Nachricht speziell für ihn zu hinterlassen. Sollten die Magier herausfinden, dass das Buch nicht echt sei, so würden sie es vielleicht an Matt weitergeben und wenn er meine Nachricht lesen würde, dann… Ja, was dann? Vielleicht hatte ich auch einfach zu viel *Harry Potter* geguckt, wenn ich wirklich davon überzeugt war, ich könnte ihn so befreien, aber ich war verzweifelt und jeder Plan – mochte er noch so unrealistisch sein – war besser als gar nichts zu tun. Notfalls könnte ich ihm bestimmt zurufen, was für ein magisches Wesen er war. Aber das war vermutlich die schlechteste Idee.

„Fertig", sagte Finn triumphierend und schlug das Notizheft zu.

„Super, danke", sagte ich strahlend.

Womit hatte ich einen besten Freund wie ihn verdient.

„Denkst du, Matt wird sich an uns erinnern?", fragte Finn plötzlich.

Bis jetzt hatte ich nicht einmal daran gedacht, dass er vielleicht auch unter dem Verlust von Matt gelitten haben könnte. Schließlich waren die beiden auch befreundet gewesen und besonders an Finns Geburtstag, wo Matt nicht aufgetaucht war, hatte seine Abwesenheit Finn ein wenig mitgenommen. Zu wissen, dass wirklich alles an dieser Freundschaft auch für ihn niemals passiert war, traf ihn genau so, wie es mich traf.

„Ich glaube nicht. Aber ich hoffe schon", gestand ich ihm.

„Ich weiß nicht, ob ich das verarbeiten kann, dass er nicht mehr mit uns abhängt. Es ist so komisch, in den Pausen mit den anderen abzuhängen und niemand merkt, dass etwas anders ist", erklärte Finn seine Gefühle.

„Mir geht es genauso. Ich habe keine Angst vor den Magiern per se. Ich habe Angst vor dem, was sie aus Matt gemacht haben könnten. Und ich habe Angst davor, dass sie nicht kommen", öffnete auch ich mich. Wenn mich jemand verstehen konnte, dann musste es Finn sein. Schließlich hatte er alles gesehen, was ich auch mitansehen musste.

Wie ironisch es war, dass wir versucht hatten, ihn aus allem herauszuhalten und jetzt war er der Einzige, der mich verstehen konnte. Der Einzige, der Matt noch so in Erinnerung hatte wie ich.

Finn nickte nur.

„Ich weiß gar nicht, wovor ich überhaupt noch Angst haben soll. Schließlich haben wir ja alles gesehen", murmelte er vor sich hin.

„Dann hab einfach keine Angst", versuchte ich, ihn aufzubauen, und fügte noch ein schwaches Lächeln hinzu.

Er antwortete nichts.

„Danke", sagte ich nach einer Weile.

„Für was?", fragte er.

„Dafür, dass du mich nicht hast alleine gehen lassen. Ohne dich würde ich hier durchdrehen."

„Kein Ding. Dafür sind Freunde doch da", er lächelte.

Leider wurde es langsam Zeit für Finn, wieder nach Hause zu gehen, das Schreiben des Zauberbuches hatte deutlich länger gedauert, als ich es erwartet hatte. Aber immerhin war mein Teil der Vorbereitungen für nächstes Wochenende erledigt.

Am nächsten Tag war wieder Schule, sowohl für Finn als auch für mich. Und wieder einmal müssten wir so tun, als wäre alles normal. Als würden wir nicht versuchen, nächstes Wochenende die Welt zu retten oder so. Ab jetzt hieß es abwarten und hoffen, dass die Magier auch tatsächlich auftauchen würden.

Die Woche verging viel zu langsam, was gut daran liegen konnte, dass ich ziemlich ungeduldig war. Tim und Ramon hatten mir jeden Tag Updates via WhatsApp durchgegeben, wie es mit der Kontrolle seiner Fähigkeiten lief und anscheinend lief es ziemlich gut.

Ramon war mittlerweile in der Lage, Tim hochzuheben, und das alles nur mit der Kraft seines Geistes. Ich konnte also verstehen, wieso Ramon nicht im Entferntesten besorgt wirkte. Er hatte absolut keinen Grund zur Sorge. Er war zu dem geworden, was seine Oma in ihrem Märchenbuch prophezeit hatte; stark und in absoluter Kontrolle.

✷✷✷

„Bereit für die ernsteste Wanderung unseres Lebens?", fragte Tim motiviert, als Finn und ich zu ihm und Ramon gestoßen waren.

Wir hatten uns vor Ramons Haus verabredet, um von dort aus mit seinem Auto in die Berge fahren zu können.

„Ich war noch nie bereiter", sagte ich und obwohl ich Zweifel und Ängste hatte, war es nicht einmal gelogen. Ich war bereit, diese Mistkerle ein für alle Male aus unser aller Leben zu beseitigen.

„Lass sie doch erstmal ankommen, bevor du sie mit Fragen bombardierst", lachte Ramon und küsste mich zur Begrüßung.

Lächelnd kramte ich in meinem Rucksack herum und gab ihm das Notizbuch, das Finn und ich vorbereitet hatten. Sobald Finn weg war, hatte ich die letzte Seite des Buches beschriftet und für gut genug befunden.

„Das sieht gut aus", anerkennend pfiff Ramon durch die Zähne, nachdem er einen kurzen Blick in das Buch geworfen hatte.

„Es war auch verdammt viel Arbeit. Ich habe immer noch Schmerzen im Handgelenk deshalb", beschwerte sich Finn lachend.

„Die haben sich gelohnt. Es gibt kein Vergnügen ohne Schmerz", sagte ich, während ich an einen meiner Lieblingscharaktere in *Yu-Gi-Oh! GX* dachte, der dies als seinen moralischen Grundsatz vertrat und definitiv nicht an *Christian Grey*. Obwohl so eine Aussage zu Letzterem auch gut passen würde.

„Seid ihr bereit?", fragte Ramon in die Runde, nachdem wir alle einen Moment schwiegen.

Ich nickte.

Finn nickte.

Tim nickte.

Keiner sagte etwas.

Dann stiegen wir ins Auto ein und machten uns auf den Weg in die Berge.

Wir wollten deutlich früher da sein als die Uhrzeit, die wir Matt genannt hatten. Sollten sie auftauchen – was immer noch ein großes Fragezeichen war, da Matt die Nachricht nicht gelesen hatte – so wollten wir nicht zu spät sein und wir konnten nicht genau sagen, wie lange wir für den Aufstieg brauchen würden.

Ramon schaltete das Radio an und ich hörte Tim bereits mitsingen, aber so genau hörte ich nicht zu. Ich sah gedankenverloren aus dem Fenster und beobachtete, wie wir immer weiter von der Stadt wegfuhren, bis wir nur noch von Wäldern umgeben waren. Es war faszinierend, wie klein diese Welt war und wie viel kleiner diese Stadt war. Und auch wenn ich mir keine genauen Gedanken gemacht hatte, was ich nach dem Abitur machen würde, so war mir klar, dass ich weg von hier wollte. Diese Stadt engte mich ein. Die Erinnerungen, die ich in so kurzer Zeit in ihr gemacht hatte, würden mich für immer verfolgen. Sollten wir mit den Magiern durch sein, so würde ich gerne neu anfangen wollen, vielleicht irgendwo mit Ramon, falls er das überhaupt noch wollte.

Und so verging die Fahrt wie im Fluge und ehe ich mich versah, waren wir auf dem Parkplatz, auf dem Finn und ich vor fast zwei Wochen in sein Auto gestiegen und nach Hause gefahren waren. Es war fast schon erschreckend zu wissen, dass zwischen unserem letzten Treffen mit den Magiern gar nicht einmal so viel Zeit vergangen war.

Es fiel mir überraschend leicht, den Wanderweg hinaufzulaufen und mit der Hilfe von Finn war es sogar erstaunlich leicht, den richtigen Weg zu finden. Dennoch machte sich ein Ziehen in meiner Brust bemerkbar. Wir waren doch so gut vorbereitet, warum war ich so bedrückt? Vielleicht war es die Ungewissheit, ob die Magier tatsächlich erscheinen würden, oder doch die Angst vor dem Unbekannten? Zwar waren die Zauberer uns nicht mehr unbekannt, doch wer wusste, was sie sich Neues ausgedacht hatten, um Ramon auf ihre Seite zu ziehen.

„Nett hier", sagte Tim, als wir auf der Lichtung angekommen waren, die vor fast zwei Wochen noch die Heimat von Matt gewesen war.

„Das ist der perfekte Ort, um auf die Magier zu warten", stellte Ramon fest.

Und das taten wir auch. Wir warteten.

Sollten die Magier tatsächlich nicht auftauchen, so hatten Ramon und ich einen Plan B ausgearbeitet, der weder ihm noch mir besonders gut gefiel.

Im Notfall würden wir versuchen, Matt zu uns zu locken. Ramon würde also eine Vision auslösen, in der er mich sterben sehen würde.

Wenn es eins gab, dass ich von Matt aus meiner Zukunft gelernt hatte, dann war es, dass Ramons Visionen mir nichts anhaben konnten und genau das würden wir uns zu Nutze machen. Wir hatten nichts zu verlieren. Außerdem würde diese Vision im besten Falle Matt in die Stadt locken und vielleicht würden die Magier ihm folgen.

Natürlich war das alles nur reine Spekulation und auch für diesen Plan gab es keine Garantie, dass er funktionieren würde, weshalb es eben nur unser Plan B war.

Im Idealfall wäre es nicht nötig, die Magier auf diese Weise in die Stadt zu locken. Im Idealfall hatten sie unseren Köder geschluckt und waren auf dem Weg zu uns und wir müssten nichts weiter tun als warten.

„Nervös?", fragte Ramon mich vorsichtig und nahm meine Hand.

„Ein wenig, aber danke, dass du fragst", antwortete Tim grinsend.

Ramon schmunzelte.

Natürlich meinte er nicht Tim, aber ich war froh, dass dieser antwortete, da ich mir selbst gar nicht so sicher war, was ich auf diese Frage antworten sollte. Ich wusste nicht, was ich überhaupt denken oder erwarten sollte.

Auch wenn es nur 16 Uhr und somit noch Nachmittag war, war der Himmel bereits grau und zugezogen. Es wurde allmählich dunkel. Blöder November. Und wieso mussten wir uns immer zu solch merkwürdigen Uhrzeiten mit den Magiern treffen? Konnten wir sie nicht im Sommer und mittags irgendwo draußen auf einer Blumenwiese treffen? Wieso waren es immer merkwürdige, dunkle Keller oder jetzt diese Lichtung. Die Dunkelheit machte die Atmosphäre angespannter, als sie vermutlich sein würde, wenn es hell gewesen wäre.

16 Uhr verging und niemand erschien. Wir hatten ganz vergessen zu planen, wie lange wir warten würden, bis Ramon seine Vision auslösen würde. Je mehr Zeit verging, desto angespannter wurde die Situation. Selbst Tim war deutlich unruhiger als sonst. Er machte keine Witze mehr, um die Stimmung aufzulockern und starrte nur rastlos in die Ferne. Doch keine 10 Minuten später sahen wir eine Gruppe an Fackeln, die sich langsam, aber stetig auf uns zu bewegten.

„Sie sind da", flüsterte ich leise.

„Pünktlich wie die Deutsche Bahn", hörte ich Tim murmeln.

Er schien sich wieder gefangen zu haben.

Schneller, als mir lieb war, standen die Magier und Matt vor mir. Mein Herz rutschte in meine Hose. Falls ich irgendwelche total unbegründeten Hoffnungen hatte, dass er doch nicht auf ihrer Seite kämpfen würde, sondern sich ein schönes Leben auf einer Karibikinsel machte, weit weg von allem hier, so musste ich feststellen, dass dem nicht so war.

Er stand genau da, neben den Magiern, wie wir es befürchtet hatten.

„Hallöchen", flötete Titus fröhlich und lächelte in die Runde.

Die Magier standen deutlich näher an uns, als sie es in der anderen Zukunft getan hatten und zu meiner Beruhigung hatten sie Brutus nicht dabei. Ein Funken Hoffnung stieg in mir auf. Sollte Matt ihre gefährlichste Waffe sein, wären wir auf jeden Fall in der Lage, ihn auf unsere Seite ziehen zu können. Wir könnten die Magier tatsächlich besiegen und Ramon würde endlich seine Ruhe haben.

„Ich würde ja sagen, es ist schön, euch zu sehen, aber das wäre eine Lüge", sagte Ramon und musterte die Magier aus kleinen Augen.

„Es ist auch schön, dich zu sehen", sprach Titus weiter, unberührt von dem, was Ramon gesagt hatte.

„Unser Deal ist, dass wir euch das Buch geben und ihr lasst mich und vor allem meine Freunde für immer in Ruhe", Ramon kam direkt zum Punkt.
Wir hatten keine Zeit oder Lust, um großartig mit den Magiern zu diskutieren.

„Moment, Moment. Nicht so schnell. Ich sehe, ihr habt noch einen weiteren Freund in eurer Clique", Lucius musterte Finn, als überlegte er, wie er dessen Anwesenheit in ein Druckmittel verwandeln könnte. Doch das würde nicht funktionieren. Finn war in unsere Pläne eingeweiht. Sie konnten ihn nicht gegen uns verwenden. Sie konnten ihn nicht zur Ablenkung verwenden. Er war hier sicher, so paradox das auch klingen mochte.

„Ich wüsste nicht, was euch das angehen sollte", fauchte ich und stellte mich ein wenig vor Finn.

„Was für ein guter Freund er sein muss, dass er dich sogar in die Vergangenheit begleitet hat und das alles nur um ihn", Lucius Blick wanderte zu Ramon. „Zu schützen. Was für eine noble Aktion."

Ich sah ihn verwirrt an.

„Egal was er sagt, hör ihnen bloß nicht zu", flüsterte ich Finn zu.

„Ist es nicht lobenswert, dass er sich selbst und sein Leben in Gefahr gebracht hat, nur um Ramon zu retten, damit ihr eure kleine Sommerromanze weiterleben lassen könnt? So freundschaftlich von ihm", besonders den letzten Teil betonte Lucius sehr auffällig. Ich hatte keine Ahnung, worauf er hinauswollte, aber mir war klar, dass er versuchte, Finn zu manipulieren. Wieso auch immer.

„Was wollt ihr von ihm?", warf ich ein.

„Wir wollen gar nichts von ihm. Es ist nur wirklich ehrenhaft von ihm, dass er seine Gefühle für dich aufgibt, nur damit du mit Ramon in dieser Zeit glücklich sein kannst", Lucius grinste fies. „Oder denkst du ernsthaft, dass eine Freundschaft zwischen Männern und Frauen gut gehen kann?"

Ich blickte zu Finn, der genauso verwirrt war wie ich.

Ich trat einen Schritt näher an Lucius heran und sah ihm tief in die Augen.

„Ich weiß nicht, aus welchem Jahrhundert ihr kommt, noch bezweifle ich, dass ihr überhaupt irgendwelche Freunde und erst recht nicht Freunde des anderen Geschlechts habt. Aber ja, um eure Frage zu beantworten. Ja, ich glaube, dass das möglich ist. Wir sollten aus der Zeit raus sein, wo behauptet wird, dass es nicht möglich ist", bestätigend suchte ich Finns Blick.

Unsere Blicke trafen sich und er nickte lächelnd.

„Und da ihr es ja anscheinend so toll findet, dass ich mit Luna durch die Zeit gereist bin, möchte ich noch hinzufügen, dass das eine der Sachen ist, die man für Freunde so tut, ohne groß darüber nachzudenken. Aber was wisst ihr schon. Vermutlich ist euch das fremd, weil ihr das nicht einmal füreinander tun würdet", sagte Finn schulterzuckend.

Besser hätte ich es nicht sagen können. Ich war so unglaublich stolz auf Finn und auch ein wenig auf mich selbst, dass ich mich gegen die Magier verbal zur Wehr setzen konnte und nicht wie in jener Nacht in der Villa hilflos und emotional war.

Ich war nicht mehr die Person von damals, diese Person war genauso tief in mir begraben wie die Erinnerungen an Luana.

„Seid ihr jetzt fertig mit euren Spielchen?", fragte Ramon gelangweilt.

Die drei Magier antworteten nicht.

Aus den Augenwinkeln sah ich, wie Matt Finn und mich anstarrte. Mein Blick wanderte zu ihm, sodass ich ihn nun auch anguckte, doch bevor ich irgendetwas tun konnte, guckte er bereits wieder weg. Vielleicht war es auch nur ein Zufall oder ich hatte es mir lediglich eingebildet.

„Das Buch?", fragte Antonius und trat näher an Ramon heran. Auffordernd streckte er seine Hand aus.

„Nur wenn ihr uns alle in Ruhe lasst. Versprecht es!", gab Ramon zurück.

„Versprochen", sagten die Magier im Chor.
Ob und wie ernst sie das meinten, konnte uns in dem Moment egal sein. Wichtig war, dass sie abgelenkt sein würden und wir könnten… Ja, was genau könnten wir tun? Eigentlich mussten wir Matt befreien. Das war unsere einzige Chance, um die Magier besiegen zu können.
Vorsichtig übergab Ramon Antonius das gefälschte Zauberbuch. Dieser übergab es sofort an Lucius, welcher anfing die ersten Seiten zu durchblättern.
Mein Herz klopfte. Würden sie unseren Schwindel bemerken?

„Interessant", murmelte dieser nur.
Das konnte alles heißen.

„Memento", las er vor und blickte uns an.
Während er das sagte, veränderte sich Matts Gesichtsausdruck für eine Millisekunde, so als würde er sich tatsächlich an irgendetwas erinnern. So, als wüsste er, dass er es war, der uns geholfen hatte, in der Zeit zu-

rückzureisen. Als gäbe es irgendeine Verbindung zwischen ihm in dieser Zukunft und ihm in der anderen Zukunft.

„Haltet ihr uns für so dämlich?", Lucius ließ das Buch fallen und sah uns fragend an.

„Ja, schon irgendwie", sagte Tim und zuckte mit den Schultern.

Er erntete daraufhin einen bösen Blick von Antonius.

Wieso musste er das Buch nur gelangweilt auf den Boden fallen lassen? Wieso konnte er es nicht ärgerlich wegschmeißen, sodass Matt es finden und sich mit der speziell für ihn präparierten Seite befreien konnte? Wieso konnte das hier kein Film sein? Und wieso funktionierten solche Pläne nur in Filmen oder Büchern? Wieso konnte in unserer Welt nicht einmal irgendetwas zu unserem Vorteil funktionieren?

„Natürlich waren wir darauf vorbereitet, dass ihr uns nicht das echte Buch bringen würdet. Oder aber vielleicht habt ihr genau das ja getan, nur ohne es zu wissen", sprach Titus ruhig und sein Blick wanderte von Tim zu Ramon und von Ramon zu mir.

Mir war bewusst, dass er auf mich anspielen musste. Er wusste also, dass ich mehr wusste. Verdammt. Schon wieder hatten wir den Fehler gemacht, sie zu unterschätzen.

„Matt, möchtest du nicht auch ein wenig Spaß hier haben", fragte Titus in seine Richtung.

Als Titus diese Worte aussprach, huschte ein fieses Grinsen über Matts Gesicht.

So fies, dass es mich erschrak. Von der Hoffnung, dass er sich noch an irgendetwas erinnern konnte, war nichts mehr übrig. Das war nicht Matt, wie ich ihn kannte. Das hier war ein Monster.

Kapitel 26

Innerhalb von einer Sekunde war Matt kurz davor, sich auf Tim zu stürzen. Dieser hatte sich bereit gemacht und holte mit seinem Baseballschläger aus, um diesen mit Schwung gegen Matt zu schleudern. Ein lautes Knacken war zu hören, als der Baseballschläger Matt auf Höhe des Bauchnabels traf; der Schläger war zerbrochen.

„Netter Versuch", sagte Matt und lachte.
Auch wenn es ihn nicht sonderlich gestört hatte, dass er soeben von einem Baseballschläger geschlagen wurde, hatte es ihn um einiges langsamer gemacht und ein wenig aus der Bahn geworfen. Das war gut. Das könnten wir ausnutzen.
Schnell fokussierte ich Matt mit meinem Blick und spürte bereits das allbekannte Kribbeln, das sich durch meinen Körper zog. Ich war nicht mehr Ramon von vor einem halben Jahr. Das Benutzen meiner Kräfte wurde fast schon lächerlich einfach. Kontrolliert schubste ich Matt von Tim weg, sodass er auf dem Boden landete.
Aus den Augenwinkeln konnte ich sehen, dass Luna und Finn mich begeistert anstarrten. Vermutlich konnten sie jetzt erst verstehen, was für Fortschritte ich in der Zeit, in der sie theoretisch nicht in meiner Zeit waren, gemacht hatte.

„Nicht schlecht", hörte ich Matt sagen, als er sich langsam wieder aufraffte.

Sofort stellte ich mich vor Tim und rief: „Möchtest du dich nicht vielleicht mit jemandem anlegen, der sich auch tatsächlich wehren kann?"

Ein fieses Grinsen zuckte über sein Gesicht.

„Was auch immer dir lieber ist", Matt zuckte mit den Schultern.

Noch schneller als zuvor sprang er auf mich zu, sodass ich nur mit Mühe seinem Schlag ausweichen konnte. Auch wenn ich überhaupt gar keinen Plan hatte, wie wir ab jetzt vorgehen würden – ich hatte gehofft, Tim würde etwas einfallen – wurde mir in dem Moment bewusst, dass ich nicht stärker als Matt sein musste, um gegen ihn anzukommen; ich müsste nur schneller sein.

Geschwindigkeit war etwas, was Tim und ich in den letzten Monaten geübt und fast schon perfektioniert hatten. Zwar hatten wir während unseres Trainings keinen Vergleich zu anderen übernatürlichen Wesen, dennoch waren wir uns sicher, dass ich es mit ihnen aufnehmen könnte.

Jetzt war der Moment, in dem wir feststellen würden, ob meine Fähigkeiten ausreichend waren, um Matt abzulenken, während irgendwer einen Plan schmieden konnte.

Ein weiteres Mal versuchte Matt, mir näher zu kommen, doch dieses Mal war ich besser vorbereitet. Schnell fokussierte ich ihn mit meinem Blick und konzentrierte mich auf einen Punkt auf dem Boden. Bis dahin würde er kommen und nicht weiter. Es war fast so, als hätte ich eine unsichtbare Mauer um uns herumgezogen, denn jedes Mal, wenn Matt versuchte, sich auf mich oder Tim zu werfen, wurde er, sobald er meinen Punkt auf dem Boden übertreten wollte, dramatisch zurückgeschleudert.

„Wow, ich wusste gar nicht, dass du so etwas kannst", hörte ich Tim in der Ferne sagen.

Vermutlich lachte er dabei oder lächelte oder zeigte sonst auf irgendeine Art seine Begeisterung, aber ich hatte keine Zeit, um ihn anzusehen. Ich musste mich schließlich noch konzentrieren.

Matts Versuche, sich auf uns zu stürzen, nahmen mit der Zeit einen fast schon komischen Effekt an, da er absolut keinen Lerneffekt zeigte. Jedes Mal, wenn er fiel, stand er auf, um sich eine Sekunde später wieder auf uns zu stürzen und wieder einmal an der unsichtbaren Wand abzuprallen. Wäre das alles nicht das echte Leben, sondern ein Film, wäre ich vermutlich in schallendes Gelächter ausgebrochen. Nur war das hier kein Film.

Leider waren wir in einer Situation gelandet, in der keiner von uns so wirklich wusste, was wir tun sollten, und das, obwohl wir uns so gut auf ein Treffen mit den Magiern vorbereitet hatten.

„Matt, bist du bescheuert oder was? Du kommst da nicht durch", hörte ich Antonius schreien.

Die Magier schienen wohl einen größeren Lerneffekt zu zeigen als Matt. Doch dieser schien sie zu ignorieren. Was war seine Mission?

Wieso machte er immer noch weiter, obwohl es keinen Sinn hatte?

Wieso kämpfte er einen Kampf, den er nicht gewinnen konnte? Zumindest nicht so.

Und dann fiel es mir plötzlich auf. Er kämpfte nicht, um zu gewinnen. Er kämpfte nicht für die Magier oder für sich selbst. Er kämpfte nicht.

Er wartete und versuchte, die Magier von etwas abzulenken, von dem er hoffte, dass es passieren würde.

Er war wie ich.

Er war wie ich in jener Nacht in der Villa.

Damals hatte ich auch keine Chance gehabt, gegen ihn anzukommen und doch hatte ich nicht aufgegeben, auch wenn er mich verletzte. Matt hingegen verletzte sich nicht einmal, dennoch war sein Verhalten ziellos. Vielleicht waren wir uns ja ähnlicher, als ich dachte. Ein Schauer lief über meinen Rücken. Eigentlich war Matt keiner der Menschen oder übernatürlichen Wesen, mit denen ich mich gerne identifizieren wollte. Besonders nicht, weil er immer noch der Mörder meiner Oma war. Dennoch konnte ich die Ähnlichkeit zwischen uns in diesem Moment nicht übersehen.

In der Nacht in der Villa hatte ich alles dafür gegeben, dass meine Freunde in Sicherheit sein würden und am Ende hatten wir Glück, dass Matt abgehauen war, als er die Chance dazu hatte. Ohne seine Mithilfe hätten wir die Nacht vermutlich nicht so gut überstanden, wer wusste schon, ob wir die Nacht überhaupt überstanden hätten. Und auch wenn Matt gerade nicht kämpfte, um seine Freunde zu unterstützen oder zu beschützen, so kam sein Verhalten nicht von ungefähr. Er war schließlich Matt. Hatte er überhaupt Freunde?

Irgendwie fiel es mir deutlich schwer, ihn mir mit Freunden vorzustellen, schließlich konnte ich immer noch nicht glauben, dass in einer anderen Zukunft Matt und ich und Luna befreundet sein sollten.

Das war es. Das war die Lösung. Matt spielte nicht auf der Seite der Magier oder auf unserer Seite. Er spielte auf seiner ganz eigenen Seite und gerade bedeutete das, dass er versuchte, irgendwas zu erreichen, indem er sich wie ein Vogel gegen eine Fensterscheibe stürzte. Immer und immer wieder.

Doch bevor ich näher darüber nachdenken konnte, was genau er vorhatte, sah ich aus den Augenwinkeln, wie sich Luna uns vorsichtig näherte.

„Schutzengel gepaart mit Dämon", sagte sie mit zittriger Stimme.

Matt, der gerade wieder auf dem Boden gelandet war, sah sie an und stoppte automatisch mit dem, was er gerade tat.

„Was?", fragte er perplex nach.

„Deine Mutter war ein Schutzengel und dein Vater ein Dämon. Es gab keine Seite in dem Buch, die auf dich zutrifft, da du einzigartig bist", wiederholte Luna ihre Worte und klang dabei immer noch sehr verletzlich.

Ich konnte nicht sagen, was Matt durch den Kopf ging, allerdings sah er sie an, als würde er sich an etwas erinnern. Als würde er verstehen, was sie sagte, obwohl nicht einmal ich genau verstand, was ihre Worte bedeuteten.

„Du siehst dich als einer der Bösen, dennoch hast du immer dieses unerklärliche Gefühl, was dich an verschiedene Orte zieht, wo du plötzlich Menschen rettest", sprach Luna weiter und blickte Matt tief in die Augen.

„Du wusstest es schon eine ganze Weile, oder?", fragte Matt und versuchte zu grinsen, allerdings wirkte er immer noch zu schockiert, um wirklich selbstbewusst zu wirken.

Luna nickte.

„Danke", sagte er, fast schon flüsternd.

„Matt, tu irgendetwas!", brüllte Antonius wieder.

Doch dieser schüttelte nur lässig den Kopf.

„Ich bin nicht mehr euer Sklave. Ich bin frei."

Die drei Magier sahen uns entsetzt an.

„Wie habt ihr das gemacht? Unmöglich", hörte man sie murmeln.

„Nehmt meine Freundlichkeit nicht zu persönlich. Ihr seid mir ziemlich egal, aber ich würde mich gerne an diesen drei Idioten rächen", sagte Matt und drehte sich kurz zu uns.

„Kommt darauf an, was du machen möchtest", antwortete ich entspannt.

Solange er sie nicht töten oder gar foltern würde, wäre mir alles recht, damit ich sie nie wieder sehen müsste.

„Du scheinst ein ganz falsches Bild von mir zu haben. Zu verrückt, dass sie sich erinnert", sein Blick wanderte zu Luna.

„Und er", jetzt guckte er Finn an.

„Und sogar ich. Nur du nicht", beendete er seinen Satz erstaunlich unberührt von allem, was gerade passiert war.

„Du erinnerst dich?", hörte ich Luna erstaunt sagen.

„Ein wenig, aber darüber können wir gerne später reden. Jetzt geht es erstmal darum, dass wir die Magier loswerden. Für immer. Und ich habe den perfekten Plan."

Schnell teilte Matt uns seinen Plan mit. Es war immer wieder schockierend zu sehen, wie sehr sich unsere Fähigkeiten voneinander unterschieden. Generell wirkte er jetzt noch einmal selbstsicherer und vor allem stärker als das letzte Mal, das wir uns gesehen hatten. Als wäre er in der Vergangenheit nicht schon ungerecht schnell und stark gewesen.

„Vielleicht erinnert ihr euch an mein kleines Experiment", er wurde gegen Ende leiser.

Lunas Gesicht verfinsterte sich und ich konnte nur ahnen, dass er damit auf die Party anspielte, auf der er Finn manipuliert hatte.

„Ich bin besonders gut darin, mit Leuten zu spielen und ich denke, jetzt wo ich in der Lage bin, meine vollen Kräfte zu entfalten, da ich nicht mehr an die Magier gebunden bin, könnte ich versuchen, ihre Erinnerungen so zu manipulieren, dass sie sich an nichts mehr erinnern. Weder an dich, Ramon, noch an deine Oma, noch an die Tatsache, dass sie überhaupt Magier sind", erklärte Matt.

„Das ist genial", rief Tim aus.

„Niemand muss sterben und wir sind sie für immer los", fügte er noch hinzu und boxte mich verschwörerisch.

„Klingt gut", sagte ich nur.

So richtig greifen konnte ich seinen Plan noch nicht, besonders weil ich nicht wusste, ob er wirklich dazu in der Lage war, ihre Erinnerungen so zu verändern, dass es auch tatsächlich klappen würde. Allerdings war er unsere einzige Chance, die Magier auf die pazifistische Art und Weise loszuwerden, die es wohl gab. Es wurden genug Tränen und genug Blut wegen der Magier vergossen. Es musste ein Ende finden. Im Idealfall für immer.

Also legten wir unser Schicksal in die Hände von Matt, jemandem, der uns noch vor kurzer Zeit bekämpfen wollte. Und ich musste zugeben, wäre es nicht so gewesen, dass Luna ihm ein gewisses Grundvertrauen geschenkt hatte, hätte ich ihm in diesem Moment vielleicht nicht so einfach vertrauen können, wie ich es jetzt doch tat.

Matt schlenderte auf die Magier zu und sah sie alle der Reihe nach an. Es war so beiläufig, dass niemand erkennen konnte, was genau sich verändert hatte oder ob überhaupt etwas passiert war. Als er damit fertig war, kam er wieder auf uns zu und signalisierte uns mit seinem Blick, dass es geklappt hatte.

„Wow, was für eine schöne Lichtung", Titus war es, der das Schweigen durchbrach, das sich mittlerweile über die Lichtung gelegt hatte.

„Mir ist kalt, wieso mussten wir genau heute den Mond angucken? Es sind viel zu viele Wolken da, man kann gar nichts sehen", beschwerte sich Antonius und schmollte.

„Ich habe dir ja gesagt, wir sind nicht mehr jung. Wandern gehen um diese Uhrzeit war eine bescheuerte Idee. Was ist, wenn wir den Weg nicht mehr finden?", meldete sich nun auch Lucius zu Wort.

Während die Magier weiter diskutierten, guckte ich meine Freunde an. Die Erleichterung schien jedem ins Gesicht geschrieben zu sein. Wir hatten es geschafft. Die Magier wussten nicht mehr, wer genau sie waren. Sie waren menschlich geworden.

Zwar konnten wir sie nicht ihrer Kräfte berauben, aber wir konnten sie etwas Wichtigerem berauben; ihren Erinnerungen an das, was sie mal waren.

„Ich denke, es hat geklappt", flüsterte Tim grinsend und hielt seine Hand vor Matt, damit dieser ihm ein High-Five geben konnte. Doch er ignorierte es.

Die Blicke der Magier wandten sich jetzt uns zu, als wüssten sie nicht, dass wir hier waren.

Mein Herz rutschte für einen Moment in meine Hose, als ich bemerkte, dass sich unsere Blicke kreuzten.

„Oh guck, da sind ja noch andere Menschen. Hallo!", rief Titus begeistert und winkte uns.

Verwirrt winkte ich zurück.

„Seid ihr auch hier, um den Mond anzugucken?", fragte er dümmlich.

Sollte er keine Angst haben, wenn er eine Gruppe fremder Menschen um diese Uhrzeit auf einem verlassenen Berg traf? Ich jedenfalls hätte ein gewisses Level an Respekt vor Fremden gehabt, hätte ich nicht meine Kräfte, um mich zu verteidigen.

„Ja, aber leider sieht man heute nichts. Deswegen gehen wir wieder", antwortete Luna nur und drehte sich um.

„War nett andere Mondliebhaber zu sehen", sagte Lucius freundlich und winkte uns zum Abschied.

Kapitel 27

Obwohl Matt deutlich gemacht hatte, dass er sich nicht großartig für uns und unser Wohlergehen interessierte – ja, es tat ein wenig weh, das aus seinem Mund zu hören – brachte er uns alle an den Fuß des Berges zu Ramons Auto.

Wir hatten es geschafft. Die Magier waren keine Gefahr mehr und Matt war endlich frei.

„Oh Wow, ich will nochmal", rief Tim begeistert, als Matt ihn auf dem Parkplatz absetzte.

„Danke für alles", Ramon klang ehrlich, als er zu Matt sprach.

„Ich glaube, es ist Zeit, nach Hause zu fahren", sagte Ramon nun zu Tim und lächelte ihm zu.

„Du hast ja recht. Aber das war megacool. Wir müssen unbedingt an dir arbeiten, dass du mich für längere Zeit fliegen lassen kannst oder so", Tim war bereits in Plänen für die Zukunft versunken, als er ins Auto stieg.

Finn sah Matt noch einmal genau an.

„Mach's gut. Und danke für alles", sagte auch er und gab ihm eine lockere Umarmung.

Matt sah ein wenig überfordert mit der Situation aus, aber er schubste Finn nicht weg, sondern ließ es einfach geschehen.

Er sah ihm noch verdutzt hinterher, als dieser auch im Auto verschwand.

„Kommst du, Luna?", fragte Ramon, der noch an der Autotür stand und auf mich wartete.

„Ich brauche nur eine Minute", rief ich ihm zurück und beobachtete, wie auch er sich im Auto niederließ. Ich hörte, wie sich die Tür schloss.

Jetzt waren nur noch Matt und ich übrig.

Stille.

Ich wusste nicht genau, was ich sagen sollte. Ich hatte schließlich so viel zu sagen.

„Hör zu, ich weiß selbst nicht, wieso alle hier so emotional sind und was ich damit zu tun habe, aber ich muss ehrlich sein, ich bin dir dankbar, dass du mich befreit hast", fing Matt an zu reden.

Ich schluckte.

Er war wieder einmal so unglaublich Matt.

„Kein Ding. Das war ich dir schuldig nach allem, was du für uns getan hast oder auch nicht. Schließlich ist es ja irgendwie nie passiert, aber ich erinnere mich daran, also ist es ja irgendwie trotzdem echt", sprudelte es aus mir heraus.

„Ja", er schmunzelte. „Auch wenn ich es nicht erlebt habe, habe ich Erinnerungsfetzen aus der anderen Zukunft. Frag mich nicht wieso, ich hab dafür auch keine Erklärung."

Hoffnung stieg in mir auf. Vielleicht war Matt aus der anderen Zukunft noch irgendwo tief in seinem Inneren verborgen.

„Aber leider muss ich auch sagen, dass sich diese Erinnerungen nicht so echt anfühlen, wie sie es für dich tun", fügte er hinzu und schaute ein wenig auf den Boden.

Auch das tat weh zu hören, aber insgeheim hatte ich schon mit allem gerechnet. Es war also keine Überraschung mehr. Allerdings wusste ich auch nicht, was ich darauf antworten sollte.

„Woran ich mich aber erinnere, ist, dass du immer deine Freunde aus allem heraushalten wolltest. Hat nicht ganz so gut geklappt, oder?", er lachte kurz auf.

„Deswegen biete ich dir jetzt einmalig meine Hilfe an – ekelhaft ich weiß. Aber es fühlt sich an, als wäre ich dir irgendwas schuldig oder so. Also, wenn du möchtest, kann ich Finns Erinnerung löschen, sodass er sich nicht mehr an mich erinnert oder an den Kampf mit den Magiern oder an Ramons Kräfte", bot er mir an.

Wenn er Finns Erinnerungen löschen würde, so würde es ihm immerhin den zukünftigen Schmerz ersparen, den Matts Abwesenheit hinterlassen würde. Ich konnte mir nämlich kaum vorstellen, dass Matt hier bleiben und so tun würde, als wären wir alle befreundet und glücklich.

Egal, wie sehr ich es mir wünschte, dass er bleiben würde und seine guten Seiten für sich entdecken würde und vielleicht sogar zu dem Matt aus der anderen Zukunft werden würde, ich musste realistisch denken. Es gab nichts, was ihn an diese Stadt binden würde. Weder Menschen noch Erinnerungen.

„Nein, es ist okay. Ich finde, wir haben genug mit der Zeit und den Menschen gespielt. Es ist Zeit für Normalität", fällte ich meine Entscheidung.

„Ich hatte fast damit gerechnet, dass du mein Angebot nicht annehmen würdest."

„Tja, du kennst mich halt doch besser, als du es wahrhaben möchtest", neckte ich ihn.

„Naja, ich will deine Hoffnung ja nicht zerstören, aber vor der Nacht in der Villa war es meine Aufgabe, Ramon und dich zu beobachten", gab er zurück.

Gespielt beleidigt boxte ich ihn gegen seinen Arm, nur um festzustellen, dass selbst das für mich schmerzhafter war als für ihn.

Er lachte.

„Und es gibt keine Chance dafür, dass du hierbleibst? Wir könnten dir helfen, deine Hütte auf der Lichtung zu bauen und wenn du möchtest, kann ich dir sogar die neuste Bravo kaufen", versuchte ich, ihn dennoch zum Bleiben zu überreden.

„Leider nicht. Es ist das erste Mal, dass ich wirklich frei bin. Das war alles, was ich immer wollte. Ich war und bin immer noch ein Einzelgänger und jetzt kann ich das endlich ausleben", erklärte er mir geduldig.

„Außerdem brauche ich keine Bravo. Ich weiß doch schon, dass ich Team Jacob bin", fügte er noch lachend hinzu.

Anscheinend konnte er sich doch an mehr erinnern, als ich erwartet hätte. Wobei das natürlich auch eine super wichtige und charakterbildende Information war, die ihn im Leben definitiv weiterbringen würde.

„Nicht einmal Team Edward? Ich bin schockiert", jetzt lachte auch ich.

„Es tut mir leid, dass ich nicht die Person bin, die du denkst, die ich bin. Aber das bedeutet ja nicht, dass ich sie nicht irgendwann werden könnte. Vielleicht sieht man sich ja nochmal. Ich habe gehört, du hast noch eine ganze Ewigkeit vor dir", er zwinkerte mir zu, als er das sagte und brachte mich wieder in die Realität zurück.

„Es ist okay. Ich war schon darauf vorbereitet", gestand ich.

„Selbst du scheinst mich besser zu kennen, als ich erwartet hab. Jedenfalls danke für alles", während er das sagte, legte er seine Hand merkwürdig auf meine Schulter, als wüsste er nicht genau, was er machen sollte.

Es schien, als wollte er mir damit zeigen, dass, auch wenn wir in dieser Zukunft keine Freunde waren, er mich oder die Erinnerung an mich trotzdem auf seine ganz eigene Art zu schätzen wusste. Daraufhin schmiss ich mich ihm in den Arm. Es war mir egal, ob er das komisch finden würde. Wenn das das letzte Mal war, dass wir uns sahen, so wollte ich wenigstens noch einmal vernünftig Abschied nehmen.

Langsam rollte mir eine Träne die Wange herunter.

„Es war echt schön, dich kennengelernt zu haben", sagte ich leise.

„Ich hätte nie gedacht, dass ich das mal sagen würde, aber dito", antwortete er noch leiser, sodass ich mir fast nicht mehr sicher war, ob er das überhaupt gesagt hatte.

„Genieß deine Freiheiten und bis irgendwann", sagte ich und presste ein Lächeln hervor.

„Danke. Genieß dein normales Leben. Bis irgendwann."

Und so stieg auch ich ins Auto ein und quetschte mich auf den Rücksitz zu Finn, da Tim bereits den Beifahrersitz für sich beansprucht hatte.

„Wow, das war emotional", sagte ich, als ich mich niederließ.

„Verständlich. Ich frage mich nur, wieso sich gefühlt jeder an die andere Zukunft erinnern kann, außer ich", grübelte Ramon, während er das Auto startete.

Keiner von uns hatte eine Antwort darauf und selbst Tim konnte sich keine passende Theorie dazu ausdenken.

Vermutlich war es derselbe Grund, weshalb ich Matts Handynummer noch in meinem Handy gespeichert hatte; irgendeine Verbindung gab es zwischen uns, vielleicht gerade deshalb, weil ich wusste, was Matt war. Aber eine wirkliche Erklärung war es dennoch nicht.

So richtig bewusst wurde mir erst, dass alles vorbei war, als wir wieder an Ramons Haus ankamen. Erst dann fühlte ich die Glückshormone, die durch meinen Körper rauschten. Wir hatten es tatsächlich geschafft und auch wenn wir ohne Plan, wie wir die Magier hätten besiegen sollen, in den Kampf gezogen waren, so hatten wir gewonnen.

Wir hatten überlebt.

Tim ging es besser, denn je.

Matt war befreit.

Und Ramon war geheilt.

Wir hatten alles geschafft, was wir uns vorgenommen hatten.

Netterweise beschloss Tim, Finn nach Hause zu fahren. Ich hingegen blieb noch bei Ramon.

„Ich hatte nicht erwartet, dass es so einfach wird. Und deine Kräfte sind ja mal der Hammer. Ich hätte nie gedacht, dass du zu sowas fähig bist", brach es aus mir heraus, als wir in Ramons Wohnung angekommen waren.

„Alles nur dank dir", sagte er und zuckte mit den Schultern.

Auch wenn ich niemals behaupten würde, dass alles nur wegen mir so gut funktioniert hatte, so musste ich mir eingestehen, dass ich nicht mehr so schwach und hilflos war, wie ich mich in der Nacht in der Villa gefühlt hatte.

Und auch wenn meine Boxstunden mich nicht zu einer taffen Kämpferin gemacht hatten, so hatte ich über die Zeit genügend Selbstbewusstsein entwickelt, dass ich mich nie wieder schwach oder klein fühlen würde.

Wären meine Freunde nicht gewesen, so hätte ich niemals entdeckt, was tatsächlich in mir steckte. Und wäre Finn nicht gewesen, wäre ich ganz alleine durch die Zeit gereist, um Ramon zu retten.

Das war es, was eine Freundschaft ausmachte, oder? Dass man sich gegenseitig so viel mehr gab als nur Freundschaft. Wir gaben einander Hoffnung. Wir gaben einander ein normales Leben zurück.

„Und was möchtest du jetzt machen, jetzt wo die Magier Geschichte sind?", fragte ich Ramon.

„Erstmal möchte ich schlafen", antwortete er und gähnte ausgiebig.

„Und Morgen möchte ich einfach nur bei dir sein."

Ich lächelte. Sein Plan gefiel mir.

Epilog

„Möchtest du das tatsächlich machen?", fragte Ramon mich ein weiteres Mal.

„Ja", antwortete ich genauso, wie ich es bereits die vorherigen Malen getan hatte.

„Dann stehe ich dir nicht im Weg", lächelte er und setzte sich endlich neben mich und schloss die Tür hinter sich.

„Ich hab meinen Führerschein seit zwei Wochen, ich bekomm das schon hin. Wie schwer soll das schon sein?", ich schüttelte meinen Kopf.

„Du bist der Boss. Ich bin nur der Beifahrer", stimmte er mir zu und beobachtete mich amüsiert. Ich drehte den Schlüssel um und ließ die Kupplung kommen, doch bevor sie vollständig kommen konnte, hatte ich den Wagen schon abgewürgt. Davon ließ ich mich allerdings nicht beirren. Motiviert versuchte ich es noch ein weiteres Mal, allerdings mit demselben Resultat.

„Du musst das Gaspedal betätigen, während du die Kuppel kommen lässt. Das hier ist ein Benziner und kein Diesel", erklärte Ramon mir geduldig. Auch wenn ich in der Fahrschule gelernt hatte, dass ich die Kupplung vollständig kommen lassen musste, bevor ich das Gaspedal betätigen dürfte, hörte ich auf ihn. Schließlich kannte er sein Auto besser als ich.

Als ich versuchte, das Gaspedal gleichzeitig mit der Kupplung zu betätigen, klappte es und wir fingen an zu rollen.

„Ich hab's geschafft. Wir fahren!", rief ich begeistert.

Mehr als ein halbes Jahr war vergangen und der Winter war vorüber. Das erste Mal, seitdem ich in dieser Stadt wohnte, war nichts Außergewöhnliches passiert. Alles war normal.

Ramon hatte ein normales Leben, so wie bereits vor dem Treffen mit den Magiern, nur dass er sich nicht fragen musste, ob sie irgendwann wiederauftauchen würden oder nicht. Tim hatte auch endlich ein normales Leben, da Ramon nicht mehr von ihm und seiner Hilfe abhängig war. Und auch wenn Tim bisher seinen Seelenverwandten noch nicht getroffen hatte, so nutzte er seine Zeit, um ein aktives Datingleben zu haben. Laut ihm konnte es ja nicht wahr sein, dass es so einfach war für Ramon, eine Beziehung zu finden, obwohl er nie aktiv danach gesucht hatte.

Und ich? Ich hatte die Zeit zwischen Abiturprüfungen und Abiball damit verbracht, meinen Führerschein zu machen, und jetzt, da ich endlich 18 war, wollte ich die freie Zeit, die ich in dem Sommer zwischen Abschluss und Unianfang haben würde, nutzen. Dieser Sommer würde mir gehören und ich war frei.

Bereits Anfang des Sommers waren meine Schulfreunde und ich auf einem Festival gewesen. Aber mein Hauptziel dieses Sommers war es, mit Ramon zurück zur Villa zu fahren. Zwar hatten wir keine Fragen, die wir unbedingt beantwortet haben wollten, da sich schließlich alles mehr oder weniger geklärt hatte, dennoch hatte ich eine wichtige persönliche Mission in der Gegend um die Villa herum; ich wollte mit mir selbst abschließen. Ich wollte mit Luana abschließen und endlich aufhören, mich zu fragen, ob sie wohl genau so geworden wäre, wie ich oder ob ich eine Seele war, die einen fremden Körper bewohnte.

Und genau das taten wir. Es wäre nur schließlich kein Abenteuer gewesen, wenn ich Ramon hätte fahren lassen. Deswegen wollte ich unbedingt selbst fahren. Eins hatte ich allerdings durch meine Fahrstunden gelernt; niemand konnte nach dem Bestehen des Führerscheins Auto fahren. Das richtige Fahren lernt man am besten durch Erfahrungen sammeln und genau das wollte ich tun.

Nach diesem Sommer konnte ich vernünftig werden und erwachsene Entscheidungen treffen. Ich würde studieren und vielleicht sogar in eine andere Stadt ziehen, je nachdem, welche Uni mich annehmen würde. Finn und ich hatten bereits Pläne gemacht, eine WG zu gründen, wenn es irgendwie möglich sein sollte. Schließlich konnten wir noch nicht wissen, in welche Stadt es uns ziehen würde, aber eins war klar; wir würden an derselben Uni studieren.

Doch mit all diesen Dingen konnte ich mich auch später beschäftigen, jetzt war ich noch jung. Ich hatte nichts zu verlieren. Ich konnte dumme Entscheidungen treffen und Fehler machen. Ich hatte schließlich noch mein ganzes Leben vor mir. Und wenn ich ehrlich zu mir selbst war, so machte mir das Erwachsenwerden mehr Angst, als die Magier es je könnten.

Bis auf ein paar Probleme beim Anfahren verlief die Fahrt zur Villa erstaunlich gut. Ramon sah nur zwischendurch ein wenig aus, als hätte er mit Todesangst zu kämpfen, aber ich schwöre, ich hatte alles zu jeder Zeit unter Kontrolle. Die ganze Fahrt über hielt ich mich peinlichst genau an die Geschwindigkeitsbegrenzungen, was Ramon auf den einsamen und kurvigen Landstraßen zum Verhängnis wurde, schließlich hatte ich noch ein paar Probleme mit 70 km/h um die teils scharfen Kurven zu fahren.
Umso erleichterter war Ramon also, als wir endlich an der Villa angekommen waren. Und auch ich musste feststellen, dass sie dieses Mal deutlich einladender auf mich wirkte als beim letzten Mal.
Obwohl es bereits dunkel war, beschlossen wir erst einmal in Ruhe anzukommen, bevor wir meinen Plan näher verfolgen würden. Es war eigentlich komplett irre von Ramon, dass er mich überhaupt bei meinen Ideen unterstützte. Aber vielleicht war das auch das Gute an unserer Beziehung, dass wir offen und ehrlich miteinander reden konnten, ohne Angst zu haben, dass der andere schlechter von einem denken würde.

Die Stunden vergingen und wir beschlossen, dass es Zeit war. Komplett in Schwarz gekleidet und mit einer Schaufel ausgestattet machten wir uns auf den Weg zum Friedhof, der erstaunlicherweise nicht weit von der Villa entfernt war. Auch wenn es mich gewundert hatte, dass Luanas Grab noch genau auf demselben Friedhof vorzufinden war, wo sie damals begraben wurde, hätte es mich nach alldem, was wir erlebt hatten, eigentlich gar nicht mehr wundern sollen.

Eigentlich war ich sogar froh darüber, dass es noch da war, denn solange dort ein Grabstein war, konnte sie nicht in Vergessenheit geraten, auch wenn Ramon die einzige Person war, die sich noch an sie erinnern konnte.

Das Traurigste war, vergessen zu werden, und das Zweittraurigste war die Beerdigung eines leeren Sargs. Zwar war Luanas Sarg bei der Beerdigung nicht leer gewesen, da Ramons Oma ein wenig Zeit verstrichen ließ, bis sie mich wiederbelebt hatte, dennoch fühlte ich mich unwohl bei dem Gedanken, dass sich hier ein mittlerweile leerer Sarg befand.

Deshalb hatte ich beschlossen, dass wir das ändern müssten. Ramon hatte direkt zugestimmt, ohne sich meinen Plan genau anzuhören und ich fragte mich, ob er es schon bereute, hier zu sein, oder ob er immer noch cool damit umging, dass wir gleich Grabschändung betreiben würden. Wobei, war es wirklich Schändung, wenn es um mich selbst ging? Diese Frage wollte ich mir lieber nicht beantworten und auch, wenn es keine Schändung für mich selbst war, so würde es doch schwierig werden, das jemandem zu erklären, der uns beobachten würde. Aber daran wollten wir lieber nicht denken.

Vorsichtig kletterten wir über den Zaun des Friedhofs. Irgendwie fand ich die Idee, nachts auf einem Friedhof umherzugehen, nie besonders attraktiv und besonders jetzt, wo ich mir sicher sein konnte, dass es so etwas wie Geister auch geben konnte, machte mir der Gedanke noch mehr Sorgen. Diese verflogen allerdings in der Sekunde, in der ich meine Füße auf der anderen Seite des Zauns wieder auf den Boden setzte. Der Friedhof war kein Ort, an dem Geister wild durch die Gegend spukten und alles attackierten, was ihnen in die Quere kam, nein, im Gegenteil, es war ein Ort der Ruhe. Und diese Ruhe spürte ich sofort.

Es war friedlich hier. Die einzigen Geräusche, die wir hörten, waren unsere Schuhe, die über den Kiesweg liefen. Im Lichtkegel der Handytaschenlampe tummelten sich die Insekten. Und der Wind wehte friedlich durch die Bäume. So sehr mit mir selbst im Reinen hatte ich mich noch nie gefühlt. Und auch Ramon schien dasselbe zu empfinden. Vielleicht hatte er deshalb meinen Plan nie genauer hinterfragt oder mir gesagt, wie bescheuert die Idee wirklich war.

Vielleicht brauchte er das auch. Schließlich war er ein Kind, als alles angefangen hatte. Er war ein Kind, als er Luana hatte sterben sehen. Er hatte sich nie wirklich von ihr verabschieden können, schließlich hatte er sie, selbst als sie begraben wurde, nicht einmal besucht.

Es hatte mit ihr angefangen, es müsste mit ihr enden. Auch er musste mit seinem vorherigen Leben abschließen und wie würde das besser gehen als hier an ihrem Grab.

Zum Glück hatte er sich im Vorhinein darüber informiert, wo genau sich das Grab befand, so konnten wir uns die Zeit, die wir für die Suche gebraucht hätten, sparen. Unter einem kleinen Baum am Rande des einsamen Friedhofs fanden wir den Grabstein von Luana.

„Fühlt sich merkwürdig an, endlich hier zu sein", murmelte Ramon leise.

„Definitiv", stimmte ich ihm leise zu.

Dann reichte mir Ramon die Schaufel.

„Möchtest du anfangen?", fragte er.

Unsicher nahm ich die Schaufel in die Hand.

„Denkst du, wir müssen tief graben?"

„Vermutlich. Wir können froh sein, wenn wir überhaupt noch etwas von dem Sarg finden. Schließlich zersetzt der sich mit der Zeit", beantwortete Ramon meine Frage ehrlich.

„Hm… Dann lass uns mal anfangen. Vielleicht hat deine Oma ja den Sarg so verzaubert, dass er sich nicht zersetzt", lachte ich und fing an, die ersten Haufen Erde von dem Grab herunterzuheben.

Es war eine warme Nacht mitten im Sommer und schnell kam ich ins Schwitzen. Eigentlich hatte ich gehofft, dass ich mehr Ausdauer haben würde, aber Ramon bot mir an, für mich weiterzumachen. Ich ließ mich von ihm Ablösen und bereute es, dass wir nichts zu trinken mitgenommen hatten.

„Was machen wir eigentlich, wenn uns jemand erwischen sollte?", wollte Ramon wissen.

„Keine Ahnung. Du rennst weg und ich gucke mal, was ich mache."

„Willst du so unbedingt deine Zeit im Gefängnis absitzen?", neckte er mich.

„Naja, ich habe schließlich alle Zeit der Welt", grinste ich.

Endlich hatte ich meinen Frieden mit mir selbst und meiner Unsterblichkeit gefunden. Der Gedanke, meine Freunde sterben zu sehen, machte mir nach wie vor Angst, aber wenn ich mich darauf vorbereiten konnte, war es vielleicht ein wenig erträglicher. Und wer wusste schon, was genau die Zukunft bringen würde. Vielleicht war ich auch gar nicht so unsterblich, wie wir angenommen hatten. All das würde nur die Zeit zeigen.

Als Ramon eine Pause brauchte, sprang ich wieder ein und grub weiter. Mittlerweile waren wir schon relativ tief in der Erde.

Ab und zu fühlten wir uns beobachtet, aber nicht dieses unangenehme Gefühl, als würde uns jemand anstarren, sondern einfach anders. Es fühlte sich an, als wüssten die Geister auf diesem Friedhof, dass ich endlich nach Hause gekommen war. Sie waren lediglich neugierig, was wir hier vorhatten.

Die Schaufel machte ein lautes Geräusch, als sie auf den Sarg stieß, der noch erstaunlich gut als Sarg zu identifizieren war. Schnell und mit neu gefundener Motivation, befreiten wir den Sargdeckel von all der Erde, sodass es uns möglich war, ihn zu öffnen.

„Sollen wir das wirklich tun?", fragte ich nun doch zögernd.

Auch wenn wir wussten, dass Luana nicht mehr in diesem Sarg liegen konnte, so fühlte es sich trotzdem komisch an, einen bereits begrabenen Sarg zu öffnen. Was war, wenn doch irgendwer darin liegen würde?

„Wir sind so weit gekommen, wir ziehen das jetzt durch", sprach mir Ramon aufmunternd zu.

Er hatte recht.

Wir hatten nicht umsonst die letzten Stunden damit verbracht, ein Grab auszugraben, nur um jetzt einen Rückzieher zu machen.

Mit zittrigen Händen öffnete ich den Sarg.

Wie erwartet war er leer.

Ich schluckte.

Auch wenn es genau das war, was ich erhofft hatte – ich wollte mir nicht ausmalen, was passiert wäre, wenn wir doch einen Körper vorgefunden hätten – war es trotzdem schwer für mich, diesen leeren Sarg zu betrachten. Es war unvorstellbar, dass ich mal dort drin gelegen haben sollte. Und gleichzeitig war es ja auch nicht wirklich ich in dem Sarg gewesen. Wieso war alles so kompliziert?

Aus meiner Hosentasche kramte ich ein zerknittertes Stück Papier hervor und warf es in den Sarg, um ihn daraufhin wieder zu schließen. Das war alles. Das war der Grund, wieso wir uns diesen Aufwand gemacht hatten.

Jetzt war der Sarg nicht mehr leer.

Ramon half mir, aus dem Grab herauszuklettern. Bevor ich die Schaufel nehmen wollte, um die Erde wieder in das Grab zu heben, stoppte er mich.

„Das geht auch einfacher", sagte er und innerhalb einer Sekunde sah ich, wie der Haufen Erde neben dem Grab sich von allein auf den Sarg zubewegte und ihn unter sich begrab.

„Du Idiot", lachte ich auf.

Ramon sah mich gespielt verwirrt an.

„Du hättest mir ja sagen können, dass du deine Kräfte benutzten könntest, dann wäre alles viel schneller gegangen."

„Hätte ich. Aber ich dachte, das gehört nun mal zu der Grabschändungs-Erfahrung dazu", lachte er.

Ich schüttelte nur meinen Kopf.

Gemeinsam machten wir uns wieder auf den Weg zur Villa.

„Was hast du eigentlich in den Sarg gelegt?", fragte er mich, als wir über den Zaun geklettert waren und uns nicht mehr auf dem Friedhof befanden.

Was eine gute Frage.

Tatsächlich hatte ich ihm nie gesagt, was ich in den Sarg legen wollte. Ich hatte ihm nur von meinem Plan erzählt, etwas in den Sarg zu legen, damit dieser nicht mehr leer sein würde. Und da ich der Meinung war, dass Worte sowieso mächtiger waren als alles andere in der Welt, hatte ich beschlossen, mein Lieblingsgedicht mit ihr zu teilen.

Seit dem Tag, an dem wir Shakespeares 18. Sonett in der Schule gelesen hatten, hatte es einen speziellen Eindruck hinterlassen. Und auch wenn es ein Liebesgedicht war, so fand ich es trotzdem passend, eine von mir handgeschriebene Version des Gedichts an Luanas Stelle zu hinterlegen. Als Zeichen meiner Selbstliebe. Besonders passend fand ich allerdings die letzten Zeilen des Sonetts und diese sollten es auch sein, die ich mit Luana in Verbindung bringen wollte:

So long as men can breathe or eyes can see,
So long lives this, and this gives life to thee

Alina Bachmann

Danksagung

Lange hat es gedauert, doch jetzt ist die Fortsetzung von *Minds like Midnight Blue* endlich da.

Ein besonderer Dank geht raus an Beni, der sich das Buch durchgelesen und auf Rechtschreibfehler überprüft hat. Trotz seiner Beschwerden über die lange Beschreibung des Bahnhofes konnte ich es nicht übers Herz bringen, diese unnötige Szene zu löschen. Ohne ihn hätte ich mich vermutlich nie getraut, dieses Buch zu veröffentlichen.

Danke auch an meine Mama, der ich immer mit meinen Updates über meine Bücher auf die Nerven gehen darf und die sich immer über meine Schreibfortschritte freut.

Und ein riesiges Danke an jeden, der sich dieses Buch gekauft hat und auch nach jahrelangem Warten die Hoffnung nicht aufgegeben hat, dass eine Fortsetzung kommen wird. Ich hoffe, Deine Erwartungen wurden nicht enttäuscht. Tatsächlich habe ich dieses Buch bereits 2020 angefangen, aber zwischen Hausarbeiten für die Uni und Nebenjob (und ein paar Schreibblockaden) hat es sich tatsächlich länger gezogen, als mir lieb war. Mit so vielen Unterbrechungen war es außerdem schwierig, dieses Projekt zu vollenden, da mir die Story/die Charaktere/eigentlich alles in Phasen des Nicht-Schreibens immer als ungenügend erschien. Auch, wenn beim Weiterschreiben wieder alles okay war.

Letztendlich bin ich aber doch zufrieden mit allem und ich hoffe, Du bist es auch. ☺